Sección de Obras de Historia

PASAJEROS DE INDIAS

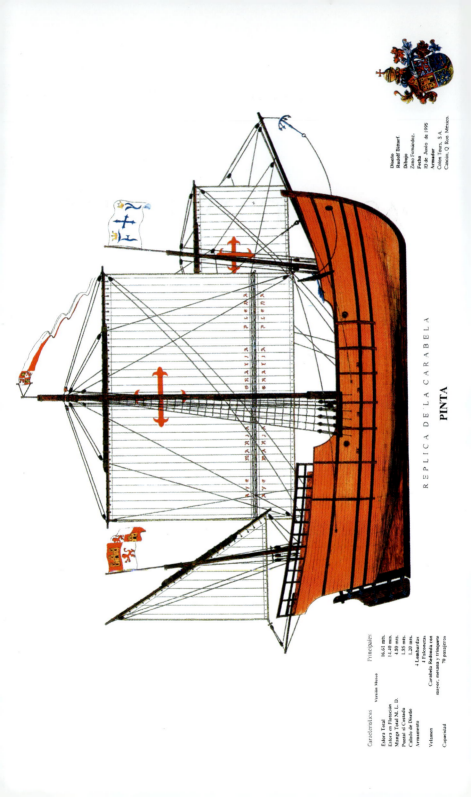

REPLICA DE LA CARABELA
PINTA

Características: Versión Museo Principales

Eslora Total	16.61 mts.
Eslora en Flotación	14.40 mts.
Manga Total M. L. D.	4.89 mts.
Puntal al Costado	1.35 mts.
Calado de Diseño	1.20 mts.
Armamento	4 Lombardas 4 Falconetas
Velamen	Carabela Redonda con mayor, mesana y trinquete
Capacidad	70 pasajeros

Diseño: Rudolf Bittorf.
Dibujo: Zeno Fernández.
Fecha: 10 de Junio de 1995
Armador: Colón Tours, S.A.
Cancún, Q. Roo, México.

JOSÉ LUIS MARTÍNEZ

PASAJEROS DE INDIAS
Viajes trasatlánticos en el siglo XVI

FONDO DE CULTURA ECONÓMICA

Primera edición, Alianza Editorial, España, 1983
Segunda edición, Alianza Editorial, México, 1984
Tercera edición, FCE, 1999
   Segunda reimpresión, 2014

Martínez, José Luis
   Pasajeros de Indias. Viajes trasatlánticos en el siglo XVI / José Luis Martínez. — México : FCE, 1999
   323 p. : ilus. ; 21 × 14 cm — (Colec. Historia)
   ISBN 978-968-16-5754-3

1. América – Viajes y descubrimientos – Siglo XVI I. Ser. II. t.

LC E123   Dewey 910.0209 M334p

Distribudión mundial

Diseño de portada: Paola Álvarez Baldit

D. R. © José Luis Martínez
D. R. © 1983, 1984, Alianza Editorial, S. A., Madrid
D. R. © Alianza Editorial Mexicana, S. A.
Renacimiento, 180; 02400 México, D. F.

D. R. © 1999, Fondo de Cultura Económica
Carretera Picacho-Ajusco, 227; 14738 México, D. F.
Empresa certificada ISO 9001:2008

Comentarios: editorial@fondodeculturaeconomica.com
www.fondodeculturaeconomica.com

Se prohíbe la reproducción total o parcial de esta obra, sea cual fuere el medio, sin la anuencia por escrito del titular de los derechos.

ISBN 978-968-16-5754-3

Impreso en México • *Printed in Mexico*

AGRADECIMIENTOS

Un estudio como el presente se hace en buena parte preguntando a otros libros y papeles varios, y a personas que saben de esto o aquello. Mi deuda con los libros que me informaron queda expresa en las notas que la precisan. Por ello, añado aquí mi agradecimiento a aquellos amigos a los que durante meses atosigué con mi curiosidad por este tema de los viajeros del siglo XVI, y quienes me ayudaron sugiriéndome pistas, procurándome libros, enviándome copias o autorizándome a aprovechar sus trabajos. Ellos son, alfabéticamente: Woodrow Borah, Peter Boyd-Bowman, José Ramón Enríquez, Felipe Garrido, Ario Garza Mercado, Lewis Hanke, Miguel León-Portilla, Roberto Moreno de los Arcos, Emir Rodríguez Monegal, Juan Rulfo, Carmelo Sáenz de Santamaría, Francisco de Solano, Ernesto de la Torre Villar, Juan José Utrilla, Silvio Zavala y mis hijos, José Luis y Rodrigo.

Ciertos libros raros, que me fueron especialmente útiles, los encontré en la biblioteca del sabio José Rojas Garcidueñas, que perdimos en 1981. A la memoria de José soy deudor por su curiosidad, y a mi amiga Margarita Mendoza López por su generosidad.

La competencia y la paciencia de mi secretaria, María Guadalupe Ramírez de Jácome, pusieron orden en mis laberintos.

J. L. M.

Compara por un momento este viaje [que ahora haces] con los de antes, sobre todo con los de aquellos primeros arrojados que descubrieron para nosotros el mundo, y avergüénzate ante ellos.

STEFAN ZWEIG, *Magallanes*

INTRODUCCIÓN

Los primeros pasajeros

Durante varias décadas, a partir del descubrimiento de América, los viajes trasatlánticos tuvieron como propósito la exploración, la conquista y el comercio. La organización y el progresivo asentamiento de los dominios españoles y portugueses en el Nuevo Mundo fueron haciendo necesario el transporte de pasajeros en pequeñas naves que no estaban adaptadas para llevarlos. Hasta principios del siglo XIX, con la construcción de barcos de vapor, los pasajeros fueron sólo un añadido, un poco fastidioso, a viajes que tenían principalmente otros propósitos.

Entre los móviles de los pasajeros no contaba aún el turismo. Por lo general, se trataba de frailes o clérigos que viajaban para cumplir sus tareas religiosas; de soldados o colonizadores; de funcionarios que, a veces acompañados de sus familias, iban a tomar posesión, volvían de sus puestos o debían realizar inspecciones; de comerciantes y sus agentes, de hombres en busca de fortuna, de "caballeros de industria", de aventureros y, los menos, de simples viajeros a los que movía la curiosidad de ver el mundo.

Por deber, por vocación, por interés o por gusto, estos viajes "constituían —dice Clarence H. Haring— una empresa azarosa desde el principio hasta el fin. Casi parecía probable que el pasajero no llegara a su destino, o que lo lograse luego de soportar todos los horrores y vicisitudes del océano".[1]

Escasas noticias sobre el viaje de los pasajeros

Los numerosos y fascinantes relatos de viajes, comenzando por el diario y las cartas de Colón, tienen por lo general el objeto de

[1] Clarence H. Haring, *Trade and Navigation Between Spain and the Indies in the Time of the Hapsburgs,* Harvard University Press, Cambridge, Mass., 1918. Traducción española de Emma Salinas, *Comercio y navegación entre España y las Indias en la época de los Habsburgos,* Fondo de Cultura Económica, México, 1939 y 1979, p. 366.

relatar los descubrimientos o conquistas realizados, las particularidades de las nuevas tierras y de sus habitantes y las peripecias mayores de la navegación: los asaltos de piratas, las hambres, las enfermedades y los naufragios, cuando sobrevivían testigos para narrarlos o se recogían sus testimonios. Recuérdense, por ejemplo, los infortunios y naufragios célebres que relata Fernández de Oviedo;[2] las admirables relaciones de naufragios portugueses del siglo XVI que recopiló Gomes de Brito;[3] los relatos del mismo Fernández de Oviedo y de Bernal Díaz del Castillo y la narración en verso de Juan de Castellanos del naufragio de Alonso de Zuazo;[4] o bien las relaciones de asaltos de piratas y las de cautiverios, como la linda historia de la fantasma complaciente con el cautivo Alonso de Ávila, que cuenta Cervantes de Salazar.[5]

En cambio, son más bien raros los relatos en que los pasajeros nos informan cómo eran los viajes mismos, ocurrieran o no en ellos cosas notables, y no parece que se hayan estudiado especialmente. Aquella escasez puede explicarse por el hecho de que cuantas hoy sentimos insoportables incomodidades, no lo eran —salvo algunas excepciones— para los hombres y mujeres de hace algo más de cuatro siglos, que parecían hechos de una pasta mucho más recia y menos melindrosa que la nuestra de hoy. Y el poco interés prestado a este aspecto de la vida en el siglo XVI, sólo alcanza a justificarse por la comparación de estas minucias acerca de los viajes por mar, con el interés mayor de cuanto estaba al fin del viaje mismo: los descubrimientos, los peligros y las conquistas prodigiosos: otro mundo.

Sin embargo, como se verá en los pormenores y observaciones recogidos en estas páginas, acerca de los viajes trasatlánticos durante el siglo XVI, sobre todo desde la perspectiva de los pasa-

---

[2] Gonzalo Fernández de Oviedo, lib. L, "Infortunios y naufragios", *Historia general y natural de las Indias* (c. 1519-1548).

[3] Bernardo Gomes de Brito, *História trágico-marítima em que se escrevem chronológicamente os naufrágios que tiverão as naos de Portugal, depois que se poz em exercício a navegação da India*, Lisboa, 1735-1736, 2 vols. Selección en Colección Austral, 825, dirigida por Damián Peres.

[4] Bernal Díaz del Castillo, *Historia verdadera de la conquista de la Nueva España* (1ª ed., 1632), cap. clxiii. Juan de Castellanos, *Elegías de varones ilustres de Indias* (1522-1607), Biblioteca de Autores Españoles, Rivadeneyra, t. IV, Madrid, 1944, elegía VIII.

[5] Francisco Cervantes de Salazar, *Crónica de la Nueva España* (1557-1564), lib. VI, caps. V y VI.

jeros y no de los hombres avezados al mar, hay en ellos noticias sorprendentes, curiosas y aun atroces sobre usos, costumbres, riesgos y penalidades de estos viajeros, precursores involuntarios de los turistas de hoy. Estas noticias nos permiten apreciar las comodidades y facilidades que nos ha hecho ganar el progreso técnico, y el reblandecimiento físico y moral que al parecer tenemos los hombres de hoy en comparación con aquellos fundadores.

FUENTES Y TESTIMONIOS

Las noticias aquí consignadas proceden, como se precisa en cada caso, de recopilaciones de leyes, ordenanzas y actas; de cuentas y listas de provisiones, tripulaciones y aparatos de navegación; de historias y crónicas, de monografías sobre temas conexos, y de estudios sobre la navegación, los grandes descubrimientos, la economía y el comercio de la época, las emigraciones españolas al Nuevo Mundo, el tráfico negrero y la formación de las nuevas sociedades americanas.

Los únicos relatos de mediados del siglo XVI que cuentan experiencias de viajes desde la perspectiva de los pasajeros —de los que hasta ahora se tiene noticia— son los de fray Antonio de Guevara, de 1539; de fray Tomás de la Torre, de 1544-1545, y de Eugenio de Salazar, de 1573.[6] Además de aprovechar sus informaciones en la exposición que sigue, se reproducen completos en el Apéndice documental, con introducciones y algunas notas y glosarios, porque la ironía incisiva y las sistemáticas informaciones de las páginas de Guevara, la minucia y el dramatismo del diario del acompañante de fray Bartolomé de las Casas, y el humor y la curiosidad lingüística de Salazar, son de entretenida

---

[6] Fray Antonio de Guevara, *Libro de los inventores del arte del marear y de muchos trabajos que se pasan en las galeras*, Valladolid, 1539, caps. v-x.

Fray Tomás de la Torre, *Historia de la venida de los religiosos de la provincia de Chiapa* (c. 1545): Fray Francisco de Ximénez, *Historia de la provincia de San Vicente de Chiapa y Guatemala de la Orden de Predicadores* (1720), ed. Carmelo Sáenz de Santa María, Biblioteca Goathemala, Guatemala, 1977, caps. xxiv-xl.

Eugenio de Salazar, Carta dirigida al licenciado Miranda de Ron, 1573, *Cartas*, ed. de Pascual de Gayangos, Sociedad de Bibliófilos Españoles, Madrid, 1866. Eugenio de Ochoa, *Epistolario español. Colección de cartas de españoles antiguos y modernos*, Biblioteca de Autores Españoles, Rivadeneyra, vol. 62, Librería y Casa Editorial Hernando, Madrid, 1926, t. II, pp. 283-310.

y sabrosa lectura, y cada uno, desde el temperamento de sus autores, nos da imágenes vívidas de cómo eran los viajes por barco en esta época.

Los capítulos del libro de Guevara se refieren a los viajes en galeras —embarcaciones movidas principalmente por remeros— en el Mediterráneo y no a través del Atlántico. Se reproducen y aprovechan porque, a pesar de que las navegaciones en el mar interior pudieran parecer más civilizadas y menos riesgosas, esto sólo es relativo y las incomodidades que refieren son las mismas que los pasajeros trasatlánticos sufrían aumentadas.

Existe otro relato de viaje, de fray Antonio Vázquez de Espinosa —el autor del *Compendio y descripción de las Indias occidentales*—, llamado *Tratado verdadero del viaje y navegación de este año de seiscientos y veinte y dos...*,[7] que relata los infortunios de un viaje, de Veracruz a Cádiz, que duró seis meses, y en el que la flota padeció cinco terribles tormentas, que provocaron el hundimiento de varias naves y muchas muertes, más una feroz plaga de ratas. Como cae fuera del límite cronológico, este relato no se reproduce, aunque se consignarán algunas de sus dramáticas peripecias.

La exposición y sus prolongaciones

El presente estudio se proyectó inicialmente como una reconstrucción de la secuencia de los viajes en el siglo XVI: llegada a los puertos, obtención de permisos, pago de pasajes e impuestos, aprovisionamientos, navegación, riesgos, etc. Sin embargo, en el proceso de su composición se encontraron múltiples pormenores y temas conexos, sin cuyo conocimiento, más o menos preciso, el cuadro general carecería de sentido. Por ello, el relato del viaje mismo se detiene a menudo con estos excursos para informar, por ejemplo, de los caminos y ventas, de los pormenores y velocidades de los viajes por tierra, de los puertos, de la organización del tráfico marítimo y de las reglamentaciones y permisos de viaje, de

---

[7] El relato de fray Antonio Vázquez de Espinosa, 1ª ed., Málaga, 1623, se ha reimpreso, con nota preliminar de B. Velasco, O. Carm., en la *Revista de Indias*, Madrid, enero-junio de 1976, año XXXVI, núms. 143-144, pp. 287-352. Del *Compendio y descripción de las Indias occidentales* hay edición, del mismo B. Velasco Bayón, O. Carm., en la Biblioteca de Autores Españoles, 231, Madrid, 1969.

las monedas y precios de los pasajes, de los pesos y medidas de la época, de los aprovisionamientos y ajuares que debían llevar los viajeros, de las comidas y diversiones en los barcos, de historias curiosas de viajeros extranjeros, de la disposición interna de los barcos, de las normas, oficios, lenguaje y costumbres de las tripulaciones, de pormenores menudos de la navegación, de los itinerarios y organización de los convoyes, de las costumbres y atroces hazañas de los piratas, de algunos naufragios célebres, de las etapas del flujo comercial, de los envíos de tesoros americanos, de la emigración europea a las Indias en cada uno de sus periodos y sus características, del tráfico de esclavos y sus horrores, y de las composiciones étnicas de América resultantes de las dos principales inmigraciones que recibió.

Estas historias, precisiones, enumeraciones y cifras, a veces sorprendentes y a veces monótonas, acaso no convengan a todos sus lectores, pero quizás algunas encuentren un curioso que las disfrute. De alguna manera, son indispensables para acercarse al conocimiento del marco de la vida y costumbres, tanto en España como en las Indias del siglo XVI, en que la aventura de los pasajeros se realiza.

La intención del autor fue la de reconstruir y dar alguna luz a cada uno de los detalles, de un aspecto poco estudiado del vínculo inicial que unió en primer lugar a España, y también a Europa y a África, con el Nuevo Mundo. Por ello, este libro quedó inscrito en la celebración del V Centenario del Descubrimiento.

I. LOS VIAJES PREVIOS POR TIERRA

Los caminos en España

Lo primero que tenían que hacer quienes decidían o estaban obligados a hacer un viaje trasatlántico era llegar a Sevilla, donde se contrataba e iniciaba el viaje. El numeroso grupo de frailes dominicos, que había reclutado "el santo viejo" fray Bartolomé de las Casas para traerlos a su diócesis de Chiapas, salió de Salamanca, España, el sábado 12 de enero de 1544 y llegó a Sevilla el miércoles 13 de febrero; es decir, hizo el viaje —alrededor de 470 km— en 33 días. Pero ellos viajaban a pie, con sus báculos en las manos y las capas en los hombros, ayudados por dos asnillos y una jaca, para transportar a un fraile enfermo de cuartanas, sus túnicas y algunos alimentos. Deteníanse para comer o pernoctar en ventas, castillos o conventos; como mendicantes que eran pedían limosna o aceptaban los convites, mayores o menores, que se les ofrecían; decían sus misas y predicaban; solucionaban como podían los pagos de peaje de ríos, disfrutaban el paisaje, aunque les llovía a menudo, y sobrellevaban la caridad u hostilidad de la gente con que se encontraban.[1]

Un grupo de franciscanos descalzos, con destino a México y Filipinas, viajó en 1580 de Madrid a Cádiz. Encabezados por fray Miguel de Talabera, hicieron el viaje no sólo a pie, sino en hilera y en forma de procesión, llevando un estandarte, por lo que se les llamó la Misión del Pendón. Debieron ir entonando himnos y predicando en los lugares donde se detenían. Baltasar de Medina, que lo refiere, no precisa el itinerario que siguieron ni la duración del viaje.[2]

Sin embargo, existen constancias de franciscanos y agustinos a

---

[1] Fray Tomás de la Torre, *Historia de la venida de los religiosos de la provincia de Chiapa*. Véase el Apéndice 2.

[2] Fray Baltasar de Medina, *Crónica de la santa provincia de San Diego de México* (1682), edición facsimilar. Introducción de Fernando B. Sandoval, bibliografía de Jorge Denegre-Vaught, Editorial Academia Literaria, México, 1977, ff. 15r.-16r.

quienes el Consejo de Indias proporcionó ayudas para que compraran bestias para su transporte a Sevilla. Cuando Madrid se convirtió en sede de la corte, los religiosos que viajaban de las diversas regiones de España rumbo al puerto gustaban de parar allí para "ver las curiosidades de la capital". A los religiosos de algunas órdenes se les recomendaba evitar aquellas tentaciones y a los franciscanos se les prohibía entrar allí, salvo especial licencia.[3]

Los viajes entretenidos

Los viajeros con cabalgadura, y recursos para pagar hospedaje y comidas en las ventas y otros gastos, podían hacer el viaje con más comodidad y en menos tiempo. Que estos viajes por el interior de España podían ser muy placenteros, lo cuenta con encanto Eugenio de Salazar, aunque se proponga contrastarlos con los enfados y estrecheces de los viajes por mar:

> El caminar por tierra en buena cabalgadura y con buena bolsa es contento; vais un rato por un llano, subís luego un monte, bajáis de allí a un valle, pasáis un fresco río, atravesáis una dehesa llena de diversos ganados, alzáis los ojos, veis volar diversas aves por el aire, encontráis diversas gentes por el camino, a quien preguntáis nuevas de diversas partes; alcanzáis dos frailes franciscos con sus bordones en la mano y sus faldas en las cintas, caminando en el asnillo del seráfico, que os saludan con un Deo gracias; ofrecerse-os ha luego un padre jerónimo en buena mula andadora con estribos de palo en los pies, y otros mejores en las alforjas de bota de buen vino y pedazo de jamón fino. No os faltará un agradable encuentro de una fresca labradorcita, que va a la villa oliendo a poleo y tomillo salsero, a quien digáis: "Amores, ¿queréis compañía?" Ni aun dejáis de encontrar una puta rebozada con su zapatico corriendo sangre, sentada en un mulo de rocuero, y su rufián a talón tras ella. Ofrécese-os un villano que os vende una hermosa liebre, que trae muerta con toda su sangre dentro para la lebrada, y un cazador a quien compráis un par de buenas perdices. Descubrís el pueblo donde vais a comer y a hacer jornada, y alíviase-os con su vista el cansancio. Si hoy llegáis a una aldea donde hallaréis mal de comer, mañana os veréis en una ciudad que tiene copiosísima

---

[3] Pedro Borges Morán, *El envío de misioneros a América durante la época española*, Bibliotheca Salmanticensis, Estudios 18, Universidad Pontificia, Salamanca, 1977, cap. ix, pp. 360-361 y 357.

y regalada plaza. Si un día coméis en la venta donde el ventero caricuchillado, experto en la seguida y ejercitado en lo de rapapelo, y ahora cuadrillero de la Santa Hermandad, os vende gato por liebre, el macho por carnero, la cecina de rocín por de vaca, y el vinagre aguado por vino puro; a la noche cenáis en casa de otro huésped, donde os dan el pan por pan y el vino por vino. Si hoy hacéis noche en casa de huéspeda vieja, sucia, rijosa y desgraciada y mezquina, mañana se os ofrece mejorada suerte, y caéis con huéspeda moza, limpia y regocijada, graciosa, liberal; de buen parecer y mucha piedad con que olvidáis hoy el mal hospedaje de ayer.[4]

A pie como los frailes austeros o en una buena cabalgadura, se podía ir a casi todas partes, pero contando con el tiempo. Salvo obstáculos mayores —montañas, barrancos, grandes ríos o mal tiempo—, podían recorrerse de 20 a 30 km a pie y de 30 a 40 si se contaba con una cabalgadura. La máxima velocidad que podían alcanzar los correos era de 100 km en 24 horas, combinando caballos, carruajes, barcos y corredores a pie.

Caminos transitables y vehículos en Europa

Pero viajar con más comodidad era cosa problemática. Como lo ha notado Fernand Braudel,

hasta el siglo XVIII las navegaciones eran interminables y los transportes terrestres estaban como paralizados. Cuando se nos dice que a partir del siglo XIII Europa construye una enorme red de caminos en servicio, basta ver, por ejemplo, la serie de pequeñas telas de Jan Brueghel, en la Pinacoteca de Munich, para darse cuenta de que un camino aun en el siglo XVII, y en llanura, no era una cinta por la que el tráfico corriera sin obstáculos. Por lo general, apenas se percibía su trazo.

Reconocemos que es un camino por los movimientos de quienes lo usan: paisanos a pie, una carreta que lleva al mercado a una campesina con sus canastas y otra de tres caballos que parece llevar alegremente a una familia de burgueses. Pero en el cuadro siguiente —añade Braudel—, el camino está lleno de agua, los caballeros chapotean, a sus bestias les llega el agua a las corvas, las

---

[4] Eugenio de Salazar, carta citada. Véase el Apéndice 3.

carretas avanzan penosamente con las ruedas hundidas en el lodo. Y los peatones, pastores y cerdos se han refugiado en el talud más seguro que bordea el camino.[5]

Los caminos de Europa transitables para vehículos fueron, en efecto, muy escasos, y la primacía seguían teniéndola las bestias de carga, las mulas. Por necesidad de comercio, en las regiones de Borgoña, Champaña y Salzburgo se construyeron y mantuvieron caminos en buen estado, casi siempre de peaje.[6] Y el camino de París a Orleans, completamente pavimentado desde el siglo XVI, permitía llegar al río Loira, estación fluvial esencial de Francia y desde la cual se podía navegar a múltiples lugares.[7] Este complemento entre el camino terrestre y el transporte fluvial y costero permitió un gran avance en los intercambios comerciales y de personas, e hizo posible el progreso de ciudades como París, Colonia, Venecia y Sevilla, así como de Polonia y Lituania.[8]

Volviendo a los caminos y sus vehículos, Braudel precisa las fechas de los lentos progresos en la transportación terrestre:

> los carruajes con la parte delantera móvil, originada en los carros de artillería, no se emplean realmente sino hacia 1470; las carrozas sólo aparecen, rudimentarias, hacia la segunda mitad o al fin del siglo XVI (y sólo tienen vidrios hasta el XVII); las diligencias son del siglo XVII; los coches correos para viajeros y los *vetturini* de Italia no aparecen en filas cerradas sino en la época romántica.[9]

Y en España, para no sorprenderse de los 33 días que duró el viaje a pie de los dominicos que fueron de Salamanca a Sevilla, he aquí noticias del primer viaje del futuro Carlos V, de Flandes a la cabeza de su imperio:

> La Corte esperó durante largo tiempo, en Middelburg, un viento favorable. Partió el 8 de septiembre de 1517 de Flesinga y llegó, fatigada, el 18 de septiembre a Villaviciosa, en Asturias. Aquella llegada, un tanto forzada, a un lugar que nada tenía de gran puerto, con una gra-

---

[5] Fernand Braudel, *Civilisation matérielle, économie et capitalisme, XVe-XVIIIe siècle*, t. I, *Les structures du quotidien: le possible et l'impossible*, Armand Colin, París, 1979.
[6] *Ibid.*, p. 369.
[7] *Ibid.*, p. 372.
[8] *Ibid.*, p. 370.
[9] *Ibid.*, p. 371.

villa mal unida a una red de caminos mediocres, contribuyó a fomentar la sensación de extrañeza y disgusto. La Corte se dirigió a Valladolid, y necesitó dos meses para llegar allí.[10]

(Entre la ría de Villaviciosa y Valladolid hay cerca de 350 km.) Ya Paul Valéry había observado que "Napoleón iba con la misma lentitud que Julio César".

El camino de Veracruz a la ciudad de México

Quienes tenían que viajar en el siglo XVI y durante varios siglos, de la ciudad de México a España, se trasladaban al puerto de Veracruz, en el Golfo de México, para esperar su nave. Los antiguos mexicanos habían trazado numerosos caminos, o más bien senderos, puesto que no tenían bestias de carga ni carruajes, y su único transporte era el humano. Por esas veredas transitaban comerciantes, guerreros, encargados de los tributos y mensajeros. En la planicie de Yucatán existían calzadas pavimentadas.

Cuando aparecieron por las dunas cercanas a la actual Veracruz las naves de Cortés y sus soldados, pronto fue informado Moctezuma, por medio de dibujos que completaban el relato, del aspecto de las naves y de los recién llegados. Aquellas tierras áridas tenían poca importancia para los aztecas, cuyas rutas principales de comercio se dirigían a las costas de Tabasco y de Chiapas, y de ahí a Yucatán, Guatemala y Honduras. Sin embargo, se dice que Moctezuma comía pescado fresco que le traían de las costas del golfo, en relevos, sus correos.

El camino de la ciudad de México al puerto de Veracruz —en sus varios asentamientos— se hizo necesario desde los días de la conquista, como la base de la comunicación entre la vieja y la nueva España.

Era también el punto de partida de lo que Pierre Chaunu llama el gran eje Este-Oeste de la Nueva España: Veracruz-México-Acapulco, que establecía un puente entre los dos océanos y hacía posible el comercio con España y Europa y con el Extremo Oriente.

---

[10] Pierre Chaunu, *L'Espagne de Charles Quint*, C. D. U. y S. E. D. E. S., París, 1973. Traducción española de E. Riambau Sauri, Ediciones Península, Barcelona, 1976, t. I, p. 159.

"Entre el 'camino de Castilla' y el 'camino de China' —agrega Chaunu— se edificó la Nueva España y se ató a la economía mundial."[11]

Itinerarios y duración del viaje

En su viaje inicial, de la costa al altiplano, Hernán Cortés y sus soldados, en tierra desconocida y mal informados, por razones militares siguieron un itinerario zigzagueante, con varias derivaciones hacia el norte, aunque tocaron puntos claves de la que sería una de las rutas: la que hoy es Jalapa, el paso entre las cumbres del Cofre de Perote y el Citlaltépetl o Pico de Orizaba, Tlaxcala y Cholula.[12]

A partir de los años iniciales de la Colonia, el camino de México a Veracruz fue una preocupación del Cabildo y de los virreyes. Con todo, el ascenso de la costa al altiplano, cruzando por una serranía en la que se encuentran los picos más altos de México, y profundos barrancos, ofreció desde aquellos años varias rutas posibles, que esquivaban los grandes obstáculos, entre las que se prefería: México-Apan-Perote-Jalapa-Veracruz, con la alternativa de tocar Tlaxcala. Más tarde, con la fundación e importancia comercial de Puebla, Orizaba y Córdoba, se abrieron otros caminos que tocaban estas ciudades. Desde finales del siglo XVI se usaban todas estas rutas.[13]

Los frecuentes viajes que los soldados de Cortés hicieron entre el altiplano y el Golfo de México fueron fijando estos caminos. Pocos años después de la toma de Tenochtitlan y cuando se iniciaba la organización de la administración colonial, el grupo de los doce frailes franciscanos, que llegaron a San Juan de Ulúa el 13 de mayo de 1524, emprendieron el viaje a la ciudad de México. Tras descansar 10 días en el poblado de Medellín, después

---

[11] Pierre Chaunu, "Veracruz en la segunda mitad del siglo XVI y primera del XVII", *Historia Mexicana*, El Colegio de México, abril-junio de 1960, 36, vol. IX, núm. 4, p. 526.
[12] Véase Jorge Gurría Lacroix, *Itinerario de Hernán Cortés* (con traducción al inglés), 2ª ed., Ediciones Euroamericanas, México, 1973. Fernando Benítez, *La ruta de Hernán Cortés*, estampas y viñetas de Alberto Beltrán, Fondo de Cultura Económica, México, 1950.
[13] Peter Rees, *Transportes y comercio entre México y Veracruz, 1519-1910*, traducción de Ana Elena Lara Zúñiga, Sep-setentas 304, México, 1976, cuadro 2, pp. 59-63.

de una travesía que se alargó más de tres meses, comenzaron a caminar a pie y descalzos. A fines de mayo o principios de junio llegaron a Tlaxcala, donde fray Toribio de Benavente, uno de los doce, adoptaría el nombre de Motolinía, "pobre", en náhuatl; el 12 de junio alcanzaron Tezcoco, donde se quedaron cinco días, y el 17 o 18 de junio llegaron a la ciudad de México, donde Cortés los recibió con notable acatamiento.[14] Es decir, que recorrieron los 430 km que hay entre la ciudad de México y el puerto de Veracruz en 21 días: 20 km por día, pero a pie y descalzos.

Del viaje del también franciscano fray Alonso Ponce, designado comisario general de su orden en México, existe la admirable crónica que escribió uno de sus acompañantes, fray Antonio de Ciudad Real. El nuevo comisario y su comitiva llegaron a San Juan de Ulúa el 12 de septiembre de 1584, y a la capital de la Nueva España el 28 del mismo mes, en sólo 16 días. Algo menos apostólicos que los primeros doce, ellos viajaban en bestias y con dos criados. Su itinerario fue el siguiente: San Juan de Ulúa-Veracruz-La Antigua-Jalapa-Las Vigas-Perote-Huamantla-Tlaxcala-Puebla-Cholula-San Nicolás-Tlalmanalco-Chalco-Xochimilco y ciudad de México. Pese a las muchas fiestas y recibimientos del camino, recorrieron cerca de 27 km diarios en promedio, porque el padre comisario tenía urgencia de llegar a la ciudad, con anticipación a la fiesta de San Francisco, en que debía predicar. Ya para entonces existían numerosos conventos franciscanos donde se alojaban, así como algunas ventas en el camino.[15]

---

[14] Fray Gerónimo de Mendieta, *Historia eclesiástica indiana* (1573-1597), ed. de Joaquín García Icazbalceta, México, 1870; 2ª edición facsímil, Biblioteca Porrúa 46, Editorial Porrúa, México, 1971, parte III, cap. 12.

[15] Antonio de Ciudad Real, *Tratado curioso y docto de las grandezas de la Nueva España. Relación breve de algunas cosas de las muchas que sucedieron al padre fray Alonso Ponce en las provincias de la Nueva España siendo comisario general de aquellas partes* (1584-1589), edición, estudio preliminar, apéndices, glosarios, mapas e índices por Josefina García Quintana y Víctor M. Castillo Farreras, prólogo de Jorge Gurría Lacroix, Universidad Nacional Autónoma de México, Instituto de Investigaciones Históricas, México, 1976, 2 vols., t. I, pp. 11-15 y mapa 2.

Existe otra crónica de un viaje, interesante en muchos aspectos, aunque queda fuera del límite cronológico impuesto: Cristóbal Gutiérrez de Medina, *Viaje del virrey marqués de Villena* (1640), introducción y notas de don Manuel Romero de Terreros..., Imprenta Universitaria, México, 1947, pp. 49-79. Sesenta años más tarde que el viaje de fray Alonso Ponce, el cortejo del nuevo virrey, de San Juan de Ulúa a la ciudad de México, duró dos meses y cuatro días, con una catarata tal de recibimientos, festejos y banquetes —uno de ellos, en la venta y hospital de Perote,

Ventas y mesones en México

Cortés, como ya se apuntó, tuvo la preocupación de mantener expedito el camino a Veracruz, esencial primero para el abastecimiento militar y luego para la comunicación y el comercio con España. El 26 de octubre de 1530, en el Cabildo de la ciudad de México, se habló de la necesidad de hacer ventas en el camino nuevo para carretas que entonces se construía entre Veracruz y la ciudad.[16]

Las ventas o mesones habían comenzado a instalarse desde fines de 1525. El 1º de diciembre de este año el Cabildo de la ciudad de México dio licencia a Pedro Hernández Paniagua para establecer un mesón en la capital[17] —posiblemente en la calle de Balvanera o en la de Mesones, supone Luis González Obregón.[18] En cuanto a las ventas en el camino a Veracruz, indispensables para pernoctar en un viaje de muchos días, ya existía por entonces la de San Juan, atendida por Francisco de Aguilar, en la Villa

"con 24 platos, uno mejor que otro"— que sorprende que el marqués llegara vivo a su destino. El itinerario seguido es casi el mismo que el de los frailes, con las novedades de que para entonces era posible alojarse en varias ventas —del Río, del Lencero, de Perote y de Martínez, en San Juan de los Llanos—, y que a partir de Perote ya existía camino carretero, pues se usaron las tres carrozas traídas por el señor de Villena. Los recorridos diarios fluctuaban de 2 a 5 leguas, esto es, de 11 a 27 kilómetros.

El capuchino Francisco de Ajofrín, en su *Diario del viaje que por orden de la sagrada congregación de Propaganda Fide hizo a la América Septentrional* (1763), narró también con pormenores el camino que hizo de Veracruz a México, pasando por Jalapa y Puebla.

Y a principios del siglo XIX, el barón Alejandro de Humboldt, en su *Ensayo político sobre el reino de Nueva España*, dio una información muy precisa sobre los caminos principales entonces existentes en México.

Para una información más amplia acerca de los caminos en el México prehispánico y colonial, véase Francisco González de Cosío, *Historia de las obras públicas en México*, advertencia preliminar del ingeniero Luis F. Bracamontes, secretario de Obras Públicas, edición de la Secretaría de Obras Públicas, México, 1973, 4 vols., t. II, cap. XVIII, pp. 475-519.

[16] *Actas de Cabildo de la ciudad de México*, paleografiadas por el licenciado Manuel Orozco y Berra, edición del "Municipio Libre" publicada por... Ignacio Bejarano, México, 1889-1916, 54 vols., t. II, pp. 66-67. *Guía de las actas de Cabildo de la ciudad de México. Siglo XVI*, ed. Edmundo O'Gorman, Fondo de Cultura Económica, México, 1970, p. 65.

[17] *Actas de Cabildo*, t. I, p. 63.

[18] Luis González Obregón, "Los mesones", en *Época colonial. México viejo. Noticias históricas, tradiciones, leyendas y costumbres*, Librería de la Vda. de Ch. Bouret, París, México, 1900, p. 32. Véase también Lucas de Palacio, *Mesones y ventas de la Nueva España*, Editorial Prisma, México, 1944.

Rica de la Veracruz.[19] Y en las mismas *Actas de Cabildo* consta que el 10 de octubre de 1525 se autorizó al mismo conquistador Aguilar a construir otra entre Medellín y Veracruz.[20] Bernal Díaz refiere que el soldado de Cortés apodado *Lencero* puso una venta en el lugar que lleva su nombre, cercano a Jalapa.[21] El 14 de septiembre de 1526 el Cabildo autorizó a Rodrigo Rengel a abrir un mesón en Cholula.[22] Y la venta de Perote la había fundado tiempo atrás "un tal Pedro o Pero Ansures, a quien por su gran estatura llamaban *Perote* los arrieros" —de donde vino el nombre del lugar—;[23] de ella hay constancia en las *Actas* de que el 15 de julio de 1527 la arrendó un carpintero llamado Martín Pérez.[24]

Estas ventas eran instalaciones muy precarias, de chozas con techos de paja, con lo indispensable para que tuvieran algún descanso y comida los pasajeros y sus bestias.

Precios en las ventas

Desde los primeros años de la dominación española en la Nueva España se expidieron, adaptando las existentes en España, ordenanzas y aranceles para regular los precios que debían guardarse en estas ventas. Hernán Cortés expidió unas ordenanzas, que deben ser de 1523 o 1524, para quienes tuvieran ventas o mesones en el camino entre Veracruz y la ciudad de México.[25] Y el

---

[19] *Actas de Cabildo*, t. I, pp. 63-64.
[20] *Ibid.*, t. I, p. 58.
[21] Bernal Díaz del Castillo, *Historia verdadera*, cap. ccv: "Y pasó también otro soldado que se decía por sobrenombre *Lencero*, cuya fue la venta que ahora se dice de *Lencero*, que está entre la Veracruz y la Puebla, y fue buen soldado y murió de su muerte".
[22] *Actas de Cabildo*, t. I, p. 105.
[23] González Obregón, *op. cit.*, p. 35.
[24] *Actas de Cabildo*, t. I, p. 136.
El inglés Roberto Tomson, viajero por la Nueva España en 1555, refiere que "a media jornada de Veracruz, camino de México" se alojó en la venta de la Rinconada, "donde se encuentra una gran pirámide", y más adelante en la de Perote, "donde hay unas casas pajizas, cuyos moradores son españoles que tienen por oficio hospedar a los caminantes", y en fin, se refiere también a la venta de Ozumba: *Relaciones de varios viajeros ingleses en la ciudad de México y otros lugares de la Nueva España. Siglo* XVI, recopilación, traducción y notas de Joaquín García Icazbalceta, Biblioteca Tenanitla 5, Ediciones José Porrúa Turanzas, Madrid, 1963, pp. 26-27 y 35.
[25] Hernán Cortés, *Cartas y documentos*, Biblioteca Porrúa 2, Editorial Porrúa, México, 1963, pp. 356-358.

Cabildo de la ciudad de México, el 9 de enero de 1526, expidió un arancel que debían respetar los mesoneros de la ciudad.[26]

En las ordenanzas de Cortés se dispone que el vino se cobre a medio peso de oro el azumbre (dos litros), en el puerto y hasta diez leguas de distancia, y que se aumente medio peso por cada diez leguas de alejamiento. La posada costaba dos tomines con cabalgadura y uno a los que viniesen a pie; y se fijaban precios para "gallinas de la tierra" o guajolotes, gallinas y pollos de Castilla; conejos, codornices, puerco, venado, maíz y huevos —se supone que de gallina y no de "pípilas"— que eran excesivamente caros: "medio real de oro, que son tres tomines" cada uno.

Los aranceles de la ciudad de México, en 1526, son más escuetos. Por el vino, se autoriza una ganancia de un tercio, de "como valiese por arrobas en la ciudad". Por cada comida o cena, con "asado e cocido e pan y agua", un tomín de oro. Por el alojamiento, con "cama de su jergón e ropa limpia", un real —lo mismo que en las ordenanzas de Cortés. Y se establecen precios para el almud de maíz: medio real, y para el aceite y vinagre: ganancia de un tercio, como para el vino.

La historia de Sebastián de Aparicio

La construcción de un camino carretero, que se iniciaría por esos años, está ligada a la hermosa leyenda o historia de Sebastián de Aparicio.

Refiere fray Agustín de Vetancurt que Sebastián de Aparicio fue un gallego, nacido en Gudiña, pueblo de labradores cercano a Monterrey, en 1502; que mozo se ocupó en la labranza; luego pasó a Salamanca, donde sirvió en un cortijo, y a Sanlúcar de Barrameda, en la labranza de trigo. En 1531 o 1533 se embarcó para la Nueva España. De Veracruz pasó a Puebla, recién fundada, donde fue el primero en hacer carretas y en poner yugo a los novillos "con admiración de los indios". Propúsose luego emplear estas carretas para "conducir de Veracruz lo que venía de España", de lo que se ha deducido que también fue el constructor de los primeros caminos carreteros o empedrados. Después del de

---

[26] *Actas de Cabildo*, t. I, p. 71.

Veracruz se ocupó en habilitar y comerciar en el camino a Zacatecas, tierra de chichimecas entonces muy peligrosos. Por el riesgo del camino, en 1552 vendió Sebastián su cuadrilla de carretas y compró labores de trigo en Tlalnepantla, y más tarde una hacienda entre Azcapotzalco y Tenayuca.

Desde su juventud, Sebastián, que debió ser tan fortachón y atractivo para las mujeres como decidido a conservar su pureza, había tenido muchas tentaciones resistidas: en Salamanca lo acometió la viuda rica y hermosa para quien trabajaba; en Sanlúcar tuvo guardada cuarenta días una muchacha y ya en México casó dos veces, aunque sólo para proteger a doncellas pobres, que siguieron siéndolo. Ambas a su turno murieron y él quedó desconsolado. Con muchos años y solo pidió consejo a un religioso, quien le propuso dar todo lo que tenía —sus haciendas, un atajo de ovejas y un negro— a las clarisas, que eran las monjas más pobres. Así lo hizo y, además, a los 70 años, en 1572, logró que lo aceptaran como lego en la Orden de San Francisco, y profesó al año siguiente. No firmó por no saber "escribir ni firmar".

Ya lego franciscano, y como si los años no contaran para él, puso sus habilidades y su fuerza al servicio de los conventos a que se le destinó, especialmente al de Puebla. Construyó de nuevo carretas y se agenció bueyes para recoger la limosna del campo. Y volvieron a acumularse las leyendas acerca de su fuerza y sus virtudes: cruzaba los vados de los ríos crecidos sin que se mojara su carga; cuando en el camino su carreta perdía una rueda, él solo la alzaba con las espaldas y reponía la rueda; sus bueyes, a los que llamaba coristas, obedecían sus órdenes con precisión; los animales bravíos se volvían dóciles con él; los vecinos taimados lo acataban; nunca llegó a aprender oraciones, santorales o fiestas, pero salía de los apuros con simplicidad; se sentaba siempre en las gradas o en los umbrales porque decía: "mejor está la tierra sobre la tierra"; y los niños de la región le llamaban "el fraile loco". Cuando algunos religiosos lo acusaron de "que no sabía rezar ni parecía cristiano", el guardián lo reprendió: "Venga acá bruto tan bruto como los bueyes con que vive, ¿qué hace de su vida?", y él respondió: "Hago lo que me manda la obediencia por amor de Dios, no puedo más, que si más pudiera más hiciera". Lo quitaron de sus carretas y se empeñaron en enseñarle oraciones, pero su memoria y rudeza no le ayudaban; y cuando las limosnas que recibía el convento decayeron, lo volvieron a sus carretas.

Comenzaron a propagarse en la región de Puebla sus milagros, y él mismo anunció su muerte, que ocurrió el 20 o 25 de febrero de 1600, cuando contaba 98 años.[27] Sus restos se conservan en la iglesia de San Francisco, en Puebla, donde lo tiene por patrono el gremio de conductores de vehículos. En 1798 la Iglesia lo declaró beato.

Cualquiera que haya sido la obra realizada por el franciscano carretero, el viaje a Veracruz se hacía a pie, como los frailes; a caballo o en mulas; "a lomo de indios", o sea, sentado en una silla con apoyo para los pies, que cargaba en la espalda un indio —como todavía viajó por el país el barón de Humboldt a principios del siglo XIX y el arqueólogo y fotógrafo Désiré Charnay a mediados de esa centuria—; o en literas, cargadas por hombres o por bestias. El empedrado del camino fue avanzando lentamente, y se hizo necesario construir puentes para el paso de los ríos. A mediados del siglo XVII (véase nota 15) ya existía camino practicable para carrozas entre Perote y la ciudad de México. Y las

---

[27] Fray Agustín de Vetancurt, *Menologio franciscano, Teatro mexicano*, descripción breve de los sucesos exemplares, históricos, políticos, militares y religiosos del nuevo mundo occidental de las Indias..., en México por doña María de Benavides, viuda de Juan de Ribera, año de 1698, 4ª parte, 1697, pp. 16-24.

Antes de Vetancurt, contaron la vida de Aparicio: Fray Juan de Torquemada, *Vida y milagros del sancto confesor de Cristo F. Sebastián de Aparicio fraile lego de la Orden del seráfico P. S. Francisco, de la Provincia del Sancto Evangelio*, recopilada por..., en México, en la Imprenta de Diego López Dávalos, por Adriano César, 1602; fray Bartolomé de Letona, *Relación auténtica sumaria de la vida, virtudes y maravillas del V. P. Fr. Sebastián de Aparicio*, escrita en 1662, obra que descubrió y editó fray José Álvarez, O. F. M., Anales de la Provincia del Santo Evangelio de México, México, 1947, y fray Diego de Leiva en su *Vida de Aparicio*, impresa en Sevilla por Lucas Martín de Hermosilla, 1687, que aprovechó la obra del padre Letona. El padre Leiva fue enviado por su provincia mexicana a Roma como procurador general y agente de la causa de la beatificación de Sebastián de Aparicio, que se decretaría un siglo más tarde.

También escribieron sobre el mismo asunto: Diego López de Ávalos, Bartolomé Sánchez Parejo (*Vida*, reimpresa en México, 1965) y fray Joseph Manuel Sánchez Rodríguez, *Vida prodigiosa del V. siervo de Dios...*, Imprenta de D. Phelipe de Zúñiga, México, 1769.

Cuando se promovía la beatificación de Sebastián de Aparicio se publicó en Roma, 1789 (reimpresa en México, 1966), una *Colección de estampas que representan los [...] pasos del Beato Sebastián de Aparicio*. Completan esta lista las obras de Fernando Ocaranza (*La beatificación...*, México, 1934) y Miguel Palomar y Vizcarra (*La vida pintoresca del...*, México, 1963).

diligencias, que sólo llegarían en el siglo XIX, lograron acortar el viaje a tres días y medio, con escalas en Río Frío, Puebla, Perote y Jalapa. El paso por Río Frío, en las laderas boscosas del Iztaccíhuatl, era muy temido por los asaltos, como lo noveló Manuel Payno en *Los bandidos de Río Frío* (1889-1891) y lo estamparon los grabados de la época.

El mal temple de Veracruz

Veracruz era un lugar malsano, sobre todo en el verano. El comerciante inglés Roberto Tomson, que viajó por la Nueva España en 1555, cuenta que en su tiempo "muchos marineros y oficiales de los buques morían de las enfermedades que allí reinan" y señala como las causas de las fiebres agudas que sufrían los viajeros andar al sol de mediodía, comer sin moderación la fruta del país y, recién llegados, darse a las mujeres.[28] Y otro inglés, Juan de Chilton, quien, "deseoso de ver mundo", durante más de 17 años viajó por las Indias Occidentales, llegó a Veracruz en 1568 y refiere que los cerca de 400 factores y funcionarios que recibían y despachaban las cargas de los navíos que allí llegaban, sólo permanecían en el puerto desde fines de agosto hasta principios del abril siguiente, y que el resto del tiempo vivían en Jalapa, "lugar muy sano". Y añade esta noticia curiosa, que repiten otros testimonios: para disipar en Veracruz los malos vapores de la tierra, "acostumbraban pasear todas las mañanas por la ciudad, cosa de dos mil cabezas de ganado mayor".[29]

En fin, Juan López de Velasco, el Geógrafo y Cosmógrafo Mayor de Indias, que aunque no viajó por ellas acopió las informaciones geográficas disponibles, escribía poco antes de 1574, respecto a este puerto:

El temple de esta comarca es muy caliente y húmedo, de manera que en dos días se enmohece el hierro; ha sido siempre este pueblo muy enfermo, aunque de diez o doce años a esta parte no es tanto como

---

[28] "Viaje de Roberto Tomson, comerciante, a la Nueva España, en el año de 1555", *Relaciones de varios viajeros ingleses..., op. cit.* (véase nota 24), p. 26.
[29] "Notable relación de Juan de Chilton...", *Relaciones de varios viajeros ingleses, op. cit.*, p. 34.

solía y se ha mejorado mucho el temple dél; quieren decir que con el trato y aliento de los habitadores y ganados, o haberse quitado con un huracán grande unos médanos de arena que estaban junto al pueblo, a la parte de México.[30]

Sin embargo, aun en 1862 las tropas de la intervención francesa sufrieron muchas bajas por enfermedades durante su estancia en el puerto. Además, las instalaciones portuarias eran muy precarias, hasta que se emprendieron las obras de acondicionamiento del puerto a fines del siglo XIX. Carga y pasajeros tenían que trasladarse en barcazas de San Juan de Ulúa a La Antigua, y a menudo volcaban al cruzar el banco de arena que había en la desembocadura del río. Todo ello encarecía los transportes.

En tanto que los españoles eran muy decididos viajeros y poco les importaban peligros e incomodidades, los criollos y mestizos mexicanos parecían muy reacios a los viajes por mar. Así lo refiere Luis González Obregón:

Y emprender un viaje por mar [...] ¡ni pensarlo! En aquellos buenos tiempos los viajes por mar asustaban a los hijos de México más todavía [que los incómodos y peligrosos viajes por tierra]. Las tempestades, los piratas que abordaban los buques, ponían más terror y espanto que la muerte misma, y llegaron a correr tal fama de tímidos y resistentes mis paisanos para embarcarse, que los españoles marinos y mercaderes que por necesidad iban y venían a la Nueva España satirizaron a los hijos de esta tierra con un cantarcillo que así decía:

> Si la mar fuera de atole
> y las olas de tortilla,
> caminaran los criollitos
> hasta el puerto de Sevilla.[31]

---

[30] Juan López de Velasco, *Geografía y descripción universal de las Indias* (1574; 1ª ed., Madrid, 1880), edición de don Marcos Jiménez de la Espada, estudio preliminar de doña María del Carmen González Muñoz, Biblioteca de Autores Españoles, de Rivadeneyra, vol. 248, Ediciones Atlas, Madrid, 1971, p. 110.
[31] Luis González Obregón, "Del palanquín al automóvil", *México viejo y anecdótico*, Librería de la Vda. de Ch. Bouret, París, México, 1909, pp. 103-104.

II. FORMALIDADES, PERMISOS Y RESTRICCIONES

Los permisos de viaje y las concesiones iniciales

En el siglo XVI, y en los inmediatos siguientes, para viajar a las Indias o volver de ellas era necesario, en segundo lugar, tener un permiso expedido por la Casa de la Contratación de las Indias, que residía en Sevilla, o bien de las Reales Audiencias, los virreyes o los gobernadores de las Indias. Estos permisos comenzaron por ser muy abiertos; las circunstancias los fueron haciendo rigurosos, aunque siempre se encontraron resquicios para burlarlos.

En los años inmediatos al descubrimiento, pocos querían viajar a lo desconocido. Para evitar más gastos a los reyes —y promover el poblamiento de las islas—, el almirante Cristóbal Colón les propuso que concedieran perdón de delitos, y aun de muertes no aleves, a quienes quisieran ir a servir por uno o dos años, según sus culpas, a la isla Española. Los Reyes Católicos accedieron y firmaron la provisión en Medina del Campo, el 22 de junio de 1496, y añadieron otra por la cual los condenados a destierro debían serlo a dicha isla.[1] Éste fue un mal consejo, y puede suponerse que apenas se cumplió. Sin embargo, unos años después,

[1] Antonio de Herrera, *Historia general de los hechos de los castellanos en las islas y tierra firme del mar océano* (1601), década primera, lib. III, cap. ii. Estas provisiones reales no se registran en la *Recopilación de leyes de los reinos de las Indias*, de 1681 (Madrid, 4 vols., reimpresos por Ediciones de Cultura Hispánica, Madrid, 1973), obra que, en su libro IX, títulos 26 y 27, es una de las fuentes principales acerca de las prescripciones relacionadas con los pasajeros de Indias. Los restantes títulos de este libro se refieren a las reglas que debían seguir los barcos, la navegación, los marinos, el comercio naval y los puertos.

Otras fuentes importantes respecto a estos temas son la magna obra de Juan de Solórzano Pereyra, *Política indiana* (1648), que puede consultarse en el facsímil de la edición de Madrid, 1776, impreso por la Secretaría de Programación y Presupuesto, México, 1979, 2 vols., o en la edición de la Biblioteca de Autores Españoles, de Rivadeneyra, vols. 252-256, Ediciones Atlas, Madrid, 1972, 5 vols., y la obra de Joseph de Veitia Linage, *Norte de la contratación de las Indias occidentales*, Sevilla, 1672 (reimpresa por la Comisión Argentina de Fomento Interamericano, en Buenos Aires, 1945, edición citada aquí), notable tratado de la organización del comercio colonial hispánico, que se refiere al tema de los pasajeros en sus capítulos XXIX, XXX y XXXI del lib. I.

por cédula de Fernando el Católico, dada en Burgos el 9 de septiembre de 1511, se permitió pasar a las Indias, islas y tierra firme a todos cuantos quisiesen, sin pedirles información, y con sólo anotar sus nombres.[2] Aún seguía siendo la principal preocupación que las nuevas tierras se poblasen.

Pero, en cuanto las Indias se multiplicaron con nuevas tierras de riqueza legendaria, codiciadas por muchos, y la Reforma impuso la preocupación por los extranjeros y los herejes, se precisó y fue haciendo más rígida la reglamentación para poder viajar o volver del nuevo mundo.

Maraña de prohibiciones y exigencias

A partir de 1518 se suceden las disposiciones reales para reglamentar el paso a las Indias, sancionar a los que viajaban sin licencias, impedir el paso de los herejes y prohibir el viaje a España de los nativos del nuevo mundo. Las prescripciones acabaron por constituir una maraña —para cuyo incumplimiento siempre existían recursos— que muestran cuáles eran las preocupaciones dominantes en este aspecto.

Los españoles nacidos en las Indias requerían permiso para viajar a España, y se prohibía el paso a las Indias, salvo expresa licencia del emperador, de moros, judíos o sus hijos, así como de gitanos y de

> ningún reconciliado, ni hijo ni nieto del que públicamente hubiere traído sambenito; ni hijo ni nieto de quemado o condenado por la herética pravedad y apostasía por línea masculina ni femenina, puede pasar ni pase a nuestras Indias, ni islas adyacentes, pena de perdimiento de todos sus bienes para nuestra cámara.[3]

Prohibíase, asimismo, el paso de esclavos "blancos, negros, loros, mulatos ni berberiscos", aunque el emperador podía dar licencia cuando formaban parte del servicio de sus dueños.[4]

A partir de 1552, por disposición de Felipe II, los pasajeros que

---

[2] Veitia Linage, *op. cit.*, lib. I, cap. XXIX, p. 303.
[3] *Recopilación de leyes*, lib. IX, título XXVI, leyes xv y xvi.
[4] *Ibid.*, leyes xvii y xviii.

solicitaban permiso a la Casa de la Contratación para viajar a las Indias debían presentar informaciones previas hechas en sus tierras diciendo quiénes eran y qué no eran. Aunque la preocupación mayor de las prohibiciones eran los luteranos, moros y judíos, en 1559 se daba por supuesto que algunos de ellos vivían en las Indias, puesto que se encargaba a los prelados que vigilasen que no tuvieran los tales oficios públicos.[5]

La exigencia de las informaciones previas —certificados de buena conducta— causaron muchos problemas al presidente y jueces de la Casa de la Contratación. En carta del 4 de julio de 1617 decíanse afligidos ante el hecho de que la mayor parte de los solicitantes no traían sus papeles en regla; unos correspondían a otras personas, otros eran muy antiguos, otros no traían pruebas suficientes de que los solicitantes eran solteros, no sujetos a votos religiosos ni estaban comprendidos en las prohibiciones. Como podían, los oficiales de la Casa suplían las informaciones faltantes con testigos de la tierra de los solicitantes y exigían fianzas. Por su parte, quienes querían viajar decían que "llegaban a Sevilla tan gastados" que se desesperaban ante exigencias difíciles de subsanar.[6]

Los caminos de la evasión
y las sanciones para extranjeros

Al parecer, el procedimiento más fácil que seguían los extranjeros que deseaban viajar a las Indias, para comerciar o simplemente para conocer el mundo, era el de comprar licencias reales, como cuentan llanamente que lo hicieron en 1555 el comerciante inglés Roberto Tomson, su paisano Juan Field y la mujer, hijos y domésticos de este último. Tomson no precisa a quién compraron las licencias, aunque puede suponerse que fuera a la propia Casa de la Contratación; y agrega la información de que varios ingleses vivían en las Canarias, y que el barco en que viajaron a Santo Domingo y a Veracruz era de un inglés, y otro comerciante que viajaba lo era también, de modo que en aquella nave iban a las Indias en total ocho o diez ingleses.[7]

---

[5] Veitia Linage, *op. cit.*, lib. I, cap. xxix, p. 304.
[6] *Ibid.*, pp. 310-311.
[7] "Viaje de Roberto Tomson...", *Relaciones de varios viajeros ingleses...*, *op. cit.*, pp. 10-12.

Que, a pesar del rigor de los controles, eran muchos los que pasaban a las Indias sin licencia en regla lo muestra la ley que se expide el 25 de noviembre de 1604, que se refrenda varias veces y luego se aumentan sus sanciones: los pasajeros que se embarquen sin licencia serán castigados con cuatro años de galeras, "o si fuesen personas de calidad en diez años en Orán"; a los capitanes y demás oficiales de los barcos que llevaren pasajeros sin licencia llegó a amenazárseles, por cédula del 1º de noviembre de 1607, con pena de muerte, en 1620 se aumentó la sanción a los infractores a ocho años en galeras; y en 1566 y en 1599 se encargó a los virreyes y gobernadores que enviaran presos a los que estuviesen en las Indias sin licencia. Toda esta creciente severidad —tendente principalmente a evitar en las Indias los peligros políticos mayores y el contagio de cuanto se consideraba herejía— no impidió que en México y en el Perú pudieran registrarse, varios siglos más tarde, las huellas y desventuras de numerosos judíos.

En el último tercio del siglo XVII, cuando el acucioso don Joseph de Veitia Linage, oficial y tesorero de la Casa de la Contratación de Indias durante treinta años, escribe su *Norte de la contratación de las Indias occidentales*, y se permite una de las contadas opiniones personales que hay en su tratado, es sorprendente que no le inquieten cuestiones religiosas, sino estrictamente económicas, al comentar el reblandecimiento que advierte en su tiempo respecto a los pasajeros no deseados:

> este rigor de penas —escribe— está en los tiempos presentes muy mitigado, pues con una condenación pecuniaria se purga este delito; y yo creyera que cuando no con todo el rigor de la ley, debiera haberle mayor que el que se estila, pues no sirve la copia de "llovidos" (que así se llaman a los que van sin licencia), sino de poblar de vagamundos las Indias, y de ir quinientos mercaderes de poquito en una flota, que destruyen las ferias, y arruinan a los verdaderos cargadores, en gran perjuicio de la causa pública.[8]

Los permisos de viaje eran personales, intransferibles, válidos para dos años y después caducaban.[9] Asimismo, en los permisos o autorizaciones debían guardarse las condiciones en ellos señaladas. Recuerda Veitia Linage que a don Francisco de Borja, prín-

---

[8] Veitia Linage, *op. cit.*, pp. 305-306.
[9] *Recopilación, ibid.*, ley vi, de 1584.

cipe de Esquilache y virrey del Perú, el rey le autorizó en 1615 llevar a España veinte mil ducados de mercaderías, sin pagar derechos. Pretendió embarcarlas en la flota siguiente en que él viajó, y se le negó el cambio.[10]

La historia del capitán Zapata, que era Emir Cigala

Las infracciones a esta tupida red de prohibiciones a los pasajeros registran un caso muy divertido. En 1561 llegó a la Villa Imperial de Potosí —el riquísimo centro minero del altiplano hoy boliviano— el capitán Georgio Zapata, quien decía haber servido al virrey de Sicilia y duque de Medinaceli. Hízose amigo del alemán Gaspar Boti y de su minero, el asturiano Rodrigo Peláez. Recibía Zapata un modesto salario y, junto a un buen maestro, aprendió el conocimiento de los metales. Explorando por su cuenta, encontró Zapata una veta muy rica en plata que comenzaron a explotar primero él y Peláez, y luego en unión de su amo Boti, sin manifestar su descubrimiento. Durante diez años la explotaron los tres.

Cuando murió Gaspar Boti, manifestaron la mina que se llamó la Zapatera, y continuaron enriqueciéndose Zapata y Peláez. El capitán Georgio Zapata "hízose tan estimado en toda esta Villa que no se tenía por noble quien no solicitaba su amistad [...] fue (según dice Antonio de Acosta) alto de cuerpo, bien proporcionado en sus miembros, de grandes fuerzas y muy hermoso y grave gesto, manso, benigno, liberal y muy limosnero".

Cinco años después de la muerte de Boti decidió volver a su patria. Rescató hasta doce arrobas de oro fino (138 kg) y reunió otros dos millones de pesos de plata. Y tras de hacer muchos regalos, se despidió de todos los vecinos.

"Se partió, no para la España [...], sino a la Turquía, pues había nacido, y criádose en Constantinopla, turco de nación, aunque habido en una cristiana griega, según se supo después por sus mismas cartas; y su propio nombre era Emir Cigala." En Constantinopla, "patria suya y cruel madrastra de la Cristiandad", el de nuevo Emir Cigala se presentó con el sultán Amurates III, dio-

[10] Veitia Linage, *op. cit.*, p. 311.

le cuenta de su historia en los pasados diecisiete años y le entregó parte del oro que llevaba del Perú. En reconocimiento, el sultán lo nombró general de las galeras turcas, y luego el sucesor del sultán, Mahomet, lo hizo uno de sus visires. Como tal logró la toma de Agria, el 11 de octubre de 1588, y tuvo otras victorias en daño de algunas provincias cristianas, por lo que llegó a ser virrey o regente en Argel.

Mientras tanto, su antiguo amigo y socio, Rodrigo Peláez, también enriquecido, volvió a Oviedo, que era su patria. Allí gozaba de su riqueza hasta que en 1596 fue a Cádiz, con ánimo de volver al Perú. Lo sorprendió la cruenta toma de este puerto por los ingleses, y Peláez perdió toda su hacienda y su libertad. Fujino de Praet, un francés, lo llevó cautivo a Londres y luego a Francia. Pasó como esclavo de amo en amo hasta que fue vendido a unos moros africanos que lo llevaron a Argel, y allí lo traspasaron a Cara Cigala, hermano menor de Emir Cigala.

Gracias a esta última coincidencia, un día descubrió Emir a su antiguo amigo vuelto esclavo. Uno a otro se contaron sus sucesos, y "diole cuenta Cigala de cómo siempre había profesado la ley de Mahoma y ocultádola entre los cristianos, como lo podría haber visto en quince años que estuvieron juntos". Dos meses después, "con todo secreto lo envió a España con muchas preseas de oro que le dio, de donde escribió don Rodrigo todo lo que queda referido a esta Villa, en cuyos pliegos vino la carta de Emir Cigala, escrita en muy buen castellano, aunque con algunas cláusulas en arábigo".

Cuenta esta linda historia, digna de Cervantes y de *Las mil y una noches,* Bartolomé Arzans de Orsúa y Vela o Nicolás de Martínez Arzanz y Vela en su *Historia de la villa imperial de Potosí.*[11]

---

[11] Nicolás de Martínez Arzanz y Vela, *Historia de la villa imperial de Potosí* (MDXLV-MDLXXVII) [c. 1705], la publica, con una introducción, Gustavo Adolfo Otero, Fundación Universitaria Patiño, Emecé Editores, Buenos Aires, 1943 y 1945, cap. 35. Bartolomé Arzans de Orsúa y Vela, *Historia de la villa imperial de Potosí,* nueva edición por Lewis Hanke y Gunnar Mendoza, Brown University Press, 1965, 3 vols., cap. IX. En esta edición crítica cambia el nombre y uno de los apellidos del autor y al turco se le llama "emir Cigala" y no Emir Sigala.

Permisos a las mujeres y a los religiosos

Las mujeres merecían atención especial en esta legislación relacionada con los pasajeros. A las solteras se les prohibía viajar, aunque llegaron a permitirse algunas lavanderas. En cambio existían varias providencias tendientes a cuidar los matrimonios. A quienes estuviesen casados en las Indias y residiesen en España, se les daba no sólo licencia, sino que se les apremiaba a volver junto con sus mujeres. Éstas recibían licencia para viajar, acompañadas de algún deudo, para reunirse con sus maridos en Indias. Los "cargadores", esto es, los que comerciaban más o menos en grande (entre doscientos y trescientos mil maravedís), una vez obtenido el consentimiento de su mujer para ausentarse hasta por tres años, recibían licencia especial que los eximía de comprobar que las mujeres que llevaban eran las suyas, "por la obligación que dejan hecha, y fianza dada de volver a estos reinos dentro de tres años".[12]

Respecto a los religiosos existían también prescripciones especiales. Para que se autorizara su viaje, debían tener instrucciones formales de sus superiores, además de la licencia normal de las autoridades. Desde 1530 se prohibió el paso de los frailes extranjeros, aun con licencia de sus superiores.[13] Sin embargo, el dominico inglés —luego convertido al protestantismo— fray Thomas Gage no tuvo dificultades para embarcarse en Cádiz en 1625, rumbo a la Nueva España, para seguir a Filipinas, y luego preferir viajar por México y Centroamérica. Lo que muestra que estas prohibiciones podían olvidarse o burlarse.[14] Veitia Linage informa que en 1655 se tuvo noticia de que habían pasado a Indias algunos jesuitas extranjeros, lo que motivó que se repitiesen instrucciones a la Casa de la Contratación para que a todos los religiosos se les exija el permiso del Consejo. Sin embargo, pocos años después, los padres de la Compañía obtuvieron una cédula, del 10 de diciembre de 1664, por la cual se permitía que fuera a las Indias la cuarta parte de religiosos extranjeros. Comenta

---

[12] Veitia Linage, *op. cit.*, pp. 307-309.
[13] *Ibid.*, lib. I, cap. xxx, pp. 320-321.
[14] Thomas Gage, *Travels in the New World*, edición e introducción de J. Eric S. Thompson, University of Oklahoma Press, Norman, 1958.

Veitia Linage que, hasta el año de 1669 en que escribe, sólo se había usado una licencia, para el milanés Francisco María Lita, que viajó a México.[15]

A los religiosos de cuyas órdenes no hubiese conventos establecidos en Indias no se permitía el paso, desde 1588, y especialmente se singularizó esta prohibición, sin explicar el porqué, en "los del Carmen Calzados". En 1552 se impidió que los religiosos viajaran acompañados por "hermanas, o sobrinas, o primas para casarlas allá", pues se entendía que con ello se distraerían de sus tareas evangélicas. Y de las Indias a España, en 1561, se prohibió que viajaran a negocios ajenos a su religión; y en 1589 se impidió que los virreyes y gobernadores pudieran dar licencia a los clérigos para "venir a pretender a estos reinos". En fin, en 1553 se prohibió que "los religiosos puedan traer dineros de las Indias suyos, ni ajenos, ni por vía de encomienda".[16]

El problema de los extranjeros

En cuanto a los extranjeros, la severa prohibición general antes mencionada, que data de 1518 y se refrendó en años inmediatos (1522, 1530 y 1539), tuvo posteriormente modificaciones y excepciones. Con toda razón, al principiar el capítulo de su tratado que se refiere a esta cuestión, Veitia Linage se propone precisar quiénes no y quiénes sí son extranjeros. Según la legislación acumulada y vigente en el último tercio del siglo XVII, en España se consideraban no extranjeros a los naturales de los reinos de Castilla, León, Aragón, Valencia, Cataluña y Navarra; y se consideraban extranjeros a los franceses, genoveses, portugueses, holandeses, zelandeses, italianos, alemanes, ingleses "y todos los demás septentrionales" (cedulas de 1560, 1571 y 1608). Los napolitanos y sicilianos, gobernados por la Corona de Aragón, estaban en duda; y "con gran particularidad", los gitanos —"las personas que anduviesen en su traje, y usasen su lengua [...] con sus mujeres, hijos y criados"— debían ser echados de las Indias, por cédulas del 15 de julio de 1568 y del 15 de febrero de 1581.[17]

[15] Veitia Linage, *op. cit.*, lib. I, cap. xxx, pp. 320-321.
[16] *Ibid.*, pp. 323-326.
[17] *Ibid.*, lib. I, cap. xxxi, pp. 328-330.

FORMALIDADES, PERMISOS Y RESTRICCIONES

Si eran o no, para España, extranjeros los indianos, no se lo pregunta el autor del *Norte de la contratación*. Como los napolitanos o sicilianos, también estaban bajo el gobierno del reino. Pero, a pesar de ello, son objeto de provisiones y limitaciones especiales.

Las condiciones para naturalizarse eran ya semejantes a algunas de las actuales: haber residido en España o las Indias durante diez años y estar casados "con mujeres naturales dellos", según provisión del 21 de febrero de 1562. Años más tarde, por cédula del 2 de octubre de 1608, el requisito se aumentó a veinte años continuos, "los diez dellos con casa y bienes raíces, y estando casado con natural, o hija de extranjero nacida en estos reinos". A los solteros no se les permitía naturalizarse.[18]

Las sanciones contra los extranjeros sin licencia fueron sumamente severas: los que se encontrasen en las Indias (cédula de Toledo, del 26 de septiembre de 1560) serían echados y perderían sus bienes; y los que se encontrasen en los barcos de la carrera de las Indias podían ser ejecutados sin necesidad de consultarlo al rey. En confirmación del cumplimiento de medida tan rigurosa, que probablemente nunca llegó a aplicarse estrictamente, Veitia Linage cita como ejemplo lo que narra Bernal Díaz del Castillo en su *Historia verdadera de la conquista de la Nueva España* (cap. clix): el corsario francés Juan Florín captura el oro y los navíos en que iba Alonso de Ávila; en otra de sus correrías, el corsario topa con navíos "recios y de armada" que lo derrotan y apresan. Cuando lo llevan preso a la corte, el emperador ordena que en el camino lo ahorquen. Como parece obvio, en este caso se ordenó ajusticiar al corsario, que había robado y matado, y no al simple extranjero encontrado sin licencia en un barco.

En sólo dos casos se aceptaban extranjeros: los banqueros residentes en Sevilla, quienes podían seguir dando préstamos, y los marinos, oficiales y mecánicos, que servían en las flotas, y a quienes no se expulsaba.[19]

Veitia Linage sólo considera las disposiciones y los problemas que presentaba su aplicación, desde el punto de vista de la Casa de la Contratación de Sevilla.

---

[18] *Ibid.*, pp. 331-332 y 336.
[19] *Ibid.*, pp. 334-336.

Tolerancia de los extranjeros y oposición de las Cortes

Sin embargo, respecto a los extranjeros existían tolerancias en la práctica y contrapuestas tendencias políticas que, en ciertos casos, prescindían de las leyes. Ramón Carande señala que

> en 1503 existían en La Española, por lo menos, quince extranjeros. El 20 de marzo se les autoriza para que continúen allí, en vista de los servicios prestados, si bien se prohíbe que entren más en lo sucesivo.[20]

Pocos años más tarde Fernando el Católico accedió a que pudiesen tratar en Indias los extranjeros que estuviesen casados, con quince o veinte años de residencia en Sevilla, Cádiz o Jerez y que formaran compañías con castellanos. Y José Martínez Cardós observa que "con Carlos V se abre fuerte brecha en el monopolio comercial que los españoles tenían en Indias".[21] El emperador se había formado en tierras flamencas, algo de su sangre no era española y tenía que regir Estados muy diversos, cuyas aspiraciones particulares debía conciliar. Los banqueros alemanes que le prestaban dinero para sus guerras le pedían en cambio autorizaciones especiales para comerciar, primero en las Molucas (1522) y luego en las Indias (1528). Las Cortes de Castilla protestaban y el César prometía acatar su deseo. Sin embargo, el 20 de febrero de 1524 una real cédula autorizaba a los extranjeros a contratar en las Indias, aunque en compañía de los naturales; el 27 de marzo de 1528 Carlos V concedió que los alemanes colonizaran Venezuela y el 12 de septiembre del mismo año consintió en que pudiesen ir a las Indias todos sus súbditos, más los genoveses y portugueses.[22]

Las Cortes siguieron insistiendo y pidiendo que se guardaran las antiguas prohibiciones dadas por los Reyes Católicos. Argüían,

---

[20] Ramón Carande, *Carlos V y sus banqueros. La vida económica de España en una fase de su hegemonía. 1516-1556*, Madrid, 1943, edición completa, Madrid, 1967. Cito de la edición abreviada, Editorial Crítica-Grijalbo, Barcelona, 1977, 2 vols., t. I, p. 265.

[21] José Martínez Cardós, *Las Indias y las Cortes de Castilla durante los siglos XVI y XVII*, Instituto Gonzalo Fernández de Oviedo, Madrid, 1956, p. 38.

[22] *Ibid.*, pp. 38-39.

en 1538, el perjuicio que recibían los naturales "por la moneda que se saca de por tales contratantes". El monarca contestaba con evasivas. En 1542 volvieron a pedir sanciones contra los extranjeros y revocación de las cartas de naturalización que se les hubiesen dado. De nuevo el emperador eludió el problema. Y cuando en 1548 las Cortes reunidas en Valladolid insistieron, Carlos V les dio una respuesta seca y desabrida, diciéndoles que ya estaba respondida la cuestión en las Cortes pasadas. Comenta Martínez Cardós que "la finalidad que perseguía era la de que las Cortes no volvieran a pedirle lo que sus compromisos financieros le impedía conceder".[23]

"Felipe II, más compenetrado que su padre con las aspiraciones nacionales", volvió a limitar la concesión de licencias a extranjeros y dictó las disposiciones restrictivas principales al respecto. Con todo, "tanto Felipe II como sus sucesores siguieron concediendo autorizaciones particulares a favor de extranjeros para comerciar con las Indias".[24]

Para mayor perjuicio de España y de sus comerciantes, desde la primera década del siglo XVI entraron en acción los piratas, que inicialmente esperaban las naves españolas, cargadas de riquezas que se decían fabulosas, cerca de las costas españolas; y hacia mediados del siglo se inició el comercio clandestino, el contrabando, para proveer a los colonos españoles, sobre todo a los dispersos en las islas y costas del Caribe, de los productos que les faltaban, y que provenían, por lo regular, de la piratería.[25]

---

[23] *Ibid.*, p. 40.
[24] *Ibid.*, p. 41.
[25] *Ibid.*, pp. 74-75.

III. PASAJES, IMPUESTOS, SOCORROS Y PRECIOS

Arreglo de los pasajes e impuesto de la Avería

Una vez instalados en el puerto de salida y provistos de los permisos correspondientes, los pasajeros debían tratar con el dueño de un barco, su capitán o su maestre, próximo a partir, para establecer el pago del pasaje.

Las minuciosas prescripciones legales y reglamentarias para la operación de las naves no precisan cuáles debían ser las tarifas por pasajero. Como los galeones comerciales que hacían la carrera de las Indias eran de armadores privados, y sobre todo porque el transporte de pasajeros parecía considerarse un servicio adicional y poco importante, no llegaron a reglamentarse los pagos por pasajeros, acompañantes y bagajes, según las distancias recorridas. En cambio, sí existen ordenanzas precisas respecto a las tarifas que debían cobrarse por las diferentes especies de carga transportada, ya que ello constituía la actividad principal de la navegación comercial.

Los datos aislados de que se disponen respecto a pagos de pasajes son los siguientes. Desde fines del siglo XVI, cuando años atrás se había regularizado el tráfico comercial con las Indias y se había establecido el sistema de flotas protegidas con navíos de guerra, se determinó que toda la carga procedente de las Indias, "el oro, plata, joyas, piedras y perlas, y todo lo demás", debía pagar 6% de Avería, "y 1% de lo que para ellos se cargase". En cuanto a los pasajeros, sin excepción alguna —incluidos criados, subalternos, esclavos, dignidades eclesiásticas y civiles y empleados del Gobierno—, debían pagar veinte ducados de plata cada uno. A este impuesto especial se llamó la Avería.[1] Veitia Linage precisa que se inició desde 1521, y que se llamó "Armada de Avería" a la que se formó para proteger a los barcos que llegaban a los puertos de Andalucía, cuyo gasto se sacaba de un cobro a

---

[1] Veitia Linage, *op. cit.*, lib. I, cap. XX, 42, pp. 213-214.

prorrateo sobre el oro, plata y mercaderías que se transportaban. Inicialmente sólo se cobró la Avería por los bienes; y de 1%, que resultó insuficiente, se pasó a 5% en 1582.[2] A fines del siglo la cuota subió a 6% y se añadió el pago único de veinte ducados de plata por los pasajeros.

En cuanto al costo mismo del transporte de los pasajeros, en la *Recopilación de leyes* sólo se prohíbe cobrar más del pago concertado antes del viaje,[3] pero sin precisar las tarifas.

Algunos datos curiosos al respecto los da Alonso Enríquez de Guzmán, el "caballero desbaratado". Don Alonso quería ir al Perú y para ello, en 1535, después de cruzar el Estrecho, viajó del puerto de Panamá rumbo al puerto del Callao, probablemente. Como era jactancioso, anotó en sus Memorias cuanto llevaba y gastó en su transporte:

> Yo partí a veinte de marzo. Embarqué tres caballos —costáronme los fletes dellos cuatrocientos e cincuenta castellanos, a ciento e cincuenta cada uno —e cuatro criados e dos esclavos e una esclava— los criados a treinta castellanos y los esclavos a veinte; mi persona, con la cámara del navío, cien castellanos o pesos de oro, cual más quisiéredes, cuatro cajas, cada palmo a cuatro castellanos, con muy buen matalotaje.[4]

El socorro a los religiosos

Gracias a que, por ley dada por Felipe III el 10 de julio de 1607 —disposición que reglamentaba una práctica más antigua—, a los religiosos que pasaban a las Indias se les cubrían todos sus gastos, es posible conocer con cierto detalle cuánto importaba cada uno de ellos. Refiérense a este socorro tanto Solórzano Pereyra en su *Política indiana*, como Veitia Linage en su *Norte de la contratación*. La ley misma se recoge en la *Recopilación de leyes de*

---

[2] *Ibid.*, lib. II, cap. iv, 2-4, pp. 509-511.
[3] *Recopilación*, lib. IX, título XXXI, ley vii.
[4] Don Alonso Enríquez de Guzmán, *Libro de la vida y costumbres de...*, publicado por Hayward Keniston, Biblioteca de Autores Españoles, Rivadeneyra (continuación), vol. 126, Ediciones Atlas, Madrid, 1960, p. 136. Para viajar de España hacia el Perú, después de llegar a Portobelo o Nombre de Dios, se cruzaba el istmo viajando primero por el río Chagres, hasta el lugar llamado Cruces, y luego siguiendo por tierra al puerto de Panamá, sobre el Pacífico, donde se embarcaba de nuevo rumbo a los puertos peruanos.

los reinos de las Indias, y merece copiarse por entero por el cúmulo de curiosas informaciones que ofrece:

> Mandamos, que llegando a Sevilla los religiosos, que por nuestra cuenta pasan a las Indias, se les acuda y socorra por la Casa de Contratación, de nuestra Hacienda Real, en la forma siguiente:
> Hágase el cómputo desde que salen de sus conventos, y contándoles a ocho leguas por día, a razón de siete reales por la costa de cada religioso, y una cabalgadura, y dos reales para su sustento en cada un día de los que hubieren menester para prevenirse, y despacharse en Sevilla, y así se les pague lo que montare, con que no se hayan anticipado a ir a la dicha ciudad, porque sólo se les ha de acudir con este entretenimiento los días que se propusieren necesarios para despacharse; y si más se detuvieren, por causa de no salir la armada o flota en que se han de embarcar, se les continúen los alimentos de sus personas.
> Ajustando la cuenta, conforme a lo que ha menester un religioso de la Orden de Santo Domingo para su vestuario blanco y negro, cama, hechura, matalotaje, por el tiempo de la embarcación, para él y su criado, porte de los libros, flete hasta Sanlúcar, y los demás gastos precisos y necesarios, se den a cada uno novecientos y siete reales y diez maravedís: y más libramos en nuestras Cajas Reales de la Nueva España, diez y ocho mil trecientas y veinte y seis maravedís por el flete de cada religioso, y la parte de una cámara, que le toca desde Sanlúcar a Nueva España, y el flete de media tonelada de su ropa.
> Para cada religioso calzado de la Orden de San Francisco setecientos y noventa y seis reales y diez maravedís, y los oficiales reales de la Nueva España paguen de nuestra Real Hacienda por el flete de su persona y ropa diez y ocho mil trecientas y veinte y seis maravedís.
> Por cada religioso descalzo de la Orden de San Francisco setecientos y catorce reales y medio, y los oficiales reales de la Nueva España paguen por el flete, cámara, y media tonelada las dichas diez y ocho mil trecientas y veinte y seis maravedís.
> Por cada religioso de la Orden de San Agustín mil y cuarenta y nueve reales, que se entreguen en la misma forma, y los oficiales reales de la Nueva España paguen, como va referido, las diez y ocho mil trecientas y veinte y seis maravedís por el flete, cámara, y media tonelada.
> Por cada religioso de la Orden de Nuestra Señora de la Merced ochocientas y diez y siete reales, con que prevengan su vestuario, lienzo, matalotaje y portes, y los oficiales reales de la Nueva España paguen en la misma conformidad las diez y ocho mil trecientas y veinte y seis maravedís por el flete, y media tonelada.

Y para cada religioso de la Compañía de Jesús mil y veinte reales, que de la misma forma se considera por menor, que serán necesarios para todo su vestuario, portes, pasajes hasta Sanlúcar, y matalotaje; y los oficiales reales de la Nueva España paguen el flete desde Sanlúcar, y media tonelada de su ropa, a razón de diez y ocho mil trecientas y veinte y seis maravedís.

Y porque con esto los dichos religiosos se acomodan, y lo emplean a su satisfacción, ordenamos y mandamos a los dichos nuestros presidente y jueces oficiales de la Casa de Contratación, que a cada religioso de los que por nuestra cuenta fueren enviados a las Indias, se les dé lo referido, pagado en Sevilla en dineros de contado, entregándolo a sus comisarios, conforme a la costumbre, que hasta ahora se ha tenido, y a lo dispuesto por algunas leyes y ordenanzas de este libro, todo lo cual se observe y guarde, precediendo informes a los contadores de cuentas de nuestro Consejo de Indias, con las limitaciones y ampliaciones contenidas en las cédulas, que se despachan a la Casa de Contratación de Sevilla.[5]

Veitia Linage añade algunas precisiones y comentarios interesantes, respecto a la aplicación práctica de esta disposición a favor de los religiosos. Informa que, para los años en que escribía —1669—, era ya insuficiente la provisión para aviamiento, vestuario y matalotaje, que se había calculado en "tiempos en que valían a más moderados precios las cosas"; dice que se llamaba viático al diario sustento desde que los religiosos salían de sus conventos hasta que llegaban a Sevilla, y entretenimiento al socorro que recibían hasta que subían al barco; y en fin, que en los libros de la contaduría queda constancia de que se ajustaban los fletes y pasajes con el maestre o dueño del navío

> regulando a cada religioso sacerdote a cuarenta y nueve ducados de plata y los legos a treinta y seis (porque se supone que éstos embarazan menos al buque, respecto a que no llevan libros de ninguna facultad) y lo que esto importa se libra por el Presidente y jueces en las Cajas Reales de las provincias adonde van destinados.[6]

---

[5] *Recopilación*, lib. I, título XIV, ley VI. Solórzano Pereyra, *Política indiana*, lib. IV, cap. XXVI, 51.
[6] Veitia Linage, *Norte de la contratación*, lib. I, cap. XXX, 6.

Las cuotas de cada Orden

Solórzano Pereyra y Veitia Linage no hacen ningún comentario, sin duda porque la encuentran justa, respecto a la graduación de las cuotas asignadas a cada Orden, que sorprende a los lectores modernos. A todos se daban los mismos viáticos, o provisión para su sustento diario mientras llegaban a Sevilla —aunque cabe notar que la jornada de ocho leguas por día, o sea, cerca de 45 km, es excesiva y sólo podía hacerse con cabalgadura y en terreno llano—; y el mismo entretenimiento, mientras esperaban la salida del barco: siete reales para el camino, incluyendo el pienso de la cabalgadura, y sólo dos reales mientras esperaban en Sevilla. Pero, en cambio, para su "aviamiento, vestuario y matalotaje", es decir, para preparar cuanto necesitaban y adquirir sus ropas y los alimentos y cacharros para guardarlos y prepararlos —puesto que cada uno debía llevar consigo su aprovisionamiento completo para todo el viaje, salvo el agua—, las cuotas que recibía cada religioso variaban considerablemente según a la Orden a que pertenecieran. Por orden decreciente, son como sigue:

Agustinos	1 049 reales
Jesuitas	1 020 reales
Dominicos (con criado)	907 reales y 10 maravedís
Mercedarios	817 reales
Franciscanos calzados	796 reales y 10 maravedís
Franciscanos descalzos	714 reales y medio

Pueden presumirse algunas explicaciones ignorantes. Los agustinos y los jesuitas solían requerir más libros y comodidades; los dominicos necesitaban un criado y las tres últimas órdenes eran las más frugales y ascéticas, quedando en el extremo los franciscanos descalzos: sólo un hábito, un manto, un bordón y un breviario. La diferencia de algo más de 80 reales que recibían los calzados debía ser precisamente para ello. Y, como observa Veitia Linage, estas asignaciones, que Felipe III consideraba suficientes a principios del siglo XVII, ya no lo eran en el último tercio de ese siglo, por el encarecimiento de las cosas.

Equipajes, pasajes y cámaras

El pago del transporte de los equipajes de los misioneros, desde sus conventos hasta su llegada al puerto, no previsto como un gasto especial en la ley de 1607, comenzó a ser cubierto por la Casa de la Contratación en cumplimiento de una real cédula del 18 de marzo de 1538. Algunos frailes especialmente austeros —como observa Pedro Borges Morán— debieron viajar "sin otro equipaje prácticamente que lo puesto: el breviario y tres o cuatro menudencias más que se podían acomodar con holgura en un zurrón o mochila colgados del hombro o colocados en bandolera". Pero queda constancia de que otros frailes recibieron ayudas para transportar la ropa y libros que constituían su equipaje. En ocasiones se les compraba una mula o un asno, que luego se revendía en Sevilla, aunque lo más común era pagar a arrieros un tanto por cada arroba transportada.[7]

Respecto al precio de los pasajes en los barcos, para el transporte de los religiosos que venían de España a las Indias, las investigaciones de José Castro Seoane y de Pedro Borges Morán —que consultaron los papeles de la Casa de la Contratación en el Archivo General de Indias— permiten conocer con mayor precisión estos precios y su evolución en el siglo XVI. La práctica establecida desde 1530 era que los oficiales de Sevilla contrataban el precio con los dueños o maestres de las naves, les entregaban una constancia, y éstos lo cobraban en las cajas reales de los puertos de llegada. Los precios de los pasajes a las Indias, con los que Borges Morán, a base de los datos recogidos por Castro Seoane,[8] ha formado un cuadro, se reproducen a continuación (en ducados de 375 maravedís):

---

[7] Pedro Borges Morán, *El envío de misioneros a América durante la época española*, Bibliotheca Salmanticensis, Estudios 18, Salamanca, Universidad Pontificia, 1977, cap. IX, pp. 369-372.

[8] José Castro Seoane, O. de M., "Matalotaje, pasaje y cámaras de los religiosos misioneros en el siglo XVI", *Missionalia Hispanica*, 9, 1952, pp. 53-74. Borges Morán, *op. cit.*, p. 439.

Precios de pasajes para los religiosos

A La Española		A Nueva España		A Tierra Firme	
	Ducados		Ducados		Ducados
1508-1522	3				
1523-1531	4	1529	6		
1537	5	1530	4		
1538-1542	5 1/2	1534	6		
1548	7 1/2	1535-1537	5 1/3	1536-1540	5 1/3
1551	8	1538-1544	6	1540-1543	6
1555	14	1545-1548	8	1545-1548	8
1557	14	1548-1549	9 1/3	1549-1551	10
1560	12	1550	10	1551-1552	11
1595	14	1550-1552	11	1553-1555	16
1597	14	1553	16	1557-1562	20
		1555	19	1572-1573	22
		1555-1557	17	1598	24
		1557-1573	20	1599	20
		1559	18		
		1598	20		

La primera observación que se deduce de estas cifras es que, a lo largo del siglo, sus aumentos y las diferencias por las distancias son más bien caprichosos. De todas maneras, hay aumentos, de 4.7 tantos a la isla Española, de 1508 a 1597; de 3.3 tantos a la Nueva España, a partir de 1529; y de 3.7 a Tierra Firme, a partir de 1536. Sin embargo, hacia 1537-1538 los precios son casi iguales a los tres destinos. Y las tarifas suben y bajan, debido probablemente al espacio mayor o menor disponible en las naves.

Ahora bien, en tanto que la ley de Felipe III, de 1607, asignaba 18 326 maravedís, o sean 49 ducados, al pago de los pasajes de los religiosos, según el cuadro anterior el costo mayor de los pasajes, a la Nueva España o a Tierra Firme, sólo llegó a 20 y a 24 ducados a fines del siglo XVI. Borges Morán explica esta diferencia, afirmando que de los 49 ducados señalados por la ley, 20 correspondían normalmente al pasaje y el resto a la parte de la cámara y al equipaje.[9] Es posible que así haya sido, ya que el texto de la ley dice que los 18 326 maravedís, o 49 ducados, son "por el flete de cada religioso, y la parte de una cámara, que le toca

---

[9] Borges Morán, *op. cit.*, p. 440.

desde Sanlúcar a Nueva España, y el flete de media tonelada de su ropa". De todas maneras, parece excesivo casi duplicar el costo del pasaje por el equipaje y la parte de la cámara, de la que sólo podía disfrutar un reducido número de pasajeros. Las cámaras o camarotes, esto es, el cubículo que existía en el castillo de popa, que solía destinarse al capitán, y en cuanto las naves comenzaron a ampliarse, otros lugares privados bajo la cubierta, fueron objeto de un sobreprecio especial para los pasajeros. Con el propósito de que tuvieran un sitio privado donde recogerse y hacer sus oraciones, desde 1512 hay constancias de que se alquilaron a grupos de frailes. Los precios oscilaron a lo largo del siglo: 14 ducados en 1536, 37 en 1539, 26 y 35 en 1551, 60 entre 1551 y 1554, 110 de 1555 a 1558, 80 de 1559 a 1573 y 115 ducados en 1580.[10] Es posible que en algunos casos se tratara de una parte y en otros de la cámara entera o doble, según las posibilidades de las naves. De todas maneras, el precio del pasaje fijado para los religiosos en 1607, de 49 ducados, incluida "la parte de una cámara", parece exiguo teniendo en cuenta que 20 eran el costo del pasaje y el resto el transporte del equipaje y un lugar en la cámara. Y es evidente que el privilegio de la cámara, aun para los frailes, tenía un precio muy elevado.

Comparaciones

El precio del pasaje que se pagaba por los religiosos era siempre el mismo: 18 326 maravedís, que incluía la parte de una cámara y media tonelada de equipaje.[11] Veitia Linage, acostumbrado a las monedas fuertes, prefiere decir 49 ducados, que son aproximadamente lo mismo —el ducado equivalía a 375 maravedís—, y añade la información de que por los legos se pagaban sólo 36 ducados, porque éstos no llevaban libros. Y, como lo ha precisado Borges Morán, el pasaje mismo sólo costaba 20 ducados, a Nueva España o a Tierra Firme, a fines del siglo XVI.

El pago del pasaje por los religiosos debió ser inferior al de los

[10] *Ibid.,* pp. 441-442.
[11] Como se expondrá más adelante, la tonelada de esta época equivalía al desplazamiento convencional de dos pipas de vino o al peso de 20 quintales, aproximadamente 920 kilogramos.

pasajes normales, y acaso se impuso, por razones piadosas, a los dueños de los barcos. El rumboso don Alonso Enríquez de Guzmán dice que por un viaje de Panamá a Lima —menos de la tercera parte del viaje trasatlántico— pagó lo siguiente, en castellanos o pesos de oro:

3 caballos a 150 c/u	450
4 criados a 30 c/u	120
3 esclavos a 20 c/u	60
Su persona	100
y cuatro cajas, a 4 castellanos por palmo, supóngase 20	80
TOTAL	810 castellanos

Por el pasaje completo y con derecho a la cámara del navío, don Alonso pagó 100 pesos en 1535, equivalentes a 27 200 maravedís, o a 72 ducados y medio, más o menos 50% más de los 18 326 maravedís que a principios del siglo XVII pagaban los frailes, por un viaje tres veces más largo. Y los 810 castellanos o pesos que afirma haber pagado por su persona, criados, esclavos, caballos y equipaje, equivalen a 220 320 maravedís, o sea, 587 ducados y medio, cantidad excesiva y quizá exagerada.

El precio habitual de un pasaje de Panamá a Lima, sin concesiones adicionales, era, por esos mismos años, de 60 pesos de oro de minas; y de Huatulco —puerto cercano a Puerto Ángel, Oaxaca, habilitado por Hernán Cortés para el comercio con el Perú, por el Mar del Sur o Pacífico— a Lima era de 138 pesos.[12]

LAS MONEDAS EN EL SIGLO XVI

En atención a las menciones frecuentes de las unidades monetarias que existían en España y las Indias en el siglo XVI, se expone

---

[12] Compromiso de Juan de Mercado con Hernando Pizarro, del 13 de junio de 1537, en *The Harkness Collection in the Library of Congress, Documents from Early Peru*, doc. 13, pp. 32-36. "Carta de recibo de Juan de Chaves de ciertas escrituras del señor marqués", Guatemala, 8 de noviembre de 1540, ms. en AGN, Jesús, leg. 235, 2ª serie, exp. 3: ambos docs. citados en Woodrow Borah, *Comercio y navegación entre México y Perú en el siglo XVI* (1954), traducción de Roberto Gómez Ciriza, Instituto Mexicano de Comercio Exterior, México, 1975, p. 40 y n. 26.

en seguida lo esencial al respecto, así como algunos datos respecto a los precios. Después de la reforma dispuesta por los Reyes Católicos en 1497, la unidad monetaria en oro era el ducado, también llamado "excelente de Granada", que valía 375 maravedís; el peso de oro fino, que valía 440 maravedís, y el peso con base de oro, que era de varias clases y se llamaba peso de oro común, "peso del oro que corre" o peso de *tepuzque,* o sea, el mezclado con cobre. El valor de estos pesos fluctuaba, pero tendía a estabilizarse en 300 maravedís. Ya fuera de oro fino o sólo con base de oro, el peso se consideraba dividido en 8 tomines y cada tomín en 12 granos, es decir, que 96 granos formaban un peso, divisiones cuyo valor variaba según fuera el tipo del peso. El "peso de oro de minas", como se le llamaba en México, probablemente nunca circuló efectivamente, pero se le empleaba como unidad en los libros de contabilidad, tanto por el tesoro real como en transacciones privadas.

Desde el primer tercio del siglo XVI se puso orden en la circulación de monedas en Nueva España. En la notable instrucción del 25 de abril de 1535 que, antes de su viaje a México, se entregó a don Antonio de Mendoza, el primer virrey, en el punto 7 se le hacía notar los muchos inconvenientes que se tenían por la falta de moneda, ya que "andan con los pedazos de oro, cortándolos en las tiendas para pagar en ellas lo que compran", y que los indios tenían que pagar en especie sus tributos. Por todo ello, se le encargaba crear en la ciudad de México una casa de moneda.[13] Y aun antes de que llegara el virrey a su sede, firmadas el 11 de mayo de 1535, se le enviaron ordenanzas precisándole las características que debían tener las monedas de plata y de vellón (liga de plata y cobre), e indicándole que por el momento no se labrasen monedas de oro. Una cédula inmediata, del 31 del mismo mes y año, precisó que estas nuevas monedas debían tener el mismo valor que en España: los reales valdrían 34 maravedís.[14] La acuñación debió iniciarse hacia 1537 y la Casa de Moneda se

---

[13] Instrucción a Antonio de Mendoza, del 25 de abril de 1535, AGI, Patronato 180, ramo 63; y en *Los virreyes españoles en América durante el gobierno de la casa de Austria. México,* edición de Lewis Hanke con la colaboración de Celso Rodríguez, Biblioteca de Autores Españoles, Rivadeneyra (continuación), vol. 273, Ediciones Atlas, Madrid, 1976, t. I, p. 25.

[14] "Ordenanzas sobre la moneda de plata y vellón" y "Que la moneda que se llevare de estos reinos a otra tierra corra como corre en esta tierra", Vasco de

instaló en el pueblo de Xiquipilco. "Antes de terminarse el año —comenta un biógrafo del virrey Mendoza— ya se habían hecho por los indios falsificaciones de monedas de plata."[15]

A pesar de que la ordenanza de 1535 no permitía que se acuñaran en Nueva España monedas de oro, el hecho es que se hacían y corrían libremente. Una disposición del Cabildo de la ciudad de México, del 7 de julio de 1536, en relación con el problema de las equivalencias entre el "oro de minas" y el "oro de *tepuzque*", dispuso cuál debía ser la relación de esta última moneda con el real de plata, aunque en un estilo enrevesado:

> al dicho oro tepuzque que pase e ande de unas partes a otras cada un real de plata por un tomín de dicho oro de tepuzque a ocho reales por un peso de dicho oro.[16]

El escribano Miguel López quería decir que un tomín, o sea la octava parte de un peso de base de oro común de *tepuzque*, valía lo mismo que un real de plata, octava parte también de la moneda llamada "real de a ocho". Tomín y real de plata valían, al igual que en España, 34 maravedís, y el peso de oro común o de *tepuzque* valía lo mismo que un "real de a ocho", es decir, 272 maravedís. Había, además, otras monedas de oro, más valiosas que el peso común: el escudo, que valía 10 reales más 10 maravedís; el ducado, que valía 11 reales y un maravedí, y el peso de oro fino, que valía 13 reales, menos 2 maravedís.

El llamado "real de a ocho" era la misma moneda que luego se llamó peso duro, duro en España y peso en México. Y había, además, monedas de 1, 2, 3 y 4 reales, así como medios reales y cuartos de real o cuartilla.

En cuanto al peso y valor metálicos de las monedas, existía como unidad convencional —como hoy la onza troy— el marco,

---

Puga, *Provisiones, cédulas, instrucciones para el gobierno de la Nueva España*, por el doctor..., en México, en casa de Pedro Ocharte, 1563. Facsímil en la Colección de Incunables Americanos, vol. III, Ediciones de Cultura Hispánica, Madrid, 1945, ff. 106 r.-107 v.

[15] C. Pérez Bustamante, *Los orígenes del gobierno virreinal en las Indias españolas. Don Antonio de Mendoza, primer virrey de la Nueva España (1535-1550)*, prólogo del doctor Carlos Pereyra, nota preliminar por el... doctor Luis Blanco Rivero, Anales de la Universidad de Santiago, vol. III, tip. de "El Eco Franciscano", Santiago, 1928, pp. 127-128.

[16] *Actas de Cabildo de la ciudad de México*, t. IV, p. 26.

de plata u oro, que tenía un peso de 230 g. Un marco de plata podía dividirse en 8 "reales de a ocho", duros o pesos, de 28.7 g cada uno; o bien en 67 reales, con ley de 930.50 milésimas, con 3.43 g cada uno. La unidad monetaria, el maravedí, equivalía a 0.094 g de plata. Y un marco de oro podía dividirse en 63 ducados, con un peso de 3.62 g cada uno; en 68 escudos, de 3.38 g cada uno; en 54 pesos de oro fino, de 4.24 g cada uno, o en 50 castellanos, de 4.60 g cada uno. Había, además, otras monedas de oro mayores, llamadas onza o doblón, de 8 escudos (27.04 g) y medias onzas, de 4 escudos (13.52 g). En todos estos pesos, aproximados, se deducía el gasto por acuñación.

En tanto que en la Nueva España, gracias a los esfuerzos de la Corona, del virrey y del Cabildo, existió una regularidad y ajuste de las monedas con los valores de la metrópoli, en el Perú hubo cierta anarquía, que continuó hasta el siglo XVII.[17]

Va en seguida un resumen de los valores relativos de las

Monedas en España y en las Indias
en los siglos XVI y XVII

Unidad: maravedí
Real de plata o tomín de
   base de oro   34 maravedís
Peso con base de oro
   o peso duro de plata   8 reales
                                8 tomines
                               96 granos
                            272 maravedís
Escudo   10 reales más 10 maravedís (350 maravedís)
Ducado   11 reales más 1 maravedí (375 maravedís)
Peso de oro fino   13 reales menos 2 maravedís (440 maravedís)

---

[17] Para estas noticias de precios y monedas se han consultado las siguientes obras: Earl J. Hamilton, *American treasure and the price revolution in Spain, 1501-1650*, Harvard Economic Studies, vol. XLIII, Harvard University Press, Cambridge, Mass., 1934, cap. III. Woodrow Borah y Sherburne F. Cook, *Price trends of some basic commodities in central Mexico, 1531-1570*, Ibero-americana: 40, University of California Press, Berkeley y Los Ángeles, 1958, pp. 9-10. Manuel Romero de Terreros, *La moneda en México*, bosquejo histórico-numismático, Banco de México, 1952. Antonio Beltrán, *XXV siglos de numismática española. Desde la antigüedad a la casa de Borbón*, Madrid-México, 1978.

Los precios y el valor adquisitivo de la moneda

Es muy difícil llegar a establecer equivalencias y valor adquisitivo de estas monedas de los siglos XVI y XVII, en comparación con los actuales. Si se toma como base la cantidad de plata u oro que tenían estas monedas, el real valdría (en diciembre de 1981) casi un dólar; el peso de 8 reales, 8 dólares, y el escudo de oro, 46.5 dólares. Don Alonso Enríquez de Guzmán habría pagado 6 898 dólares por su viaje (8 personas y 3 caballos), y por el pasaje de cada religioso se habría pagado cerca de 539 dólares, lo cual está cerca del precio, con la tarifa mínima, de un viaje sencillo por avión México-Madrid.

Como lo ha estudiado Hamilton, en España hubo un aumento considerable de precios entre 1530 y 1570, y por ejemplo, el grano básico, el trigo, aumentó aproximadamente 70%.[18] Pero en Nueva España, y en el mismo periodo, el estudio de Borah y Cook muestra que el maíz, grano básico de México, aumentó tres tantos, y que, al mismo tiempo, los salarios subieron aproximadamente 400%, mientras que en España los aumentos fueron de sólo 80 por ciento.[19]

En cuanto comenzaron a llegar a España las remesas de metales preciosos de las Indias, primero el oro y a partir de 1531 la plata de México y del Perú, se inicia una elevación de precios y un aumento en la carestía de la vida que culminará en los últimos años del siglo XVI.[20]

En su magistral estudio sobre la revolución que originaron en los precios de España, en el periodo 1510-1650, estos envíos americanos, Earl J. Hamilton ofrece cuadros minuciosos de la inflación creciente de los precios y los salarios en varias regiones de España.[21] Los aumentos fueron constantes, aunque con sólo un incremento de 40% en el curso del siglo XVI, mientras que en el medio siglo que va de 1600-1650 aumentaron 60% más.

Los salarios eran en general muy bajos. Con base en los cuadros de Hamilton, Pierre Chaunu calcula que, hacia la década de 1520, "un escribano percibía, aparte de su comida y alojamien-

[18] Hamilton, *op. cit.*, pp. 319-321 y 390-392.
[19] Borah y Cook, *op. cit.*, p. 47.
[20] Carande, *op. cit.*, t. I, p. 164.
[21] Hamilton, *op. cit.*, cap. XI, mapa 18, p. 273.

to, 1 000 maravedís al año, que un peón ganaba (cuando tenía empleo) 5 000 maravedís anuales, un ayudante de albañil 6 000 y un maestro albañil 12 000".[22] Fijando entre 5 000 y 10 000 maravedís anuales los ingresos de un artesano medio, el ingreso diario era, por tanto, de 13.7 y 27.4 maravedís.

Los salarios anuales de los marineros, tomando en cuenta que recibían comida y alojamiento, eran un poco más altos, pues en 1543 iban de 9 000 maravedís los marineros a 27 000 el maestre, 31 500 el piloto y cerca de 50 000 el capitán.[23] Con base también en los cuadros de Hamilton[24] puede estimarse que, hacia estos años y en Andalucía, un litro de vino costaba 4.21 maravedís, un kilo de bizcocho moreno 5.43, un litro de aceite 6.96 y un litro de trigo 1.34, muestras que señalan la estrechez con que debía vivir el pueblo.

A fines del siglo XVI, las Cortes de Castilla se quejarán del despoblamiento de la Península, causado, entre otros motivos, por la emigración a las Indias.[25] Mientras tanto, en la Nueva España, después de la gran matanza de la conquista, las epidemias originadas por nuevas enfermedades, y sobre todo la de 1545-1547, causaron también una reducción considerable de la población aborigen. Sin embargo, esta reducción acabó por significar un aumento considerable del poder adquisitivo de los salarios indígenas, que se triplicó entre 1530 y 1590, como lo han mostrado Borah y Cook, tomando como base el precio del maíz.[26]

Estos pormenores nos indican que tanto en España como en Nueva España, y en general en las Indias, hubo en el siglo XVI un encarecimiento general del costo de la vida y problemas por el despoblamiento. A pesar de su interés, el mayor poder adquisitivo en maíz que llegaron a tener los salarios de los indígenas mexicanos no nos ayuda en la evaluación de los costos de los pasajeros trasatlánticos.

Desde el punto de vista de los españoles que podían viajar, o de los viajeros que visitaban la Nueva España, existen algunos datos ilustrativos respecto a salarios y precios.

[22] Pierre Chaunu, *La España de Carlos V*, t. I, *Las estructuras de una crisis, op. cit.*, cap. IV, pp. 213-214. Hamilton, *op. cit.*, apéndice VII, pp. 393-397.
[23] Haring, *op. cit.*, apéndice IX, p. 425.
[24] Hamilton, *op. cit.*, apéndice III, pp. 319-334.
[25] Martínez Cardós, *op. cit.*, p. 114.
[26] Borah y Cook, *op. cit.*, pp. 48-49.

Al comerciante inglés Roberto Tomson, que tiene el punto de vista de los precios en su país y en España, le sorprende la baratura de los precios y la abundancia de los alimentos en la ciudad de México en 1555:

> En cuanto a los víveres —observa—, como vaca, carnero, gallina, capones, codornices, pavos y otros semejantes, son todos muy baratos, a saber: un cuarto de vaca, que es cuanto puede traer a cuestas un esclavo desde la carnicería, vale cinco tomines, que son cinco reales de plata y hacen justo dos chelines y seis peniques de nuestra moneda; un carnero gordo vale en la carnicería tres reales solamente, o sean diez y ocho peniques. El pan es tan barato como en España, y todas las frutas, como manzanas, peras, granadas y membrillos se consiguen a precios moderados.[27]

Al doctor Francisco Cervantes de Salazar, que fue catedrático y rector de la Universidad de México, le pagó dicha Universidad, en 1554, 200 pesos de oro de minas como salario anual por su cátedra de retórica;[28] y otros 200 pesos de oro común le pagó en 1558 el Cabildo de la ciudad de México como "ayuda para su sustentamiento" para que escribiera la que sería su *Crónica de la Nueva España*. Y cuando al año siguiente se le prorrogó este salario, se precisó que serían "doscientos pesos de *tepuzque*", y se le añadieron 50 pesos para el pago de un escribiente.[29] Si estos pesos de oro común valían 272 maravedís cada uno, y doscientos pesos equivalían a 54 400 maravedís, resulta que, si el maestro y cronista hubiera podido obtener pasaje, al precio de los religiosos (18 326 maravedís), él que también era clérigo, podría pagar su pasaje con la tercera parte de su salario anual como maestro, o del pago que recibió por su *Crónica*. Sin embargo, el costo de la vida misma en Nueva España era muy alto, y probablemente era difícil subsistir con el resto. Dos informaciones más, de los papeles personales de Cervantes de Salazar, lo prueban. En 1575

---

[27] "Viaje de Roberto Tomson, comerciante...", *Relaciones de varios viajeros ingleses...*, *op. cit.*, p. 29.
[28] Agustín Millares Carlo, estudio preliminar, Apéndice B. Documentos diversos: Francisco Cervantes de Salazar, *Crónica de la Nueva España*, Biblioteca de Autores Españoles, Rivadeneyra, vol. 244, Ediciones Atlas, Madrid, 1971, t. I, p. 40. AGN, México, Universidad, lib. 2, f. 39 r.
[29] Millares Carlo, *op. cit.*, t. I, p. 42. *Actas de Cabildo de la ciudad de México*, t. VI, pp. 316-317 y 358.

pagó 100 pesos de oro común por "una mula negra de la casta de Agilera",[30] esto es, 27 200 maravedís, más de lo que costaba el pasaje trasatlántico a precio reducido. Las cabalgaduras, cuando ya había transcurrido medio siglo de gobierno colonial, seguían siendo muy apreciadas en las Indias. Sin embargo, ya no eran raras. El viajero inglés Juan de Chilton, quien recorrió buena parte de la Nueva España entre 1568 y 1570, refiere que en Santiago de los Valles, en la región Huasteca, se criaban robustas mulas "que llevan a todas partes de las Indias, y hasta el Perú, porque en ellas se acarrean por tierra todas las mercancías".[31] Y a pesar de su alto precio, la mula negra del doctor Cervantes de Salazar se compró relativamente barata si se recuerda que Enríquez de Guzmán dice haber pagado 150 castellanos o pesos por el transporte de cada uno de sus caballos sólo de Panamá a Lima. Y en los años de la conquista de México, Bernal Díaz del Castillo dice (cap. clvii) que un caballo valía 800 o 900 pesos, 100 una escopeta y 50 una espada.

El otro apunte de la testamentaría de Cervantes de Salazar es inquietante y no existe para él término de comparación: 118 pesos y cuatro tomines "costaron las medicinas que se gastaron en la enfermedad del doctor" en 1576.[32]

---

[30] *Ibid.*, t. I, p. 36.
[31] "Notable relación de Juan de Chilton...", *Relaciones de varios viajeros ingleses..., op. cit.*, p. 47.
[32] Millares Carlo, *op. cit.*, t. I, p. 37.

IV. APROVISIONAMIENTOS
Y PREPARATIVOS PERSONALES

Llevar todo el matalotaje

Los pasajeros han de prevenir, embarcar y llevar todo el matalotaje y bastimentos que hubieren menester para el viaje, suficientes para sus personas, criados y familias, y no se han de poder concertar con los maestres de raciones, o con los demás oficiales; y esta prevención es nuestra voluntad que se haga, interviniendo el veedor de la armada o flota, si los pasajeros fueren o vinieren en la Capitana o Almiranta de la dicha flota, o en las naos de Honduras, porque no reciba fraude ni menoscabo el caudal de la Avería o el que costeare estas provisiones.

Tal dispuso Felipe III en Madrid, en enero de 1607,[1] reglamentando una costumbre seguida desde el principio de la navegación trasatlántica, preocupado especialmente por la protección de los aprovisionamientos destinados a la tripulación. Estos aprovisionamientos o matalotaje —como se decía en los siglos XVI y XVII con un galicismo derivado de *matelotage*— los adquiría el proveedor, libres de almojarifazgo y otros derechos aduanales, y los entregaba a los maestres de raciones de los barcos, encargados de administrarlos durante los viajes y de dar luego cuentas precisas y devolver lo sobrante. En cuanto al vino, del que una pipa o tonel costaba en España, a principios del siglo XVII, de 25 a 30 pesos,[2] se autorizó (cédula del 12 de octubre de 1608) a los

---

[1] *Recopilación de leyes*, lib. IX, título XXVI, ley xliv.
[2] Veitia Linage, *op. cit.*, lib. III, cap. xv, 2, p. 669, dice: "siendo cada tonelada el tamaño de dos pipas, o el de ocho codos cúbicos medidos con el Codo Real lineal de 33 dedos, de los que una vara castellana tiene 48 o como más vulgarmente suele explicarse, de dos tercios de vara castellana, y un treintadosavo dellas".

El desenredo no es fácil. Un codo son 0.42 m. 8 codos cúbicos —la tonelada antigua— equivalían a 592.7 litros (o decímetros cúbicos). Por lo tanto, una pipa tendría 296.35 litros.

maestres de raciones a vender lo sobrante a 60 pesos la pipa en Cartagena y en la Nueva España, descontando el valor de las pipas mismas, que se conservaban.[3]

Así pues, la tripulación, tanto de naos de guerra como comerciales, estaba provista de todo lo necesario para el viaje y aun le sobraba. En cambio, los pasajeros debían llevar cuanto necesitasen para su persona y alimentación, salvo el agua de la que los proveía parca y malamente el barco. Aunque se tratara de gente prominente, a los capitanes y demás oficiales les estaba prohibido sentarla a su mesa, regla cuyo cumplimiento —piensa Haring— bien puede ponerse en duda.[4]

Las provisiones españolas

Los pasajeros que se embarcaban en España se proveían en Sevilla con relativa facilidad; y los que se embarcaban en Veracruz, La Habana, Cartagena o Santo Domingo, de lo que allí hubiere. Fray Tomás de la Torre, el relator del viaje que hicieron los dominicos que traía a Chiapas, en 1544, el obispo fray Bartolomé de las Casas, refiere con pormenor el matalotaje que adquirieron en Sevilla para los 47 frailes y legos que formaban el grupo:

> En Sevilla quedó el padre fray Jerónimo de Ciudad Rodrigo y algunos otros para entender en el matalotaje, el cual hicieron muy largo y muy cumplido; compraron ornamentos, colchoncillos, camisas, pescado, aceite, vino, garbanzos, arroz, conservas, muchas vasijas de cobre, así como cántaros, ollas, sartenes, aceiteras, jeringas, vino, bizcocho y otras muchas cosas que son necesarias para la mar y para

---

Por otro camino, si al precio de 25 o 30 pesos que, según Veitia Linage, tenía la pipa de vino a principios del siglo XVII, se reduce 40% para que dé el precio estimado de 1563, cuando Pedro de Roelas proveyó su armada, da un precio de 16.5 pesos por pipa. Y como a Roelas le costó 250 maravedís la arroba (16.14 litros), esto es, 15.48 maravedís el litro, por 16.5 pesos (272 maravedís cada uno), hubiera comprado (272 x 16.5 = 4488 ÷ 15.48) 290 litros en cada pipa, lo que se acerca mucho al otro cálculo (296 litros).

La *Encyclopaedia Britannica* (15ª ed., 1980, vol. 19, p. 734) informa que la pipa antigua de Portugal tenía 429 litros.

[3] Veitia Linage, *op. cit.*, lib. I, cap. XXII, pp. 18-21.
[4] Clarence H. Haring, *Comercio y navegación, op. cit.*, n. 27, pp. 272-273.

después llegados a tierra; y por dilatarse la partida se perdió mucho del matalotaje y otro se dañó...[5]

El también dominico fray Thomas Gage enumera, con burla y sorna, las provisiones que había adquirido su superior, en Jerez, para el grupo de frailes, antes de dirigirse al Puerto de Santa María, donde se embarcarían para la Nueva España en 1625:

> Después de cenar, ambos [con su amigo Tomás de León] fuimos presentados a Calvo, el calvo superior, quien inmediatamente nos abrazó y prometió muchas atenciones durante el viaje. Nos leyó una lista de los manjares que había provisto para nosotros: qué variedad de pescados y carnes, cuántos corderos, cuántos jamones y tocinos, cuántas gallinas gordas, cuántos cerdos, cuántos barriles de bizcocho blanco, cuántas jarras de vino de Casalla, y qué provisiones de arroz, higos, aceitunas, alcaparras, uvas, limones, naranjas dulces y amargas, granadas, confites, compotas, conservas y toda clase de golosinas de Portugal.[6]

Éste será, con mucho —si no es que la manía de Gage por ridiculizar la gula española y frailuna deforma la lista de provisiones—, el menú más suntuoso para una travesía.

Las provisiones de Indias

En cambio, los pocos datos encontrados respecto a las provisiones de que podían disponer quienes se encontraban en las Indias y emprendían viajes por mar, mencionan alimentos muy precarios. Cuando Francisco de Garay, quien con tan mala fortuna intentaría una y otra vez participar en la conquista de Nueva España, organiza su tercera expedición para tratar de poblar la provincia de Pánuco —ya pacificada y poblada por Cortés—, sale en junio de 1523 de Jamaica, con una armada de 13 barcos, con 136 caballos y 840 soldados, refiere Bernal Díaz del Castillo que

---

[5] Fray Tomás de la Torre, "De la estada en Sevilla hasta que se embarcaron en Sanlúcar", *Diario del viaje de Salamanca a Ciudad Real*. Véase el Apéndice 2.
[6] Thomas Gage, *Travels in the New World, op. cit.*, cap. 1, p. 12.

bastecióselos muy bien de todo lo que hubieron menester, y era pan cazabe[7] y tocino y tasajos de vaca, que ya había harto ganado vacuno.[8]

A quienes salían de Nueva España, puede suponerse que podía proveérseles también de pescados y carnes saladas, como base de su alimentación, más maíz, en lugar de los bizcochos o galletas de harina. El mismo Bernal Díaz refiere que a los soldados dispersos de Francisco de Garay, para que volvieran de

[7] "En algunas partes de las Indias usan un género de pan que llaman cazabi, el cual hacen de una raíz que llaman yuca. Es la yuca raíz grande y gruesa, la cual cortan en partes menudas, y la rallan y como en prensa, la exprimen, y lo que queda es como una torta delgada y muy grande y ancha, cuasi como una adarga. Ésta, así seca, es el pan que comen; es cosa sin gusto y desabrida, pero sana y de sustento; por eso decíamos estando en la Española, que era propia comida para contra la gula, porque se podía comer sin escrúpulo de que el apetito causase exceso. Es necesario humedecer el cazabi para comerlo, porque es áspero y raspa; humedécese con agua o caldo, fácilmente, y para sopas es bueno, porque empapa mucho, y así hacen capirotadas de ello. En leche y en miel de cañas, ni aun en vino apenas se humedece ni pasa, como hace el pan de trigo [...] Es cosa de maravilla que el zumo o agua que exprimen de aquella raíz de que hacen el cazabi, es mortal veneno, y si se bebe, mata, y la sustancia que queda es pan sano, como está dicho [...] Dura el cazabi mucho tiempo, y así lo llevan en lugar de bizcocho para navegantes. Donde más se usa esta comida es en las islas que llaman de Barlovento, que son, como arriba está dicho, Santo Domingo, Cuba, Puerto Rico, Jamaica y algunas otras de aquel paraje; la causa es no darse trigo ni aun maíz sino mal": Joseph de Acosta, *Historia natural y moral de las Indias* (1586-1588, 1ª ed., 1590), edición de Edmundo O'Gorman, Fondo de Cultura Económica, México, 2ª ed., 1962, lib. IV, cap. 17, p. 172.

[8] Bernal Díaz del Castillo, *Historia verdadera...*, cap. clxxii.

Respecto al rápido crecimiento de los rebaños de ganado, de origen europeo, en las Antillas y en México, basta señalar que la ganadería fue una actividad muy desarrollada en los siglos coloniales. La primera ocupación, y origen de la prosperidad de Cortés, en Baracoa, Cuba, fue la cría de vacas, ovejas y yeguas. Y Pierre Chaunu, a base del estudio de Lesley Byrd Simpson, *Exploitation of land in Central Mexico in the Sixteenth Century* (Berkeley, 1952), muestra en un cuadro cómo en el México central los rebaños de bovinos crecieron de 15 000 a un millón, de 1536 a 1620, y los de ovinos y caprinos de medio millón a ocho millones, en los mismos años; Pierre Chaunu, *Séville et l'Atlantique (1504-1650)*, Institut des Hautes Études de l'Amérique Latine, París, 1959, t. VIII, 1, Structures, p. 720, cuadro C.

Las observaciones de dos viajeros ingleses lo confirman. Juan de Chilton, hacia 1568, refiere —como ya se ha anotado a propósito del temple malsano de Veracruz— que en este puerto paseaban todas las mañanas "cosa de dos mil cabezas de ganado mayor", y más adelante dice que todo el comercio de la isla de Cuba

se reduce al ganado, que matan únicamente para llevar los cueros a España: así es que los españoles tienen allí muchos negros para matar las reses. Crían, además, gran número de cerdos, cuya carne cortada en pedazos pequeños y secada al sol, sirve de provisión a los buques que pasan a España.

Pánuco a Cuba, se les dio maíz y gallinas,[9] esto es, gallinas de la tierra o guajolotes o pavos de Indias. Probablemente, se les confiaban también algunas indias capaces de transformar el maíz en tortilla —el pan de México—, que los conquistadores aprendieron muy pronto a disfrutar.

Raciones diarias y precios

Con la frugalidad de las provisiones que enumera De la Torre, la presumible exageración de las que cuenta Gage y los escuetos datos de Bernal Díaz, se tiene una noticia insuficiente de lo que podían comprar, y guardar en las naos durante más de un mes en climas tropicales, los pasajeros de Indias en el siglo XVI. En cambio, gracias a las listas que se conservan en el Archivo de Indias, de abastos y pertrechos para los marineros y soldados de algunas armadas y flotas, es posible precisar lo que comían, las raciones diarias y los precios. Las provisiones constaban, por lo general, de bizcocho, vino, puerco y pescado salados; vaca, probablemente como cecina; habas, guisantes y arroz; queso, aceite, y vinagre, ajos y toneles de agua.

También era posible comer carne fresca. Como lo ha notado Earl J. Hamilton, en Sevilla o en Sanlúcar, los barcos que iban a las Indias en busca de los tesoros —y cuantos pudieran hacerlo— se proveían de vacas, corderos, cerdos y gallinas, que eran repuestos al tocar las Canarias. Y lo mismo se hacía en los puertos americanos.[10] Los corrales marinos no pudieron ser abundantes, en vista de la corta dimensión de las naves. Y este recurso, para suplir la refrigeración actual, continuó en uso hasta principios del siglo XX.

Y Enrique Hawks, en 1572, escribe con entusiasmo acerca de la asombrosa multiplicación del ganado mayor en la Nueva España. Dice que es más corpulento que el europeo. Se vende muy barato y hay ganaderos que tienen veinte mil cabezas. Repite que en Santo Domingo, Cuba y Puerto Rico matan a las reses sólo por el cuero y abandonan la carne a las aves de rapiña, y añade que también se ha multiplicado el ganado lanar, que la lana abunda, "tan buena como la de España" y se "hacen paños para el consumo de la gente común del país, y llevan mucho al Perú": *Relaciones de varios viajeros ingleses...*, *op. cit.*, pp. 42 y 64-65.

[9] Díaz del Castillo, *ibid.*
[10] Earl J. Hamilton, "Wages and subsistence on Spanish treasure ships, 1503-1660", *Journal of Political Economy*, 1929, vol. 37, p. 441.

APROVISIONAMIENTOS Y PREPARATIVOS PERSONALES 63

Del bizcocho —según el avalúo de 1563 publicado por Haring y descrito a continuación— que hoy llamamos galletas, había uno ordinario —que valía en Sevilla dos ducados (22 reales) el quintal (46 kg)— y otro blanco —que se reservaba para el general y el almirante y valía 36 reales el quintal, es decir, como un tercio más—. El vino costaba 250 maravedís la arroba (16.14 litros) y la ración era de media azumbre diaria (algo más de un litro) por persona en 1563; para 1665 había bajado a un cuartillo por día (medio litro). El litro de vino costaba entonces 15.5 maravedís. (Para advertir las discrepancias de datos según las fuentes, recuérdese que los cuadros de Hamilton señalan el precio del litro de vino en 4.21 maravedís hacia mediados del siglo en Andalucía.[11] Y en cambio, según las ordenanzas de Cortés para las ventas, de 1523 o 1524, llegado a Veracruz, el vino podía cobrarse a "medio peso de oro el azumbre" —y se doblaba su precio cada diez leguas de alejamiento—, esto es, que en el puerto de llegada subía a 68 maravedís el litro.[12] Cuatro veces más que el valor dado por Haring.)

Los días de fiesta religiosa, o los domingos y los jueves —siempre que no fuesen de vigilia—, làs tripulaciones comían carne de vaca, y un día a la semana puerco. Y en estos días se daba también queso.

Clarence H. Haring encontró en el Archivo de Indias un documento con el avalúo de los abastos y pertrechos para la armada que llevó a América Pedro de las Roelas en 1563:

> La armada sólo se componía de dos navíos, la capitana y la almiranta, ambos mercantes, parte de cuyo tonelaje se reservó para el acomodo de soldados y artillería. El referido cómputo sólo comprende los abastos para el general, el almirante y setenta soldados, pues los artilleros y oficiales figuraban entre las tripulaciones regulares de las naos. Se consideraba que la mitad de las personas que iban con el general a Tierra Firme necesitarían raciones para ocho meses, y para dieciséis la otra mitad que seguía con el almirante a Veracruz. Este documento ofrece interés especial porque indica la suma total de cada artículo necesario, su costo por unidad y las raciones diarias.[13]

[11] Véase cap. III y n. 24.
[12] Véase cap. I y n. 25.
[13] Haring, *op. cit.*, cap. xi, pp. 347-350. El documento del AGI tiene la clasificación: 30, 3, 1.

Con los datos de este documento, Haring ha compuesto el cuadro que se reproduce a continuación, y al que se han agregado, en la sexta columna, equivalencias aproximadas en pesos y medidas modernas de las raciones diarias.

El aumento que tuvieron en la España del siglo XVI los precios de los abastos necesarios para la navegación —y sin duda también los demás— se muestra en el cuadro siguiente, que compara los precios que se conocen de la armada que llevó Magallanes en su viaje alrededor del mundo en 1519, con los de la armada de Roelas en 1563 y los que presentó el marqués de Santa Cruz en sus cálculos del costo probable de la Gran Armada en 1568.[14] En fin, para facilitar la comprensión de las equivalencias modernas, aproximadas, del sistema de pesos y medidas que regían en España y las Indias en el siglo XVI, va también un cuadro con estos datos.

SAL, DULCE Y BEBIDAS

En estas listas de vituallas para los tripulantes —a las que deben añadirse los toneles de agua—, que pueden suponerse más o menos válidas también para los pasajeros, se echa de menos varios productos, y desde luego la sal misma, a pesar de que carnes y pescados fueran salados, y los dulces, así como otras bebidas, además de agua y vino.

En la lista de víveres comprados en Jerez para el viaje en que iba fray Thomas Gage, éste menciona confites, compotas y golosinas portuguesas, además de frutas, que si existieron les durarían dos o tres días. Un aprovisionamiento más digno de crédito, el documento 18, de las provisiones que el rey dispuso para el viaje previsto de dos años de la armada que capitaneaba el portugués Hernando de Magallanes, y ordenó que surtiera la Casa de la Contratación de Indias, de Sevilla, en 1519, incluye: bizcocho, vino, aceite, vinagre, pescado seco y bastina, tocinos

---

[14] Las cifras de 1519 están tomadas de Martín Fernández de Navarrete, *Colección de viajes y descubrimientos que hicieron por mar los españoles desde fines del siglo XV*, Madrid, 1825-1837, 5 vols., t. IV, pp. 162 y ss. Hay edición en la Biblioteca de Autores Españoles, de Rivadeneyra (continuación), vols. 95-97, Ediciones Atlas, Madrid, 1954 y 1964, 3 vols. Los documentos relativos al viaje de Magallanes y Elcano, en t. II, pp. 415-427. Las cifras de 1586 proceden de Cesáreo Fernández Duro, *La Armada Invencible*, Madrid, 1895-1903, 9 vols., t. I, pp. 274 y ss.

*Relación de los abastos, pertrechos, etc.,
necesarios para la armada de Pedro de las Roelas, 1563-1564*

Abastos	Cantidad	Costo por unidad	Costo total (maravedís)	Raciones diarias	Equivalencias modernas p/p
Bizcocho ordinario	3 373 qq. 25 lbs.	2 ducados por qq.	272 937	1 1/2 lbs. por persona	690 gramos
Bizcocho blanco para el general y el almirante	10 quintales	36 rls. por qq.	12 240	—	—
Vino	1 642 arrobas	250 mrs. por arroba	410 500	1/2 azumbre diaria por persona	1 litro
Vaca	7 488 libretas (para 3 meses)	15 mrs. por libreta	112 320	1 libreta por persona, 2 días en la semana, domingos y festivos	460 gramos
Pescado salpreso	99 qq. 84 lbs.	20 rls. por qq.	67 888	1 libra carnicera a cada 3 personas, 4 días en la semana	153 gramos
Puerco salpreso	18 qq. 7 lbs.	2 500 mrs. por qq.	46 800	1/2 libreta por persona un día a la semana	230 gramos
Habas y guisantes	31 fanegas, 3 almudes	16 rls. por fanega	17 000	1/2 almud para 15 personas, 3 días en la semana, mitad habas, mitad guisantes	150 gramos
Arroz	3 qq. 74 lbs.	40 rls. por qq.	5 094	1 libra para 10 personas, un día por semana	46 gramos
Queso	14 qq. 4 lbs.	2 500 mrs. por qq.	35 100	2 onzas por persona los días de vaca y puerco	57.5 gramos
Aceite	54 arrobas	1 ducado por arroba	20 250	1/2 azumbre mensual por persona	1 litro mensual
Vinagre	172 1/2 arrobas	4 rls. por arroba	23 460	1 arroba mensual para 5 personas	0.646 litros mensuales
Ajos	300 ristras	1 real por ristra	10 200	—	—

Precios en el siglo XVI en España

	1519	1563	1568
		maravedís	
Bizcocho (quintal)	170	750	612
Puerco salpreso (quintal)	770	2 500	2 380
Habas y guisantes (fanega)	162	444	340
Arroz (quintal)	485	1 360	1 500
Queso (quintal)	940	2 500	2 380
Aceite (arroba)	302	375	306
Vinagre (arroba)	13	136	148
Pólvora (quintal)	2 084	4 125	5 100
Plomo (quintal)	722	1 125	1 020

Pesos y medidas en España y las Indias en el siglo XVI

Medidas lineales

Unidad: vara	0.84 metros
12 pulgadas	1 pie
12 dedos	1 palmo
4 palmos	1 vara
3 pies	1 vara
3 tercias	1 vara
2 codos	1 vara
2 varas	1 braza
1 legua	5.5 kilómetros
1 milla náutica	1.853 kilómetros

Medidas de áridos

Unidad: fanega	55.5 litros
12 almudes o celemines	1 fanega
1 carga	4 fanegas

Medidas de líquidos

Unidad: arroba	16.14 litros
4 cuartillos	1 azumbre
8 azumbres	1 arroba o cántara
1 azumbre	2 litros
1 cuartillo	0.5 litros

Medidas de peso

Unidad: libra	460 gramos
16 onzas	1 libra o libreta (de carne)
4 libras	1 arrelde (de carne)
25 libras	1 arroba (11.5 kilogramos)
1 carga	2 arrobas
4 arrobas	1 quintal (46 kilogramos)
20 quintales	1 tonelada (920 kilogramos)[a]

[a] Fuentes principales: Hamilton, *American treasure…, op. cit.*, cap. vii, pp. 167-178, y Borah y Cook, *Price trends…, op. cit.*, pp. 11-12.

añejos, habas, garbanzos, lentejas, harina, ajos, quesos, miel, almendra con casco, anchoas, sardina blanca ("para pesquería"), "pasas de sol" y lejía (jabón), ciruelas pasas, higos, azúcar, carne de membrillo, alcaparras, mostaza, arroz, vacas, puercos y sal.[15] Los azúcares, las frutas secas o en conserva, la sal y el jabón debieron ser necesarios para todos los viajeros y tripulantes, y no sólo para las del previsor Magallanes.

El hecho de que las únicas bebidas posibles fuesen el agua y el vino —ambos de tan frágil subsistencia en las condiciones precarias de aquellas naves— parece inconcebible, pero así era. El café comenzó a difundirse en Europa en los siglos XVI y XVII, el té hacia la primera mitad del XVIII, el chocolate mexicano se encontraba apenas en camino de propagarse, y en cuanto a las otras infusiones de yerbas no hay rastros de su uso.

Calorías, condimentos, falta de frutas y legumbres, y comidas de oficiales y marineros

Hamilton ha estudiado los valores alimenticios de las dietas que, entre 1542 y 1642, recibían los soldados y marineros de los barcos que iban a las Indias en busca de los metales preciosos —dietas que eran las habituales de la época— y encuentra un promedio de 3 638 calorías diarias, suficientes para hombres activos.[16] El mismo investigador hace notar que, de acuerdo con el gusto español por las comidas sazonadas, no faltaban en los barcos condimentos como canela, clavo, mostaza, perejil, pimienta y azafrán, así como cebollas y ajos;[17] y señala, asimismo, la completa falta de frutas y vegetales, tan abundantes en el valle del Guadalquivir y en los alrededores de Sevilla. Hamilton cree que no eran muy apreciados como alimento en la época y recuerda que se ha dicho que la gota que afligía a Felipe II se debía en parte a que frutas y vegetales no entraban en su dieta.[18] Por otra parte, se

---

[15] El documento "Bastimentos de las naos", con las cantidades asignadas a cada uno de los cinco barcos del viaje de Magallanes-Elcano, en Fernández de Navarrete, *Colección de los viajes y descubrimientos...*, edic. BAE, *op. cit.*, t. III, pp. 419-420.
[16] Hamilton, "Wages and subsistence...", *op. cit.*, pp. 434 y 437.
[17] *Ibid.*, p. 435.
[18] *Ibid.*, p. 439 y n. 33.

comía mucho queso; la ración de vino, de algo más de un litro por persona, era excesiva, y no se tomaba leche ni mantequilla. La comida de los oficiales difería de la de los marineros, sobre todo en la calidad. Galleta blanca en lugar de la morena, jamón en lugar de puerco salado y el mejor jerez en lugar de vino tierno. Y además, almendras, pasas, gallina, huevos, azúcar y carne fresca.[19] Consiguientemente, en tanto que el costo diario de la comida de los marineros, en 1552, era de 25 maravedís, la del capitán general costaba 34; y en 1556-1557 los precios eran 30 y 40, respectivamente.[20]

Cacharros, ajuar de dormir, ropa para el viaje y preparativos de alma y cuerpo

Además de la comida misma, abundante o frugal, el matalotaje debía incluir también las "muchas vasijas de cobre, así como cántaros, ollas, sartenes, aceiteras, jeringas", que enumeraba fray Tomás de la Torre, es decir, cuanto se necesitaba para guardar y preparar los alimentos durante más de un mes, y para otro tipo de exigencias.

Por lo que se refiere al ajuar de dormir, la costumbre parecía ser que los pasajeros llevaran consigo frazada, almohada y colchón ligero. A algunos grupos de misioneros la Casa de la Contratación los proveyó de ello, dándoles, además de la manta, cortes de las telas llamadas anjeo, presilla y ruán para las fundas y lana para el relleno.[21]

En sus prudentes avisos a los pasajeros, se refiere también a todo esto Antonio de Guevara, quien añade una sábana, y recomienda las ropas adecuadas para una larga navegación y las asperezas de la vida en la nao:

> Es saludable consejo que antes que se embarque haga alguna ropa de vestir que sea recia y aforrada, más provechosa que vistosa, con que sin lástima se pueda asentar en crujía, echar en las ballesteras, arrimarse en popa, salir a tierra, defenderse del calor, ampararse del agua y aun para tener para la noche por cama; porque las vestiduras en galera más han de ser para abrigar que no para honrar.

[19] *Ibid.*, pp. 440-441.
[20] *Ibid.*, p. 441.
[21] Borges Morán, *El envío de misioneros...*, *op. cit.*, cap. x, pp. 433-435.

Es saludable consejo que el curioso o delicado pasajero se provea de algún colchoncillo terciado, de una sábana doblada, de una manta pequeña y no más de una almohada; que pensar nadie de llevar a la galera cama grande y entera sería dar a unos que mofar y a otros que reír, porque de día no hay a donde la guardar y mucho menos de noche donde la tender.[22]

Y el mismo minucioso y previsor cronista de Carlos V menciona la conveniencia de que el pasajero prevenga también el alma y el cuerpo antes de tan dura prueba:

Es saludable consejo que todo hombre que quiere entrar en la mar, ora sea en nao ora sea en galera, se confiese y se comulgue y se encomiende a Dios como bueno y fiel cristiano; porque tan en ventura lleva el mareante la vida como el que entra en una aplazada batalla.

Es saludable consejo que antes que el buen cristiano entre en la mar haga su testamento, declare sus deudas, cumpla con sus acreedores, reparta su hacienda, se reconcilie con sus enemigos, gane sus estaciones, haga sus promesas y se absuelva con sus bulas; porque después en la mar ya podría verse en alguna tan espantable tormenta que por todos los tesoros desta vida no se querría hallar con algún escrúpulo de conciencia.

Es saludable consejo que el curioso mareante ocho o quince días antes que se embarque procure de alimpiar y evacuar el cuerpo, ora sea con miel rosada, ora con rosa alejandrina, ora con buena caña fístola, ora con alguna píldora bendita; porque naturalmente la mar muy más piadosamente se ha con los estómagos vacíos que con los repletos de humores malos.[23]

---

[22] Fray Antonio de Guevara, cap. x, "De las cosas que el mareante se ha de proveer para entrar en la galera", *Libro de los inventores del arte del marear y de muchos trabajos que se pasan en las galeras*. Véase el Apéndice 1.
[23] De Guevara, *ibid*.

V. BARCOS, TRIPULACIONES Y ACOMODOS

Las naves de Colón

Desde la Antigüedad, y sobre todo entre los siglos XIII y XV, los pueblos mediterráneos y del norte del Atlántico habían desarrollado considerablemente los medios de navegación fluvial, costera y en el mar interior. Para el transporte masivo de carga se habían construido grandes navíos, de 600 a 1 000 toneladas, llamados urcas o carracas, redondos y planos, provistos de una gran vela cuadrada, y cuyos movimientos eran lentos e inseguros. Para la navegación fluvial y mediterránea existía desde épocas remotas la galera, alargada y ligera, movida por velas, complementadas con el esfuerzo de remeros penados o esclavizados, rápida y precisa en sus movimientos, y por ello apta para la guerra.[1]

Cuando los marinos portugueses emprenden la navegación y exploración de la costa africana en el último tercio del siglo XV, que culminará con el viaje de Vasco de Gama a la India en 1497-1499; y Cristóbal Colón, en 1492, decide afrontar el gran océano viajando hacia el poniente, en busca también de una ruta marítima hacia las Indias, ambos procuran un tipo de nave a la vez fuerte para soportar las perturbaciones de alta mar, ágil para recorrer grandes distancias y de poco calado, que les permitiera entrar a puertos y barras de profundidades desconocidas. Aprovechando sus conocimientos en materia de navegación, y las disponibilidades prácticas, Colón elige para su primer viaje una nao o galeón, la *Santa María*, que se destinaba a la carga y había sido construida en Galicia, de alrededor de 100 toneladas de capacidad, tres mástiles, un solo castillo y puente de mando en la popa y, aproximadamente, con estas dimensiones: manga o anchura máxima, 7.92 m; quilla, 15.80; eslora en cubierta, 23.60; puntal o altura de la nave

---

[1] Pierre Chaunu, *Séville et l'Atlantique (1504-1650), op. cit.*, t. VIII, 1, Structures, pp. 68-69. Haring, *op. cit.*, p. 328.

desde su fondo a la cubierta principal, 3.85; calado o parte sumergida, 2.10; altura del palo mayor con su mastelero o prolongación, 26.60, y longitud de la verga mayor o travesaño para atar la vela principal, 16.40.[2] Esta nao, que Colón en su *Diario* consideraba "muy pesada y no apta para el oficio de descubrir", hoy la encontramos casi de las mismas medidas que los barcos pesqueros. Y frente a las 100 toneladas de la *Santa María*, recuérdense los desplazamientos de los grandes barcos modernos: *France*, 70 000 toneladas y 1 095 pies, y *Queen Elizabeth*, 83 673 toneladas y 1 031 pies.

Las carabelas la *Niña* y la *Pinta* venían de las que hacían el tráfico en río Tinto y eran mucho menores. José María Martínez-Hidalgo —que ha reconstruido con la mayor documentación posible las naves de Colón— calcula que la *Niña*, con dos palos y velas latinas o triangulares, tenía 20.10 m de eslora en cubierta; 15.46 de quilla; 6.44 de manga; 2.80 de puntal; 1.78 de calado y sólo 52.72 toneladas de capacidad.[3] Y la *Pinta*, un poco mayor: 21.05 m de eslora en cubierta; 16.15 de quilla; 6.75 de manga; 2.92 de puntal; 1.85 de calado y una capacidad de 60.91 toneladas. Ésta llevaba dos velas cuadradas y una latina.[4]

En las tres naves del descubrimiento viajaban 90 hombres, 40 en la capitana o almiranta *Santa María*, y los otros 50 en las dos carabelas.[5]

---

[2] Las características y medidas de las tres naves del viaje inicial de Colón, la *Santa María*, la *Pinta* y la *Niña*, han sido objeto de variadas suposiciones, ya que sólo se tiene de ellas alusiones incidentales, en los escritos del propio almirante, e imágenes de las naves de la época, que pueden ayudar a su reconstitución. Entre estas suposiciones he preferido seguir las de José María Martínez-Hidalgo, director del Museo Marítimo de Barcelona, quien ha examinado y criticado las cuatro principales reconstituciones anteriores de la *Santa María*, y con serios fundamentos textuales, históricos e iconográficos propone la suya propia. Según Martínez-Hidalgo, la *Santa María* era, por sus características, una nao o galeón, y la *Pinta* y la *Niña* eran carabelas. La obra citada es: José María Martínez-Hidalgo, *Las naves de Colón*, Editorial Cadi, Barcelona, 1969, p. 88.

[3] Martínez-Hidalgo, *op. cit*, p. 159.

[4] *Ibid.*, p. 164.

[5] Samuel Eliot Morison, *Admiral of the ocean sea. A life of Christopher Columbus*, mapas por Erwin Raisz, dibujos por Bertram Greene, An Atlantic Monthly Press Book, Little, Brown and Company, Boston, 1942, cap. x, p. 148. Martínez-Hidalgo, *op. cit.*, pp. 126-127.

Las naves de la Carrera de las Indias

Veitia Linage describe con precisión los numerosos tipos y usos de las naves que existieron en los siglos XVI y XVII.[6] Para los viajes entre España y las Indias, o la Carrera de las Indias, como vino a llamársele, pronto se olvidaron las pequeñas y ágiles carabelas, y se emplearon, casi exclusivamente, embarcaciones de las llamadas naos o galeones, como la *Santa María*. Esto es, con aparejo de tres palos con velas redondas en el trinquete y el mayor, y vela latina en el mesana, más otras velas complementarias; de construcción robusta, dispuestas según la fórmula 1 manga, 2 quilla y 3 eslora en cubierta; con castillos a proa y popa (toldilla), y con un porte de 100 a 200 toneladas.[7]

Las necesidades de un comercio creciente, para llevar de las Indias a España los metales preciosos y otros productos, y en el sentido inverso, proveer a las Indias de cuanto los colonizadores requerían —sobre todo en los primeros años de la dominación—, y transportar soldados, funcionarios, comerciantes, frailes y otros pasajeros; y para dar a las naves recursos suficientes de soldados y armamentos, que defendieran sus valiosas cargas de los corsarios y piratas que los amenazaban, fueron imponiendo el aumento del porte de las naos.

> Durante los primeros cincuenta años después del descubrimiento —dice Haring—, los navíos atlánticos eran tan asombrosamente pequeños, que acaso rara vez excedían las doscientas toneladas de carga. Por entonces, los marinos de Cantabria, los mejores de España sin duda, consideraban un bajel de 200 toneladas como prototipo de los barcos de la época, bien se destinara a la guerra o al comercio.[8]

Una cédula del 13 de febrero de 1522, que fue luego base de las ordenanzas que regían la navegación a las Indias, disponía que el porte de estas naos fuese de 100 a 270 toneladas, y señalaba el número de gente, artillería, armas y municiones que los visitadores debían exigirles para autorizar su viaje. Y otra cédula, del 19 de marzo de 1609, ordenó que no se admitiesen en las flotas naos

---

[6] Veitia Linage, *op. cit.*, lib. II, cap. XIV, pp. 650-652.
[7] Martínez-Hidalgo, *op. cit.*, p. 66.
[8] Haring, *op. cit.*, cap. XI, p. 325.

que bajasen de 200 toneladas. Sin embargo, como observa Veitia Linage, en la Casa de la Contratación la práctica era exigir solamente que la nao pasase de las 100 toneladas.[9]

En la segunda mitad del siglo XVI la tendencia fue, pues, la de construir embarcaciones cada vez mayores. Por ello, una cédula del 5 de mayo de 1577 prescribió que las naos no excedieran de 400 toneladas,[10] teniendo en cuenta que la barra de Sanlúcar no tenía profundidad para naves mayores de 200 toneladas, lo que obligaba al transbordo parcial de su carga.

Otras ordenanzas, del 13 de febrero de 1552, agrupaban los navíos que viajaban a América en tres clases generales, según su porte: de 100 a 170 toneladas, de 170 a 220 y de 220 a 320, fijando un mínimo de 100 toneladas para los viajes trasatlánticos.[11]

La tripulación y sus oficios

Las tripulaciones, que debían ser de un mínimo de 30 hombres para las naves de 100 a 170 toneladas, debían subir a 48 para las naves de 170 a 220 toneladas, y a 61 para las de 220 a 320 toneladas, según las ordenanzas de 1552.

El jefe superior de la tripulación era el capitán o maestre, a menudo dueño o condueño de la nave, o representante de éstos. Él recibía los pagos de los fletes o servicios prestados y contrataba y pagaba al piloto y a los demás oficiales y tripulantes. Sólo indicaba el derrotero y dirección general del mando, pero no intervenía en la navegación práctica. En el caso de un bajel de la armada, el comandante recibía el nombre de capitán.[12]

> Al piloto —escribe Martínez-Hidalgo— correspondía llevar la derrota y cuanto tuviera relación con la parte náutica, en la que a veces era el único experto [...] Debía llevar cartas, astrolabio, aguja, cuadrante, ampolletas y sondas, y tener, además, conocimiento de las mareas. Alonso de Chaves decía que "el piloto en la nao es así como el ánima el cuerpo humano".[13]

[9] Veitia Linage, *op. cit.*, lib. I, cap. XXIV, 5, pp. 247-248.
[10] *Ibid.*, lib. II, cap. VI, 12, p. 564.
[11] Colección manuscrita de Fernández de Navarrete, XXI, núm. 30, citada en Haring, *op. cit.*, cap. X, pp. 340-341.
[12] Haring, *op. cit.*, cap. XII, pp. 391-392.
[13] Martínez-Hidalgo, *op. cit.*, II parte, cap. XX, p. 125.

Desde principios del siglo XVI en España se prestó atención especial a la preparación de los pilotos. Poco después de la fundación en 1503, de la Casa de la Contratación de las Indias, en Sevilla, establecióse, en agosto de 1508, la Cátedra de Arte de la Navegación y Cosmografía y se creó el cargo de piloto mayor. Éste tenía la misión de examinar a quienes aspiraban a ser pilotos de naves y, además, presidía el Tribunal de los Cosmógrafos. La nómina de quienes ocuparon este puesto es impresionante: Américo Vespucio, de 1508 a 1512; Juan Díaz de Solís, de 1512 a 1516; Sebastián Caboto, desde 1518 hasta 1548 en que marchó a Inglaterra; Alonso de Chaves, de 1552 a 1586; Rodrigo Zamorano, de 1586 a 1596 y en 1598, y Andrés García de Céspedes, de 1596 a 1598.[14]

Después del piloto seguía, en orden de importancia, el contramaestre:

> lugarteniente del maestre, hacía cumplir las órdenes de éste y del piloto, repartía los trabajos y se ocupaba de la estiba, recorrido del aparejo, maniobra, limpiezas generales, achique de la sentina, oreo de las velas y de que se apagara el fogón a la puesta del sol.[15]

El escribano debía levantar actas de la toma de posesión de tierras descubiertas, llevar cuenta de cuanto se cargaba y descargaba, y hacía funciones de notario. El alguacil se encargaba del castigo de los delincuentes. El veedor llevaba la cuenta de los gastos y cuidaba la parte del oro que correspondía a la Corona, "el quinto real". El despensero se encargaba del cuidado y distribución de los víveres,

> así como el despabilar los faroles, alimentar el fogón, instruir a los grumetes en el cuarteo de la rosa y en las cantinelas que debían dejar oír al volver las ampolletas, particularmente para tener la certidumbre de que no se dormían; al repartir las raciones habían de procurar que se consumiera primero lo más añejo, conservando siempre en su poder la llave del pañol de víveres.[16]

---

[14] José Pulido Rubio, *El Piloto Mayor de la Casa de la Contratación de Sevilla*, Pilotos Mayores, catedráticos de cosmografía y cosmógrafos, Publicaciones de la Escuela de Estudios Hispano-Americanos de Sevilla, Sevilla, 1950, pp. 134 y 979.
[15] Martínez-Hidalgo, *op. cit.*, II parte, cap. XX, p. 128.
[16] *Id.*

En fin, los carpinteros debían cuidar del barco mismo, de las bombas de achique y de calafatear la nave para conservarla en buenas condiciones de navegación; el tonelero cuidaba las pipas de agua y vino. Algunas veces, estos oficios menores estaban confiados a los marineros.[17] Éstos vestían, habitualmente, "blusón con caperuza, calzas y bonete rojo de lana", este último, distintivo típico del hombre de mar en la época.[18]

SALARIOS DE LA TRIPULACIÓN

A base de los legajos de cuentas de las armadas, de los siglos XVI y XVII, que guardaba la Casa de la Contratación de Sevilla, y se conservan en el Archivo General de Indias, Hamilton ha formado un cuadro con los salarios que se pagaban, cada año, a los trabajadores de tierra, en trabajos relacionados con los barcos, y a los marineros.[19] Los correspondientes al siglo XVI permitieron observar lo siguiente.

Los salarios anuales de los marineros se ordenaban como sigue, en 1571, año en que se tiene completa la serie: paje, 9 000 maravedís; grumete, 12 000; marinero, 18 000; artillero, 22 500; notario o veedor, vigía, alguacil del agua, despensero, carpintero y contramaestre, todos ellos 27 000, y capitán, 36 000 (anuales). Estas relaciones entre los salarios marinos se conservan, con muy pocas variantes, a lo largo del siglo. Puede advertirse, sin embargo, que mientras los salarios más bajos, de pajes, grumetes y marineros sin especialidad, casi se duplican de principio a fin del siglo (de 10 200 a 18 000 maravedís), los salarios medios de los artesanos y oficiales sólo aumentan alrededor de 16.7% (de 22 500 a 27 000 maravedís) y el del capitán, que era de 21 600 anuales

[17] *Id.*
[18] Martínez-Hidalgo, *op. cit.*, II parte, cap. XXII, pp. 134-135.
[19] Hamilton, "Wages and subsistence...", *op. cit.*, cuadro II, pp. 443-444. En la exposición previa a este cuadro, se habla varias veces de salarios diarios, y en el cuadro mismo no se precisa la periodicidad del salario. Ahora bien: comparando estas cifras con otras existentes, resulta evidente que las de la sección A, que se refiere a los trabajadores de tierra, sí son de salarios diarios, mientras que las de la sección B, de marinos, son mensuales (para evitar el absurdo de que un marinero ganara, en 1550, 1 050 maravedís diarios, o sea, 383 250 anuales). Con esta corrección se han calculado los salarios anuales aquí mencionados.

Los datos sobre los salarios de la armada de Biedma son de Haring, *op. cit.*, apéndice IX, p. 425.

en 1515, sube a 30 000 en 1552, cifra en que se mantendrá hasta 1564, y luego pasa a 36 000 en 1567, cantidad que permanece sin aumento hasta 1623. Es extraño que no aparezca en estas listas el piloto, esencial para la vida de una nave.

Según otras relaciones de salarios de armadas, por ejemplo, la de Sancho de Biedma de 1550-1551, el salario anual del capitán llegaba a 100 000 maravedís; el del piloto, aproximadamente a lo mismo, y los de los marineros a 12 600 anuales.

Considerados en conjunto los salarios de los marinos que transportaban a España el oro y plata de las Indias, muestran a lo largo del siglo XVI un deterioro en su poder adquisitivo. "Este siglo —comenta Hamilton—, que fue testigo de la mayor evolución económica, política, intelectual y artística que España alcanzó en su historia, fue un periodo de retroceso en lo que se refiere al bienestar económico del pueblo."[20]

Disposición interna de las naos

En el curso del siglo, las naos que hacían la Carrera de las Indias fueron cada vez mayores —como antes se apuntó—, por las necesidades del comercio y de la guerra. Pero, aunque algunas sobrepasaron las 400 toneladas de porte, las de cerca de 200 fueron las más comunes, es decir, de aproximadamente el doble de las proporciones de la *Santa María* de Colón.

Su disposición habitual, prescindiendo de sus instalaciones propiamente náuticas y atendiendo sólo a aquello que interesaba al pasajero, era la siguiente. Una cubierta principal de la que sobresalían, a proa y a popa, los llamados castillos. El de proa se destinaba para guardar cordajes, velas, aparejos marinos y herramientas, y allí se acomodaban como podían los marineros; y el de popa tenía dos pisos; el techo del primero, llamado tolda, se extendía desde el extremo posterior del barco hasta cerca del palo mayor. Bajo este cobertizo se encontraba la caña de mando del timón, la caja de la bitácora en que se instalaba la aguja, la rosa náutica y el compás y, en los espacios sobrantes, se ponían los cofres de los oficiales, los baúles de los pasajeros y se acomodaban los jergones y las esteras de la tripulación y los pasajeros,

[20] *Ibid.*, p. 448.

ajuares de dormir que durante el día se arrollaban y estiraban, y llegado el caso servían de mortaja.

Sobre la tolda, ocupando el extremo posterior de la nave y sobresaliendo un poco de la curva del casco, estaba la cámara, reservada al capitán o que se alquilaba a pasajeros privilegiados. El techo de la cámara, rodeado de barandas, se llamaba toldilla y era el puente de mando, como lugar más alto de la cubierta.

La cubierta principal tenía pocos espacios libres, pues la interrumpían las escotillas de carga y descarga, las bombas de achique, para sacar el agua que se acumulaba en la sentina, las piezas de artillería, el fogón, batea de hierro con arena para hacer fuego y preparar la comida caliente, las velas y cordajes, y las escalerillas que subían a la tolda y al castillo de proa.

Bajo la cubierta se encontraba otro entrepiso, la bodega, donde se guardaba la carga que transportaba el barco y las cajas, jarras y toneles que guardaban los alimentos y bebidas para el viaje, y cuando había mal tiempo o peligro de asalto, en los espacios libres de la bodega tenían que apiñarse los pasajeros para dejar libre la cubierta. En parte de la bodega se habilitaron, en las naves mayores, cámaras para oficiales o pasajeros. Bajo el piso de la bodega estaba el fondo del barco o sentina, con lastre de gravilla, y donde se acumulaba el agua que se colaba por los intersticios de las naves mal calafateadas, y que pronto se volvía podredumbre y pestilencia.

El ancla o las anclas se acomodaban en los bordes de la nave, a proa, y los repuestos se guardaban en el castillo cercano; los botes auxiliares, atados por cuerdas a la popa, iban tirados por la nave. El farol, que permitía vislumbrar la nave capitana en la noche, se instalaba en el extremo superior de la popa, sobre la toldilla. ¿Dónde podrían llevarse los ganados mayores que solían transportarse, para pies de cría o para disponer de carne fresca? ¿Y dónde se acomodaban durante el día y para dormir por las noches los 20 o 30 pasajeros que, además de las tripulaciones, solían recibir las naos?

Las cámaras y otras posibilidades

Respecto a las dimensiones de las cámaras, también llamadas chupetas, los datos existentes son imprecisos o contradictorios.

De la cámara que tenía Colón en la *Santa María*, dice Martínez-Hidalgo que "debía ser pequeña", y añade que sólo cabrían en ella —por los indicios que tenemos del propio almirante— "una mesa, silla taburete, arca, cofre, enseres de escritorio y servicio de mesa, lavamanos y cama, ésta con una colcha o arambel".[21]

Sin precisar las fechas ni las fuentes documentales, Borges Morán describe así las cámaras en las que se alojaba a los misioneros en sus viajes a América en el siglo XVI:

> Existían tres clases de cámaras: la ordinaria, la doble y la media cámara. La primera solía tener capacidad para seis personas y sus dimensiones, que se computaban por pies, variaban entre 9 × 7 [2.52 × 1.96 m], 10 × 8 [2.80 × 2.24 m], 12 × 9 [3.36 × 2.52 m] y 14 × 8 [3.92 × 2.24 m]. En relación con esta cámara ordinaria, la doble solía tener cabida para doce personas, mientras que la media sólo albergaba tres. Para los religiosos, al menos durante el siglo XVI, solían destinarse las de popa alta y baja, de "a través del mástil debajo de la tolda" o "debajo del puente"; a veces "las de la banda de babor y estribor".[22]

Para tener una idea de la estrechez en que debían dormir los frailes, recuérdese que ahora el catre mínimo es de 1.80 × 0.75 m, así es que sólo podían acomodarse seis frailes con una mínima holgura en la cámara mayor, de 3.92 × 2.24 m. Y nada se precisa respecto de la altura.

Aún más estrecha era la cámara que en 1573 y en el navío llamado *Nuestra Señora de los Remedios* fletó en las Canarias, rumbo a Santo Domingo, el oidor Eugenio de Salazar, junto con su amada mujer doña Catalina y sus dos hijos. La describe así don Eugenio:

> Y allí por gran regalo nos metieron en una camarilla que tenía tres palmos de alto y cinco de cuadro, donde en entrando la fuerza del mar, hizo tanta violencia en nuestros estómagos y cabezas, que padres e hijos, viejos y mozos quedamos de color de difuntos, y comenzamos a dar el alma...[23]

---

[21] Martínez-Hidalgo, *op. cit.*, pp. 130-131.
[22] Castro Seoane, "Matalotaje, pasaje y cámaras", *Missionalia Hispanica*, 1952, núm. 9, p. 73: citado por Borges Morán, *El envío de misioneros...*, *op. cit.*, cap. xiii, p. 545.
[23] Eugenio de Salazar, *La mar descrita por los mareados*. Véase el Apéndice 3.

Si no exagera sus miserias, y como el palmo equivalía a 21 cm, la camarilla de la familia Salazar medía 63 cm de altura y 1.05 m por lado, de modo que ni sus hijos, que entonces tendrían 15 y 13 años, podían tenderse en aquel metro cuadrado.

La tripulación, forzada a acomodarse para dormir donde pudiera, encontró al parecer una solución parcial de sus incomodidades con la hamaca de los indígenas del Caribe, que los descubridores conocieron en 1492 y adoptaron desde los primeros viajes.[24] La usaban los marineros, y probablemente algunos pasajeros. Acaso encontraban espacio donde colgarlas en el castillo de proa, bajo la tolda o en algún lugar de la bodega, y las disfrutarían si podían habituarse al constante balanceo de las naves que las hamacas aumentaban.

---

[24] Morison, *op. cit.*, cap. ix, p. 128.

VI. LA NAVEGACIÓN

Los códigos de la navegación

En cuanto la navegación a las Indias adquiere importancia se prescriben series de ordenanzas, y más tarde códigos, que regulan todos los aspectos relacionados con el equipo, armamento, abastecimientos, carga y tripulación de las naves. En las ordenanzas del 14 de julio de 1522 se determina que cada navío de 100 toneladas debe conducir, por lo menos, quince marineros incluyendo un artillero, ocho grumetes o aprendices y tres pajes o mozos, es decir, 26 tripulantes, que junto a los tres o cuatro oficiales necesarios, llegarían a 30 de tripulación mínima.

El código de septiembre de 1534 es más amplio. Para evitar que se lleven a las Indias barcos viejos y destartalados, disponía que sólo puedan salir naves nuevas, a menos que las carenaran, calafatearan y repararan a satisfacción los oficiales de la Casa de la Contratación, que pilotos y maestres debían ser españoles y presentar examen ante el piloto mayor de la Casa; prohibía que los barcos se prestaran unos a otros aparejos o armamentos, para mostrarlos al inspector; amenazaba con graves penas a los marineros que aparecían en la inspección y luego no hacían el viaje; y disponía que la cubierta y los camarotes debían estar libres de mercancías, para impedir el exceso de carga, pues en el puente o cubierta sólo se permitían abastos, artillería y los baúles de los pasajeros. Y por primera vez se presta atención a estos pasajeros, pues se establece que, en los barcos de 100 toneladas, el máximo de ellos que podían conducirse sean 30, y a los capitanes se les prohíbe pedirles más dinero del convenido antes del embarco.[1] Si las tripulaciones tenían un mínimo de 30 hombres y se aceptaban hasta 30 pasajeros, esto indica que hasta 60 hombres tenían que apiñarse en una cubierta de unos 23 metros de largo por menos de 8 de anchura máxima, en su mayor parte ocupada por las

---

[1] Haring, *op. cit.*, cap. xi, pp. 338-340.

múltiples instalaciones y aparejos de aquellas naves, y que debía permanecer libre para permitir las continuas maniobras de la navegación.

Itinerarios y escalas

Los pilotos del mar y del aire conocen la dificultad extrema de encontrar una ruta, un camino seguro en un espacio desconocido, con el mejor aprovechamiento de los fenómenos atmosféricos, en la aparente uniformidad de las aguas o del cielo; y aún mayor dificultad si sólo cuenta con la referencia incierta de los astros y con aparatos rudimentarios para medir y conocer el curso de los vientos, las distancias, las posiciones, el tiempo y las profundidades y para adivinar la inminencia de los peligros.

La hazaña de Colón, o su genio como le llama Chaunu, fue la de haber encontrado —con una seguridad que hace pensar en la casi necesidad de haber contado con informaciones de experiencias previas—, con mínimos titubeos, la ruta óptima para el viaje de ida desde el primer viaje, afinada de manera definitiva en el segundo, y la ruta de regreso establecida ya desde el primer viaje.[2]

La ruta encontrada y fijada por Colón, que regiría durante tres siglos la Carrera de las Indias, se apoyaba en escalas necesarias, a la ida, en las islas Canarias, y al regreso, en las Azores; y en haber encontrado, para el viaje al Nuevo Mundo, el curso del alisio, y para el retorno, ir más al norte en busca del contraflujo de los vientos. Y además, como también lo ha señalado Chaunu, los tiempos de los viajes de Colón, y sobre todo los del segundo y del cuarto viajes, conduciendo convoyes, constituyen *records* para los grandes siglos de la navegación española. El primer tramo, Andalucía-Canarias, Colón lo hizo, en el primer viaje, en seis días, tiempo pocas veces igualado. El segundo tramo, Canarias-Antillas, lo hizo en 33 días en el primer viaje, pero sólo en 21 en el cuarto viaje, de la Gran Canaria a la Martinica, y conduciendo un convoy. Este *record*, que supone una velocidad media de 126 millas diarias, para recorrer las 2 630/2 680 millas en este tramo, pudo ser igualado pero no superado. En cuanto al regreso, Colón logró, en

---

[2] Chaunu, *Séville et l'Atlantique, op. cit.*, t. VIII, 1, pp. 94-95.

el conjunto de sus viajes, una media de 60 a 80 días, inferior a las medias de los viajes posteriores a 1551.³

El itinerario que estableció, y fue seguido con pocas variantes del siglo XVI al XVII, era el siguiente. Los barcos se cargaban y zarpaban de Sevilla, sobre el río Guadalquivir, o bien en los puertos de Cádiz o Sanlúcar. De la costa andaluza seguían hacia el suroeste, por la costa africana, y a la altura del paralelo 28° torcían al oeste hacia las Canarias, casi siempre a la isla de la Gomera, adonde llegaban en siete u ocho días. Allí completaban y reponían el avituallamiento, se lavaban los hombres y continuaban el tramo más largo del viaje.

Navegando siempre hacia el oeste, y descendiendo lentamente del paralelo 28° al 16° —variando en esto la ruta de Colón en su primer viaje, que llegó a la isla de San Salvador en el paralelo 24°— aprovechando los vientos alisios, y sin cambiar de rumbo durante 25 o 30 días, llegaban al fin a la Deseada, la Guadalupe u otra de las islas de las Indias Occidentales. Cuando las naves iban en convoy, aquí se repartían los galeones según fueran a Cartagena, Tierra Firme, La Habana, Santo Domingo o Nueva España. Los que se dirigían a Veracruz seguían rumbo al noroeste hacia Puerto Rico y Santo Domingo o Española, donde se proveían de agua y leña; costeaban el sur de la isla de Cuba, y del cabo San Antonio —en la punta occidental de la isla— se dirigían a Veracruz, adonde llegaban en 18 o 20 días.⁴

La ruta de regreso seguía también, en sus apoyos principales, la descubierta por Colón. Los navíos provenientes de los puertos de las islas, de Veracruz, de Cartagena o de Nombre de Dios, luego Portobelo en el estrecho de Panamá, se reunían en Santo Domingo, en la primera mitad del siglo, y más tarde en La Habana. De aquí subían hacia el noroeste, a través del canal de las Bahamas, pasaban cerca de las islas Bermudas y seguían ascendiendo hasta cerca del paralelo 38°, en busca de los vientos septentrionales de dirección oeste-este, que los llevaban a las Azores. Aquí se hacía escala para recibir y enviar noticias, y prevenirse en el caso de que se supiera que merodeaban corsarios. Si no había peligros, los convoyes seguían rumbo a la costa portu-

---

³ Chaunu, *L'expansion européenne du XIVᵉ au XVᵉ siècle*, PUF, París; trad. por Ana María Mayench, Nueva Clío, Editorial Labor, Barcelona, 2ª ed., 1977, p. 121.
⁴ Haring, *op. cit.*, cap. IX, pp. 277-280.

guesa, que bordeaban hasta doblar, por el cabo de San Vicente, rumbo a Sanlúcar.[5]

En esta travesía había dos zonas especialmente peligrosas, la del Golfo de México y la de las Bahamas-Bermudas. El recorrido Veracruz-La Habana, que podía hacerse con vientos favorables en 18 días se hacía por lo general en un tiempo medio de 33 días, y los máximos llegaban a 55 días, y aun a más, o acababan en naufragio según la magnitud de los nortes y ciclones. Los periodos más peligrosos solían ser la segunda quincena de junio, julio y agosto, y de octubre a abril, lo que deja apenas dos meses y medio favorables y de intensa actividad.[6] La otra zona riesgosa era la situada entre el peligroso paso por el estrecho de las Bahamas y las islas Bermudas, zona de violentos huracanes, calmas igualmente temibles para los navíos de vela, y arrecifes.[7]

Experiencias de la navegación

Algunos viajeros han relatado con detalle estos itinerarios en el siglo XVI. Fray Gerónimo de Mendieta narró punto por punto el viaje y las escalas que el grupo de los doce franciscanos, que encabezaba fray Martín de Valencia, hizo del puerto de Sanlúcar a Veracruz en 1524:

> fuéronse al puerto de San Lúcar de Barrameda, donde se embarcaron y dieron a la vela martes veinticinco de enero, año de mil y quinientos y veinte y cuatro, día de la conversión del apóstol S. Pablo [...] Llegaron estos doce santos varones a la Gomera, isla de las Canarias, viernes a cuatro de febrero, y tomando allí puerto, el sábado siguiente, dicha misa de Nuestra Señora por uno de ellos en la iglesia llamada Santa María del Paso, y comulgando los demás con mucha devoción, se tornaron a embarcar; y navegando por espacio de veinte y siete días llegaron a la isla de San Juan de Puerto Rico, donde desembarcaron a tres de marzo; y habiendo allí descansado diez días y recibido algún refrigerio, se dieron tercera vez a la vela en trece de marzo, que fue domingo de Pasión, y fueron a la isla Española o

---

[5] *Ibid.*, pp. 283-284.
[6] Chaunu, "Veracruz en la segunda mitad del siglo XVI y primera del XVII", *op. cit.*, pp. 532-535.
[7] Haring, *op. cit.*, cap. ix, p. 284.

de Santo Domingo, donde entraron miércoles de la Semana Santa. Y por ser el tiempo que era de Pascuas, y la ciudad de españoles, se detuvieron en ella seis semanas, al cabo de las cuales se embarcaron la cuarta vez, y desembarcaron en la isla de Cuba, donde llaman la Trinidad, postrero día de abril, y allí recrearon sus cuerpos por espacio de tres días; vueltos a embarcar la quinta vez, dieron consigo en el deseado puerto de San Juan de Ulúa, que es de la tierra firme de la Nueva España, en trece de mayo del mismo año de veinte y cuatro, un día antes de la Pascua del Espíritu Santo, con cuyo aire y celestial brisa no faltó la necesaria de la mar, que siempre con tiempo bonancible y suavidad nunca vista ni oída en aquella carrera, vino siempre soplando el navío.[8]

El viaje de los doce legendarios franciscanos, que el padre Mendieta consideraba por su brevedad y bonanzas "nunca visto ni oído", duró 109 días que, menos los 56 de descansos en las etapas, hacen 53 días hábiles de navegación, es decir, casi dos meses. Treinta años más tarde, en 1554, el propio historiador Mendieta hace el mismo viaje y su experiencia es atroz: sólo hace su navío una escala en el puerto de Ocoa, en la isla Española, y su navegación tarda "cuatro meses sin faltar un día: y ellos tardaron poco más de tres, siendo más los días que pausaron y descansaron que los que anduvieron por la mar".[9]

El comerciante inglés Roberto Tomson, que vino a México con el también inglés Juan Field y su familia, en un barco de ingleses en 1555, fue casi tan afortunado como los franciscanos, pues su viaje duró 62 días, repartidos así:

Sanlúcar-Canarias	6 días
Canarias-Santo Domingo	32 días
Santo Domingo-Veracruz	24 días
TOTAL	62 días[10]

LOS PUERTOS

Sevilla, la primera ciudad española de la época, era un puerto fluvial conectado por el Guadalquivir al pequeño puerto sobre el

[8] Fray Gerónimo de Mendieta, *Historia eclesiástica indiana*, lib. III, cap. IX, pp. 207-208.
[9] *Ibid.*, pp. 209-210.
[10] *Relaciones de varios viajeros ingleses...*, *op. cit.*, pp. 11-14.

Atlántico de Sanlúcar de Barrameda. Este complejo, Sevilla-Guadalquivir-Sanlúcar, fue el de uso dominante en el siglo XVI. Colón había preferido zarpar del también pequeño puerto de Palos de Moguer, en la desembocadura del río Tinto, al noroeste de Sanlúcar. Más tarde, el puerto más utilizado fue el de Santa María, en la bahía de Cádiz. Ocasionalmente se permitía que los barcos zarparan de los puertos de las costas vizcaínas y mediterráneas.

> Ninguna otra ciudad española —escribe Peter Boyd-Bowman— gozaba en la opinión de los colonizadores de Indias de tanto prestigio como Sevilla. Era esta metrópoli un puerto fluvial de mucho tráfico, sede de la Casa de Contratación y la base natural para reclutar y abastecer las expediciones. Sevilla fue el centro del cual partió una corriente continua de hombres, barcos y materiales para la colonización de las islas del Caribe, así como para la exploración de las costas del continente americano. Era además el lugar de residencia de gran número de banqueros, mercaderes, constructores de naves, cosmólogos, exploradores, marineros y artesanos que, nacidos en otras partes de España y aun en el extranjero, con el tiempo pasaban a Indias en calidad de "vecinos de Sevilla". En una época en que otras ciudades españolas se caracterizaban por su tranquilidad y su dignidad conservadora, Sevilla era una flamante metrópoli cosmopolita, llena de bullicio y de color; una puerta abierta para todas las noticias e influencias venidas del extranjero. En sus calles se rozaban banqueros y mercaderes genoveses, venecianos y florentinos, marineros sicilianos y griegos, pilotos vizcaínos y portugueses, gitanos, mulatos, esclavos negros e indios, y soldados y aventureros de todos los rincones de España. Las naves que volvían de las Indias traían además de su cargamento de oro, perlas, especias y otras mercancías exóticas, nuevas para familias y parientes que residían en Sevilla mientras esperaban el regreso de sus familiares ausentes [...] Esta dinámica y abigarrada metrópoli solía impresionar tan profundamente a los futuros emigrantes que residían algún tiempo en ella que al partir en alguna expedición o pasar al servicio de algún amo, muchos ya se consideraban vecinos de Sevilla y algunos hasta habían contraído matrimonio con muchachas sevillanas.[11]

Frente a estos antiguos puertos españoles, los recién habilitados en las costas americanas comenzaban por ser malos puertos natu-

---

[11] Peter Boyd-Bowman, "Prólogo", *Índice geobiográfico de cuarenta mil pobladores españoles de América en el siglo XVI*, t. I, 1493-1519, Instituto Caro y Cuervo, Bogotá, 1964, pp. xxii-xxiii.

rales y sus instalaciones eran sumamente precarias. Ya se han descrito las inconveniencias portuarias y el temple malsano de Veracruz que, a pesar de todo, como punto más cercano a la ciudad de México, concentraba durante el siglo XVI 40.3% del conjunto del comercio entre España y las Indias, contra 18% para las islas y 41.7% para Tierra Firme.[12] El resto de los puertos mexicanos de la costa del Golfo, Pánuco, Tampico, Coatzacoalcos, Campeche, Tabasco, se empleaban sólo para tráfico de cabotaje.

En los primeros años de la dominación española, los puertos de las islas, Santo Domingo, San Juan de Puerto Rico, La Habana, Santiago, Jamaica, tuvieron gran actividad, que decayó después de las conquistas de México y del Perú. Más tarde comenzaron a frecuentarse los puertos de Tierra Firme, Honduras y Nombre de Dios, luego Portobelo, para el tráfico hacia el Perú a través del estrecho de Panamá, y los de Cartagena de Indias y Venezuela. Pero con excepción de las antiguas ciudades de las islas, todos los demás fueron pueblos precarios que sólo cobraban vida en las temporadas de llegada o salida de los convoyes. Sólo al final de siglo se inició el desarrollo de las que serían las grandes ciudades-puertos del Río de la Plata.

Construcción de naves en las Indias

Aunque en las primeras reglamentaciones se prohibía, o se limitaba a autorizaciones especiales, la construcción de naves en los puertos de las Indias, éstas se hacían indispensables tanto para el tráfico entre las diversas posesiones y, años más tarde, para la navegación por el Mar del Sur u océano Pacífico.

La primera carabela construida en el Nuevo Mundo, en 1496, fue la que Colón y sus marinos llamaron *Santa Cruz* y armaron en la isla Española. A ésta siguieron muchas naves, construidas con despojos de otras y completadas como se podía. Diego Velázquez, gobernador de Cuba, recibió autorización para construir diez bajeles, que no debían exceder de 100 toneladas.[13] Algunas

---

[12] Chaunu, "Veracruz...", *op. cit.*, p. 528.
[13] *Colección de documentos inéditos relativos al descubrimiento, conquista y organización de las antiguas posesiones españolas de ultramar*, 2ª serie, Madrid, 1885-1900, 13 vols., t. I, pp. 69 y 85: citado por Haring, *op. cit.*, cap. XI, pp. 332-333.

de estas naves pudieron ser las que utilizó Hernán Cortés para su viaje a costas mexicanas en 1519.

A los puertos de las Antillas podían llegar de España herrajes, velámenes, aparejos y herramientas de carpintería. Pero cuando se iniciaron los viajes de exploración por el Pacífico, el problema era mayor, pues había que improvisar puertos en estas costas y transportar hasta ellos, a lomo de indios, cuanto era necesario para un barco, menos la madera: "velas, cables, jarcia, clavazón, áncoras, pez, sebo, estopa, betumen, aceite y otras cosas", enumerará Hernán Cortés.

Antes de que se emprendiera la conquista de los territorios situados en el Mar del Sur, Cortés, después de su derrota de la Noche Triste en México-Tenochtitlan, el 30 de junio de 1520, comprendió que sólo podía atacar con éxito una ciudad lacustre con una ofensiva combinada por agua y por tierra. Para ello hizo construir en Tlaxcala, situada a un centenar de kilómetros del lago, trece bergantines, que hizo transportar por una enorme caravana de indios, para armar en Tezcoco, a orillas del lago. A fines de abril de 1521 los bergantines o fustas estaban listos y pronto mostraron su eficacia en el asalto y conquista de México-Tenochtitlan.[14]

La navegación en el Pacífico

El Mar del Sur se conocía desde 1513 por el descubrimiento de Vasco Núñez de Balboa. Para pasar naves de un océano a otro, como la vuelta por el estrecho de Magallanes, en la punta sur del continente, era tan larga como riesgosa —a pesar del intento de Pedro Sarmiento de Gamboa para poblar aquel extremo del mundo—, era necesario construir barcos en puertos improvisados para emprender las grandes exploraciones y conquistas del Pacífico: el Perú, las Californias y los viajes al Extremo Oriente.

Poco tiempo después de su regreso de la desastrosa expedición a las Hibueras (Honduras), Cortés, que después de la conquista de México estuvo obsesionado por extender sus conquistas a los Mares del Sur, organizó a principios de 1527 y a su costa, en el improvisado puerto de Zacatula, tres navíos, al mando del

---

[14] Hernán Cortés, *Tercera carta de relación*, Coyoacán, 15 de mayo de 1522. La enumeración es de la *Cuarta carta*, del 15 de octubre de 1524.

capitán Álvaro de Saavedra Cerón, su primo, que deberían dirigirse a las Molucas, al sur de las islas Filipinas, en auxilio de la armada de García de Loaisa y Sebastián Caboto. La empresa tendría un trágico fin.[15]

La expedición de Miguel López de Legaspi a las Filipinas, de 1564-1565, se hizo también con naves construidas y equipadas en las costas de Nueva España. En 1566 se iniciaron los viajes anuales del *Galeón de Manila* o *Nao de la China*, entre Manila y Acapulco, que además de pasajeros transportaba sedas, marfiles, lacas, porcelanas, té y especias del Oriente. Estos enormes galeones se construían en Manila o en Cavite con la resistente madera de teca.[16]

De 1528 a 1530 Cortés hizo su viaje triunfal a España, y cuando volvió, ya marqués del Valle de Oaxaca, aunque sin el mando de la Nueva España, la segunda Audiencia, como una manera de alejarlo, lo invitó en 1532 a que prosiguiera sus exploraciones en el Mar del Sur, empresa que realizaría con una especie de furor por la acción y los peligros. Aunque no fuera él a todas las expediciones, consumía su tiempo y cuantos recursos le daban sus posesiones, en penosos viajes a Tehuantepec y Acapulco para dirigir la construcción de las naves, transportar herrajes, aparejos, armas y vituallas, organizar las tripulaciones y redactar instrucciones para los viajes.

Nuño Beltrán de Guzmán, quien por entonces realizaba la conquista de Jalisco, se cruzó una y otra vez en sus proyectos, considerándolos invasión de sus dominios. Superando los obstáculos, en estas expediciones, que concluyeron en 1539, se hizo el reconocimiento de la parte norte de la costa mexicana del Pacífico y la exploración de la península de California, por ambos lados.[17]

---

[15] Documentos XXVI, XXXVI y XXXVII, en Martín Fernández de Navarrete, *Colección de viajes y descubrimientos*, Biblioteca de Autores Españoles, Rivadeneyra, vol. 77, Madrid, 1964, t. III, pp. 234-239 y 266-279. Francisco López de Gómara, *Conquista de México*, cap. CXCI. Manuel Orozco y Berra, *Historia de la dominación española en México*, con una Advertencia de Genaro Estrada, Antigua Librería Robredo, de José Porrúa e Hijos, México, 1938, t. I, cap. X, pp. 234-240.

[16] Haring, *op. cit.*, cap. XI, p. 333. W. Michael Mathes, *Sebastián Vizcaíno y la expansión española en el Océano Pacífico. 1580-1630*, traducción de Ignacio del Río, UNAM, Instituto de Investigaciones Históricas, México, 1973, cap. II, pp. 17-19. Francisco Santiago Cruz, *La Nao de la China*, Editorial Jus, México, 1962.

[17] López de Gómara, *op. cit.*, caps. CXCII-CXCIX. Bernal Díaz del Castillo, *op. cit.*, cap. CC.

Comercio entre México y Perú

Aun antes de que concluyera su exploración de California, desde 1536 Cortés realizó preparativos para establecer un puerto, Huatulco —cerca del actual Puerto Ángel, Oaxaca—, y construir allí naves para comerciar y llevar pasajeros de las costas mexicanas al puerto del Callao, en el Perú recién conquistado. Aunque en vida de Cortés aquella empresa naviera sólo le reportó pérdidas, después de la muerte del conquistador en 1547 los sucesores del marquesado lograron reorganizarla con éxito. Esa comunicación directa —y más rápida que la del transbordo y cruce por el estrecho de Panamá— era una necesidad comercial para los dos virreinatos y facilitaba también el traslado de pasajeros. El viaje se hacía, con buen tiempo, en dos meses. Dos virreyes mexicanos que pasaron a Lima, Antonio de Mendoza en 1551 y Martín Enríquez de Almansa en 1581, viajaron por esta ruta a su nuevo destino. El primero salió del puerto de Huatulco, y el último, que requirió dos barcos para transportar a su séquito, de Acapulco.[18]

Organización de los convoyes

La temprana aparición de piratas y corsarios y la necesidad de resguardar los envíos de metales preciosos que venían de las minas mexicanas y peruanas impusieron la formación de convoyes, protegidos con barcos de guerra. Al principio, los piratas solían esperar las naves españolas entre las Azores y las costas ibéricas; las frecuentes guerras entre Francia y España hicieron temibles, entre 1527 y 1559, a los corsarios franceses. En 1563 apareció John Hawkins y tres años más tarde su amigo y discípulo Francis Drake, que combinaban la trata de esclavos con la piratería más audaz, ya que contaban con flotas bien disciplinadas y armadas.

Todos estos riesgos hicieron necesaria la organización de convoyes, protegidos por uno o varios navíos de guerra; y al mismo

---

[18] Woodrow Borah, *Comercio y navegación entre México y Perú en el siglo XVI*, traducción de Roberto Gómez Ciriza, Instituto Mexicano de Comercio Exterior, México, 1975, caps. iii-v.

tiempo, la creación y el aumento progresivo del impuesto de la Avería, para costear esta protección militar. En cuanto se normalizó esta organización, se prohibió que naves solitarias hicieran el viaje, aunque algunas, acaso bien armadas, continuaron cruzando el Atlántico.

Al principio, los convoyes se formaban con la reunión de unos cuantos navíos mercantes, provistos de cañones y soldados. A partir de 1565 y 1566, cuando se dio a la Carrera de las Indias su organización definitiva, se estableció que la nave capitana debía ser un galeón con un mínimo de 300 toneladas, armado con ocho grandes cañones de bronce, cuatro de hierro y 24 piezas menores, que llevara 200 hombres, entre tripulantes y soldados, y que no debía transportar artículos comerciales.

En ocasiones se formaban escuadras navales exclusivamente militares, para patrullar los trayectos entre el Cabo San Vicente, las Canarias y las Azores, o bien, como ocurrió en 1595, una armada de 20 navíos fue hacia las Indias en persecución de Drake y Hawkins, y para proteger las flotas mercantes de regreso a España.

> Cuando la flota zarpaba de Cádiz o de Sanlúcar, la capitana iba a vanguardia y los demás bajeles se guiaban de día por su estandarte, y de noche por la gran linterna de popa. Las instrucciones de 1573 mandaban que las naos mercantes navegaran en orden de batalla, para significar tal vez que lo hicieran en varias filas dispuestas en forma de media luna; la almiranta se mantenía a retaguardia, mientras el resto del convoy armado se conservaba a barlovento para que le fuese posible acudir en auxilio de cualquier bajel en peligro o zozobra. La almiranta tenía orden de hablar con la capitana dos veces por día, y una y otra estaban obligadas a tomar cuenta diaria de los navíos, a esperar a los que se rezagaran y a averiguar las intenciones de todo barco extranjero que apareciese ante ellos.[19]

Defensa con galeras y organización de la Armada de Barlovento

Para la defensa de los convoyes españoles se intentó también, durante cierto tiempo, el empleo de galeras, cuya agilidad y efica-

---

[19] Haring, *op. cit.*, cap. ix, pp. 262 y ss. y 276.

cia guerrera se había probado en los mares cercanos a Europa. Silvio Zavala ha reunido información de galeras que operaron para la defensa de Cartagena y de las Antillas mayores hacia 1575-1578, de dos que se encontraban en La Habana en 1588, y de las que se construyeron en el Perú a fines del siglo, alguna de las cuales, en el puerto del Callao, acabó sirviendo de cárcel para malhechores y negros.[20]

Sin embargo, su ineficacia para moverse en grandes distancias y la excesiva tripulación y remeros que requerían, casi uno por tonelada de galera, las hicieron impracticables.

Cuando el acoso de los piratas y corsarios se exacerbó en el siglo XVII, la Corona española creó finalmente, en 1641, la Armada de Barlovento, que se formó inicialmente con ocho navíos bien artillados, y cuya función era la de patrullar los puertos americanos y los trayectos más amenazados.[21]

Fechas para salidas y regresos

La necesidad de formar estos convoyes y las experiencias adquiridas respecto a las épocas más propicias para la navegación determinaron que se fijaran fechas para la salida y el regreso. Las ordenanzas del 18 de octubre de 1564 disponían que se formaran sólo dos flotas anuales de salida. La primera, con rumbo a la Nueva España, Honduras y las islas mayores antillanas, zarparía entre fines de abril y mayo; la otra, con destino a Nombre de Dios, en Panamá, Cartagena, Santa Marta y otros puertos del norte de la América del Sur, partiría en agosto. Ambas flotas debían invernar en las Indias; la de Veracruz y las Antillas regresaría en febrero, y la de Panamá en enero, para reunirse en La Habana, de donde debían volver juntas antes del 10 de marzo. Pronto comenzaron a consentirse excepciones y variantes, sobre todo por las urgencias de la Corona en recibir los tesoros americanos.[22]

---

[20] Silvio Zavala, "Galeras en el Nuevo Mundo", sobretiro de la *Memoria de El Colegio Nacional*, 1976, t. VIII, núm. 3, pp. 115-137.
[21] Bibiano Torres Ramírez, *La Armada de Barlovento*, Escuela de Estudios Hispanoamericanos, Sevilla, 1981, pp. 44-45.
[22] Haring, *op. cit.*, cap. IX, p. 259.

Las flotas portuguesas, que viajaban principalmente entre Lisboa y los puertos brasileños de Bahía y Pernambuco, debían salir entre los meses de septiembre a febrero. Las llegadas a Lisboa ocurrían entre los meses de octubre y noviembre. Para la navegación costera entre Pernambuco y Bahía, los meses más favorables eran de octubre a abril, época en que el trayecto podía hacerse entre tres y cinco días, gracias a los vientos del noreste. En el sentido inverso, de Bahía a Pernambuco, debían esperarse los meses de fin de abril a principios de octubre.

El viaje entre Lisboa y Bahía llegó a hacerse en 64 días —de los cuales 9 se pasaron en Madeira— por la nave *Christovão de Gouvea* en 1583, pero en años anteriores otras naves tardaron hasta 86 días, de modo que, en la segunda mitad del siglo XVI, la media aproximada era de 73 días.[23]

Los instrumentos para la navegación

Los instrumentos de que disponían los navegantes que en el siglo XVI cruzaban los océanos seguían siendo, como los que utilizaron los descubridores, toscos e imprecisos.

Para mover las naves, desde la Antigüedad hasta la aplicación motriz del vapor a principios del siglo XIX, no existieron otros recursos que los remos movidos por hombres en galeras relativamente ligeras, o el impulso del viento sobre las velas capaz de mover grandes naves. La navegación trasatlántica sólo disponía, pues, del viento y del conocimiento que alcanzaron los marinos de las corrientes dominantes. La acumulación de experiencias había llegado a formar una técnica sumamente compleja para utilizar las velas de modo que muevan las naves y las conduzcan en la dirección deseada, no sólo con los vientos más favorables, sino aun aprovechando el mínimo sesgo que pudiera convenir a la navegación. Percibir y reconocer la dirección de los vientos y saber disponer las velas adecuadas para aprovecharlos eran algunas de las bases del "sentido marino".

Para guiar el barco, así fuera de grandes proporciones, la caña del timón tenía que moverse o mantenerse firme mediante la

---

[23] Frédéric Mauro, *Le Portugal et l'Atlantique au XVIIe siècle (1570-1670). Étude économique*, SEVPEN, París, 1960, cap. IV, pp. 71-72.

fuerza humana directa. Una carraca portuguesa de 1 600 toneladas, apresada por el pirata Burroughs en 1592, la *Madre de Deus*, necesitaba de 12 a 14 hombres para controlar esta caña. Las ruedas del barco, que significaron un progreso técnico y facilitaron las maniobras, sólo aparecieron en el siglo XVIII.[24]

El tiempo se medía con ampolletas o relojes de arena de medias horas. Se fabricaban en Venecia y, como eran frágiles, en los viajes largos se necesitaban muchos repuestos. Magallanes llevaba 18 en su nave capitana. Los grumetes, en turnos de cuatro horas que en general regían la vida del barco, tenían uno a uno el encargo de vigilar y dar vuelta, cada media hora, a la ampolleta,[25] de poner una marca, probablemente en una pizarra y, para comprobar que no dormían, de entonar una cantinela en verso, como las que se disfrutan en la estupenda carta de Eugenio de Salazar:

> Buena es la que va,
> mejor es la que viene,
> una es pasada
> y en dos muele;
> más molerá
> si Dios quisiere;
> cuenta y pasa,
> que buen viaje faza;
> ah de proa, alerta,
> buena guardia.

Así cantaba el paje o grumete para indicar que no dormía y señalar que acababa de dar vuelta a la ampolleta de la una y media. "Los de proa —añade Salazar— responden con un grito o gruñido, dando a entender que no duermen."[26]

Además de izar o bajar las velas adecuadas, gobernar la nave y medir el tiempo, el arte de la navegación se apoyaba en el empleo de varios instrumentos que ayudaban a determinar la posición que se tenía y el curso que debía seguirse. Al principio del capítulo que Samuel Eliot Morison, en su admirable libro sobre la vida de

---

[24] J. H. Parry, *The age of reconnaissance*, Weidenfeld and Nicolson, Londres, 1963. Trad. al español de F. Morales Padrón, *La época de los descubrimientos geográficos. 1450-1620*, Ediciones Guadarrama, Madrid, 1964, cap. IV, p. 119.
[25] Morison, *op. cit.*, cap. XII, pp. 167-169.
[26] Eugenio de Salazar, carta citada. Véase el Apéndice 3.

Cristóbal Colón, dedica a su manera de navegar, ha puesto como epígrafe el siguiente, cuya belleza merece repetirse:[27]

> Tres cosas hay que me desbordan...
> el camino del águila en el cielo,
> el camino de la serpiente por la roca
> y el camino del navío en alta mar.
> *Proverbios*, 30, 18, 19

Pero al águila y a la serpiente Dios o la naturaleza les enseñaron sus movimientos, mas los marinos, para conducir sus naves en alta mar, tuvieron que imaginar, paso a paso, artificios que les permitieran navegar.

Uno de los más importantes era y sigue siendo la brújula o aguja magnética, que se instalaba en la caja de la bitácora, y permitía a los pilotos reconocer el rumbo a que se dirigían. Como estas agujas eran de hierro dulce, perdían pronto su magnetismo, por lo que los pilotos llevaban una piedra imán para "cebarla" periódicamente. Esta aguja se colocaba sobre un círculo en el que iban señalados los ocho rumbos o vientos principales, con sus subdivisiones, que marcaban en total 32 rumbos. Parry cree que los barcos de esta época debían tener dos brújulas, una para el timonel y otra para el piloto. De noche se colocaba un farol junto a ellas.[28]

La sonda era el instrumento que permitía a los marinos, en las cercanías de las costas y en los pasos difíciles, medir la profundidad del mar. La sonda constaba del escandallo y la sondaleza. El primero era una plomada de unas catorce libras, con un hueco en su parte inferior, que se untaba de sebo para que se adhirieran la arena, barro o conchas que permitieran identificar el fondo marino. Y la sondaleza era la cuerda, de unas 200 brazas con señales en cada 20, que debían irse anunciando conforme descendía y diciendo al fin de la operación el número de brazas de profundidad o bien "no hay fondo". Los sondeos se hacían casi siempre con la nave al pairo, con las velas bajas.[29]

La medida de la velocidad de una nave era muy deficiente.

---

[27] Morison, *op. cit.*, cap. xiii, p. 183.
[28] Parry, *op. cit.*, cap. iv, p. 120.
[29] *Ibid.*, pp. 121-122.

LA NAVEGACIÓN

Los marinos del siglo XV y buena parte del XVI sólo podían calcularla por algún objeto que flotara sobre el agua o por las extensiones de costas conocidas. A fines del siglo XVI se inventó la corredera: un trozo de madera atado a una cuerda con nudos, que se dejaba correr sobre el agua, y con ayuda de un pequeño reloj de arena se medía el tiempo en que corrían los nudos.[30] De aquí se debió derivar el nombre de la medida náutica.

El calculador de derrotas era un ingenioso artificio para conocer el rumbo que seguía la nave. Consistía en un gran tablero con una rosa náutica, con sus 32 rumbos, que se colocaba en la bitácora al lado de la brújula. A lo largo de cada radio de la rosa había ocho agujeros para las ocho medias horas de cada guardia, y del centro colgaban otras tantas clavijas. Al anunciarse por la obligada cantinela el fin de cada media hora en la ampolleta, el timonel insertaba una clavija en uno de los agujeros del radio correspondiente al rumbo del barco. Acabada la guardia, se copiaba la cuenta en una pizarra y quedaba libre el tablero para la próxima anotación.[31]

El cálculo de las posiciones durante la noche podía realizarse teóricamente con el cuadrante marino: un cuarto de círculo metálico con una escala que iba de 1° a 90°, y dos pequeñas miras o pínulas situadas en uno de los bordes rectos. Del vértice colgaba una plomada. Una vez encontrada en el cielo la Estrella Polar, el observador debía verla a través de las pínulas, y luego leía el punto en que la plomada cortaba la escala. La altura en grados daba la latitud sur o norte del observador. Pero eran necesarios tantas correcciones y ajustes, y era tan incierta la lectura en las naves, por su continuo balanceo, que dejó de usarse en alta mar.[32]

Otros instrumentos para calcular las posiciones requerían también conocimientos astronómicos y la lectura correcta de los datos suponía pericia. Los hermosos astrolabios medievales hechos para seguir los movimientos de los astros fueron simplificados por los marinos en un círculo metálico que en su parte superior tenía dos escalas de 90° cada una. Una alidada, o regla que tenía en cada extremo miras o pínulas, y que se apoyaba y gi-

---

[30] *Ibid.*, cap. v, p. 128.
[31] *Ibid.*, p. 129.
[32] *Ibid.*, p. 134.

raba en el centro del astrolabio, permitía observar un astro y leer luego sus grados de altura. Este astrolabio marino se colgaba de un anillo a una altura conveniente para permitir la observación. La ballestilla era una simplificación de los cuadrantes y astrolabios. Estaba hecha con dos reglas, una más larga y otra pequeña que se deslizaba sobre la mayor, marcada en grados y minutos.[33]

El burlón observador que era Eugenio de Salazar, que tuvo ocasión de ver y escuchar al piloto que en 1573 conducía la nave en que viajaba, cuando manejaba estos sutiles instrumentos, relató como sigue la ceremonia de las mediciones:

> Así navegamos con viento galerno otros cuatro días, hasta que ya el piloto y gente marina comenzó a oler y barruntar la tierra como los asnos el verde. A estos tiempos es de ver al piloto tomar la estrella, verle tomar la ballestilla, poner la sonaja y asestar al norte, y al cabo dar 3 000 o 4 000 leguas de él; verle después tomar al mediodía el astrolabio en la mano, alzar los ojos al sol, procurar que entre por las puertas de su astrolabio, y cómo no lo puede acabar con él; y en fin, echar su bajo juicio a montón sobre la altura del sol. Y cómo a las veces le sube tanto, que se sube mil grados sobre él. Y otras cae tan rastrero, que no llega acá con mil años; y sobre todo me fatigaba ver aquel secreto que quieren tener con los pasajeros del grado o punto que toman; y de las leguas que les parece que el navío ha singlado; aunque después que entendí la causa, que es porque nunca dan en el blanco ni lo entienden, tuve paciencia viendo que tienen razón de no manifestar los aviesos de su desatinada puntería; porque toman la altura a un poco más o menos; y espacio de una cabeza de alfiler en su instrumento os hará dar más de quinientas leguas de yerro en el juicio. Tómame este tino. ¡Oh, cómo muestra Dios su omnipotencia en haber puesto esta subtil y tan importante arte del marear en juicios tan botos y manos tan groseras como las de estos pilotos! Qué es verlos preguntar unos a otros: "¿cuántos grados ha tomado vuestra merced?" Uno dice: "dieciséis". Otro: "veinte escasos". Y otro: "trece y medio". Luego se preguntan: "¿Cómo se halla vuestra merced con la tierra?" Uno dice: "Yo me hallo cuarenta leguas de tierra". Otro: "Yo ciento cincuenta". Otro dice: "Yo me hallé esta mañana noventa y dos leguas"; y sean tres o sean trescientas, ninguno ha de conformarse con el otro ni con la verdad.[34]

---

[33] *Ibid.*, pp. 134-135. Morison, *op. cit.*, cap. xiii, pp. 184-185.
[34] De Salazar, carta citada. Véase el Apéndice 3.

En fin, las cartas marinas, que señalaban en millas las distancias y derrotas conocidas entre los puertos y las características de las costas, tenían poca aplicación para la navegación trasatlántica. Las nuevas cartas del Nuevo Mundo comenzaban apenas a trazarse acumulando las experiencias de los navegantes.[35]

Los mapamundis se enriquecieron, a fines del siglo XV, con la inclusión de los continentes asiático y africano. El mapa de Contarini, de 1506, fue el primero que incluyó los descubrimientos de Colón, y los espléndidos mapas de Martín Waldseemüller, de 1507, son los primeros en que el nombre de América aparece, para designar los descubrimientos de Colón y de Américo Vespucio, nombre que luego se hizo extensivo al continente.[36]

El mapamundi de Gerhard Kremer o Mercator, de 1569, que representa el mundo entonces conocido en proyección plana —la proyección de Mercator—, cuadriculado por los meridianos y los paralelos representó un gran progreso, pese a la deformación de las latitudes. Sin embargo, debe recordarse que estos mapas célebres tenían una difusión muy limitada y que difícilmente llegaban a manos de los pilotos de Indias.[37]

---

[35] Parry, *op. cit.*, cap. VI, pp. 146-147. Morison, *op. cit.*, cap. XIII, p. 191.

[36] *Ibid.*, p. 157. Martin Waldseemüller, *Cosmographiae introductio*, Saint-Dié, 1507. Carlos Sanz, *El nombre de América. Libros y mapas que lo impusieron*, Librería General Victoriano Suárez, Madrid, 1959.

[37] Chaunu, *L'expansion européenne, op. cit.*, II parte, cap. II, 4, p. 225. Parry, *op. cit.*, cap. VI, pp. 160-161.

VII. EL VIAJE EN LAS NAOS, 1

La instalación en la nao

Ya en espera en el puerto, obtenidos los permisos, compradas las provisiones y los ajuares personales, pagado el pasaje, cumplidos los preparativos de alma y cuerpo y determinada la salida de la nave, el traslado y acomodo de cuanto tenía que llevar el pasajero debió ser difícil y después un problema permanente.

Además de la ropa, objetos personales, cama y cacharros para preparar los alimentos, guardados en fuertes y pesados baúles, el pasajero tenía que llevar su alimentación y bebida para dos o tres meses de travesía. "En el tráfico regular de la Carrera, en el siglo XVI —expone Chaunu—, el peso de víveres por hombre oscilaba entre 800 y 900 kg en la salida."[1] Así pues, cada tripulante o pasajero requería, y ocupaba en el barco, aproximadamente, una tonelada de carga.

Las provisiones de la tripulación se guardaban en toneles, jarras y cajas comunes. En cambio, cada pasajero, familia o grupo debía llevar su propio cargamento como quisiera y pudiera. Y aquello debió ser una barahúnda de baúles, para lo más importante, y toda suerte de cajas, jarras, botas de vino, cestos, sacos, atados diversos, cosas y cacharros sueltos, y aun, los más previsores, algunas gallinas. Recuérdense los cargamentos populares en coches de ferrocarril o en autobuses de nuestro tiempo, para viajes

---

[1] Exposición del comandante Denoix en los *Colloques d'histoire maritime,* bajo la dirección de Michel Mollat, 5º coloquio, Lisboa, 1960, París, 1966, p. 143: citado por Pierre Chaunu, *La expansión europea, op. cit.,* 2ª parte, caps. 2, 3, p. 213.

El problema había sido mucho mayor en los largos viajes de exploración y descubrimiento. Vasco de Gama, por ejemplo, había cargado 2 600 kg por hombre, para un viaje proyectado de tres años y medio. Para ilustrar el problema que esta carga significaba, Chaunu cita este resumen del comandante Denoix:

> Un navío de 60 toneladas, armado para el descubrimiento, con una cifra reducida de dos toneladas por hombre, veía, con una tripulación de 20 a 35 hombres, cómo el término tripulación y víveres pasaba de 16 a 70 toneladas, absorbiendo exactamente el peso disponible para la carga.

de unas horas o un día, y multiplíquense por lo que debía llevarse para un viaje previsto de dos o tres meses de duración.

En Sevilla debió existir una próspera industria de fabricación de baúles y arcones, y sin duda los comerciantes de bastimentos ofrecían también los receptáculos adecuados para cargar cada producto. Aun así, 800 o 1 000 kilos por pasajero, de víveres, equipaje y ajuar de dormir, requieren unos 30 o 40 bultos manejables.

El traslado de todo esto sería cuestión de muchos viajes, fatigas y alguna gritería, y el acomodo en las estrecheces de la nave, de por sí casi llena con cuanto es necesario para la navegación, problemático. Los viajeros avisados procurarían ser los primeros en llegar y tomar posesión de los mejores lugares.

Fray Antonio de Guevara, que viajó mucho en galeras y naos por el Mediterráneo y acabó por ser muy experimentado en usos de los viajes marinos, previene a los pasajeros de que cuanto lleven al barco: "alguna arca con bastimento, o algún lío de ropa, o algún colchoncito de cama, o algún barril de vino o algún cántaro para agua", primero deberá pedir permiso al "capitán por lo consentir, los barqueros por lo llevar, el escribano por lo registrar, el cómitre por lo guardar", y que a todos ellos deben pagar dinero o servicios;[2] insiste más adelante en que cuanto se lleve, que también puede ser "algún serón con armas" o "alguna caja con escripturas", debe ser registrado y guardado;[3] y recuerda al bisoño pasajero que debe contar con que, al embarcar y desembarcar, los aduaneros todo le abrirán, mirarán y descoserán para cobrarle derechos, de cuyos abusos debe tratar de salvarse, pues a él, con ser el cronista del emperador, "por los derechos de una gata que truje de Roma me llevaron medio real en Barcelona".[4]

Estos impuestos aduaneros, que existían en el tráfico mediterráneo en que se tocaban países extranjeros, no existían entre España y sus recién adquiridas posesiones —consideradas prolongaciones o provincias de su propio territorio— en las Indias.[5]

---

[2] Fray Antonio de Guevara, *De muchos trabajos que se pasan en galeras*, cap. vii. Véase el Apéndice 1.
[3] *Ibid.*, cap. x.
[4] *Ibid.*, cap. vii.
[5] Ricardo Levene, en *Las Indias no eran colonias* (Colección Austral 1060, Espasa-Calpe, Madrid, 1951), se opone a la designación tradicional de colonias —así como de épocas o periodos coloniales— y afirma que en la *Recopilación de leyes de Indias* nunca se habla de colonias, sino de provincias, reinos o señoríos, y

Aunque no hubiese impuesto que pagar por los artículos de uso común, aunque sí por los metales y objetos preciosos, subsistía la obligación de registrar y entregar para su guarda al maestre de la nave cuanto de importante se llevare.

Aprendizaje de una nueva vida

Ya instalado con sus pertenencias en algún lugar de la nave, si el pasajero no era de los pocos que pudieron pagar un lugar en la cámara, la navegación al fin se iniciaba. El primer tramo del viaje, por el río Guadalquivir hasta el puerto de Sanlúcar, entre paisajes y pueblos conocidos, debió ser aún placentero; pero en cuanto comenzaba la travesía del océano principiaba también el duro aprendizaje: el continuo balanceo del barco provocaba mareos, y éstos suciedad y malestar; la necesidad de defender y cuidar, día y noche, las propias provisiones y pertenencias, y el lugar ganado; la estrechez y suciedad del barco, los malos olores de la sentina y del agua pestilente que se extraía con las bombas, y los malos olores que pasajeros y tripulación iban acumulando.

A menudo el barco era también corral, ya porque se llevaran animales vivos para alimento de la tripulación, como pies de cría, o bien caballos que querían llevar consigo los señores. Ninguno de los relatores de viajes se refiere a la suciedad adicional que ello debió provocar. De Guevara aconseja al pasajero que lleve consigo "alguna gallina gruesa",[6] y todos los previsores debieron hacerlo. En naves tan estrechas, el transporte de animales mayores debió ser un problema —y no se sabe si los acomodaban en la bodega o en la cubierta— y las aves de corral, mientras vivían, una nota al menos de rustiquez.

Ya fueran pacientes o quisquillosos los pasajeros, una vez repuestos de los mareos iniciales, irían descubriendo la nueva vida a la que, durante dos o tres meses, tenían que adaptarse. Lo primero eran las tareas del barco, el trabajo de la tripulación en el que los extraños no eran sino testigos incómodos: las voces de

---

que estas provincias de ultramar se incorporaron al dominio español en igualdad legal con las provincias propiamente españolas. Por ello, propone Levene que se diga "periodo de la dominación española" y no "periodo colonial".

[6] Guevara, *op. cit.*, cap. x.

mando, los movimientos constantes de velas y cordajes que tenían cada uno su nombre, el manejo del timón, el cuidado y las vueltas de la ampolleta, los cálculos misteriosos del piloto, la atención a la bitácora, el trabajo sucio de quienes movían las bombas de achique, el ritual diario del fogón, y tras de todo esto, la fascinación y el pavor ante el mar desconocido y mudable, y la revelación de que de la bonanza o la furia de los vientos dependía la fortuna del viaje.

La nao, además, imponía una nueva organización de la vida diaria. Durante el día y la noche había seis cambios de guardia de la tripulación, cada cuatro horas; a las 24, a las 4, a las 8, a las 12, a las 16 y a las 20 horas, y cada media hora un paje o grumete de guardia daba vuelta a la ampolleta para medir el tiempo. Gracias a la curiosidad de Eugenio de Salazar se conocen las cantinelas que para los cambios de guardia y para las vueltas del reloj de arena debían cantar los pajes del barco. Ya se ha recordado, a propósito de los instrumentos náuticos, una de las que se decían al dar vuelta a la ampolleta. De Salazar ha recogido dos más, la primera, que se cantaba al iniciarse la guardia de las 8 de la noche:

> Bendita la hora
> en que Dios nació,
> Santa María que le parió,
> San Juan que le bautizó.
> La guardia es tomada;
> la ampolleta muele;
> buen viaje haremos
> si Dios quiere.

y la que se decía al comenzar el turno de la media noche:

> Al cuarto, al cuarto, señores marineros de buena parte; al cuarto, al cuarto en buen hora de la guardia del señor piloto, que ya es hora; leva, leva, leva.

Probablemente había cantinelas o dichos para cada uno de los otros cambios de guardia, que debían aprender y repetir los pajes. De Salazar recoge una fórmula más, que se decía al anochecer cuando el paje llevaba un farol para iluminar la bitácora:

Amén, y Dios nos dé buenas noches; buen viaje, buen pasaje haga la nao, señor capitán y maestre y buena compañía.

Para Antonio de Guevara, los marinos de las galeras mediterráneas se distinguían por su impiedad. El recuerdo que guarda de su viaje Eugenio de Salazar es, en cambio, de muchas oraciones. Al anochecer, después de traer el farol mencionado, refiere que, "salen dos pajes y dicen la doctrina cristiana y las oraciones, Pater Noster, Ave María, Credo, Salve Regina". Y cuando llega el primer sábado, las oraciones se hacen colectivas y con especial solemnidad. Se instala un altar con imágenes religiosas y velas encendidas. Entonces el maestre, en voz alta, dice: "¿Somos aquí todos?", a lo que se le contesta: "Dios sea con nosotros", y replica el maestre:

> Salve digamos,
> que buen viaje hagamos;
> salve diremos,
> que buen viaje haremos.

Y después de esta invitación, tripulación y pasajeros, en gran desconcierto de tonos, cantan la Salve y letanías en una "tormenta de huracanes de música". Y a éstas siguen las demás oraciones, guiadas por el paje que hace de monacillo, quien al concluirlas dice: "Amén; y que Dios nos dé buenas noches".

Llega la hora en que todos de alguna manera duermen:

Nuestro dormir —recuerda De Salazar— era dormitar al son del agua que rompía el navío. Todos íbamos meciéndonos como en hamacas, que el que entra en navío, aunque sea de cien años, le han de mecer la cuna; y a ratos de tal manera, que rueda la cuna y cunas y arcas sobre él.

La presencia del mar y la sensación de desamparo no pueden olvidarse:

Así que viéndose el hombre en un navío solo, sin ver tierra, sino cielo no sereno y agua, camina por aquellos reinos verdinegros, de suelo oscuro y espantoso, sin ver que se menea en un lugar ni conocer la estela de un navío, viéndose al parecer rodeado siempre de un mismo horizonte, viendo a la noche lo mismo que vio a la mañana, y hoy lo mismo que ayer, sin ver otra cosa alguna diversa.[7]

---

[7] Eugenio de Salazar, carta citada. Véase el Apéndice 3.

Comidas y necesidades

Una vez superados los mareos y adaptados al ritmo de la vida del barco, y a su monotonía mientras no se presentaran tormentas y peligros, los primeros días de navegación debieron ser agradables para los pasajeros. El agua, el vino y las provisiones eran aún abundantes y frescas; y para quienes no supieran cocinar ni llevaran un criado que los auxiliara, el intento por prepararse un potaje caliente debió ser motivo de diversión para los demás. En el desayuno se comía cualquier cosa fría. La comida de mediodía era la más importante, y probablemente la única caliente para la que se encendía el fogón, siempre que el tiempo lo permitiera. Martínez-Hidalgo supone que debió ser hacia las 11 de la mañana, antes del relevo de la guardia de mediodía.[8] Poco antes, el despensero, auxiliado por algunos pajes, traía la leña y el carbón —que eran una de las provisiones importantes de las naos— y hacía lumbre en el fogón. Éste era una caja con plancha de hierro que se apoyaba en trozos de madera y en la que se ponía una capa de tierra, ambos para aislarlo de la cubierta. Tenía mamparas para resguardarlo del viento, y atravesado sobre las mamparas, un tirante también de hierro para colgar, por medio de ganchos en s, vasijas con asa.

El fogón apenas sería suficiente para cocinar un guisado o potaje caliente para los 30 hombres de la tripulación en una nao mediana. Los pasajeros tenían que ingeniarse para conquistar un lugar para su propia olla. La solución, como lo cuenta Antonio de Guevara, era estar en buenas relaciones con el cocinero:

> Es privilegio de galera que ninguno sea osado de ir a aderezar de comer cuando le hubiere gana, sino cuando pudiere o granjeare, porque según las ollas o cazos, morteros, sartenes, calderas, almireces, asadores y pucheros que están puestos en torno al fogón, el pasajero se irá y se vendrá como un gran bisoño, si primero no tiene tomada amistad con el cocinero.[9]

Al capitán o maestre, al piloto y al escribano les ponían mesa con manteles en el espacio de la cubierta entre el palo mayor y el

---

[8] Martínez-Hidalgo, *op. cit.*, cap. xxi, p. 132.
[9] De Guevara, *op. cit.*, cap. x.

castillo de proa. A pesar de la humorística prosopopeya con que un paje los invitaba a sentarse:

> Tabla, tabla, señor capitán y maestre, y buena compaña. Tabla puesta; vianda presta, agua usada para el señor capitán y maestre y buena compaña. ¡Viva, viva el rey de Castilla por mar y por tierra! Quien le diere guerra que le corten la cabeza; quien no dijere amén que no le den de beber. Tabla en buena hora; quien no viniere que no coma.

Eugenio de Salazar refiere que los manteles estaban sucios, el bizcocho deshecho y en los toscos platos de madera sólo había huesos con algunos nervios mal cocidos. Y describe también el desorden con que los marineros se sientan para comer donde pueden y como quieren; el diestro uso que hacen de los cuchillos que cada uno lleva para limpiar los huesos que reciben; y el paje que va repartiéndoles la comida y el vino. Los recuerdos de la vida marina que guarda don Eugenio son pesimistas. Hartos de cecinas y otras cosas saladas, que avivan la sed, el agua se da en "onzas como en la botica", y, en fin,

> todo lo más que se come es corrompido y hediondo, como el mabonto de los negros zapes. Y aun con el agua es menester perder los sentidos del gusto y olfato y vista por beberla y no sentirla.
>
> Pues si en el comer y beber hay este regalo, en lo demás, ¿cuál será? Hombres, mujeres, mozos y viejos, sucios y limpios, todos van hechos una mololoa y mazamorra, pegados unos con otros; y así junto a uno uno regüelda, otro vomita, otro suelta los vientos, otro descarga las tripas; vos almorzáis, y no se puede decir a ninguno que usa de mala crianza, porque las ordenanzas de esta ciudad lo permiten todo.[10]

Aun los frailes padecían hambre. Cuando el viaje se alargaba y los pasajeros eran demasiados para el fogón, las raciones se volvían miserables, como lo refiere fray Tomás de la Torre:

> En la comida se padecía trabajo porque comúnmente era muy poca; creo que era buena parte de la causa poderse allí aderezar mal para muchos; un poco de tocino nos daban por las mañanas y al medio día un poco de cecina cocida y un poco de queso, lo mismo a la noche;

---

[10] De Salazar, carta citada. Véase el Apéndice 3.

mucho menos era cada comida que un par de huevos; la sed que se padece es increíble; nosotros bebíamos harto más de la ración aunque tasado; y con ser gente versada a templanza nos secábamos ¿qué harían los demás? Algunos seglares en dándoles la ración se la bebían y estaban secos hasta otro día.[11]

En cuanto al asunto del descomer, los únicos que han relatado cómo se solucionaba en los barcos del siglo XVI son también fray Antonio de Guevara y el licenciado Eugenio de Salazar. Irritado por la falta de decoro que se le impone, el primero dice que

> todo pasajero que quisiere purgar el vientre y hacer algo de su persona, esle forzoso de ir a las letrinas de proa o arrimarse a una ballestera, y lo que sin vergüenza no se puede decir, ni mucho menos hacer tan públicamente, le han de ver todos asentado en la necesaria como le vieron comer en la mesa.[12]

Al parecer, esta tabla agujereada, que se colocaba a popa y a la que se llamaba "jardín" —y los ingleses *ladies' hole* o *gunners' store*—, sin ninguna separación al frente, existía ya en las galeras mediterráneas, pero aún no en las naos de la Carrera de las Indias. La enredada y pintoresca descripción que hace de estos apuros De Salazar, recurriendo al gallego para los pasajes más escabrosos, da a entender que, al menos en la nao *Nuestra Señora de los Remedios* en que él viajó, no había aún "jardín" y el único recurso era asirse de las cuerdas del barco, haciendo reverencias al cielo:

> Pues si queréis proveeros, provéalo Vargas; es menester colgaros a la mar como castillo de grumete, y hacer cedebones al sol y a sus doce sinos, a la luna y a los demás planetas, y empezarlos a todos, asiros bien a las crines del caballo de palo, so pena que, si soltáis, os derribará de manera que no cabalguéis más en él; y es tal el asiento que ayuda *muitas vegadas chega a merda a o ollo de o cu*, y de miedo de caer en la mar se retira y vuelve adentro como cabeza de tortuga, de manera que es menester sacarla arrastrando a poder de calas y ayudas.[13]

---

[11] Fray Tomás de la Torre, *Diario del viaje de Salamanca a Ciudad Real*, 1544-1545. Véase el Apéndice 2.
[12] De Guevara, *op. cit.*
[13] De Salazar, carta citada. Véase el Apéndice 3.

VIII. EL VIAJE EN LAS NAOS, 2

Acomodarse, distraerse, divertirse

Si la nao tenía una capacidad media de 200 toneladas y, además de los treinta tripulantes, sólo llevaba un número reducido de pasajeros, y había bonanzas que permitieran una navegación sin sobresaltos o retardos excesivos, el viaje de ida o vuelta a las Indias podía ser duro pero tolerable. Pero si se llegaba al tope permitido, de un número igual de tripulación y de pasajeros, éstos eran un engorro permanente para las continuas maniobras de la marinería, y no tenían, ni de día ni de noche, espacios propios para su reposo y disfrute. Salvo el caso de grandes personajes y propinas generosas, no se guardaba a los pasajeros ninguna consideración, además de transportarlos.

La estrechez de las naves y su balanceo, el hacinamiento en la cubierta de instalaciones y aparejos para la navegación y el constante ajetreo de la tripulación no permitían a los pasajeros ninguna libertad de movimientos y aun pasear un poco era riesgoso.

Con todo, eran posibles algunas distracciones. De Guevara enumera los juegos de naipes de la época que se practicaban libremente en las galeras, y en los que se toleraban aun los dados falsos y los naipes señalados.[1] Al pasajero "que presume de ser cuerdo y honrado", el mismo cronista aconseja llevar

> algunos libros sabrosos y unas horas devotas; porque —añade— de tres ejercicios que hay en la mar, es a saber, el jugar, el parlar y el leer, el más provechoso y menos dañoso es el leer.

Y añade otra prudente recomendación: llevar también aparejos de pesca y aprovechar reposos de la navegación para intentar "tomar algunos pescados; pues tomará recreación en los pescar y gran sabor en los comer".[2]

---

[1] De Guevara, *op. cit.*, cap. vii.
[2] *Ibid.*, cap. x.

Que también escribir era posible en las naos lo atestigua Antonio de Saavedra Guzmán, criollo mexicano que viajó a pretender a España en los años finales del siglo XVI. Él mismo lo refiere, a propósito de la composición de su poema épico *El peregrino indiano* (impreso en Madrid, 1599): "aunque he gastado más de siete años en recopilarla, la escribí y acabé en setenta días de navegación con balanceos de nao y no poca fortuna".

Los viajes de las Indias a España debieron contar con menos pasajeros que los de sentido inverso; y De Saavedra Guzmán, en un viaje bonancible, tendría espacio y reposo para hilvanar y retocar los esbozos de su extenso y, a pesar de su propio optimismo, poco afortunado poema.

En cuanto el tiempo lo permitía, el buen humor español vencía el tedio y las estrecheces del viaje improvisando simulacros de corridas de toros u organizando, probablemente con las aves que se llevaban para comer, peleas de gallos. En ocasiones se improvisaban pequeñas representaciones teatrales y, si venía un gran personaje a bordo, certámenes poéticos, como el que se organizó para celebrar el día del Corpus de 1640 en la nave en que viajaba el virrey marqués de Villena.[3] La pesca de tiburones o de tortugas, a que se atrevían los marineros en los mares tropicales, fascinaba a los pasajeros, quienes luego probaban los nuevos sabores. En los momentos de descanso, alguien tocaba una guitarra y cantaba romances.[4]

Es posible que los momentos más gratos del viaje fuesen las escalas, en las Canarias y en las islas del Nuevo Mundo. Eran un descanso de las incomodidades del barco y la ocasión de beber agua fresca, lavarse y de probar las comidas y frutas americanas. Si la escala era breve, acudían los indígenas en canoas para ofrecer frutas a cambio de quincallería.[5] Fray Tomás de la Torre, el relator del viaje de los dominicos que llevaba a Chiapas el obispo fray Bartolomé de las Casas, narra con viveza los éxitos y los fracasos del primer contacto de los frailes con los frutos de la tierra nueva. En Santo Domingo, donde desembarcan primero

---

[3] Cristóbal Gutiérrez de Medina, *Viaje del virrey marqués de Villena* (1640), introducción y notas de don Manuel Romero de Terreros..., Imprenta Universitaria, México, 1947, pp. 27-33.
[4] De la Torre, *op. cit.*, cap. IV.
[5] Haring, *op. cit.*, cap. IX, p. 286.

el padre vicario y otro fraile ya experimentado, sólo les ofrecen pan cazabe, ají y algunos frutos de la tierra, y el vicario vuelve al navío muerto de hambre. Luego, tienen ocasión de hacer un balance más pausado: las piñas, a pesar de los elogios que de ellas escuchan, no las pueden pasar porque les parecen "melones pasados de maduros y asados al sol"; los plátanos son "una gentil fruta cruda y asada y en cazuela y guisada y como quiera"; las guayabas son buena fruta, pero al principio "les hiede a chinches"; las batatas "tienen el sabor en nada diferentes a castañas asadas y cocidas, así nos supieron bien"; el cazabe, pan de aquellas tierras, cuya preparación describe, lo encuentra pasadero si es delgado y se moja en leche, pero "como la gente común lo come, duro y grueso, es como quien masca aserraduras de tabla" y concluye que "es muy ruin comida y hincha mucho y sustenta poco"; del ají, o chile en México, sólo dice que lo comen, desleído en agua, junto con el cazabe; y en fin, habla de la abundancia de carne de vaca que ya para entonces (1544) hay en Santo Domingo, en donde "no vale una vaca más que un ducado, que es el valor del cuero".[6]

El lenguaje marino

Si los pasajeros tenían curiosidad lingüística, como la tuvieron Antonio de Guevara y sobre todo Eugenio de Salazar, podía ser un entretenimiento el registrar el lenguaje peculiar de los marinos que, en el curso de los años, llegó a formar una jerga de la que se han formado vocabularios especiales para descifrarla. De Guevara lo considera un lenguaje bárbaro y finge sorprenderse de voces tan comunes como quilla, proa y popa. Con todo, registra términos peculiares sólo de las galeras, como los que recibían los diferentes remeros: *bogavante* el primero, *tercerol* el postrero, y *espalderes* a los remeros de popa, y nos explica que *escandalar* es "la cámara sobre la que está la aguja", que hoy llamamos brújula, instalación que en las naos se llama bitácora.[7]

De Salazar tenía más humor y curiosidad por el lenguaje marino, y la carta que escribió al licenciado Miranda de Ron es un espléndido repertorio en este campo. El mismo autor acompañó su carta

[6] De la Torre, *op. cit.*
[7] De Guevara, *op. cit.*, cap. viii.

con un glosario —que completó Eugenio de Ochoa—, lo que muestra que tenía una preocupación señalada por recoger este lenguaje.

En esta singular carta, De Salazar no se limita a emplear las voces marinas en su forma entonces normal, sino que consigna también los modismos regionales de que se sirven los marinos que conducían la nao *Nuestra Señora de los Remedios,* de Tenerife a Santo Domingo, en 1573:

> buiza
> o Dio
> ayuta noi
> o que somo
> servi soy
> o voleamo
> ben servir
> o la fede
> mantenir...
> o malmeta
> lo pagano
> sconfondí
> y sarrahín
> torchi y mori
> gran mastín...

al compás de este canto, explica el autor, los marineros iban izando las velas. "A cada versillo de estos que dice el mayoral, responden todos los otros *o o,* y tiran de las fustagas para que suba la vela." De Salazar dice que no entendía nada de esta lengua, pero señala dos pistas. De los marinos dice que "por la mayor parte suelen éstos ser levantiscos", es decir, del Levante, o de Valencia y Murcia, las regiones orientales del Mediterráneo español; y más adelante dice a su destinatario que si no entiende estos vocablos los busque en el vocabulario de Nebrija, y si allí no aparecen, "pida interpretación a los marineros de la villa de Illescas, donde se ejercita mucho esta lengua". Illescas es un pueblo castellano, cercano a Aranjuez, cuyos habitantes, tan lejanos al mar, tenían por él, al parecer, especial inclinación.

Además del lenguaje marino y el de los marineros, De Salazar registra otras voces, ahora en desuso, como llamar *curianas* a las cucarachas, *cedebones* a las reverencias o *carneros* a las tumbas.[8]

[8] De Salazar, carta citada. Véase el Apéndice 3.

Incomodidades, suciedades y miserias

Con sus propios temperamentos, sensibilidades y susceptibilidades, los tres relatores principales de los viajes por mar en el siglo XVI competirán por dejar constancia de la miseria de aquellas experiencias.

Fray Antonio de Guevara, el más melindroso, y quien sólo viajó por el Mediterráneo, se queja de que en cuanto amenazaba tormenta, no se encendía el fogón y no se preparaba comida y todos los pasajeros debían entrar bajo cubierta, que en las galeras era el lugar de los remeros y de la carga. Para dormir, no había otra solución que la de seguir vestidos, calzados y aun con capa. Las camas se acomodaban cada vez donde cupieren

> y, si por haber merendado castañas o haber cenado rábanos, al compañero se le soltare algún... ya me entendéis, has de hacer cuenta, hermano, que lo soñaste y no decir que lo oíste.
>
> Es previlegio de galera —añade De Guevara— que todas las pulgas que salten por las tablas y todos los piojos que se crían en las costuras y todas las chinches que están en los resquicios, sean comunes a todos, anden entre todos y se repartan por todos y se mantengan entre todos...

Los ratones y lirones que hay en las galeras hurtan a los pasajeros cuantas cosas menudas dejan accesibles: "paños de tocar, cendales delgados, ceñidores de seda, pañizuelos de narices, camisas viejas, escofias preciosas y aun guantes adobados", para hacerse su propia cama o roerlos; y muerden a los pasajeros mientras duermen, pues a él, pasando de Túnez a Sicilia, lo "mordieron en una pierna y otra vez en una oreja".

Si la mar es alta o hay tormenta y al pasajero se le desmaya el corazón, desvanece la cabeza, revuelve el estómago, se le quita la vista y comienza a dar arcadas y a echar lo que ha comido y aun se echa en el suelo, ninguno de los que están mirando le auxiliará y sostendrá la cabeza, sino que todos "muertos de risa, te dirán que no es nada, sino que te prueba la mar, estando tú para espirar y aun para desesperar".[9]

---

[9] De Guevara, *op. cit.*, cap. vi.

El viaje que narró fray Tomás de la Torre fue algo más que incómodo: atroz, humillante, y al final, trágico. En principio, el convoy, formado por 27 navíos, se retrasó excesivamente, hasta el 9 de julio de 1544, cuando las fechas establecidas para la salida eran de fines de abril al mes de mayo, para evitar las calmas prolongadas en el océano y llegar al Caribe en época de ciclones, lo que ocurrió. Además, en la nao, llamada *San Salvador*, en que viajaron los dominicos, se cometieron errores y descuidos graves. La nave iba mal lastrada, pues toda la carga la llevaba sobre cubierta, lo cual la hizo bogar siempre peligrosamente inclinada, desde Sanlúcar hasta la Gomera. Y lo que fue aún peor, el padre vicario tuvo la pésima idea de que fueran juntos todos los frailes en una nao, incluyendo al obispo fray Bartolomé de las Casas, y 46 dominicos más, entre frailes, diáconos y legos: "todos éstos —cuenta fray Tomás de la Torre— íbamos en un navío con otros muchos seglares pasajeros".[10] Así pues, en esta nao, cuyo tonelaje no se registra, iban al menos 50 pasajeros y un mínimo de 30 más de tripulación.

La mala época para viajar, la nao mal lastrada y el congestionamiento de pasajeros van a acumular sus desventuras. Los duros calores de julio, con el barco detenido en la barra de Sanlúcar, los abrasan. Y pronto se da cuenta fray Tomás del error que ha sido el haberlos juntado, pues cuando van dos o tres frailes en un navío son "servidos, regalados y honrados", mientras que

> allí por cierto nos trataban como a negros y nos hacían a los más bajar a dormir debajo de cubierta como negros, y andábamos sentados y echados por los suelos, pisados muchas veces, no los hábitos, sino las barbas y las bocas, sin que nos tuvieran reverencia ninguna, por ser todos frailes.[11]

En cuanto se inicia la navegación, al calor se une el tormento del mareo y los vómitos:

> no se puede imaginar hospital más sucio y lleno de gemidos que aquél: unos iban debajo de cubierta cociéndose vivos, otros asándose al sol sobre cubierta, echados por los suelos, pisados y hollados y

---

[10] De la Torre, *op. cit.*, cap. ii.
[11] *Id.*

sucios que no hay palabra con que lo explicar, y aunque al cabo de algunos días iban volviendo algunos en sí, pero no de arte que pudieren servir a los otros que iban malos.[12]

El obispo Las Casas dio las gallinas que llevaba para socorrer a los enfermos y un clérigo ayudaba al padre vicario a atenderlos. Nada se dice de si fray Bartolomé también se perturbó con el viaje. Probablemente seguía impertérrito.

Agobiado por sus malos recuerdos, el relator fray Tomás compara al navío con "una cárcel muy estrecha y muy fuerte de donde nadie puede huir"; "es grande la estrechura y ahogamiento y calor"; la cama es el suelo y aunque algunos llevan colchoncillos, ellos los llevaban "muy pobres, pequeños y duros, llenos de lana de perro, y unas mantas de lana de cabra en extremo pobres"; los vómitos y mala disposición a algunos los atormentan un tiempo y a otros siempre; se tienen pocas ganas de comer y no se toleran las cosas dulces; se padece una sed increíble, por ser salada toda la comida, "hay infinitos piojos que comen a los hombres vivos"; "la ropa no se puede lavar porque la corta el agua de la mar"; y "hay mal olor especialmente debajo de cubierta, intolerable en todo el navío cuando anda la bomba y anda más o menos veces según el navío va bueno o malo".

Lo mal lastrado del barco llegó a ser muy grave. La nao —refiere fray Tomás— iba echada "de barriga" y el agua llegaba a la mitad de la cubierta; para pasar de popa a proa era necesario asirse a unas cuerdas; "no se podía guisar nada, ni era de provecho la mitad del navío y los que iban echados al través de la nao iban cuasi en pie". Echaron bajo la cubierta los cañones, y nada se remedió. Los que iban en las otras naos quisieron auxiliarlos y el capitán general de la flota propuso atar la nave con cuerdas o maromas a la suya, pero no lo consintieron los soberbios marinos de la *San Salvador*. Y se vio que tampoco era posible pasar a los frailes a otros navíos, porque ellos eran muchos y las otras naves también iban sobrecargadas.

"Decían los españoles indianos que iban en aquella armada que nuestros pecados, y los del obispo que destruía las Indias, causaban aquellos males"; pero de pronto sobrevino una bonanza no esperada, y unos decían "que los ángeles soplaban las

[12] *Id.*

velas". Y para ayudar a la navegación, los marineros acabaron por servirse malamente de los pobres frailes:

> ¡Frailes acá!, ¡frailes acullá!, y nos hacían venir como a negros debajo de cubierta e ir almacenados contra donde hendía el navío, por lastre de él. Veníamos con esto y con las dolencias y mareamiento, tan molidos y podridos y fatigados, que no lo sé ni sabré decir.[13]

El viaje de Eugenio de Salazar y su familia, en 1573, de Tenerife a Santo Domingo, debió ser mucho menos duro que el de los dominicos en 1544. El oidor detestaba sin duda la promiscuidad y la suciedad del barco, y estaba convencido de que "la tierra [es] para los hombres y la mar para los peces". Aunque el hecho de que haya tenido humor para registrar con tanta sal el lenguaje de los marinos y las ceremonias y ritos cotidianos de navegación, muestran que conservaba su espíritu. Con todo, no dejó de apuntar las incomodidades y suciedades que parecen inseparables de la navegación en esta época. Abomina don Eugenio en su famosa carta del hedor pestilente "como el diablo" del agua de la sentina que extraían las bombas; habla de la abundancia y ferocidad de los piojos, cucarachas y ratones; se queja de la imposibilidad de pasear, por los vaivenes del barco, y tiene otro rasgo de humor al recoger las reacciones de las mujeres en aquellos viajes:

> Si hay mujeres (que no se hace pueblo sin ellas), ¡oh, qué gritos con cada vaivén del navío!: "¡ay madre mía!" y, "¡échenme en tierra!", y están a mil leguas de ella.[14]

Otro viajero de este siglo, don Alonso Enríquez de Guzmán, el "caballero desbaratado" en el Perú, cuando viajó de Sevilla a Santo Domingo hacia 1534, resumió así sus impresiones de viaje:

> Ha diez días que no vemos tierra, si no es la del fogón del navío, y tendríamos por breve tiempo vella de aquí a veinte días. Benditos aquellos que con sus azadas sustentan sus vidas y viven contentos, especialmente si con ellas andan cabe alguna fuente, que en verdad ya nos comienzan a dar por medida el agua y todos los que vamos en esta dicha nao desean más bebella que vertella. Y aun creo que hay

---

[13] *Id.*
[14] De Salazar, carta citada. Véase el Apéndice 3.

algunos que holgaran de volverse a Castilla y haber pagado el flete sin hacer el viaje.[15]

La llegada, la Inquisición y los libros

El grito de "¡Tierra! ¡Tierra!", como aquel primero que diera Rodrigo de Triana frente a las costas de Guanahani la madrugada del 12 de octubre de 1492, seguía alegrando a todos los viajeros que al fin llegaban a su destino y sentían que terminaban las penalidades de la travesía. "¡Oh, cuánto mejor parece la tierra desde el mar que el mar desde la tierra!", decía Eugenio de Salazar al avistar la isla Deseada, "y qué deseada".[16]

Todos se animaban a la vista del puerto esperado, sobre todo las mujeres, como lo cuenta, al final de su carta, el mismo oidor De Salazar que llegaba a Santo Domingo:

> Otro día al amanecer viera vuestra merced en nuestra ciudad abrir cajas a mucha prisa, sacar camisas limpias y vestidos nuevos, ponerse toda la gente tan galana y lucida, en especial algunas de las damas de nuestro pueblo que salieron debajo de cubierta, digo debajo de cubierta de blanco solimán, y resplandor y finísimo color de cochinilla, y tan bien tocadas, rizadas, engrifadas y repulgadas, que parecían nietas de las que eran en alta mar.[17]

Debió ser deslumbrante la llegada en un día soleado a Sevilla, por el Guadalquivir, en medio de la animación, el bullicio y el colorido del puerto. Al recién llegado le irían señalando: ésa es la Torre del Oro, esa torre más alta es la Giralda, al lado de la Catedral y el Alcázar, y del otro lado del río, allí está el barrio de Triana con sus gitanos, la iglesia de Santa Ana y el palacio de la Inquisición, junto al puente.

Los puertos americanos tenían otros atractivos que los de las viejas ciudades españolas. El encanto de Santo Domingo, de La Habana y Santiago, de Honduras y Portobelo, de Cartagena y Venezuela (La Guaira), de Bahía y Río de Janeiro o de Buenos Aires en

---

[15] Don Alonso Enríquez de Guzmán, *Libro de la vida y costumbres de...*, op. cit. (véase nota 4 del cap. III), pp. 128-129.
[16] De Salazar, carta citada. Véase el Apéndice 3.
[17] *Id.*

el Río de la Plata era el de lo exótico y el esplendor de la naturaleza. Los muelles de la isla de San Juan de Ulúa, frente a Veracruz con sus dunas y escasa vegetación, no eran sino la puerta obligada a un reino cuyas riquezas se encontraban tierra adentro. Pese a las precarias instalaciones de la mayoría de estos puertos y a las incomodidades que imponían a los viajeros para su alojamiento, eran aun así la seguridad de la tierra y, para muchos, la promesa de una vida mejor.

Los navíos que llegaban a los puertos de Indias, a partir de 1569 cuando por real cédula del 25 de enero de ese año se establecieron Tribunales del Santo Oficio en Nueva España y el Perú,[18] tenían un primer contacto poco grato con el Nuevo Mundo. Los primeros en abordar las naves recién llegadas eran los comisarios del Santo Oficio, que averiguaban si había extranjeros y "qué libros vienen en la nao para rezar o leer o pasar tiempo y en qué lengua y si saben que alguno sea prohibido" y qué cajas de libros venían y en dónde se habían embarcado.[19] Luego subían a hacer su inspección los funcionarios aduanales.

Desde 1531 por instrucciones reales, ratificadas en 1536 y 1543, se había prohibido que

> no se llevasen a esas partes libros de romance de materias profanas y fabulosas porque los indios que supiesen leer no se diesen a ellos, dejando los libros de buena y sana doctrina, y leyéndoles no aprendiesen en ellos malas costumbres y vicios.[20]

Hasta entonces, la preocupación principal de la Corona era contra las novelas de Caballería, como el *Amadís*, que a pesar de ello también se leyeron en las Indias, tanto como las novelas picarescas y aun *La Celestina*. Pero después de la radicalización en materia religiosa que determinó el Concilio de Trento (1545-1563), la preocupación principal fueron los libros heréticos que aparecieron consignados en el *Index librorum prohibitorum*, de 1559: los de

---

[18] Richard E. Greenleaf, *La Inquisición en Nueva España. Siglo XVI*, traducción de Carlos Valdés, Fondo de Cultura Económica, México, 1981, cap. v, p. 168.

[19] Francisco Fernández del Castillo (comp.), *Libros y libreros del siglo XVI* (1914), 2ª ed. facsimilar, Fondo de Cultura Económica-Archivo General de la Nación, México, 1982, p. 359. Greenleaf, *ibid.*, p. 198.

[20] Irving A. Leonard, *Los libros del conquistador* (1949), traducción de Mario Monteforte Toledo, revisada por Julián Calvo, Fondo de Cultura Económica, México, 1953, cap. vii, p. 81.

Erasmo, Osuna y Maquiavelo; las versiones no autorizadas de la Biblia; los científicos heterodoxos, y los libros de adivinaciones, sortilegios y magia.[21] Éstos eran los libros que ahora buscaban los comisarios del Santo Oficio entre los que traían consigo los pasajeros y en las cajas que venían destinadas a los libreros. En la notable recopilación de documentos, *Libros y libreros en el siglo XVI*, el investigador Francisco Fernández del Castillo reunió los informes de las "Visitas de las naos llegadas a San Juan de Ulúa (1572-1600)", que es un panorama muy ilustrativo de los libros que se leían y traían a la Nueva España en el último tercio del siglo XVI.[22]

Y como siempre, apareció la astucia para burlar la ley. Refiere Irving A. Leonard que:

> Una carta fechada el 8 de octubre de 1581 en la ciudad de México manifiesta que los barcos que salían solos de España —que ordinariamente no llevaban registros— transportaban a menudo libros en barricas de vino y en toneles de fruta seca. El 9 de mayo de 1608 los funcionarios reales de Buenos Aires dirigieron una carta al Santo Oficio de Lima, la capital del virreinato del Perú, que entonces abarcaba también la región rioplatense; en esta misiva hacían constar que los barcos procedentes de puertos extranjeros, como los de Flandes y Portugal, que llegaban a Buenos Aires, traían "libros y otras cosas prohibidas" disimulados "en pipas y otras cajas". La Inquisición limeña ordenó que se tomasen inmediatas y enérgicas medidas contra los delincuentes.[23]

---

[21] Elías Trabulse, "Proemio" a *Libros y libreros del siglo XVI, op. cit.*, pp. 9-12.
[22] *Op. cit.*, doc. XXIII, pp. 337-445
[23] Leonard, *op. cit.*, cap. XII, p. 153. Los documentos citados proceden de José Toribio Medina, *Historia del Tribunal del Santo Oficio de la Inquisición en México*, Santiago de Chile, 1905, p. 416, y de Ricardo Rojas, *Historia de la literatura argentina*, 2ª ed., Buenos Aires, 1924-1925, 8 vols., t. III, pp. 43-44.

IX. LA PIRATERÍA

Noticia general sobre la piratería

Los peligros mayores de la navegación trasatlántica en el siglo XVI, al igual que en los subsecuentes, eran los asaltos de piratas, las tormentas y huracanes que podían terminar en naufragios y las plagas y epidemias.

Las prohibiciones que estableció la Corona española contra el comercio de extranjeros en las Indias; la exclusión de las naciones europeas, salvo España y Portugal, en las posibilidades de dominio y explotación del Nuevo Mundo; la codicia provocada por las riquezas en metales preciosos que se llevaban de las Indias a España; las guerras contra Francia e Inglaterra; la desorganización y debilidad de las defensas de las naves que cruzaban el océano y de los puertos diseminados en las islas y el continente; y una moral que encontraba justificable lo mismo la conquista y explotación de los pueblos indígenas que el comercio y esclavitud de los negros hicieron posible el bandidaje marino llamado piratería.

Ésta, que en el Mediterráneo era una actividad al menos tan antigua como los tiempos homéricos, adquirió a partir del siglo XVI nuevas modalidades, un carácter legendario y varios nombres que conviene distinguir. Pirata era el término genérico del ladrón que robaba en cualquier mar. Corsario, el pirata que robaba en una embarcación armada, con patente o permiso de su gobierno. Los bucaneros fueron inicialmente europeos "asalvajados"; "una singular comunidad de salvajes; hombres fieros, insolentes, zarrapastrosos", dice Clark Russell;[1] aventureros que cazaban reses y cerdos en la isla de Santo Domingo —que llegaron a dominar— y vendían la carne a los barcos de paso; luego se volvieron feroces piratas. Filibustero, en fin, era el nombre de

---

[1] Clark Russell, *Vida de William Dampier,* citado por Philip Gosse, *Los piratas del Oeste. Los piratas del Oriente (Historia de la piratería),* traducción de Lino Novás Calvo, Colección Austral 814, Espasa-Calpe Argentina, Buenos Aires, 1948, cap. I, p. 13.

ciertos piratas del siglo XVII en las Antillas, que procuraban la emancipación de las posesiones españolas de ultramar.

Bucaneros y filibusteros tuvieron una exaltación inicial en la obra de Alexandre Olivier Oexmelin o Exquemelin, *Bucaneros de América*, publicada en holandés en Amsterdam, 1678, reimpresa muchas veces y traducida a varias lenguas, que inició la visión legendaria de estos personajes.

Cuando los bucaneros se volvieron piratas, después de su expulsión de Santo Domingo, se posesionaron de la pequeña isla de la Tortuga y más tarde de Jamaica, que fortificaron y convirtieron en refugios y almacenes. También la isla de Términos, en Campeche, fue uno de sus escondites.

De manera general, el periodo 1520-1559 está dominado por piratas y corsarios franceses, y de 1560 a 1648 por los corsarios ingleses y holandeses. En el último tercio del siglo XVI predominan Jacques Sore y François Le Clerc, "Pie de Palo"; los Hawkins, William y su hijo John, y luego el amigo o sobrino de éste, Francis Drake, protegido de la reina Isabel de Inglaterra, quien ennoblece a los dos últimos. Las grandes figuras de la piratería en el siglo XVII, periodo de su mayor actividad, son Bartolomé Portugués, Rock Brasiliano, Francisco L'Olonais, "El Olonés"; Lorencillo y Henry Morgan.

Los piratas y sus variantes habían establecido un código privado estrictamente observado: cada uno aportaba sus armas y pólvora; su primera determinación era la de decidir adónde iban a robar provisiones, sobre todo carne; luego especificaban la cuota que cada uno, según su rango, debía cubrir por el viaje y lo que les correspondería del botín capturado; precisábanse también las indemnizaciones que recibirían en caso de lesiones o pérdida de miembros en la lucha.

Piratas	Piezas de ocho reales
Brazo derecho	600
Brazo izquierdo	500
Pierna derecha	500
Pierna izquierda	400
Un ojo	100
Un dedo	100

Los piratas bien organizados llevaban a bordo un cirujano con un cofre de medicamentos e instrumentos.

Otra de las reglas era la de no esconder nada del botín, lo cual debían jurar. A los infieles a este juramento se les apartaba de la sociedad —a veces los abandonaban en una isla desierta—, también llamada Cofradía de los Hermanos de la Costa. Concluida una hazaña y distribuido el botín, la única salida era una dilapidación ruidosa en tabernas, garitos y burdeles de sus refugios, Tortuga o Jamaica. Sin embargo, queda noticia de que uno de ellos, Peter Legrand, una vez en posesión de riquezas, "puso proa a Dieppe, en Normandía, su ciudad natal, donde se retiró a una vida de paz y abundancia, sin volver a pensar en el mar",[2] ni en latrocinios.

La ferocidad de los piratas con sus víctimas es conocida. Además de robar cuanto de valioso había en los barcos, mantenían como rehenes o esclavos a algunos tripulantes o pasajeros, en espera de un buen rescate. Y cuando asaltaban un puerto, asesinaban, robaban, violaban, destruían y quemaban a discreción. Por su parte, la crueldad de los españoles con los piratas o sus aliados no era menor:

> En diciembre de 1604 —refiere Philip Gosse— el embajador veneciano en Londres escribía que "los españoles en las Antillas capturaron dos barcos ingleses, les cortaron las manos, pies, narices y orejas a las tripulaciones, les untaron miel y los abandonaron, después de amarrarlos a los árboles, para que las moscas y otros insectos los torturasen".[3]

Y Héctor Pérez Martínez cuenta que al campechano Juan Venturate, que facilitó al pirata William Parker el asalto a Campeche en 1597, cuando lo capturaron: "fue condenado a muerte y ejecutado sin demora con el terrible suplicio de arrancarle con tenazas, por pedazos, la carne".[4]

---

[2] Philip Gosse, *op. cit.*, cap. I, pp. 18-22.
[3] *Ibid.*, p. 12.
[4] Héctor Pérez Martínez, *Piraterías en Campeche (siglos XVI, XVII y XVIII)*, Enciclopedia Ilustrada Mexicana, núm. 6, Porrúa Hnos. y Cía., México, 1937, p. 24.

Los primeros piratas en el Atlántico

La piratería perturbó gravemente la navegación española a las Indias desde sus orígenes. En el diario del primer viaje de Cristóbal Colón —recogido por fray Bartolomé de las Casas en su *Historia de las Indias*—, el jueves 6 de septiembre de 1492 anota que al salir de la isla Gomera, en las Canarias, supo que "andaban por allí tres carabelas de Portugal para lo tomar; debía de ser la invidia quel rey tenía por haberse ido a Castilla". Y en la carta que Colón escribió a los Reyes Católicos narrándoles su tercer viaje, de 1498 a 1500, les refiere que

> navegué a la isla de la Madera por camino no acostumbrado, por evitar escándalo que pudiera tener con un armada de Francia, que me aguardaba al Cabo de San Vicente.[5]

Las primeras correrías de los piratas, inicialmente franceses, no se aventuraban más allá de las aguas cercanas a las costas europeas y a las islas Canarias, Azores y Madeira, aunque hacia 1513 ya amenazaban las costas de Cuba. En 1520, al amparo de las guerras que se iniciaron entonces entre la España de Carlos V y la Francia de Francisco I, y la fama de las riquezas mexicanas que se enviaban a España, la piratería comenzó a golpear con dureza. En 1521 los franceses capturaron dos carabelas cargadas de caudales y fue la primera ocasión en que se cobró el impuesto de la Avería.[6]

El robo del tesoro de Moctezuma

El año siguiente los corsarios franceses —puesto que ya eran piratas con patente o autorización de su gobierno— lograron un robo de importancia histórica. Pocos meses después de la con-

---

[5] Martín Fernández de Navarrete, "Relaciones, cartas y documentos concernientes a los cuatro viajes que hizo el almirante don Cristóbal Colón para el descubrimiento de las Indias Occidentales", *Colección de los viajes y descubrimientos que hicieron por mar los españoles desde fines del siglo XV*, Biblioteca de Autores Españoles, de Rivadeneyra (continuación), t. 75, Ediciones Atlas, Madrid, 1954, vol. I, pp. 89 y 207.

[6] Haring, *op. cit.*, cap. IV, pp. 87-88.

quista de México-Tenochtitlan, capital del imperio azteca, Hernán Cortés decidió enviar a Carlos V como presente un tesoro de oro y joyas mexicanas. Escogió para que lo llevaran a Antonio Quiñones, capitán de su guardia, y a Alonso de Ávila, "hombre atrevido" a quien prefería "tener lejos de sí", comenta Bernal Díaz del Castillo. Con ellos se enviaba también un memorial del Cabildo y de los conquistadores.

El conquistador, poco amante de historias superfluas, se limita a referir, en su *Cuarta carta de relación,* que navíos y tesoros no llegaron a España porque descuidaron su protección los de la Casa de la Contratación de Sevilla y, ya pasadas las Azores, los tomaron los franceses. Siente la pérdida de "las cosas que iban tan ricas y extrañas", aunque pronto las sustituirá por "otras muy más ricas y extrañas". Añade una ironía: se alegra de que las conozcan los franceses para que aprecien por ellas la grandeza del monarca de España.[7]

Bernal Díaz, en cambio, añade muchas otras circunstancias del hecho. Los dos navíos salieron de Veracruz el 20 de diciembre de 1522. Después de pasar con fortuna el canal de Bahama, "se les soltaron dos tigres, de los tres que llevaban, e hirieron a unos marineros y acordaron de matar al que quedaba porque era muy bravo y no se podían valer con él". Cuando llegaron a la isla de la Tercera, en las Azores, el capitán Quiñones, que "se preciaba de muy valiente y enamorado [...] revolvióse en aquella isla con una mujer, y hubo sobre ello cierta cuestión, y diéronle una cuchillada de que murió, y quedó solo Alonso de Ávila por capitán". No muy lejos de aquella isla los encontró el corsario francés Juan Florín, quien les tomó el oro y los navíos y llevó preso a Ávila a Francia. Del tesoro capturado, del cual dio "grandes presentes a su rey y al almirante de Francia", dice cosas fabulosas:

> llevaron dos navíos y en ellos ochenta y ocho mil castellanos en barras de oro, y llevaron la recámara que llamamos del gran Moctezuma, que tenía en su poder Guatemuz, y fue un gran presente, en fin, para nuestro gran César, porque fueron muchas joyas muy ricas y perlas tamañas algunas de ellas como avellanas, y muchos *chalchihuis*, que son piedras finas como esmeraldas, y aun una de ellas eran tan ancha como la palma de la mano, y otras muchas joyas que, por ser

[7] Hernán Cortés, *Cuarta carta de relación*, Temixtitan, 15 de octubre de 1524.

tantas y no detenerme en describirlas, lo dejaré de decir y traer a la memoria. Y también enviamos unos pedazos de huesos de gigantes.[8]

Bernal añade que, en aquella misma correría, el corsario Florín robó otro navío que venía de Santo Domingo al que "le tomó sobre veinte mil pesos de oro y muy gran cantidad de perlas y azúcar y cueros de vaca". Con todo volvió Florín a su país y

> toda Francia estaba maravillada de las riquezas que enviábamos a nuestro gran emperador; y aun al mesmo rey de Francia le tomaba codicia, más que otras veces, de tener parte en las islas y en esta Nueva España.

Poco tiempo después, el rey Francisco I, que había descubierto gracias a Florín tan provechosa manera de hacer la guerra, volvió a enviar al corsario a seguirse buscando la vida en el mar, y cuando ya había despojado algunos barcos, topó "con tres o cuatro navíos recios y de armada, vizcaínos", que lo desbarataron y apresaron. Cuando lo llevaban preso a Sevilla, a la Casa de la Contratación, en cuanto el emperador lo supo ordenó que se hiciese justicia en Florín y sus acompañantes, quienes fueron ahorcados en el puerto de Pico.[9]

Lo que ocurrió a Alonso de Ávila —el superviviente de los dos encargados por Cortés para llevar a Carlos V el tesoro de Moctezuma— durante su cautiverio en Francia, hasta ser rescatado, es la historia muy peregrina "del gran ánimo que tuvo un año entero con una fantasma que de noche se echaba en su cama", en el castillo donde lo tenían confinado, que relata Francisco Cervantes de Salazar.[10]

Ahora bien, gracias a la *Biografía del Caribe* de Germán Arciniegas,[11] puede precisarse que éste a quien los españoles llamaban Juan Florín o Florentín tenía por nombre Giovanni de Verrazano (1485?-1528?), había nacido en Florencia —de donde le venía su

---

[8] Bernal Díaz, *Historia verdadera...*, cap. clix.
[9] *Id.*
[10] Francisco Cervantes de Salazar, *Crónica de la Nueva España, op. cit.*, lib. VI, cap. v.
[11] Germán Arciniegas, *Biografía del Caribe* (1945), 6ª ed., Editorial Sudamericana, Buenos Aires, 1957, cap. VII, pp. 140-142. J. C. Brevoort, *Verrazano the navigator*, Nueva York, 1874.

apodo—, de mozo había viajado por Siria y El Cairo, negociando en sedas y especias, y al parecer había acompañado a los portugueses en sus viajes a Oriente y a los españoles en sus exploraciones del Caribe. Era un navegante competente y su hermano Hieronimus había aprovechado sus conocimientos para trazar un mapamundi que conserva la Biblioteca Vaticana.

Interrumpiendo sus hazañas como pirata, Verrazano, según informa la *Encyclopaedia Britannica*, fue el primer explorador, en 1524, de la costa de Norteamérica, en los alrededores de Nueva York. Por ello, considerándolo descubridor de esa región, el puente colgante más largo del mundo, que en la bahía de Nueva York une Brooklyn con Staten Island, lleva su nombre.

Refiere Alonso de Santa Cruz, cronista del emperador Carlos V, que cuando Florín, Florentín o Verrazano fue tomado preso, como lo cuenta Bernal Díaz del Castillo, "confesó haber robado y echado a fondo 150 naos y galeras y galeones y zabras y bergantines, y que una vez tomó una nao del emperador con más de 30 000 pesos de oro", y añade que antes de ser degollado en la plaza de Colmenar de las Arenas dijo: "Oh Dios que tal has permitido, oh fortuna que a tal punto me has traído: ¿es posible que habiendo yo muerto a tantos, a manos de un hombre solo tenga yo de morir?"[12]

Continúan los corsarios franceses

Los corsarios franceses siguieron asolando los navíos españoles y pronto pasaron al ataque a los puertos. San Germán de Puerto Rico fue saqueado en 1540; La Burburata, puerto del continente, en 1541. En enero de 1544 300 franceses entraron a Cartagena de Indias, sometieron a los españoles que se defendieron, hirieron al gobernador y pillaron la plaza, de la que se llevaron 35 000 pesos en oro y plata. La misma banda intentó asaltar La Habana, pero encontraron prevenidos a los habitantes, que la rechazaron. Otros ochenta bandidos intentaron capturar Santiago de Cuba, pero fueron rechazados gracias al capitán de navío Diego Pérez, sevillano. El mismo año de 1544 seis navíos franceses atacaron una colonia cercana a Cabo de la Vela, pero los colonos resistieron. Una década

[12] Alonso de Santa Cruz, *Crónicas del emperador Carlos V*, Madrid, 1920-1922, citado por Arciniegas, *ibid.*

más tarde, en 1554, 300 corsarios franceses ocuparon durante un mes Santiago de Cuba y la saquearon. Y en julio del año siguiente, el capitán francés Jacques Sore desembarcó 200 hombres en el puerto de La Habana y logró la rendición del castillo. El gobernador español juntó una tropa de blancos y negros para sorprender por la noche a los franceses. Perecieron 15 o 16 de éstos y el propio Sore quedó herido. Furioso, ordenó matar a los prisioneros, quemar la catedral y el hospital, saquear las casas y arrasar la mayor parte de la ciudad. Robó toda la artillería del puerto, quemó algunas fincas y por fin partió en agosto. Dos meses después, el 4 de octubre, llegó otro navío francés que tuvo noticia de la desesperada situación de los españoles de La Habana, saquearon algunos plantíos que se habían salvado, destruyeron las casas que comenzaban a reconstruir y apresaron una carabela cargada de cueros que había llegado al puerto.

Los puertos de las islas y de tierra firme solicitaron defensas suficientes y los pobladores amenazaron con abandonar las colonias. Hiciéronse proyectos para crear una flotilla de carabelas para custodia de las costas, que no llegaron a realizarse. "Los franceses —concluye Haring— dominaron tan a sus anchas los mares de las Antillas que cesó virtualmente el comercio intercolonial."[13]

Sólo con la paz de Cateau-Cambrésis, firmada en 1559, entre España y Francia, y el concierto del matrimonio de Felipe II con Isabel de Valois, comienza a cesar el azote que fueron los corsarios franceses para el comercio marítimo español.

Acaso ignorantes de las paces pactadas, el 17 de agosto de 1561 treinta piratas franceses desembarcaron por la noche en el puerto y villa de San Francisco de Campeche, quemaron y robaron cuanto pudieron y se llevaron a cinco mujeres. Los vecinos y la milicia los persiguieron, y alcanzaron, mataron a quince y prendieron a cinco de ellos.[14]

Antes de pasar a los ingleses, merece recordarse otro robo histórico. El *Códice Mendocino*, un manuscrito pictórico que se refiere

---

[13] Noticias reunidas por Haring, *op. cit.*, cap. x, pp. 291-292, de Cesáreo Fernández Duro, *La Armada Invencible*, Madrid, 1895-1903, 9 vols., t. I, pp. 432 y 438; *Colección de documentos inéditos relativos al descubrimiento, conquista y organización de las antiguas posesiones españolas de ultramar*, Madrid, 1885-1900, 13 vols., 2ª serie, t. VI, pp. 23 y 360, y Gabriel Marcel, *Les corsaires français au XVIe siècle dans les Antilles*, París, 1902, p. 16.

[14] Pérez Martínez, *op. cit.*, pp. 18-19.

principalmente a la fundación de México y a los tributos que debían pagar anualmente los pueblos sojuzgados al emperador Moctezuma, fue preparado por *tlacuilos* o pintores indígenas por orden del primer virrey de Nueva España, don Antonio de Mendoza (1535-1550), para ser remitido al emperador Carlos V:

> Se desconoce la fecha en que fue enviado el manuscrito a España; sólo sabemos que el barco que lo llevaba fue apresado por piratas franceses y que el códice paró en manos de André Thevet, cosmógrafo del rey de Francia, quien inscribió su nombre en cinco páginas del documento, agregando en dos ocasiones la fecha 1553, que bien pudiera corresponder a la de su adquisición. Treinta y cuatro años después, el geógrafo inglés Richard Hakluyt, capellán del embajador británico en París, compró el códice en la suma de veinte coronas francesas.[15]

Este Richard Hakluyt es el famoso recopilador de la colección de viajes y hazañas —incluyendo las piraterías— de los marinos ingleses en la época Tudor,[16] semejante a la colección española de Martín Fernández de Navarrete.

Los piratas ingleses

Los ingleses comenzaron un poco más tarde a hostigar el monopolio que estableció la Corona española en la navegación y comercio con las Indias occidentales. De acuerdo con la cronología formada por Janet Hampden, en 1530 y 1532 William Hawkins realizó su primer y segundo viaje a Brasil, para el tráfico de esclavos y colmillos de elefante procedentes de Guinea; y en 1562-1563,

---

[15] José Ignacio Echeagaray, "Historia y ediciones del Códice", *Códice Mendocino* o Colección Mendoza, manuscrito mexicano del siglo XVI que se conserva en la Biblioteca Bodleiana de Oxford, México, San Ángel Ediciones, 1979, p. 15.

[16] Richard Hakluyt, *The principal navigations, voiages, traffiques and discoveries of the English Nation, made by sea or over land, to the remote and farthest distant quarters of the Earth, at any time within the compasse of the 1500 years*, Londres, 1582; 2ª ed., corregida y ampliada, 1598, 3 vols. La mejor edición completa moderna fue publicada por la Hakluyt Society and MacLehose, Glasgow, 1903-1905, en 12 vols. Existe una buena selección en la colección The World's Classics: Richard Hakluyt, *Voyages and documents,* selección con una introducción y glosario de Janet Hampden, Oxford University Press, Londres, 1958.

John Hawkins, su hijo, emprendió su primer viaje, a Sierra Leona y Guinea, para la captura de esclavos que luego llevó a Santo Domingo para venderlos junto con otros productos con los que comerciaba.[17] Pronto aquel atroz comercio derivó a la piratería. A fines de 1567, el mismo Hawkins volvió a Guinea para capturar negros. Cuando reunió 400 o 500, a principios del año siguiente llegó a Santo Domingo y comenzó a traficar con los negros, a pesar de la prohibición de la Corona española. Pero al llegar al pueblo llamado Río de la Hacha, cercano a Cabo de la Vela, "de donde vienen todas las perlas", el oficial que allí mandaba no consintió el comercio ni permitió a las naves proveerse de agua. Hawkins atacó los baluartes, tomó el pueblo y secretamente comenzó a negociar con sus negros. En Cartagena de Indias tampoco se le permitió comerciar.

Como ya era el fin de julio y se acercaba la estación de los huracanes, la flota de Hawkins enfiló hacia la Florida; una horrible tormenta, que duró cuatro días, maltrató su nave principal, llamada *Jesús de Lübeck*. En busca de fondeadero y acometidos por nuevas tormentas, llegaron el 16 de septiembre de 1568 al puerto de San Juan de Ulúa, en Veracruz, con cinco naves. Aquí ocurrió una lamentable comedia de enredo. Los españoles del puerto esperaban al nuevo virrey, don Martín Enríquez, y confundiendo las naves, subieron a bordo de las de Hawkins y fueron tomados como rehenes. Cuando llegaron los trece navíos de la flota en que venía el virrey, hubo negociaciones y, al parecer, se consintió en que los piratas repararan sus navíos y se fueran. El virrey emprendió su camino hacia la ciudad de México y, mientras tanto, el capitán de la escuadra española, Francisco Luján, rompió la tregua y atacó a los piratas. Francis Drake, que acompañaba a Hawkins, escapó en una nave con el oro que había robado. Hawkins resistió cuanto pudo y al fin logró huir con sólo dos naves. Los demás piratas que no murieron fueron apresados y llevados a México, donde los procesaron. De estos hechos escribieron relaciones dos de los compañeros de Hawkins, Miles Philips y Job Hortop, y el propio capitán.[18]

---

[17] Janet Hampden, "Chronology", en Richard Hakluyt, *Voyages and documents*, ibid., pp. xxvi-xxvii, y pp. 98-99 para el relato del primer viaje de John Hawkins.
[18] Véanse en *Relación de varios viajeros ingleses...*, *op. cit.*, así como el estudio de Joaquín García Icazbalceta, "Algunas noticias de Sir John Hawkins y de sus via-

Francis Drake fue el corsario más activo en los años siguientes. En 1572 se apoderó de Nombre de Dios, en Panamá, y se internó en el Darién para encontrar las recuas que conducían los metales del Perú; al retirarse incendió las mercancías de las naves españolas, abandonó la plata y se llevó sólo el oro. De 1577 a 1580 Drake realizó una extraordinaria hazaña como navegante al dar por segunda vez la vuelta al mundo, cruzando también por el estrecho de Magallanes. Ya en el Pacífico, saqueó Valparaíso, el Callao, Lima, Panamá y Huatulco, el puerto de la costa oaxaqueña que había habilitado Cortés para el comercio con el Perú.[19]

El 10 de enero de 1586, Drake, con 18 naves, tomó y ocupó el puerto de Santo Domingo, lo saqueó durante 25 días, destruyó más de la tercera parte de sus edificios, exigió un rescate de 25 000 ducados y ahorcó a dos dominicos, para vengar la muerte de un joven negro. En la misma incursión, tomó y saqueó Puerto Rico, y en el mes de abril Cartagena de Indias. Aquí lo conoció el poeta Juan de Castellanos quien, poco tiempo después, escribió en los planos y coloquiales versos que solía un *Discurso del capitán*

jes", en la misma obra, pp. 74-90. Los procesos del Santo Oficio contra dos de los marinos ingleses de Hawkins, David Alexander y Guillermo Calens o Collins, se publicaron en *Corsarios franceses e ingleses en la Inquisición de la Nueva España, siglo XVI*, introducción de Julio Jiménez Rueda, Archivo General de la Nación-Universidad Nacional Autónoma de México, Imprenta Universitaria, México, 1945.

En el libro de Othón Arróniz, *La batalla de San Juan de Ulúa. 1568* (Biblioteca, Universidad Veracruzana, Xalapa, México, 1982), además de estudiar este episodio, se reúnen interesantes documentos de la versión inglesa y de la española, así como algunas de las declaraciones en la averiguación que se instruyó al respecto. En uno de estos últimos documentos, "La vida a bordo", Francisco de Zárate refiere al virrey de Nueva España sus impresiones de la visita que se vio forzado a hacer, en El Realejo, un puerto del Pacífico, a la nave del corsario Drake, en abril de 1579, y cuenta cosas curiosas de los armamentos, el aparato y la suntuosidad con que vivía a bordo de su nave Sir Francis:

> Sírvese con mucha plata, los bordos y coronas doradas, y con ella sus armas. Trae todos los regalos y aguas de colores posibles, muchos de ellos decía que se los había dado la Reina. Ninguno de estos caballeros se sentaba ni cubría delante él, si no era mandándoselo primero. Una y muchas veces traía este galeón suyo como treinta piezas de artificios de fuegos y mucha munición, y otros pertrechos necesarios.
> Su comer y beber es con música de cigolones. Trae todos los oficios de carpintero [...]: Doc. AGI, Patronato, leg. 266, R. 19, *op. cit.*, p. 90.

[19] Richard Hakluyt, *Voyages and documents, op. cit.*, doc. XXV, pp. 192-224. John J. TePaske, "Sumario general de Carta Cuenta de la Caja de México", *La Real Hacienda de Nueva España: La Real Caja de México (1576-1816)*, INAH, Colección Científica, Fuentes 41, México, 1976.

Francisco Draque de nación inglés, en el que a pesar de las censuras no oculta su admiración por el famoso capitán, que describe en sus 45 años:

> Es hombre rojo de gracioso gesto,
> menos en estatura que mediano,
> mas en sus proporciones bien compuesto
> y en plática, medido cortesano,
> respuestas vivas, un ingenio presto
> en todas cuantas cosas pone mano,
> en negocios mayormente de guerra
> muy pocos o ningunas veces yerra.
>
> (Canto 1º)[20]

El 19 de abril del año siguiente, Drake, por instrucciones de la reina Isabel de Inglaterra, atacó en España el puerto de Cádiz y destruyó hasta 30 navíos, que se preparaban para unirse en Lisboa con la gran flota que se llamaría la Armada Invencible; bloqueó luego la entrada del puerto de Lisboa y en el cabo de San Vicente impidió la comunicación con las Indias. En agosto de 1595, Francis Drake y John Hawkins, de nuevo juntos, con 27 barcos proporcionados por la reina Isabel, atacaron sin éxito las Canarias; Hawkins murió frente a Puerto Rico; Drake decidió atacar las fragatas surtas en este puerto, pero fue rechazado; partió luego hacia Panamá, para repetir el ataque que había hecho en 1572, pero fue derrotado y murió de disentería, a la vista de Portobelo, el 28 de enero de 1596. La flota volvió a Inglaterra, al mando de Thomas Baskerville, con sólo cinco naves. Lope de Vega, haciéndose eco del terror que en su tiempo infundió Drake y sus hazañas, escribió sobre él su poema épico *La dragontea*, en 1596, al conocerse en España la muerte del "Dragón de la

---

[20] El *Discurso* sobre Drake de Juan de Castellanos fue censurado por el marino Pedro Sarmiento de Gamboa, uno de los censores de las *Elegías de varones ilustres de Indias* (1522-1607) —y por tanto no figura en sus ediciones—, considerando, probablemente, "la proximidad del suceso" y la posibilidad de que las minucias consignadas pudieran facilitar informes a los piratas, como supone Manuel Alvar (*Juan de Castellanos. Tradición española y realidad americana*, Publicaciones del Instituto Caro y Cuervo, XXX, Bogotá, 1972, p. xxi). Sin embargo, Castellanos había enviado una copia de este poema-discurso a un amigo de España, la cual se encontró en Inglaterra y de allí pudo ser copiada y editada por A. González Palencia (Instituto de Valencia de Don Juan, Madrid, 1921).

Acerca de Drake puede consultarse: Zelia Nuttall, *New light on Drake*, Hakluyt Society, Londres, 1914.

cruel Medea". Dragón apodaba a Drake y la "cruel Medea" era, por supuesto, la reina Isabel I.

El último gran saqueo e incendio de Cádiz, en 1596, por los ingleses, ya no fue confiado a corsarios, sino al almirante Howard y al conde de Essex, y fue un acto de guerra.

En fin, en 1597, un grupo de piratas, al mando de William Parker, asaltaron el puerto de Campeche y lo saquearon "con el acompañamiento consabido de vejaciones y muertes". Rehechos los campechanos, cercaron a los corsarios y los obligaron a huir abandonando parte del botín y a su cómplice, el traidor y desventurado Venturate; aún los persiguieron en el mar y lograron apresar uno de los barcos de Parker.[21]

Como hace notar Haring, a pesar de las guerras que sostuvo España con las potencias marítimas europeas y del gran número de piratas y corsarios que cruzaban los océanos, "raras veces acaeció la captura o destrucción de las flotas del tesoro, ardentísimo deseo de tales intrusos". Esto, al parecer, sólo ocurrió ya en el siglo XVII, en 1628, 1656 y 1657, "siendo los holandeses los primeros en lograrlo".[22]

Los piratas y los pasajeros

No se ha encontrado ningún relato directo de las experiencias de los pasajeros en los casos de asaltos de piratas o corsarios a las naves en que viajaban. Eugenio de Salazar ha narrado con su vivacidad habitual el pánico de la tripulación y los pasajeros al descubrir el vigía una, dos, tres velas de naves desconocidas

> teniendo por cierto que eran de ladrones. Yo, que llevaba allí todo mi resto de mujer e hijos, considere vuestra merced qué sentiría. Comienzo a dar prisa al condestable que aprestase la artillería; no parecían las cámaras de los vesos y pasamuros; aprestóse la artillería; hízose muestra de armas; comienzan las mujeres a levantar alaridos: "¿Quién nos metió aquí, amargas de nosotras? ¿Quién nos engañó para entrar en este mar?" Los que llevaban dinero o joyas acudían a esconderlos por las cuadernas y ligazón y escondrijos del navío. Repartímonos todos con nuestras armas en los puestos más convenientes […] con ánimo de defendernos, porque los tres navíos se

[21] Pérez Martínez, *op. cit.*, pp. 22-25.
[22] Haring, *op. cit.*, cap. x, pp. 294-295.

venían acercando a nosotros, que parece que traían nuestra derrota. Uno de los cuales era bien grande, aunque a los marineros se hizo tanto mayor, que unos decían: "Éste es el galeón de Florencia"; otros: "Antes parece el Bucintoro de Venecia"; otros: "No es sino la Miñona de Inglaterra"; y otros decían: "Parece el Cagafogo de Portugal". Mas acercándose más ellos, que aunque eran tres no venían menos temerosos, nos conocieron, y luego nosotros conocimos las velas que eran amigos, porque eran navíos de nuestra flota.[23]

Piratas y corsarios, en sus asaltos a las naves que cruzaban el Atlántico, buscaban principalmente las riquezas y los productos que transportaban, y tripulaciones y pasajeros eran secundarios para ellos. Philip Gosse dice que:

Tan pronto estos piratas han apresado cualquier barco, lo primero que se esfuerzan en hacer es desembarcar los prisioneros, reteniendo sólo algunos para su ayuda o servicio, a quienes también libertaban pasados dos o tres años.[24]

Sin embargo, por otras noticias, se sabe que además de robar sus bienes, se aprovechaban de las mujeres y retenían algunos pasajeros, que suponían señores de rango, para obtener rescates. Lo mismo ocurría en los asaltos a los puertos.

Qué favoreció la piratería

Resulta sorprendente que a lo largo del siglo XVI, y quizás aún con más dureza en el XVII, todas las variantes de los piratas hicieran tanto daño a las naves españolas que comerciaban con las Indias y a los puertos de las islas y del nuevo continente, sin dejar intocado casi a ninguno de los importantes. El tráfico comercial español fue exclusivamente una empresa privada y, a pesar del cúmulo de prescripciones legales para su protección, éstas se cumplían muy pocas veces. En cambio, cuando a la propia Corona española le importaba asegurar, con flotas y armamentos adecuados, las naves en que venían los tesoros de las Indias, los piratas no se atrevieron contra esos convoyes, al menos durante el siglo XVI.

[23] Eugenio de Salazar, carta citada de 1573. Véase el Apéndice 3.
[24] Gosse, *op. cit.*, cap. I, p. 21.

Por otra parte, con la protección abierta de sus gobiernos, las naves de corsarios franceses, ingleses y holandeses surcaban los mares superiormente armadas y con marinos tan diestros como feroces y ambiciosos. Gracias a ellos, es preciso reconocerlo, se abatió el monopolio español y portugués en el Nuevo Mundo y se establecieron posesiones que perdurarían.

La empresa española en las Indias fue tan asombrosa como desmesurada, y a pesar de los rudos embates que recibió se extendió en más de la mitad del mundo nuevo, lo transformó radicalmente y su dominio, intolerante y exclusivo, a contracorriente con la modernidad, sobrevivió durante tres siglos e implantó en tierras americanas su lengua, su religión y su civilización.

Las causas de la debilidad circunstancial española ante los ataques de la piratería eran, por una parte, la extensión de sus dominios y la escasa atención que se prestaba a su protección militar, ya que la metrópoli se encontraba a su vez abrumada por sus empresas de dominio y sus guerras en Europa. He aquí una sola comparación dramática. Cuando el pirata John Hawkins —al que los españoles llamaban Juan Aquines o Acle— se ve en el enredo de San Juan de Ulúa, en 1568, la provisión de piezas útiles del fuerte era de dos pedreros, dos medias culebrinas de a 30, un sacre de a dos quintales y un sacre de a seis quintales, más dos piezas rotas.[25] Éste era el armamento que defendía el puerto principal de la Nueva España. Frente a él, una sola de las naves de Hawkins o Drake contaba con "treinta piezas gruesas de artillería".

Por otra parte, debe considerarse también el descuido y la ligereza con que los armadores de barcos y los oficiales de la Casa de la Contratación solían arreglarse para rehuir el cumplimiento de las prescripciones establecidas y sólo atender la codicia; de los unos, por hacer más negocio con la carga, y de los otros, por recibir un cohecho para disimular el incumplimiento de los reglamentos. Así lo observaba Girolamo Benzoni, un viajero italiano que viajó por el Nuevo Mundo a mediados del siglo:

> la causa principal de que los franceses se apoderasen de tantos bajeles pertenecientes a los españoles era la avaricia de los armadores, porque al salir de España se mostraban tan ávidos de colmar el navío

[25] Documento del AGI, México, 21: citado por Othón Arróniz, *op. cit.*, p. 21.

con cargamento y pasajeros, que no llevaban el debido número de cañones para defenderse en el caso de ser atacados por un bajel enemigo, y ni siquiera el número prescrito por el Consejo de Indias [...] Más aún, el Consejo designaba ciertos comisionados para que fuesen a San Lúcar y ejercieran vigilancia especial, visitasen los navíos ya a punto de zarpar y se cerciorasen de si estaban provistos conforme a las ordenanzas vigentes. Pero con sólo deslizar una moneda de oro en manos de los comisarios, los capitanes de buques hacían que aquéllos declarasen que todo estaba en regla; y así regresaban a Sevilla, comparecían ante sus superiores en la Casa de la Contratación y juraban por Dios que todo estaba en perfecto orden y que el barco, fuera lo que fuera, podía combatir contra cuatro bajeles franceses. En estas condiciones acostumbraban partir tres o cuatro buques españoles, aunque el mejor de ellos sólo llevaba dos o tres cañones de hierro, medio carcomidos de herrumbre y con un cuñete de cualquier pólvora. Al regreso, si algún galeoncete francés bien artillado acertaba a encontrar un navío, aun de mil quinientos o dos mil *salme* [entre tres o cuatrocientas toneladas], lo atacaba sin temor alguno, porque sabía cuán mal provistos iban los bajeles españoles.[26]

Clarence H. Haring recuerda, además, que pese a las ordenanzas que lo prohibían expresamente, se "alquilaban anclas, cables, abastos y especialmente artillería para reunir el equipo requerido, y hombres para llenar las matrículas de revista", antes de que los inspectores llegaran al barco, y se devolvía todo lo prestado en cuanto terminaba la inspección.[27]

La desatención a la protección militar de los puertos y esta inconsciencia criminal en el aseguramiento de las naves fueron algunos de los factores que, del lado español, favorecieron el auge de la piratería contra sus naves.

---

[26] Girolamo Benzoni, *La historia del Mondo Nuovo* (1565), Nuovamente ristampata, Venetia, Pietro e Francesco Tini, 1572. Hay traducción inglesa por W. H. Smyth, Hakluyt Society, serie 1, núm. 21.
[27] Haring, *op. cit.*, cap. xi, p. 365.

X. NAUFRAGIOS

El tema de los naufragios

En tanto que los asaltos de piratas se conocen por informes oficiales de capitanes de naves o de puertos que dan noticia de sus desgracias, los naufragios suelen relatarlos los supervivientes o quienes recogieron o imaginaron sus desventuras.

El navegante derrotado por la violencia del mar es un viejo tema de la literatura. La *Odisea* homérica es el relato de las navegaciones y naufragios de Ulises; y naufragios y monstruos del mar se encuentran en la Biblia. Cuando los navegantes iniciaron la conquista de los grandes mares afrontaron también riesgos mayores, consignados en crónicas que, como las portuguesas, pudieran llamarse todas historias trágico-marítimas.

El tema resurge con el romanticismo que encuentra en estas luchas del hombre con las fuerzas de la naturaleza un motivo afín a su exaltación del individualismo. Una de sus primeras y más altas realizaciones es el poema de Samuel Taylor Coleridge, *The rime of the ancient mariner* (1797-1798), que refiere la maldición que cae sobre un barco, que se dirigía al Polo Sur, a causa de que un marinero mata un albatros.

En 1818 Alexandre Corréard y H. Savigny publicaron en París un relato documental sobre el naufragio de la fragata *La Medusa*, en 1816, frente a las costas de Senegal, y del triste destino de los 240 hombres que transportaba, sobre todo los que, sin lugar en las chalupas, debieron subir a una balsa improvisada y enloquecieron de hambre y sed. Este dramático relato, que sólo pretendía denunciar la inhumanidad y cobardía del capitán, inspiraría a Géricault su famoso lienzo, *Le radeau de la Méduse* (1819), así como una novela a Eugenio Sue y un drama a Desnoyers y Dennery. Constancia de esta exaltación romántica es la colección, formada por Desperthes, llamada *Histoire des naufrages*, aumentada por Duromesnil con "una selección de los naufragios modernos más notables", en 1855,[1] que contiene relatos de los siglos XVI al XIX. Ya fuera del romanticismo, otra obra literaria notable en este tema es el poema de Gerard Manley Hopkins, *The wreck of the Deutschland*, compuesto en 1875.[2]

Los relatos de infortunios y naufragios españoles y portugueses en el siglo XVI son tan numerosos y fascinantes que resulta difícil elegirlos y abreviarlos. Aquí los representarán tres de los que narra Fernández de Oviedo; los dos que sufrió la nave en que viajaba Bartolomé de las Casas, narrados por fray Tomás de la Torre, y el naufragio de un galeón portugués en 1552.

La espléndida crónica de Alvar Núñez Cabeza de Vaca, *Naufragios y comentarios* (Valladolid, 1555), refiere, en su primera parte, las exploraciones y desventuras del grupo de soldados, y el negro Estebanico, que a partir de la Florida, recorren por primera vez el sur de los actuales Estados Unidos y descienden a la ciudad de México por Chihuahua, Sonora y Sinaloa en un viaje que les llevará ocho años. Aunque en los preparativos de la expedición que comandaba el infortunado Pánfilo de Narváez, un ciclón les destruye varios de los barcos, en su corta navegación de Cuba a la Florida no ocurre ningún naufragio. Cabeza de Vaca llama naufragios, metafóricamente, a sus pérdidas y desventuras.

Los "Infortunios y naufragios" de Fernández de Oviedo

Gonzalo Fernández de Oviedo dedica el libro quincuagésimo y último de su oceánica *Historia general y natural de las Indias* a los "Infortunios y naufragios". Había comenzado a escribir su *Historia* en el año del descubrimiento, en 1492 —conoció y vio muchas veces a Colón y a sus principales acompañantes—, y la concluyó, ya pasados sus 70 años, en 1548. Doce veces cruzará el Atlántico y muchas otras viajará entre los puertos de la región antillana y centroamericana, que conocía bien. Antes de principiar las historias de "Infortunios e naufragios", relata algunos de los más

[1] Desperthes, *Histoire des naufrages*, Augmentée d'un choix des naufrages modernes les plus remarquables, por M. Duromesnil, ancien officier de Marine, membre de la Légion-d'Honneur, París, Thieriot Libraire, 1855, 2 vols.
[2] Traducción de Salvador Elizondo: G. M. H., *El naufragio del Deutschland*, Molinos de Viento 5, Universidad Autónoma Metropolitana, México, 1980.

notables peligros en que se vio él mismo, sobre todo al viajar entre los puertos de la región en naves pequeñas y descuidadas, algunas de su propiedad. Los naufragios que relata Fernández de Oviedo en los primeros 29 capítulos de este libro I —pues el XXX es la "conclusión y descargo" en que hace un hermoso elogio de la lengua castellana y un superior resumen de su "oficio historiógrafo"— se refieren a hechos ocurridos en la región del Nuevo Mundo que le era familiar, entre los años 1513 y 1548.

Los pasajeros abandonados por los marineros y cómo se salvaron

En 1513 —narra Fernández de Oviedo— partió una nao del puerto de Santo Domingo para ir al Darién, ciudad situada a una legua de la costa del golfo de Urabá. Llevaba muchas mercaderías y, entre marineros y pasajeros, hasta 50 o 60 personas. El piloto erró el camino y fueron a parar a Tierra Firme, al menos 100 leguas abajo del Darién, donde la nave encalló en la costa y se perdió cuanto llevaba, menos la gente. El maestre y los marineros se apoderaron de la barca, dijeron que iban a buscar el Darién, prometiendo a los pasajeros que volverían por ellos, impidiéndoles con las espadas que entraran en la barca y abandonándolos, serían 30 o 35, en tierra de indios bravos.

Pasados 20 días de espera, los asaltaron unos 300 indígenas guerreros y, viendo su condición inerme y desventurada, trataron de averiguar qué querían. Les ofrecieron oro e "indias mozas desnudas" y los náufragos lograron hacerles entender que sólo querían comer. Los indios diéronles "maíz, pescado y fruta de la tierra" y los acogieron domésticamente durante más de 50 días. Perdida toda esperanza de que volvieran los marineros infieles, de los que nada llegó a saberse, los náufragos decidieron construir una balsa con las tablas de la nao rota. La única herramienta con que contaban fue una espada que, calentada, usaban como barreno para encajar cuñas en lugar de clavos. Una vez concluida pudieron entrar en ella quienes sobrevivían, pues algunos habían muerto. Comenzaron a bogar "sin aguja ni carta de navegar ni piloto" y sin ninguna noción de dónde se encontraban y en qué dirección debían ir. Procuraban no apartarse de la costa, para buscar en ella agua y mariscos. Ya habían pasado 10 meses desde su naufragio y, de los 35 pasajeros abandonados, sólo quedaban 14, muy flacos y enfermos.

Por aquellos días, el 25 de junio de 1514, llegaba al Darién Pedrarias Dávila, como gobernador y capitán general, y lo acompañaba como veedor y oficial real Fernández de Oviedo. Un poco más tarde llegaba la nave que había ido en busca de las "lenguas" o intérpretes, y esta nao vio por casualidad la balsa de los perdidos, a quienes recogieron con lágrimas de alegría. Relataron éstos que el día de su rescate decidieron echar suertes y matar y comer a uno de ellos, porque hacía días no lograban acercarse a la costa y padecían hambre y sed. El elegido para ser sacrificado esa noche había sido Álvaro de Aguilar, toledano, al cual, posteriormente, el relator nombrará teniente de escribano general. Los 14 supervivientes se recuperaron y curaron en la ciudad de Darién, que luego se llamó Santa María del Antigua.[3]

La fresca locura del castellano enamorado

La siguiente historia, aunque la incluye Fernández de Oviedo entre las de infortunios y naufragios, no llega a ser felizmente ni lo uno ni lo otro y es sólo una linda historia de enamorados.

El año de 1534 vino de España a Santo Domingo

> una mujer muy enamorada e muy ataviada de ropas e joyas habidas con aquel sucio oficio [...] E para su recreación e compañía traía consigo un rufián o amigo, a quien demás de hacerle parte de su persona, ella daba lo que tenía.

Al pasar por Tenerife saltaron a tierra y el mancebo jugó y perdió una cadenilla de oro que ella le había dado. Ella tuvo mucho enojo, se injuriaron y él decidió pasarse a otra nave en la continuación del viaje. La separación hizo olvidar la riña y de una carabela a otra "hacíanse señas y pasaban otros requiebros vanos".

---

[3] Gonzalo Fernández de Oviedo, "Infortunios y naufragios", *Historia general y natural de las Indias*, lib. L, cap. iii.

E como el seso de él y de ella eran conformes y ella no acostumbraba dormir sola, tornáronse a concertar desde los navíos. E como con buen tiempo en esta navegación y en el mar largo, muchas veces caminan tan cerca una nao de otra que se hablan a quince o veinte pasos o menos, el mancebo dijo a aquesta su amiga, que si le perdonaba e le acogía, que se pasaría a la nao en que ella iba; la cual, mostrando mucho placer en ello, le respondió que holgaría mucho en que lo hiciese, e que ella le perdonaba e le atendía.

Él pidió al maestre que echase una cuerda a la otra nao para que, atado a ella, lo jalasen. No quería hacerlo el maestre por encontrarlo peligroso; el mancebo insistió, ofreció pagarlo y dijo que sabía nadar, y ante los ruegos de los marineros de ambos barcos que no querían perderse "la fiesta e tan nueva farsa", los maestros acordaron hacerlo:

> encomendándose a Cupido, entró en el agua e con mucha grita e diligencia tirando los marineros, era cosa de ver cómo este amante muchas veces entraba e salía debajo de las ondas de la mar, e sorbía algunos tragos contra su voluntad; y ella le santiguaba e daba mucha priesa e solicitud a los que tiraban; pero no mirando Dios las culpas del uno ni del otro, le pasaron bien remojado. E luego ella le dio camisa e ropa enjuta, lo rescibió con mucho placer e fiesta e risa de cuantos lo vieron.[4]

Del lastimoso naufragio del licenciado Alonso de Zuazo y sus acompañantes en las islas de los Alacranes o del Triángulo

Uno de los varios intentos que se hicieron para quitar a Hernán Cortés su dominio de la Nueva España, o al menos de alguna de sus regiones, fue el que se encomendó en 1523 a Francisco de Garay para que poblara y gobernara el Pánuco, ya ocupado por Cortés. Sabiendo Garay que tendría problemas para lograrlo, pidió al licenciado Alonso de Zuazo, que había sido gobernador de Cuba, hombre recto y valeroso y amigo de Cortés, que fuese a México como intermediario en aquel negocio. De Zuazo aceptó el encargo y se embarcó en el puerto de Jagua, en la isla de Cuba, en

[4] *Ibid.*, cap. v.

un navío pequeño, que había sido de Fernández de Oviedo. Al parecer, el piloto erró el derrotero y el 20 de enero de 1524, después de una gran tormenta, el barco encalló y se deshizo en unos arrecifes de peñas bravas. El licenciado De Zuazo perdió más que ningún otro: sus libros y mucho oro, plata y joyas.

Al aclarar la mañana, después de la tempestad, encontraron que eran 47 los supervivientes, desnudos, encaramados sobre las peñas y resistiendo las grandes olas que casi los cubrían. Cuando bajó el oleaje, hallaron una canoa abandonada, en la que cabían sólo cinco personas. En ella comenzaron a buscar tierra enjuta y al fin descubrieron una isleta con una playa arenosa, una mazorca de maíz con 20 granos que se repartieron los exploradores y una gran cantidad de lobos marinos, "que parecían puercos de bellota" y roncaban en aquella playa.

En varios viajes fueron recogiendo, a la mañana siguiente, a sus compañeros que quedaban en las peñas. Cuando el hambre y la sed los desesperaban encontraron tortugas, de las que bebieron su sangre y comieron. En la propia isleta en que se hallaban no había agua ni la encontraron tampoco en la isleta vecina, pero sí numerosas aves, que hacían gran estruendo con sus graznidos y el batir de sus alas; y hallaron allí también tortugas y lobos marinos.

Como algunos de los náufragos comenzaron a enfermar por la falta de agua y por comer carnes crudas, el licenciado De Zuazo logró hacer fuego a la manera antigua. Cuando habían pasado 12 días sin beber agua y algunos "tenían ya el sarro sobre la lengua e paladar y encías levantado, de manera que con trabajo podían hablar" —escorbuto—, gracias al anuncio hecho por una niña del grupo quien antes de morir dijo que "una señora y anciana, muy resplandeciente" le había indicado que dijera a De Zuazo que pasara a otra isla, donde hallaría agua, fueron a buscarla a la tercera isleta. Después de confesiones mutuas de sus pecados, promesas de castidad y unos trazos en la arena, que dirigió el licenciado, escarbaron en el punto que éste les señaló y hallaron al fin agua dulce con que se sostuvieron los cuatro meses y medio (135 días) que allí tuvieron que vivir.

Cuando aún padecían gran sed, refiere Fernández de Oviedo que Luisico, un paje del licenciado, decidió mamar de una loba marina que tenía dos lobillos. Apartó a éstos con cuidado de las tetas de la madre, y cuando comenzaba a mamar, la loba sintió algo raro y le dio un gran mordisco en una pantorrilla, que casi se la cortó. Pero "el licenciado su amo le tornó a pegar e atósela, e con el agua de la mar se curó y sanó de la herida".

Así pues, gracias a su ingenio, en aquellas isletas, obtienen agua, lumbre, aves y sus huevos, tortugas y lobos marinos para sustentarse. Entonces, un Juan Sánchez, diestro en cosas del mar, discurre que poco a poco vayan a rescatar de entre las rocas, las tablas y los despojos del barco para construir una barca. Mientras tanto, gracias al ingenio del licenciado De Zuazo, quien arma un anzuelo con un perno y una cuerda, logran cazar un tiburón, en cuyo vientre encuentran 35 tiburoncillos. Como tenían que ir cada día de la isleta del agua a la de los pájaros y tortugas para alimentarse, en uno de estos viajes un gran Norte hizo zozobrar la vieja canoa y perecieron seis personas.

Esta nueva desgracia les hizo apresurar la construcción de la barca o balsa, que armaban con los despojos del barco. Cuando estuvo concluida, decidieron que fueran en ella, en busca de la Nueva España, cuatro personas, los tres del voto de castidad y un muchacho indio que los ayudaba a desaguar la barca. Antes de partir, en esta barca trajeron cinco tortugas para sustento de los que quedaban, y para los expedicionarios se llevaron tasajos de tortuga y agua en odres o pellejos de lobos marinos.

Con púrpura de ciertas conchas y en un pedazo de dos dedos de pergamino, De Zuazo escribió este mensaje, que se confió a los que viajarían:

> A cualquier gobernador que ésta llegare sepa que el licenciado Alonso Zuazo queda en las islas de los Alacranes, donde ha que está tres meses perdido e a mucho peligro, con toda la gente que escapó de la que con él se perdió: envíen luego socorro, del cual hay mucha necesidad.

Los viajeros bogaron con buen tiempo y llegaron a tres leguas de Veracruz; allí vieron estiércol de caballo, "e conocieron en ello que estaban entre cristianos", lo cual les dio tanto placer que se humillaron a besarlo. Un cacique indio les dio de comer y los hizo llegar a la Villa Rica, donde encontraron a Ximón de Cuenca, teniente de Cortés, quien los despachó a Medellín, donde estaba otro teniente, Diego de Ocampo, que conocía a De Zuazo e inmediatamente despachó un navío bien provisto, en busca de los náufragos, y envió noticias a Cortés. Los mensajeros llegaron a México en menos de cuatro días y llevaron al conquistador el mensaje del licenciado De Zuazo. Aquél dispuso de nuevo el inmediato auxilio.

Mientras tanto, cuantos quedaban en la isleta se habían acabado las tortugas y padecían hambre, cuando llegaron a su refugio un gran número de aves diferentes a las que antes los habían sustentado. Con un recurso de diestro narrador, Fernández de Oviedo, antes de contar que los náufragos se sostuvieron con los huevos de aquellas aves, refiere despaciosamente cómo era su cortejo para el apareamiento:

> Los machos volvían en alta mar e quedaban las hembras en tierra, y desde un rato, venían los machos con unos pececicos en los picos, como si trujeran cebo para los pollos chiquitos que aún no tenían; e con aquel cebo se sentaban en el arena a par de las hembras; luego que se sentaban corrían para ellos por les tomar el cebo que cada cual traía en el pico, y el macho se excusaba un poco de darle lugar que lo tomase la hembra; e con estos requiebros andaban hasta tanto que las hembras les tomaban del pico aquel cebo, e así se juntaban las unas con las otras con grande grajido, que era cosa de ver e contemplar. E habido su ayuntamiento comenzaron a poner huevos en mucha abundancia.

Estas aves y sus huevos los sustentaron diez días; cuando "de todas partes estaban cercados de angustias e dolores de la muerte", aparecieron cinco lobos marinos muy grandes —que se habían alejado escarmentados por la matanza— y los náufragos lograron matar uno de ellos; el número 373 de los que, entre chicos y grandes, habían sacrificado y comido, y poco después una tortuga.

Al fin avistan la carabela que iba en su búsqueda y no podía acercarse por el peligro de los bajos y arrecifes. Cuando se encuentran, los salvadores se maravillan de ver cómo estaban desfigurados el licenciado y los demás, se abrazan con lágrimas, comen lo que les parece un gran banquete: pavo, tocino, puerco, pan, agua y vino; descubren los salvados que habían errado la cuenta de los días y viajan a la Nueva España.

La historia del licenciado De Zuazo continúa aún por un buen tramo en el relato de Fernández de Oviedo, pues llegado después de muchas fiestas en el camino a la ciudad de México, encuentra a Hernán Cortés, quien lo aposenta con honores; pero el conquistador se va a las Hibueras y decide dejar al licenciado De Zuazo por justicia mayor de Nueva España y, como si nada le hubiera pasado, con increíble energía se mete en las trifulcas que arman las ambiciones de aquellos otros a quienes Cortés confía el gobierno en su ausencia; se libra de sus asechanzas de milagro y vuelve a Cuba, a mediados de 1525, para afrontar el juicio de residencia que tenía pendiente, hasta ser exonerado de culpa, casarse y avecindarse en Santo Domingo, donde recibe el cargo de oidor.

En cuanto al lugar del naufragio, Fernández de Oviedo cambia de opinión y dice que no fue en las islas de los Alacranes, al norte de Progreso, Yucatán, sino en las del Triángulo, que están a 21° de latitud y 94° de longitud. Bernal Díaz, en cambio, dice que paró "en unas isletas que son entre unos bajos que llaman Las Víboras, y no muy lejos de estos bajos están otras que llaman Los Alacranes, y entre estas islas se suelen perder navíos grandes".[5]

---

[5] *Ibid.*, cap. x. Fernández de Oviedo recoge el relato de los infortunios de Alonso de Zuazo directamente de él, quien parece haber sido su amigo en Santo Domingo. Bernal Díaz del Castillo, *Historia verdadera*, cap. clxiii, dice que narra la historia, muy compendiada, de lo que supo por una carta que les escribió Cortés a Coatzacoalcos, donde Bernal se encontraba, y por los relatos que escuchó de los marineros. Juan de Castellanos, quien dedica a las historias de Francisco de Garay y de Alonso de Zuazo la elegía VIII de sus *Elegías de varones ilustres de Indias* (1522-1607), *op. cit.*, pp. 73-80, sigue, al parecer, el pormenorizado relato de Fernández de Oviedo.

XI. OTROS NAUFRAGIOS, ENFERMEDADES Y PLAGAS

Huracán y naufragio sufridos por los dominicos en 1544-1545

Aquellas atroces incomodidades y miserias sufridas por los 47 dominicos que encabezaba el obispo fray Bartolomé de las Casas, durante su viaje de Salamanca, España, a Ciudad Real, Chiapas, en 1544-1545, según la crónica de fray Tomás de la Torre —ya relatadas en el capítulo VIII de la presente obra—, van a ser sólo el principio de sus desgracias.

Cuando en aquel pésimo barco en que viajaban, mal gobernado y con exceso de pasajeros, iban de Santo Domingo rumbo a Campeche, el 20 de diciembre les sorprende un huracán y, cuando debían bogar entre las islas de Cuba y Jamaica, el viento los empuja por el lado sur de esta última y durante varios días los arrastra sin que pueda controlarse su nave. El obispo Las Casas, que había pasado ya el mar 16 veces, aconsejaba dirigir el navío a ciertos bajos, para que encallase y donde la gente pudiera salvarse. En su angustia, frailes y pasajeros hacían toda clase de promesas y un portugués invocaba a San Telmo y hacía votos de nunca entrar más en la mar en toda su vida. Llovía terriblemente y "el viento era tan recio que quebró el mástil que llaman trinquete". Entonces hace una de sus raras apariciones fray Bartolomé y, mientras todos claman al cielo desesperados, él, como otro capitán Ahab, se yergue para increpar al cielo y al mar y ordenarles que se aplacasen, y a la gente que callase y no temiese. Según el dramático relato del padre De la Torre, poco tiempo después un marinero vino a anunciarles que la tempestad había cesado.[1]

A principios de 1545 llegan los dominicos finalmente a Cam-

---

[1] Fray Tomás de la Torre, *Diario del viaje de Salamanca a Ciudad Real,* cap. vii. Véase el Apéndice 2.

peche, y aquí se enteran de que, para seguir su viaje rumbo a la provincia de Chiapas, deben tomar una barcaza y cruzar la laguna de Términos para llegar a Tabasco, y luego seguir por tierra de Chiapas.

La barca era vieja, iba muy cargada y hacía agua. No obstante, suben a ella, el domingo 18 de enero, además de muchos otros pasajeros, 10 de los dominicos encabezados por fray Agustín de Ynojosa, y buena parte de su matalotaje, sobre todo muchas de las cajas de libros que llevaban el obispo Las Casas y los otros frailes. Cuando los que habían quedado en Campeche suponían que ya habrían llegado a Tabasco, comenzó el Norte a soplar, la noche del lunes, cuando ya todos dormían:

> La barca [...] hacía tanta agua que no la podían los marineros vencer y como las mantas iban debajo empapábanse en agua y cargaban más la barca sin sentir; y como vieron los marineros malditos que la mar se embravecía no echaron nada de la barca para aligerarla, sino volvieron aunque tarde las espaldas al viento para que los echase en tierra para guiar allá la barca. En esto vino una ola grande y como la barca iba muy metida pasó por encima la ola y sumió la barca tanto que les daba el agua a los pechos dentro de la barca; los frailes estaban sentados encima de las cajas y como la ola fue grande y furiosa, trastornó la barca un poco y dio con las cajas en el agua y con ellas muchos seglares y a fray Agustín y a fray Felipe del Castillo y a fray Pedro de los Reyes [...] En esto vino otra ola que acabó de volver de lado la barca y de esta vez se ahogó fray Dionisio con muchos seglares. Esta ola echó también de la barca a fray Francisco de Quezada y al mancebo Segovia y a otros seglares y al pobre fray Jerónimo de Ciudad Rodrigo al cual fue un continuo martirio toda la navegación.

Al parecer, de los frailes sólo sabían nadar fray Jerónimo de Ciudad Rodrigo, que al fin perecería, y fray Francisco de Quezada, el único del grupo que sobreviviría.

> Ahogáronse por todos treinta y dos personas, nueve religiosos y los demás seglares, algunos mancebos y buenos nadadores, y salió entre los otros un mercader viejo de setenta años y de los gordos y pesados que he visto; escapó por no se desasir de la barca. Allí estuvo con el agua a la garganta y después queriendo los que escaparon subirlo en

alto no podían, y decíales: "Señores, asidme de esas barbas y tírenme y no me habeáis duelo", así lo subieron de las barbas y los cabellos.

La barca, que no llegó a hundirse, llegó a la isla de Términos.[2]

El rescate de los libros

Fray Francisco y dos seglares más supervivientes encuentran a sus hermanos que habían quedado en tierra, refieren la pérdida que han sufrido, lloran sus desgracias y un grupo vuelve al lugar de la tragedia para tratar de rescatar sus libros. Hallaron 10 o 12 cajas enterradas en el cieno, a orillas de la laguna. Con ayuda de palos gruesos y largos y entrando al agua y cieno los hombres, lograron sacarlas. Los mosquitos los perseguían ferozmente y uno de los frailes se había puesto una zalea en la cabeza, con dos agujeros para ver, con el intento de librarse de los mosquitos, y no tenían nada para comer.

Los libros estaban completamente enlodados, con aquel cieno que se metía entre las hojas y las pegaba como un engrudo. Los trasladaron a un pueblo cercano para lavarlos con agua dulce y tratar de despegarlos. Gracias a sus afanes, lograron salvarlos casi todos, quitando las encuadernaciones de pergamino; pero quedaron con un "pestífero olor que jamás se les quitó" y después, observa fray Tomás de la Torre, los libros se iban pudriendo y gastando aun sin tocarlos.[3]

Estos afanosos empeños de los dominicos por tratar de rescatar y salvar los libros que llevaban se explica no sólo por el amor que tenían por ellos, sino también por su extrema rareza en aquellos primeros años de la Nueva España. Esos libros pestilentes, manchados y podridos eran posiblemente de los primeros que llegarían a la provincia de Chiapas, y los únicos que tenían los compañeros de fray Bartolomé.

[2] *Ibid.*, cap. viii.
[3] *Ibid.*, cap. ix.

El naufragio del galeón portugués y los infortunios de Manuel de Sousa

Uno de los más notables y lastimosos relatos de naufragios que guarda la *Historia trágico-marítima* es el del galeón grande llamado *San Juan*, que zozobró en tierras de Natal, en lo que hoy es Sudáfrica, en 1552.

Manuel de Sousa Sepúlveda, rico mercader portugués, salió de la India el 3 de febrero de este año con una gran carga de pimienta y muchas otras mercaderías. Con él viajaban su esposa, la hermosa doña Leonor de Sa, sus tres hijos, unos 220 portugueses y los demás esclavos: en total, más de 600 personas en un galeón que debió ser enorme, pero que traía ruines velas.

El 13 de abril siguiente llegaron frente a la costa del Cabo de Buena Esperanza. Cuando el piloto se dirigía al Cabo de las Agujas, De Sousa le pidió que se acercara a tierra, para verla de cerca, y luego se dirigieron, por la costa oriental de Sudáfrica, para ver la tierra de Natal. El viento comenzó a crecer y a cambiar de rumbos, con muchos relámpagos. La tempestad aumentaba, el timón se inutilizó, fue preciso derribar el mástil y el viento destruyó las pocas velas que les quedaban. Como pudieron, se acercaron a la costa y en el batel fueron a tierra, primero De Sousa y su familia más 70 personas en varios viajes. Muchos otros lograron llegar a tierra, pero murieron 40 portugueses y 70 esclavos. La furia de la tempestad convirtió en migajas el galeón e incluso el batel. "Desde que fue descubierta la India hasta entonces no partió de ella nao tan rica." Naufragaron el 7 de julio de 1552, a los 31° —dice la relación—, esto es, bastante lejos ya del Cabo, y acaso cerca del actual puerto de Durban.

Viéndose ya sin embarcación, se quedaron 12 días en aquella playa para reponerse. Con los restos del naufragio hicieron una especie de estacada para protegerse. De cuando en cuando se les acercaban pequeños grupos de negros, que llamaban cafres. Unos de éstos trajeron una vaca, lograron entenderse que querían hierro en cambio, y cuando ya habían convenido recibir clavos por la vaca, vino otro grupo de cafres que rompió el acuerdo y se la llevaron.

Ya convalecidos los enfermos y heridos, decidieron caminar

todos juntos, cerca de 500 personas, de las cuales 180 eran portugueses, a lo largo de las playas, para tratar de encontrar el río que había descubierto y lleva el nombre de Lourenço Marques, distante unas 180 leguas del lugar en que naufragaron. Pero ellos caminarían más de 300, por los muchos rodeos que tuvieron que hacer para cruzar ríos y pantanos, durante cinco meses y medio. Al principio, iban en una columna o procesión bien organizada: en la vanguardia, el piloto Andrés Vaz con un estandarte que llevaba un crucifijo; luego, Manuel de Sousa con su mujer e hijos y 80 portugueses; a doña Leonor la llevaban esclavos en unas andas, luego el maestre del galeón, la gente de mar y los esclavos, y en la retaguardia, Pantaleón de Sa con el resto de los portugueses y esclavos. Así caminaron muchas leguas durante un mes, aunque sólo avanzaron unas 30 leguas, con muchos trabajos, hambres y sedes. Sólo tenían para comer arroz, rescatado del barco, y algunas frutas del bosque. Para entonces ya habían muerto 10 o 12, entre ellos un hijo bastardo de De Sousa, que venía muy débil y, junto con el esclavo que lo traía, se quedó rezagado; con gran dolor de su padre, no encontró quien se atreviera a volver por él por miedo a los tigres y leones que los asaltaban de noche.

Los cafres comenzaron a amenazarlos y, por la debilidad que todos tenían, cada día se quedaban uno o dos desfallecidos en el camino, para ser comidos por tigres y serpientes. Un poco de agua, un pescado o un animal del monte se vendía por muchos cruzados. Comían huesos calcinados y pieles de culebra que remojaban.

Llevaban tres meses de peregrinación cuando encontraron un cafre viejo, señor de dos aldeas, quien les ofreció que se quedaran con él y que los mantendría con tal de que lo ayudaran a combatir a otro rey con quien tenía guerra. Aunque decidieron no quedarse allí sino unos cuantos días, aceptaron ayudar al rey viejo y bueno a combatir al otro cacique. Pantaleón de Sa, cuñado de De Sousa, 20 portugueses y 500 cafres pelearon contra el rebelde y le cogieron su ganado.

De todas maneras, allí tuvieron algún descanso y comida, pero decidieron seguir en busca del río de Lourenço Marques, sin saber que ya estaban en uno de sus brazos. Con el rey viejo, que no quería que partieran, llegaron a un acuerdo para que los pasara al otro lado del río en balsas. Y ya fuera de la protección de su amigo volvió la sed terrible. Cuando negociaban con otros negros que los pasaran por el segundo río, el pobre Manuel de Sousa comenzó a dar muestras de locura, "por la mucha vigilancia y mucho trabajo, que cargó siempre sobre él más que sobre todos los otros [...] se quejó mucho de la cabeza y le ataron a ella toallas".

Ya para entonces sólo quedaban de los náufragos unas 120 personas, y no había más andas para doña Leonor, quien "siendo una mujer hidalga, delicada y joven", caminaba a pie "como cualquier robusto hombre del campo", consolaba a las otras mujeres y cargaba a sus hijos. Estando ya en la otra orilla se les acercó un tropel de cafres, con quienes lograron negociar que les vendieran comida. El rey de estos cafres los persuadió para que se dispersasen en varios pueblos y, contra la opinión de doña Leonor, los hizo aceptar también que entregaran sus armas. En cuanto los cafres los vieron separados y desarmados comenzaron a robarlos y desnudarlos, "sin dejarles sobre sí cosa alguna":

> Y como ya no llevaban figura de hombres, ni quien los gobernase, iban sin orden, por descarriados caminos; unos por bosques, otros por sierras, acabaron por separarse; y entonces ya cada uno no se cuidaba más que de hacer aquello que le parecía que podía salvar su vida, ya entre cafres, ya entre moros...

Manuel de Sousa, su mujer y sus hijos, y algunos otros señores principales no habían sido aún más que robados y humillados. Comenzaron entonces a caminar tras de los otros 90 robados y desnudados, cuando de nuevo los asaltaron los cafres y los desnudaron también a ellos:

> Aquí dicen que doña Leonor no se dejaba desnudar, y que se defendía a puñadas y bofetadas, porque era tal que quería antes que la matasen los cafres, que verse desnuda ante la gente.

Su marido la persuadió de que lo consintiera, recordándole que nacieron desnudos:

> Viéndose desnuda doña Leonor, tiróse al suelo y cubrióse toda con sus cabellos, que eran muy largos, haciendo un hoyo en la arena, donde se metió hasta la cintura, sin levantarse más de allí.

Manuel de Sousa pidió a una vieja aya un pedazo de mantilla que había conservado para cubrir a doña Leonor. Los hombres que estaban aún con ellos se apartaron para no verla, y entonces ella dijo a Andrés Vaz, el piloto, que procurara salvarse él y que contara su triste historia.

Vaz partió, y De Sousa, aunque "maltrecho de la cabeza" y herido en una pierna, fue al bosque a buscar fruta para darles de comer a su mujer y a sus hijos. Cuando volvió la encontró muy débil y a uno de sus hijos muerto, al que enterró en la arena. Al otro día, murió doña Leonor y el otro hijo. Cuando la vio fallecida, apartó a las esclavas, y durante media hora se sentó con los ojos fijos en ella sin llorar ni decir una palabra. Luego, con ayuda de las esclavas, cavó una fosa y la enterró junto con el hijo:

> Acabado esto, volvió a tomar el camino que hacía cuando iba a buscar las frutas, sin decir nada a las esclavas, y se metió por el bosque y nunca más lo vieron.

Habían pasado seis meses desde su naufragio. De los 600 hombres que iban en el galeón *San Juan* lograron salvarse ocho portugueses, 14 esclavos y tres esclavas. La tripulación de un navío portugués, que iba por aquel río en busca de marfil, supo de ellos, los buscó y los rescató a cambio de dos veintenas de cuentas cada uno.[4]

La trágica historia de las desventuras de Manuel de Sousa, su familia y los demás náufragos del galeón *San Juan* impresionaron mucho a su tiempo y a la posteridad. El poeta portugués Luis de Camoens, que anduvo por Mozambique en sus propias desventuras, recogió la historia en tres hermosas estrofas de *Os lusíadas* (1572), la segunda de las cuales dice:

> *Verão morrer com fome os filhos caros,*
> *Em tanto amor gerados e nacidos;*
> *Verão os cafres, ásperos e avaros,*
> *Tirar à linda dama seus vestidos;*
> *Os cristalinos membros e perclaros*
> *à calma, ao frio, ao ar, verão despidos,*

---

[4] El texto aquí abreviado procede de la selección y traducción de Bernardo Gomes de Brito, *Historia trágico-marítima*, por P. Blanco Suárez, Colección Austral 825, Espasa-Calpe Argentina, Buenos Aires, 1948, pp. 19-41.

OTROS NAUFRAGIOS, ENFERMEDADES Y PLAGAS 149

Despoés de ter pisada, longamente
Cos delicados pés a areia ardente.
(Canto V, 47)

En 1594 se publicó en Lisboa un librito con el relato, anónimo, de este naufragio,[5] y en el primer tercio del siglo XVIII la historia se recogió en la obra llamada *História trágico-marítima*,[6] y en las colecciones de viajes y naufragios célebres.[7]

HAMBRE Y ESCORBUTO EN LA PRIMERA VUELTA AL MUNDO

Desde 1497-1498, gracias al viaje de Vasco de Gama, los portugueses habían abierto y monopolizado una ruta a la India, y años más tarde a las Molucas o islas de la Especiería. Con el propósito de encontrar una nueva ruta, por el occidente, dando la vuelta al mundo, la Corona española confió la organización de una expedición con tal fin a Hernando de Magallanes, gran marino portugués, nacionalizado español, que había participado en los viajes de exploración al Oriente.

Magallanes preparó cuidadosamente la expedición que le confiara Carlos V, y supervisó durante año y medio las provisiones adecuadas, las armas, los aparejos, los aparatos científicos y las cartas que debía llevar en un viaje, más largo y riesgoso que ningún otro. Con cinco naves y 238 marinos salió de Sanlúcar de Barrameda el 27 de septiembre de 1519. Tres años después, el sábado 6 de septiembre de 1522, volvería a Sanlúcar una sola nave, maltrecha, *La Victoria*, al mando de Juan Sebastián Elcano, el marino vasco que había quedado al mando de la flota, con sólo 18 hombres esqueléticos.

La ruta seguida partió de la costa española hacia Brasil; continuó

---

[5] *Navegação e lastimoso sucesso da perdiçam de Manoel de Sousa de Sepulveda*, Lisboa, 1594.

[6] Bernardo Gomes de Brito, *História trágico-marítima em que se escrevem chronológicamente os naufrágios que tiverão as naos de Portugal, depois que se poz em exercício á navegação da India*, Lisboa, 1735, vol. I.

[7] Este relato se encuentra, por ejemplo, en Desperthes, *Histoire des naufrages*, *op. cit.*, París, 1855, vol. I, pp. 5-13, y en *Portuguese voyages, 1498-1663*, edición de Charles David Ley, prólogo de Edgar Prestage, Everyman's Library, Dent, Londres, 1947, pp. 237-259, con notas, bibliografía y traducción de las estrofas de Camoens.

por la costa sudamericana hasta el extremo sur del continente; en el estrecho que descubrió Magallanes y desde entonces lleva su nombre decidió invernar, se le rebeló y huyó parte de la tripulación y naufragó uno de los barcos; el 28 de noviembre de 1520 emprendió la travesía por el Pacífico que cruzará durante tres meses y 20 días; ya en las islas de los Mares del Sur, en una pequeña isla de las Filipinas, Mactán, murió el capitán Magallanes en una escaramuza con los isleños; la expedición dividió el mando entre los tres capitanes restantes, de los que sólo quedó Elcano; atravesó el océano Índico, dio vuelta al Cabo de Buena Esperanza y ascendió hasta el puerto de origen.

El relato principal de esta primera circunnavegación se debe al caballero italiano Antonio Pigafetta, quien sin saber nada de marinería y curioso por ver por sí mismo el mundo, logra que se le admita en la expedición. Pigafetta tuvo gran admiración por la fortaleza y valor de Magallanes, en cuya pérdida dice que "murió nuestro espejo, nuestra luz, nuestro apoyo y nuestra verdadera guía"; resultó de gran resistencia en las adversidades; fue un relator vivaz que supo contar con sobriedad las situaciones dramáticas y con humor y malicia despreocupados las costumbres sexuales de los nativos, y gracias a su curiosidad lingüística consignó vocabularios de los indígenas brasileños, patagones y de algunas de las islas de los Mares del Sur.

Al principiar el libro II de su crónica, Antonio Pigafetta relata las atroces experiencias que pasó la tripulación que, después de cruzar el estrecho de Magallanes, se internó en el océano Pacífico:

> El miércoles 28 de noviembre de 1520 desembocamos del estrecho para entrar en el gran mar, al que en seguida llamamos mar Pacífico, en el cual navegamos durante tres meses y veinte días sin probar ningún alimento fresco. La galleta que comíamos no era ya pan, sino un polvo mezclado de gusanos, que habían devorado toda la substancia y que tenía un hedor insoportable por estar empapado en orines de rata. El agua que nos veíamos obligados a beber era igualmente pútrida y hedionda. Para no morir de hambre llegamos al terrible trance de comer pedazos del cuero con que se había recubierto el palo mayor para impedir que la madera rozase las cuerdas. Este cuero, siempre expuesto al agua, al sol y a los vientos, estaba tan duro que había que remojarle en el mar durante cuatro o cinco días para ablandarle un poco, y en seguida lo cocíamos y lo comíamos.

Frecuentemente quedó reducida nuestra alimentación a serrín de madera como única comida, pues hasta las ratas, tan repugnantes al hombre, llegaron a ser un manjar tan caro, que se pagaba cada una a medio ducado.

Mas no fue esto lo peor. Nuestra mayor desdicha era vernos atacados de una enfermedad por la cual las encías se hinchaban hasta el punto de sobrepasar los dientes, tanto de la mandíbula superior como de la inferior, y los atacados de ella [escorbuto] no podían tomar ningún alimento. Murieron diez y nueve, entre ellos el gigante patagón y un brasileño que iban con nosotros. Además de los muertos, tuvimos de veintiuno a treinta marineros enfermos, que sufrían dolores en los brazos, en las piernas y en algunas otras partes del cuerpo, pero curaron. En cuanto a mí, nunca daré demasiadas gracias a Dios porque durante todo este tiempo, y en medio de tantas calamidades, no tuve la menor enfermedad.[8]

Ante estas calamidades sufridas por los hombres de la expedición de Magallanes, y por su único pasajero y cronista, el lector se pregunta por qué no intentaron pescar, en aquel océano en el que no sufrieron la menor tempestad, para aliviar su hambre.

PLAGA DE RATAS, HAMBRE Y NAUFRAGIO EN UN VIAJE DE VERACRUZ A CÁDIZ EN 1622

Para dar una muestra de las calamidades que podían acumularse en una navegación, vale la pena salirse unos años del marco previsto del siglo XVI y recordar las que narra el carmelita andaluz Antonio Vázquez de Espinosa, en un relato que tiene la particularidad de ser el único conocido en esta época de un viaje del nuevo hacia el viejo mundo

El padre Vázquez de Espinosa es famoso como autor del *Com-*

---

[8] El viaje de Antonio de Pigafetta se publicó, abreviado, por primera vez en francés, sin fecha, por Simon de Colines. La primera edición del texto completo en italiano es de Venecia, 1536: *Il viaggio fatto da gli spagnoli a torno a'l mondo*; luego, se recogió en la *Raccolta de navigazioni e viaggi*, de Gian Battista Ramusio, 1550, vol. I. El manuscrito original se conserva en la Biblioteca Ambrosiana de Milán.

El pasaje aquí citado procede de la traducción de Federico Ruiz Morcuende: Pigafetta (Antonio), *Primer viaje en torno del globo*, edición del IV Centenario, Viajes Clásicos, núm. 23, Madrid, Calpe, 1922, lib. II, pp. 69-70. Hay otra traducción, por F. Ros, en la *Biblioteca Indiana. Viajes y viajeros. América en los grandes viajes*, Aguilar, Madrid, 1957, t. I, pp. 17-71.

pendio y descripción de las Indias occidentales,[9] obra que sigue un poco la pauta de la *Geografía y descripción universal de las Indias* (1574), de Juan López de Velasco, pero que la supera por la amplitud de sus noticias y, además, por la experiencia directa americana que tenía el historiador carmelita. En efecto, en tanto que López de Velasco nunca viajó a las Indias, Vázquez de Espinosa pasó 14 años (1608-1622) recorriendo en empresas evangelizadoras la mayor parte de los dominios españoles en América.

Su último viaje, de Veracruz a Cádiz, de junio a noviembre de 1622, tuvo tantas peripecias que las narró en un folleto, sumamente raro, impreso en Málaga, en 1623.[10] Salió el padre Vázquez de Espinosa, de San Juan de Ulúa, el lunes 27 de junio de 1622, rumbo a Trujillo, Honduras, en un navío de 250 toneladas que formaba parte de una flota de aproximadamente 15 naves, mayores y menores, una de ellas, la *San Juan*, de más de 1 000 toneladas. El relator afirma que el no haber hecho las salvas de costumbre a la patrona del puerto, Nuestra Señora de la Concepción, fue causa de las desgracias que ocurrieron en el viaje. En el trayecto de Trujillo a La Habana descubrieron una plaga de ratas que se habían comido la mayor parte de la comida. Ya en el puerto de La Habana se mataron más de 1 000 ratas, se limpiaron las naves y se proveyeron de nuevo, en espera de otras naves que llegaban directamente de Veracruz para continuar el viaje.

El 14 de agosto salieron de La Habana y el 9 de septiembre, cerca

---

[9] El *Compendio y descripción de las Indias occidentales*, de fray Antonio Vázquez de Espinosa, compuesto en los últimos años de su vida —murió en 1630—, iba a imprimirse por aquellos años, pero la edición quedó inconclusa y olvidada. El investigador estadunidense Charles Upson Clark descubrió el manuscrito en la Biblioteca Vaticana y lo publicó primero en traducción inglesa (The Smithsonian Institution, Washington, 1942), y luego en el original castellano.

El padre Mariano Cuevas hizo una edición de la parte de esta obra referente a México (*Descripción de la Nueva España en el siglo* XVII por el padre fray Antonio Vázquez de Espinosa, y Otros documentos inéditos del siglo XVII, Editorial Patria, México, 1944). Hay una nueva edición del *Compendio*, con el texto completo, en la Biblioteca de Autores Españoles, vol. 231, edición y estudio preliminar por B. Velasco Bayón, O. Carm., Ediciones Atlas, Madrid, 1969.

[10] *Tratado verdadero del viaje y navegación de este año de seiscientos y veinte y dos que hizo la flota de Nueva España y Honduras, general de ella Fernando Sosa, caballero del Hábito de Santiago y Almirante don Antonio de Liri, dedicado a Nuestra Señora del Carmen.* Autor Fr. Antonio Vázquez de Espinosa, su indigno religioso. Año 1623. Con licencia en Málaga, en la Imprenta de Juan Regne.

Lo ha reimpreso, con nota introductoria, B. Velasco, O. Carm., en la *Revista de Indias*, Madrid, enero-junio de 1976, año XXXVI, núms. 143-144, pp. 287-352.

de las Bermudas, los asaltó una horrible tempestad; la nave en que viajaba el cronista perdió el palo mayor y la cercaban los tiburones, atraídos por los jamones y tocinos que habían caído de la nave. Otra de las naves de la flota o conserva, la *San Agustín*, se abrió y fue a pique el 10 de septiembre. Al día siguiente, la nave principal de la flota, la *San Ignacio*, de 900 toneladas, también naufragó, después de que sus ocupantes pasaron como pudieron, en medio de la tormenta, a otras naos. Tres naves más se hundieron.

Vázquez de Espinosa enumera las mercaderías que se perdieron en estos naufragios: plata, oro, sedas, granas, añil, azúcar, palo de Campeche, cueros, zarza, ébano, con valor de muchos miles de ducados. Gracias al auxilio a las naves en desgracia, los pasajeros de las hundidas pudieron pasar a las sobrevivientes.

Cuando cesó la tormenta, el 28 de septiembre, además de que por los grandes balances se habían roto muchas botijas de agua, aceite y vinagre, los desafortunados tripulantes y pasajeros descubrieron un daño que nunca se había visto: las ratas se habían reproducido de nuevo y habían "ratado" o agujereado la madera de la nao por muchas partes, algunas de éstas a la altura del agua, y el mar les entraba en gran cantidad. Además, habían vaciado las botijas de agua y comido el bizcocho, la mazamorra y el cazabe. El bizcocho que lograron rescatar tuvieron que vigilarlo día y noche contra los asaltos de las ratas, que seguían hambrientas y atacaban a los hombres mientras comían, mordiéndoles las manos; peleaban contra los papagayos y con las gallinas hasta vencerlos y comerlos; asaltaban a los gatos, que huían de ellas; comieron los jamones y tocinos, y se mataban entre sí. Vázquez de Espinosa calcula que, además de las 1 000 que ya habían matado antes de La Habana, mataron tres 1 000 ratas más que eran "como pequeños conejos".

Las raciones de bizcocho y de agua se acortaban cada vez más, por cuanto comieron, destruyeron y apestaron las ratas del 26 de septiembre al 19 de octubre. Desde este día, sólo podían beber "medio cuartillo de agua hedionda de ratas que en ella se habían ahogado". Una lluvia bienhechora remedia la necesidad de agua por unos días. Pero desde el 24 de octubre, tras 73 días de navegación desde La Habana, ya no tienen nada que comer ni que beber, y comienzan a comer ratas las 90 personas que venían en aquella nao.

Al fin llegan a la isla de Flores, en las Azores. Los isleños portugueses les venden comida y les dan agua; muchos enferman de tanto comer y algunos mueren.

El 6 de noviembre vuelven a seguir el viaje a España. Otra tempestad los aflige, la que Vázquez de Espinosa atribuye al robo sacrílego de una alcancía con limosnas. Al fin se encuentra al ladrón y vuelven los vientos favorables. Pero las ratas subsisten, y a pesar de los cuidados para guardar la comida, encuentran las pipas "ratadas" y comido buena parte de su contenido. Ya cerca de Cádiz, en esta última tormenta, se hunde la nave *Santa Catalina*.

El domingo 27 de noviembre, tras 106 días de navegación desde La Habana y seis meses después de la salida de Veracruz, descubren el puerto de Cádiz. Algunas de las naves desbalagadas que formaban la flota logran salvarse, pero una fue asaltada y robada por piratas holandeses. Llegan sólo ocho naves de las 15 iniciales. Entrando a la barra del puerto, un patache, mal conducido por el piloto, choca contra tierra y se desfonda.

Cinco tormentas sufrió esta flota, con la pérdida de casi la mitad de sus naos. Aparte de la imprevisible plaga de las ratas, una evidencia se impone: junio, julio y agosto eran y son conocidos como los periodos más peligrosos por los huracanes en las zonas del Golfo de México y de las Bahamas-Bermudas, y por ello estaba prescrito que las flotas de Veracruz debían salir en febrero y reunirse en La Habana para seguir su viaje juntas antes del 10 de marzo. La flota cuyo penoso viaje relató el padre Vázquez de Espinosa, salió de Veracruz a fines del mes de junio.

XII. EL FLUJO COMERCIAL

El comercio atlántico

La exposición más clara del tráfico comercial, principalmente español, en el Atlántico a lo largo del siglo XVI, y de su evolución y características en cada una de sus etapas, es la de J. H. Parry, en *The Spanish seaborne empire*,[1] que a continuación se resume.

En la primera mitad del siglo XVI se desarrollaron dos sistemas principales europeos de comercio oceánico: uno, entre Portugal y la India, y específicamente entre Lisboa y Goa; el otro, entre España y América, sobre todo entre Sevilla y varios puertos en el Caribe y el Golfo de México. Aquél fue un monopolio de la Corona portuguesa; éste, un sistema de empresas privadas operado por un grupo limitado de empresarios y personas. Ambos estuvieron controlados por estrictas reglamentaciones gubernamentales.

Mientras que los barcos portugueses con destino a la India iban cargados de lastre, y sólo llevaban pasajeros para las factorías y destacamentos militares, las naves españolas que iban a las Indias occidentales llevaban ciertamente un gran número de pasajeros, pero cargaban también pipas de vino, barriles de harina, jarras de aceite, herramientas, útiles agrícolas, semillas y animales domésticos para pies de cría.

Gracias a los cuidadosos registros de la Casa de la Contratación, el volumen del tráfico entre España y las Indias puede ser estimado con cierta precisión año con año. Varía considerablemente, influido por las vicisitudes de conquistas y asentamientos, por las fluctuaciones de la producción y demanda, por los precios y tarifas de carga en España y en las Indias, por la disponibilidad de barcos y cargueros, por la guerra, por la paz y por las contingencias de los robos y la piratería. Los puntos culminantes de actividad ocurren por lo general en intervalos decenales, con muchas fluctuaciones entre ellos, y cada pico es mayor que el precedente, hasta mediados de la centuria.

[1] J. H. Parry, *The Spanish seaborne empire* (1966), Penguin Books, Middlesex, Inglaterra, 1973.

En el tráfico entre España y las Indias en el siglo XVI pueden distinguirse a grandes rasgos, dice Parry, tres etapas: la de las islas, la de México y la ístmica o más bien del Perú.

La etapa de las islas

Durante la primera, el tráfico entre España y las islas alcanzó su punto culminante en 1520, con 71 barcos que navegaron hacia el Nuevo Mundo. En el mismo año, 37 barcos volvieron a España de las islas. Parry explica la diferencia recordando que Cortés había iniciado ya la conquista de México, por lo que algunos barcos fueron de las islas a México para llevar hombres, caballos, pertrechos y alimentos, y otros se destinaron a uso local.

En los años siguientes hubo un descenso en el número de naves, probablemente a causa de la guerra de España con Francia, que se inició en 1521; y las malas cosechas, agravadas por la rebelión de los comuneros castellanos.

La etapa de la Nueva España

La recuperación del ascenso del tráfico se inició en 1524 y aumentó después de la victoria española de Pavía, en 1525. Las primeras incursiones de piratas franceses e ingleses en 1527 motivaron un descenso de la navegación española. Sin embargo, 1530 fue otro año alto, con 78 naves con destino a las Indias y 33 de regreso, otra vez menos de la mitad.

Para entonces, además de la euforia por el oro y la plata, se había iniciado en las islas la explotación de otra fuente de riqueza, el azúcar, apoyado en la importación de esclavos africanos para el trabajo de los ingenios. Comenzaron a desarrollarse otros centros comerciales: Cartagena de Indias, Nombre de Dios, Cubagua, Venezuela —con la inmigración alemana bajo el mando de Welser— y el más importante, el puerto de la Nueva España, San Juan de Ulúa-Veracruz.

Algunos barcos se fletaron directamente de Sevilla a Veracruz con aceite, vino, granos y pasajeros. Gran número de ellos hacía escala en Santo Domingo para cargar ganado. La Nueva España sólo podía ofrecer, por el momento, poca carga de vuelta: plata y cochinilla, "como oro", que ocupaba poco espacio. Por ello, los barcos de regreso se detenían de nuevo en Santo Domingo para cargar cuero y azúcar.

Los años 1530 y siguientes, por otra parte, fueron de creciente prosperidad para la población española de Nueva España. Durante estos años, los emigrantes españoles se embarcaban de Sevilla a Veracruz con un promedio de 1 000 a 1 500 anuales. El ganado mayor y las ovejas españoles pastaban en el altiplano central de la Nueva España. Las minas de plata comenzaban a producir con abundancia. En esta década, además, la proporción entre los envíos de oro, producto de las islas, y los de plata, producto de la Nueva España, y luego del Perú, medidos por su peso, se invirtió totalmente. Entre 1521 y 1530 la proporción había sido de 97 a 3%; y entre 1531 y 1540 fue de 12.5 a 87.5 por ciento.

Paralelamente, la proporción de los barcos destinados a las islas comenzó a descender. Al mismo tiempo, el volumen total del comercio con las Indias en conjunto aumentaba año con año. En 1540, 79 naves partieron hacia el Nuevo Mundo y 47 volvieron. Pero ahora los barcos eran mayores, pues su tonelaje había aumentado cuando menos 50%. El tonelaje mínimo permitido en 1544 era de 100. Las naves más pequeñas, las carabelas, se destinaban al tráfico costero o a las Canarias. Y su lugar lo tomaron las naos, naves cuadradas mucho mayores y de gran capacidad.

La década peruana: 1540-1550

Entre 1540 y 1550 se registra un nuevo incremento en la navegación entre España y las Indias, sobre todo por el "saqueo" intensivo de las minas de plata del Perú. El comercio se realizaba a través del istmo de Panamá, donde se desembarcaban los productos destinados al Perú, que luego cruzaban el istmo combinando el transporte fluvial, por el río Chagres, con el terrestre por medio de recuas de mulas; los cargamentos de plata que venían del Perú seguían la ruta inversa. El volumen de este comercio llegó a constituir algo más de un tercio del total.

El total de la navegación aumentó año con año en esta década, salvo en 1544, a causa de la guerra. En 1550, 133 naves cruzaron el Atlántico hacia las Indias y 82 volvieron. El tonelaje transportado en 1550 fue más del doble del de 1540.

La década de 1550 y las décadas finales

La década de los años 1550 tuvo un descenso muy acusado por la guerra que Carlos V sostenía con Francisco I. A consecuencia de ella, la costa de Andalucía se encontró en un estado de virtual bloqueo, y los piratas franceses fueron especialmente agresivos. Alguna recuperación en la actividad marina fue posible después de 1555, gracias a las protecciones navales establecidas por Álvaro de Bazán.

Además de las pérdidas en el mar, estos años fueron de depresión económica en España. En 1559, la paz de Cateau-Cambrésis firmada con los franceses hizo posible, una vez más, años prósperos. Sin embargo, sólo hasta los años finales del siglo se volverían a alcanzar las cifras de 1550.

Después de 1559 y durante tres décadas, el número de barcos con destino a las Indias se mantiene entre 60 y 65, y con un número menor de regreso. En cambio, el tonelaje de los barcos aumenta de 300 a 600 toneladas, sobre todo para transportar armamento pesado.

Los productos con los que se comerciaba cambiaron considerablemente en estos años. Parry observa que las nuevas generaciones de indianos, muchos de los cuales tenían mujeres o madres indias, se habían acostumbrado a la comida americana, y además, ya se habían aclimatado en el Nuevo Mundo el trigo, algunas viñas, olivos y naranjos. Por ello, el comercio se hacía ahora de manufacturas, textiles, armas, cuchillería, cristal, papel y otros productos para la civilización urbana. El vino y el aceite siguieron enviándose de España. Los libros, solicitados en gran número por universidades, escuelas, monasterios y lectores curiosos, llegaron a ser importantes para el comercio. Y, como en los primeros años, de América se enviaba más y más plata, tabaco y colorantes: grana o cochinilla e índigo.

Este cambio sustancial de los productos con que se comerciaba entre España y las Indias, y la necesidad creciente que tenía España de la plata americana, para financiar sus actividades públicas y privadas, mueve a Parry —al concluir su exposición aquí resumida— a afirmar que en la primera mitad del siglo XVI las Indias fueron casi totalmente dependientes de España, mien-

EL FLUJO COMERCIAL 159

tras que en la segunda mitad España se volvió cada vez más dependiente de las Indias.[2]

CIFRAS DEL TRÁFICO MARÍTIMO: VELOCIDADES Y NÚMERO DE NAOS

Pierre Chaunu ha elaborado los siguientes cuadros del número de convoyes y los tiempos mínimos, máximos y medios (en días), en los trayectos más frecuentados, durante el periodo 1504-1640:

Trayecto	Convoyes	Tiempo mínimo	Tiempo máximo	Media
Sanlúcar-Veracruz	79	70	179	124.5
Cádiz-Veracruz	78	55	160	107.5
Sanlúcar-N. Dios-P. Belo	64	43	175	109
Cádiz-N. Dios-P. Belo	74	39	107	73
Sanlúcar-Cartagena (1635)	69	30	161	95.5
Cádiz-Cartagena	46	31	72	51.5
Sanlúcar/Cádiz-Española	28	40	65	52.5
TOTAL DE CONVOYES	438			

Y para el viaje más frecuentado, el Sanlúcar-Veracruz, las cifras de Chaunu, por ciertos periodos anuales, son las siguientes:[3]

Años	Convoyes	Tiempo mínimo	Tiempo máximo	Media
1504-1560	40	70	179	124
1561-1570	6	72	139	105.5
1571-1580	6	70	132	101
1581-1590	8	73	113.5	93.2
1591-1595	3	81	90	85.5
1601-1605	1	—	80	80
1606-1610	1	—	82	82
1611-1615	4	73	139	106
1616-1620	3	79	84	81.5
1621-1625	3	77	136	106.5
1626-1630	1	101	—	101
1631-1635	2	125	179	152
1636-1640	1	77	—	77
TOTAL DE CONVOYES	79			

[2] *Ibid.*, parte I, cap. 6, pp 102-110.
[3] Pierre Chaunu, *Séville et l'Atlantique, op. cit.*, t. VI, 1, pp. 178, 182 y 232.

Estos cuadros muestran que durante los siglos XVI y XVII los tiempos de navegación entre España y las Indias eran excesivos y que no existió ningún progreso tecnológico en este lapso.

A base de otros documentos, estudiados por Clarence H. Haring, es posible conocer el número de naos cuyos viajes de salida y de llegada, así como su pérdida o abandono, se registraron entre España y las Indias en el periodo 1504-1555. El cuadro de Haring, resumido por periodos, es el siguiente:

Naos de registro entre España y las Indias (1504-1555)[a]

Años	Salidas	Llegadas	Pérdidas o abandonadas	Salidas mínimo	Salidas máximo
1504-1516	328	238		1504: 3	1508: 46
1517-1529	705	379		1521: 33	1525: 73
1530-1542	939	586		1537: 42	1534: 86
1543-1555	893	743	58	1554: 3	1549: 101
TOTALES	2 865	1 946	58		

[a] Haring, *Comercio y navegación, op. cit.*, apéndice VIII, p. 421. Las cifras de este cuadro, explica el autor, "proceden de un volumen existente en el Archivo de Indias (30-2-1/3) intitulado: 'Libro de registros de las naos que han ido y venido de las Indias desde el año de 1504 en adelante' [...] No hay medio de averiguar si la lista es o no completa".

En este cuadro puede apreciarse que, en el periodo 1517-1529, en el que ocurrieron las conquistas de México y el Perú, el número de naos se duplicaron con creces respecto al periodo anterior; y que el tráfico marítimo a las Indias, en este primer medio siglo, alcanzó su apogeo entre 1530-1542; que el máximo de naos de salida llegó a 101 en 1549, y tuvo su mínimo en 1504 y, curiosamente, también en 1554, con sólo 3 naves de salida: España se encuentra en guerra con Francia y la costa de Andalucía bloqueada; y que el número de naves que no volvían, 919 de 2 865 salidas, es casi la tercera parte. En este número de naves faltantes no se incluyen las perdidas, las abandonadas en el mar o en algún puerto o las apresadas por corsarios, de las que sólo se registran 58, probablemente aquellas cuyos registros fueron salvados y enviados a Sevilla. De las 919 naves que no volvieron, puede presumirse que el mayor número corresponde a aquellas cuyos propietarios decidieron dejarlas en servicio entre los puertos de Indias.

PROPORCIONES DE LOS RIESGOS MAYORES

También se debe a Chaunu la elaboración de un cuadro que permite apreciar, dentro del volumen de la navegación entre España y las Indias en el siglo XVI, el número de las naves perdidas, su causa conocida, y analizar la proporción que ello significa:

Número de naves salidas y perdidas, con sus causas, en el siglo XVI [a]

Años	Salidas	Perdidas	Causas
1506-1510	139	—	
1511-1515	139	1	H
1516-1540	1 513	—	
1541-1545	357	6	3, H; 3, C
1546-1550	504	3	H
1551-1555	366	8	2, H; 6, C
1556-1560	284	1	H
1561-1565	390	6	5, H; 1, T
1566-1570	394	3	2, H; 1, ?
1571-1575	371	9	8, H; 1, T
1576-1580	249	5	H
1581-1585	317	11	9, H; 2, T
1586-1590	556	26	21, H; 5, ?
1591-1595	612	8	6, H; 2, HC
1596-1600	608	19	4, H; 15, ?
TOTALES	6 799	106	

H: hundimiento; C: corsarios; HC: hundimiento por corsarios; T: tempestades; ?: causas desconocidas.

[a] Chaunu, *op. cit.*, t. VI, pp. 684, 906 y 961-975. Reproducida en Borges Morán, *El envío de misioneros a América, op. cit.*, p. 556.

En relación con las 6 799 naves que, según este cuadro, cruzaron el Atlántico en el siglo XVI, lo que significa 71.6 naves anuales en promedio, las 106 perdidas representan un riesgo de 1.56%, relativamente bajo para la época y considerando la fragilidad de las naves, pero alto en relación con los niveles de seguridad modernos. De esas 106 perdidas, el número mayor, 70, fue por hundimientos; 9, provocadas por corsarios; 4, por tempestades; 2, hundimientos por corsarios, y 21, por causas desconocidas. Si a los 70 hundimientos sumamos los 4 atribuidos específicamente a tempestades, resulta que 70% de los riesgos de la navegación debían atribuirse a la violencia del mar, pero en realidad a la fragilidad de las naves o a errores de la navegación; y las 11 naves robadas o hundidas por corsarios representaban 10.4% de riesgo por la violencia de la piratería. Así pues, el mayor peligro de la navegación atlántica en el siglo XVI —y lo mismo siguió ocurriendo en la centuria siguiente— era el océano mismo, que destruía fácilmente las débiles embarcaciones que lo surcaban.

Los envíos americanos de oro y plata a España

Los envíos de metales preciosos americanos a España fueron, desde el punto de vista de la Corona, esenciales para el financiamiento de sus empresas europeas y, para poder recibirlos oportunamente y sin merma, se hizo necesaria la organización de los convoyes navales descritos más arriba, así como de sistemas de explotación en los principales centros mineros, de las islas, de Nueva España, de Tierra Firme y del Perú —que no son tema del presente ensayo.

El volumen total de las remesas de metales preciosos americanos a la Corona española —que fueron los más codiciados por los piratas— puede apreciarse en el siguiente cuadro tomado del estudio clásico de Earl J. Hamilton.

(Para facilitar la lectura del cuadro, en gramos, recuérdese que los miles son kilogramos y los millones, toneladas.) En ese cuadro puede precisarse mucho de lo que antes se ha expuesto. Los envíos iniciales, en el periodo de las islas, fueron exclusivamente de oro y eran relativamente bajos. Los envíos más altos de oro, en la década 1551-1560 (42 toneladas) y en la 1541-1550 (24.9 toneladas), vienen de la explotación de otros yacimientos. Las remesas de oro, que alcanzan su punto culminante a mediados del siglo, decaen sobre todo en el siglo XVII hasta llegar a sólo 469 kilos en la década 1651-1660.

Las remesas de plata, provenientes sobre todo de las ricas minas mexicanas de Zacatecas y Guanajuato, y de las peruanas del Potosí —después de 1545—; y a partir del descubrimiento del

Envíos de oro y plata americanos a España
(Totales decenales en gramos)[a]

Periodos	Plata	Oro
1503-1510		4 965 180
1511-1520		9 153 220
1521-1530	148 739	4 889 050
1531-1540	86 193 876	14 466 360
1541-1550	177 573 164	24 957 130
1551-1560	303 121 174	42 620 080
1561-1570	942 858 792	11 530 940
1571-1580	1 118 591 954	9 429 140
1581 1590	2 103 027 689	12 101 650
1591 1600	2 707 626 528	19 451 420
1601-1610	2 213 631 245	11 764 090
1611-1620	2 192 255 993	8 855 940
1621-1630	2 145 339 043	3 889 760
1631-1640	1 396 759 594	1 240 400
1641-1650	1 056 430 966	1 549 390
1651-1660	443 256 546	469 430
TOTALES 1503-1660	16 886 815 303	181 333 180

[a] Hamilton, *American treasure, op. cit.*, parte I, cap. ii, cuadro 3, p. 42.

proceso de amalgamación, que ocurrió poco después (1554-1556), y de la explotación de las minas de azogue de Huancavelica, en el Perú (1564), fueron siempre en aumento desde 1521 hasta la década 1591-1600, en que alcanzaron la enorme cifra de 2 707 toneladas. En el siglo XVII las cifras inician su descenso gradual, que alcanzará su caída brutal a partir de la década 1641-1650, que coincide con graves problemas y crisis internas en España.[4]

Debe considerarse, en fin, que estas remesas de metales preciosos de las administraciones españolas en el Nuevo Mundo a la Corona no constituían el total de la producción minera. Aunque las minas se consideraban propiedad de la Corona, la explotación estaba a cargo de particulares —con excepción de las minas de azogue de Huancavelica—, quienes retenían para su propio atesoramiento o disfrute parte de las riquezas extraídas.

Por otra parte, los cuadros que ha publicado TePaske, con los ingresos y egresos de la Caja de México, de la Real Hacienda de

[4] Véase Haring, *op. cit.*, cap. VII, "Los metales preciosos".

Nueva España, en el periodo 1576-1816, permiten apreciar que, al menos en el último cuarto del siglo XVI, las remesas de Nueva España a la Corona constituían aproximadamente, con altas y bajas, la mitad de los ingresos totales del virreinato, pues la otra mitad debía gastarse en el sostenimiento de la administración, en gastos militares y piadosos, y en empresas como el mantenimiento de las Filipinas, que estuvieron a cargo de México.[5]

---

[5] John J. TePaske, en colaboración con José y Mari Luz Hernández Palomo, *La Real Hacienda de Nueva España: La Real Caja de México (1576-1816)*, op. cit.

XIII. EL FLUJO MIGRATORIO, 1

El punto de partida de la población indígena

A la llegada de los españoles, el Nuevo Mundo estaba escasamente poblado. De acuerdo con la estimación, más bien conservadora, de Ángel Rosenblat,[1] hacia 1492 la población indígena total sería de 13 385 000 habitantes, distribuidos como sigue: 1 millón en América del Norte, allende el río Bravo; 4.5 millones en México; 1 100 000 en las Antillas y América Central, y 6 785 000 en América del Sur.

Más tarde, en 1570, sobre un total de 11 229 650, la población

[1] La estimación de la población de América y sus regiones principales, en vísperas del descubrimiento y conquista, ha sido materia muy controvertida, ya que sólo se conservan datos e indicios indirectos y acerca de lugares determinados. Los datos recogidos proceden de Ángel Rosenblat, *La población indígena y el mestizaje en América*, Editorial Nova, Buenos Aires, 1954, t. I, p. 102, reelaboración de un estudio iniciado en 1935. Véase, además, del mismo Rosenblat, *La población de América en 1492. Viejos y nuevos cálculos*, El Colegio de México, México, 1967.

Frente a las cifras de Rosenblat, 13 385 000 indígenas, hay muchas otras proposiciones: Alfred L. Kroeber ("Map of distribution of Ancient Indians on the Continent of North America", *American Anthropologist*, 1934, xxxvi, 1-25) estima 8 400 000; Julian Steward *(Handbook of South American Indians*, Washington, 1946-1950, 6 vols., t. v)*, 15 590 800; Rodolfo Barón Castro ("El desarrollo de la población hispanoamericana (1492-1950)", *Cuadernos de Historia Mundial*, 1959, vol. V, pp. 325-343), 17 400 500, y hay quien llegó a suponer 100 millones.

En cuanto a la población del México central existen también varias estimaciones muy diversas. Frente a los 4 500 000 que propone Rosenblat, Sherburne F. Cook y Lesley Byrd Simpson *(The population of Central Mexico in the sixteenth century*, Ibero-Americana: 31, University of California Press, Berkeley y Los Ángeles, 1948) calculaban 11 millones en 1519; S. F. Cook y Woodrow Borah *(The population of Central Mexico in 1548: An analysis of the Suma de Visitas de Pueblos*, Ibero-Americana: 43, University of California Press, Berkeley y Los Ángeles, 1960) estimaban 6 309 000 en 1548, y los mismos investigadores, Borah y Cook, en otro trabajo *(The aboriginal population of Central Mexico on the eve of the Spanish Conquest*, University of California Press, Berkeley y Los Ángeles, 1963), llegan a la conclusión de que la población del México central en 1518 debió ser de 25.2 millones, que descendieron a 16.8 en 1532, a 6.3 en 1548, a 2.65 en 1568, a 1.9 en 1585, a 1 375 000 en 1595, a 1 069 000 en 1605, y a 702 000 en 1646. José Miranda ("La población indígena de México en el siglo XVII", *Historia Mexicana*, 46, octubre-diciembre de 1962, vol. XII, núm. 2, pp. 182-189) considera que a principios del siglo XVII había 2 millones de indígenas.

aborigen, según el mismo investigador, habría descendido a 10 827 150 a consecuencia de las guerras de conquista, las epidemias y la brutalidad de la colonización. Con todo, aún representaba 96.41% de la población. En 1825 la población indígena sería de 8 634 301, frente a un total de 34 531 536, esto es, 24.975%, concentrada en su mayor parte en Iberoamérica, en tanto que había aumentado considerablemente el mestizaje. Y en 1961 se ha estimado la población india en 13 681 682, frente a una población total del continente, que ha ascendido a 388 116 000 habitantes. En esta última fecha, sólo representará, pues, 3.525% de la población total. La mayor concentración persiste en Iberoamérica, con 6.793%, en tanto que en Angloamérica la proporción es de 0.399%. En resumen, al cabo de cinco siglos, la población indígena ha vuelto a alcanzar, aproximadamente, la misma cifra absoluta que tenía en 1492, pero ahora sólo representa un factor minoritario de la población total.

El flujo migratorio en el siglo XVI

En cuanto a la población inmigrante, Rosenblat estima que hacia 1570 habría en el Nuevo Mundo 140 000 (1.25%) europeos y criollos; y 262 500 (2.34%) negros, mulatos y mestizos, además de los 10.8 (96.41%) millones de indios ya mencionados. En cuanto a la Nueva España, y hacia los mismos años (1568-1570), un estudio de Sherburne F. Cook y Woodrow Borah,[2] calcula que, en una población total de 2 733 412 habitantes, había 2 645 573 indígenas (96.8%); 62 866 europeos o españoles (2.3%); 2 417 mestizos (0.1%), y 22 556 pardos o mulatos (0.8%).

Desde la perspectiva del presente estudio —la de los pasajeros que vinieron a América en el siglo XVI—, las cifras que aquí interesan son las que se refieren a los españoles y europeos, y a los africanos que se trajeron como esclavos y sin ningún registro

Un buen resumen de estas cuestiones, aquí seguido, se encuentra en Silvio Zavala, *El mundo americano en la época colonial*, Biblioteca Porrúa 39 y 40, Editorial Porrúa, México, 1967, 2 vols., t. I, pp. 331-332, y t. II, notas, pp. 239-240, n. viii, 2 y pp. 244-245, n. 29.

[2] Cook y Borah, "Los grupos raciales de la población mexicana a partir de 1519", *Ensayos sobre historia de la población: México y el Caribe*, 2, Siglo Veintiuno, México, 1978, t. 2, cuadro 27, p. 199.

personal, salvo cuando venían como parte de la servidumbre de un personaje.

En cuanto a los primeros, gracias a las admirables y laboriosas investigaciones de Peter Boyd-Bowman,[3] se conoce con detalles precisos la emigración de cerca de 56 000 pobladores españoles o europeos a América durante el siglo XVI... Boyd-Bowman ha investigado la procedencia y el destino, las actividades en el Nuevo Mundo y la profesión y condición social de cada uno de estos pobladores, así como las características y modalidades del flujo migratorio en los cinco periodos en que divide su estudio.

Tomando en cuenta las precauciones que señala Boyd-Bowman respecto al hecho de que existen muchas lagunas en el Archivo General de Indias y de que su información, a pesar de la abundancia de fuentes consultadas, tendrá que ser limitada, para con-

---

[3] Peter Boyd-Bowman, *Índice geobiográfico de 40 000 pobladores españoles en América en el siglo XVI*, t. I, 1493-1519, Instituto Caro y Cuervo, Bogotá, 1964.

T. II, 1520-1539, Editorial Jus, Academia Mexicana de Genealogía y Heráldica, México, 1968.

Los tomos III, 1540-1559; IV, 1560-1579, y V, 1580-1600, se encuentran inéditos. La editorial Fondo de Cultura Económica, de México, publicó completa esta investigación, cuyo título dice *de 56 000 pobladores*, que es la nueva cifra aproximada total. [Este proyecto no se realizó. El FCE sólo publicó una reimpresión del t. I en 1985.]

Además de los dos tomos impresos, Boyd-Bowman ha publicado en revistas varios estudios que anticipan las secciones inéditas o amplían sus perspectivas. He aquí los más importantes:

"La procedencia regional de los primeros colonizadores españoles de América", *Mundo Hispánico*, octubre de 1957, t. X, pp. 23-28.

"La emigración peninsular a América, 1520-1539", *Historia Mexicana*, 50, octubre-diciembre de 1963, vol. XIII, núm. 2, pp. 165-192.

"La procedencia de los españoles de América: 1540-1559", *Historia Mexicana*, 65, julio-septiembre de 1967, vol. XVII, núm. 1, pp. 37-71.

"La emigración peninsular a la Nueva España hasta 1580", *Humanitas*, Universidad Autónoma de Nuevo León, 1972, núm. 13, pp. 341-352.

"La emigración española a América: 1560-1579", *Studia Hispanica in honorem R. Lapesa*, Editorial Gredos, Madrid, 1974, vol. II, pp. 123-147.

"Patterns of Spanish emigration to the Indies until 1600", *The Hispanic American Historical Review*, noviembre de 1976, vol. 56, núm. 4, pp. 580-604.

"Regional origins of the earliest Spanish colonists of America", *Publications of Modern Language Association*, diciembre de 1976, t. 71, pp. 1157-1172.

"Spanish emigrants to the Indies, 1595-1598: A profile", *First images of America. The impact of the New World on the Old*, ed. de Fredi Chiappelli, University of California Press, Berkeley-Los Ángeles-Londres, 1976, pp. 723-735.

Además, el doctor Boyd-Bowman, paralelamente a sus estudios demográficos, ha realizado una investigación lingüística, en su obra *Léxico hispanoamericano del siglo XVI*, Madrid, 1971.

cluir indicando que las cifras mayores o menores que ofrece, además de ilustrativas, están sujetas también al mayor o menor volumen de información disponible para cada periodo, he aquí los emigrantes españoles y europeos que documenta en los cinco periodos:[4]

I.	1493-1519	5 481
II.	1520-1539	13 262
III.	1540-1559	9 044
IV.	1560-1579	17 586
V.	1580-1600	9 508
Total, 1493-1600		54 881

Cuando Boyd-Bowman iniciaba su estudio y calculaba que llegaría a un total de 40 000 colonizadores en el curso del siglo XVI, señalaba:

> Calculo que estos 40 000 emigrantes representan casi el 20% del número total de los que emigraron en aquella época, y este porcentaje me parece más que suficiente para indicar con claridad las tendencias emigratorias que hubo entre España y el Nuevo Mundo.[5]

Y en la nota correspondiente recordaba que Rosenblat, en el estudio antes mencionado sobre la población indígena de América, calculaba que en 1570 vivían en las Indias españolas unos 140 000 blancos, por lo que, hasta 1600, "un poco más de 200 000 no dista mucho de ser el verdadero número total de españoles emigrados para fin del siglo XVI".[6]

Posiblemente, en atención a que los registros aumentaron de 40 000 a casi 56 000, el total de emigrantes pudiera subir también de 200 000 a 280 000. Una u otra de estas dos últimas cifras, que parecen muy pequeñas en relación con los flujos migratorios actuales, representaron una sangría considerable para España y, por otra parte, fueron una simiente definitiva para constituir la nueva estructura de la población de América hispana.

[4] Boyd-Bowman, "Patterns...", 1976, pp. 582 y 585.
[5] Boyd-Bowman, prólogo a t. I, 1964, p. ix.
[6] *Ibid.*, n. 8, p. ix. Véase, también, George Kubler, "Population movements in Mexico 1520-1600", *The Hispanic American Historical Review*, agosto de 1942, vol. 22, núm. 3, pp. 606-643.

Considerando sólo la cifra baja, de 200 000 españoles y europeos emigrados al Nuevo Mundo de 1493 a 1600, eso significa que, con una media de 30 pasajeros por barco, se necesitaron 6 666 viajes o barcadas para transportarlos en el curso de 107 años, o sean 62.3 barcadas por año; y que, en cada uno de estos 107 años, 1 869 españoles o europeos vinieron por término medio a las Indias.

Como una repercusión clara de este problema para España, en las Cortes de Madrid de 1592-1598, el procurador de Burgos, don Martín de Porras, propuso el 23 de agosto de 1597 que se pidiera a Felipe II que

> se sirva mandar tener la mano en la saca de gente que se hace destos Reynos para de fuera de ellos, atento que de ninguna cosa están tan pobres como de gente, y de mandar expresamente que no pasen a las Indias por algunos años, sino fuesen religiosos para que prediquen y enseñen la doctrina, y oficiales y ministros para el gobierno de las tierras, y sus criados y familias, poniendo gran cuidado en que no vayan los demás, pues no se pueden poblar aquellos Reynos sin despoblar éstos.[7]

La emigración en 1493-1519

Boyd-Bowman ha notado algunas características en los 5 481 viajeros entre España y las Indias que documenta en la época primitiva o antillana. En cuanto a su procedencia regional, observa que el grupo más numeroso fueron los andaluces, sobre todo de las provincias de Sevilla y Huelva. Si a ellos se agregan los procedentes de otras tres provincias occidentales, Badajoz, Cáceres y Salamanca, se llega a 2 688 viajeros (49%).

La otra mitad está compuesta de las provincias castellanas viejas de Valladolid y Burgos, la castellana nueva de Toledo, la andaluza de Córdoba y de cifras menores de otras provincias.

> De fuera de España hubo 141 extranjeros (2.6% de la emigración total): 44 portugueses, 61 italianos (principalmente marineros y mercaderes genoveses) y 36 de otros países, muchos de los cuales residían previamente en Sevilla...

---

[7] *Cortes de Castilla*, t. XV, p. 540. Citado por José Martínez Cardós, *Las Indias y las Cortes de Castilla durante los siglos XVI y XVII*, Madrid, 1956, *op. cit.*, cap. VI, pp. 114-115.

Los primeros conquistadores de México fueron reclutados casi todos de Cuba y de estos compañeros de Cortés y Narváez —dice Boyd-Bowman— he identificado la procedencia de 743 [...] Una vez más ocupan el primer lugar Andalucía con 227 (30%), luego viene Castilla la Vieja con 150 (20%) y en tercer lugar Extremadura con 97 (13%). La provincia natal de Cortés, Badajoz (51), se ve superada por Sevilla (109) y Huelva (72), aun en la misma expedición de Cortés (Sevilla, 54; Huelva, 40; Badajoz, 31), quedando así sin fundamento la idea de que en el ejército de Cortés figurase un gran número de paisanos suyos...

Los marineros no se inscribían con los pasajeros, pero a menudo se convertían en conquistadores y pobladores al llegar a América, en el siglo XVI, centenares de marineros portugueses, vascos, gallegos e italianos [...] Entre las 5 481 personas identificadas que pasaron a las Indias antes de 1520 contamos a 336 marineros, es decir, 6.1% de la cifra total.

En el decenio 1509-1519, Boyd-Bowman cuenta 308 mujeres. La mayoría procedía de las grandes ciudades y casi todas iban a Santo Domingo. "Salvo los pocos casos en que una mujer viajaba sola para reunirse con su marido, la mayoría de las mujeres viajaba en grupos, generalmente acompañadas por maridos, padres, hijos o parientes. Unas cuantas jóvenes solteras, casi siempre sevillanas, viajaban como 'criadas', término que puede haber ocultado un oficio distinto."

Boyd-Bowman registra en este periodo 111 mercaderes, 42 de ellos andaluces, 20 vascos y 8 italianos (genoveses); un total de 287 criados, casi la mitad de ellos andaluces; y, con datos insuficientes, 78 religiosos: 22 andaluces, 17 castellanos viejos, 12 extremeños, 9 leoneses, 8 castellanos nuevos, 1 vasco, 1 catalán y 6 extranjeros.

La región que aportó a la conquista el mayor número de mandatarios fue Castilla la Vieja. Sumando los 32 gobernadores y los 93 capitanes militares que logramos identificar, resulta que del total de 125 caudillos eran castellanos viejos 36 (el 28.8%); andaluces, 27 (sólo el 21.6%); extremeños, 24 (19.2%); leoneses, 17 (13.6%); castellanos nuevos, 9 (7.2%); vascos, 7 (5.6%); gallegos, 2 (1.6%); genoveses, 2 (1.6%), y catalanes, 1 (0.8%).[8]

[8] Boyd-Bowman, prólogo a t. I, pp. xi-xxi.

La emigración en 1520-1539

En este segundo periodo, en el que Boyd-Bowman registra 13 262 emigrantes, los porcentajes de las regiones de origen se mantienen con pocas variaciones, y siguen predominando Andalucía (32%), Castilla la Vieja (17.6%) y Extremadura (16.6%).

Los extranjeros aumentan considerablemente: de 141 en el primer periodo, pasan a 557 (4.2% de la emigración total). Ahora hay más portugueses (192) que italianos (143), y 101 flamencos, 53 franceses, 42 alemanes, 12 griegos, 7 ingleses, 3 holandeses, 2 irlandeses, 1 escocés y 1 danés.

En este periodo los datos permiten precisar los destinos de la emigración. Entre 1520 y 1530, con la excepción de 1527, México atrae anualmente más del 50%.

> Entre 12 426 indicaciones de destino que recogí para la época entera, a sólo México le corresponden 4 022 (el 32.4%, o casi la tercera parte). A la pequeña isla de Santo Domingo aportan todavía 1 372 (el 11%), al Perú 1 342 (el 10.8%), al Río de la Plata 1 088 (el 8.8%), a Tierra Firme [incluyendo Nombre de Dios, Panamá y el Río de San Juan] 957 (el 7.7%), al Nuevo Reino [Santa Marta, Cartagena y el interior del Nuevo Reino de Granada] 906 (el 7.3%), a Florida 701 (5.6%), a Guatemala 468 (3.7%), a Veragua (en el solo año de 1535) 432 (3.5%), a Venezuela 350 (2.8%), a Yucatán 278 (2.2%), a Cuba 195 (1.6%), a Nicaragua 137 (1.1%), a Puerto Rico 108 (0.9%) y a Honduras 70 (0.6%).

Boyd-Bowman vuelve a insistir en que éstos son sólo los datos que ha logrado reunir un investigador solo, y que faltan por investigar archivos municipales y particulares de España y de América que pueden guardar muchos datos más.

En este segundo periodo, entre 13 262 emigrados, 845 (6.3%) son mujeres (308, 5.6% en el primero), la mayoría con destino a México y a Santo Domingo. 252 casadas viajaban con sus maridos y 85 iban a reunirse con ellos. 457 eran solteras y niñas, más 51 viudas y mujeres de estado civil incierto. Más de la mitad eran andaluzas. Pero ahora también había mujeres no españolas: 8 portuguesas, 5 flamencas, 2 griegas y 1 italiana. En total, 16 extranjeras, mientras que en el periodo anterior no había ninguna.

Los mercaderes, que en el primer periodo eran 111, son ahora

179, más de la tercera parte sevillanos y 14% vascos. De ellos, 40 viajaban a Santo Domingo, 30 a la ciudad de México y 11 más a otros lugares de la Nueva España.

En este periodo comenzaron a viajar los nobles o hidalgos, de los que Boyd-Bowman identifica a 289, 2.2% del total de la emigración. De ellos, 76 eran andaluces, 57 castellanos viejos, 46 extremeños, 40 castellanos nuevos, 29 leoneses, 18 vascos y 14 extranjeros.

De los 293 viajeros que alcanzaron mandos de capitanes o gobernadores, el mayor número, 70, procede ahora de Andalucía, y 58 de Castilla la Vieja. Pero ahora aparecen 9 alemanes que van a Venezuela, 5 portugueses, 3 flamencos, 2 italianos, 1 francés y 1 griego.

El investigador identifica 314 religiosos en este periodo, de los cuales casi la mitad eran frailes, entre los que se contaban: 54 franciscanos, 39 dominicos, 16 agustinos, 10 mercedarios, 3 trinitarios, 2 jerónimos, 1 carmelita y 1 cartujo.

De los 255 marineros consignados, los grupos principales venían de Andalucía, Vizcaya, Portugal e Italia. Casi 20% de los marineros eran extranjeros.

En los dos periodos, Boyd-Bowman identifica como mineros a 115, principalmente extremeños, andaluces y castellanos.

También durante los dos periodos registra a 662 encomenderos, 292 en el primer periodo y 370 en el segundo, con predominio de andaluces, castellanos viejos, extremeños y castellanos nuevos.

En la emigración a la Nueva España se identificaron, durante el primer periodo, a 743 españoles, con predominio de andaluces (30%), castellanos viejos (20%) y extremeños (13%), así como a algunos portugueses, italianos y otros. Durante los 20 años que siguieron (1520-1539), la conquista de México-Tenochtitlan atrajo una emigración extraordinaria a partir de 1523, y sobre todo en los años 1535-1536 al elevarse la Nueva España a virreinato.

En esta época llegan a México 4 022 pobladores registrados, "tres veces más que a ninguna otra parte de América. Van muchísimas mujeres, casadas y solteras, y gran número de mercaderes, letrados y artesanos". Los emigrantes proceden de casi todas las provincias españolas, con predominio de andaluces (35%), castellanos viejos (17.3%), extremeños (14.8%), etc.; y portugueses, italianos, flamencos, franceses, alemanes y 11 extranjeros más, en total 170 (4.3%).

De la emigración total a la Nueva España, Boyd-Bowman ha analizado especialmente la procedencia de los primeros pobladores blancos de la ciudad de México, sumando los dos primeros periodos. Obtiene 228 del periodo antillano (1493-1519) y 686 del de 1520-1539, un total de 914, cuyos orígenes se distribuyen como sigue: 299 andaluces (32.7%), 169 castellanos viejos (18.5%), 115 extremeños (12.6%), 102 castellanos nuevos (11.2%), 90 leoneses (9.9%), 45 vascos (4.9%), 23 portugueses (2.5%), 17 italianos (1.9%), 11 aragoneses (1.2%), 11 gallegos (1.2%), 6 navarros (0.7%), 5 flamencos (0.5%), 4 murcianos (0.4%), 4 valencianos (0.4%), 3 canarios (0.3%), 3 franceses (0.3%), 2 asturianos (0.2%), 1 alemán (0.1%), 1 inglés (0.1%) y 1 irés (0.1%).

Los primeros pobladores de la ciudad de Puebla de los Ángeles, fundada en 1531-1532, fueron principalmente andaluces y extremeños y, hasta 1539, se consignan 168 vecinos.

En la Nueva Galicia —el actual estado de Jalisco más otras regiones vecinas—, los primeros conquistadores, llegados a partir de 1530-1531 con Nuño Beltrán de Guzmán, ascienden a 114, con predominio de castellanos viejos, andaluces, extremeños y castellanos nuevos, y curiosamente hay menos de 2% de gallegos, cuya provincia dio nombre a esta región.

En Yucatán, sobre un total de 278 conquistadores, sus orígenes principales son andaluces, leoneses, castellanos viejos y extremeños, y 8 extranjeros: flamencos, alemanes, portugueses y holandeses.

En Guatemala y Chiapas, Boyd-Bowman identifica a 468 conquistadores, la mayor parte venidos con Pedro de Alvarado. Sus regiones predominantes de origen son, como siempre, Andalucía, Extremadura y Castilla la Vieja.

De Venezuela, dice el investigador que pocas regiones ha encontrado con una distribución de pobladores tan singular. "Logramos identificar a 387, de los cuales 27 ya estuvieron en Indias antes de 1520, pero sólo 69 en Venezuela antes de 1534, año en que llegó 'con los alemanes' una expedición de cuyos integrantes identificamos a 269."

He aquí la peculiar distribución de los pobladores de Venezuela: casi igual número de andaluces y de castellanos viejos.

Al contrario de lo que sucede en la mayoría de las regiones de América, León supera a Castilla la Nueva y ésta a su vez a Extremadura. De toda la América, Venezuela revela la porción más reducida de extremeños, y la más alta de gallegos, de navarros, y de catalanes y de baleares. Es además, excepción hecha del Río de la Plata, la región con el más alto porcentaje de extranjeros (11%), en su mayoría alemanes y flamencos comisionados por la casa financiera de los Welser.

Cartagena, Santa Marta y el Nuevo Reino de Granada:

Los primeros conquistadores de lo que hoy es Colombia, igual que los de Venezuela, cuentan con una proporción más elevada de castellanos que de andaluces y de extremeños. También son éstas las regiones que, después del Río de la Plata, exhiben el mayor porcentaje de extranjeros. Para la época segunda contamos para Colombia un total de 906 colonizadores, distribuidos del modo siguiente: Cartagena 524, Santa Marta 277 y Nuevo Reino 105.

Los extranjeros suman 73 (8.1%): 29 portugueses, 17 flamencos, 16 franceses, 6 italianos, 3 alemanes, 1 inglés y 1 holandés.

La conquista del Perú: el total de conquistadores españoles que llegaron al Perú hasta 1539 es de 1 342, cifra que pasa a 1 434 si se añaden 92 conquistadores que ya estaban en América desde la época antillana. En ellos predominan los andaluces, con 297, y los castellanos viejos, 298; los siguen los extremeños, 274, y los de Castilla la Nueva, con 186. Hay también algunos extranjeros: 16 italianos, 11 portugueses, 4 flamencos, 3 griegos, 2 ingleses, 1 irlandés y 1 alemán.

El Río de la Plata: "De todas las regiones de América —observa Boyd-Bowman—, quizá la menos típica por la composición de sus pobladores es el Río de la Plata". Allá no llegó, como a las otras regiones, una inmigración espontánea, sino casi exclusivamente los integrantes de varias expediciones: Gaboto, 1526-1527; Mendoza, 1535-1536; Cabrera, 1538, y Cabeza de Vaca, 1540-1541.

De los 1 088 pobladores identificados, más de 900 llegaron con el adelantado granadino don Pedro de Mendoza, cuyo enorme prestigio en su región natal explica el fuerte contingente en esta expedición, no sólo de Granada (69), sino también de otras provincias cercanas: Málaga (78), Jaén (64), Córdoba (61) y Sevilla (96). Van muy pocos extremeños. En cambio, abundan los extranjeros, sobre todo los portugueses, los cuales inician una corriente emigratoria hacia el Río de la Plata, Paraguay y Tucumán, que posteriormente veremos asumir proporciones más grandes todavía.

Los extranjeros llegaron a 130 (11.9%). Además de 59 portugueses, 25 flamencos, 25 italianos, 7 franceses, 6 alemanes, 4 ingleses, 2 griegos y 1 holandés.[9]

---

[9] Boyd-Bowman, prólogo a t. II, 1968, pp. ix-xxxiii.

XIV. EL FLUJO MIGRATORIO, 2

La emigración en 1540-1559

En el tercer periodo, sobre la base de 9 044 emigrantes identificados, Boyd-Bowman señala que 55% procedía de la "fértil medialuna" formada por las provincias de Sevilla, Badajoz, Cáceres, Toledo, Salamanca y Valladolid.

La distribución de pobladores por sus regiones de origen es la siguiente: Andalucía, 3 269 (36.1%); Extremadura, 1 416 (15.7%); Castilla la Vieja, 1 390 (15.4%); Castilla la Nueva, 1 303 (14.4%); León, 559 (6.2%); Provincias Vascongadas, 396 (4.4%) y otras con cifras menores. Los extranjeros son 332 (3.7%).

Boyd-Bowman hace notar que, hacia la mitad del siglo XVI, la emigración al Nuevo Mundo sufre un cambio significativo. "El espíritu de heroica aventura cedía al deseo más modesto de seguridad económica. Sin más tierras ricas por conquistar, el interés fue tornándose hacia la consolidación de las ya ganadas." Ahora hay menos aventureros, y más mujeres y niños, más artesanos y profesionales, más miembros de la servidumbre de funcionarios reales y eclesiásticos.

Los mercaderes, que en el periodo precedente eran 179, ahora son 494. Más de dos tercios de ellos (67.4%) son andaluces. Los destinos cambian de ruta, y al Perú van 179, mientras que a México únicamente 108, a Panamá 96, a Nueva Granada 25, a las Antillas 17, a Chile 13, a Honduras 10, 1 a Nicaragua y 1 a Guatemala.

Como marineros se identificaron 104, casi la mitad de ellos andaluces, y 38 extranjeros.

En cuanto a los hidalgos, el investigador sólo encontró 319.

Las mujeres representaron en el primer periodo 5.6%, en el segundo 6.3% y ahora suben a 16.4%, con 1 480. De éstas, 675 (45.6%) eran casadas y algunas viudas, y 805 (54.4%) solteras. Un poco más de la mitad eran andaluzas y una de cada tres, sevillanas.

De los 214 capitanes que vinieron a América durante este periodo, 76 (35.6%) eran andaluces, y los demás, castellanos, extremeños, vascos y de otras regiones. Cuatro eran extranjeros.

Como a los miembros del clero —explica Boyd-Bowman— no se les pedía informar sobre sus lugares de nacimiento y su ascendencia, los 372 que he identificado representan solamente una fracción del número que en realidad se embarcó. De estos 372, Castilla la Vieja aportó 111 (28.8%), Andalucía 98 (26.6%), León 43 (11.4%), Castilla la Nueva 40 (10.5%), Extremadura 36 (9.7%), las provincias vascongadas 16 (4.3%), el resto, incluyendo 10 no españoles, hacen el 8.7 por ciento.

Ochocientos ochenta de los emigrantes —aproximadamente uno de cada diez— eran sirvientes, de los cuales un tercio eran andaluces, y más de la mitad de las 72 criadas eran sevillanas.

Los destinos más frecuentados fueron los siguientes, en este periodo: Perú, en primer lugar, con 3 248 (37%), México 2 057 (23.4%), Nueva Granada 892 (10.2%), Chile 819 (9%), la región del Plata 600 (6.8%), Tierra Firme 506 (5.8%), Santo Domingo 389 (4.4%) y el resto sólo 255 (2.9%).

De los 3 248 que fueron a Perú en este periodo, sus procedencias españolas seguían la distribución más frecuente: andaluces, castellanos viejos y nuevos, extremeños, etc. Ciento catorce de ellos no eran españoles: 62 portugueses, 28 italianos, 4 flamencos, 6 griegos, 3 franceses, 3 húngaros y 3 de otros países.

De los 2 057 emigrantes que viajaron a México, casi la mitad, 976 (47.4%), eran andaluces y casi todos sevillanos. Otros 82 eran de Granada, tierra de origen del primer virrey, don Antonio de Mendoza. Sólo 22 fueron extranjeros: italianos, portugueses y franceses.

En la ciudad de México, ya cerca de 1559, dice Boyd-Bowman que residían, durante lapsos variados, 1 150 pobladores llegados al Nuevo Mundo antes de 1520 (228), antes de 1540 (686) y entre 1540 y 1559 (236).

En cuanto a Chile, la expedición de Diego de Almagro no logró asentamientos definitivos. El registro se inicia, por ello, con la expedición de Pedro de Valdivia, que llegó a Chile en 1540. Entre este año y 1559 llegaron a Chile 999 europeos. De ellos, 180, los veteranos que acompañaban a Valdivia y a García Hurtado de

Mendoza, seguían la distribución de procedencia acostumbrada, con 6 extranjeros. Otro tanto ocurrió con los 819 restantes, pero entre ellos venían 37 no españoles: italianos, portugueses, griegos, tudescos y flamencos.

A la actual Colombia, entonces llamada Nuevo Reino de Granada, incluidas también Cartagena, Santa Marta y Popayán, fueron 892 pobladores en este periodo. Doscientos cuarenta y dos de ellos fueron directamente a Popayán o a la costa del Caribe, y los otros 650 presumiblemente a Bogotá. Los orígenes principales de estos pobladores fueron Andalucía, Extremadura y las Castillas, y 9 extranjeros.

A la región del Río de la Plata llegaron 600 pobladores. Además de andaluces, castellanos nuevos y de otras regiones españolas, con ellos venían 79 extranjeros (13.2%) que, sumados a los que habían llegado antes, constituyen la proporción más nutrida. Boyd-Bowman hace notar que los gallegos, cuyas cifras son relativamente bajas en el segundo y el tercer periodos, cobrarían una importancia destacada en los siguientes.

A Asunción de Paraguay, fundada al fin del segundo periodo, habían llegado parte de los colonizadores que fueron al Río de la Plata con Mendoza y con Cabeza de Vaca. En este lapso, 1540-1559, llegan 244 emigrantes, que sumados a los llegados antes hacen un total de 389 primeros residentes en esta ciudad, también con una alta proporción de extranjeros: 75 (19.3%).

A Panamá y Nombre de Dios, llamados Tierra Firme, llegan 506 pobladores, casi la mitad de los cuales eran andaluces, 244 (48.2%), y 136 extremeños (26.9%).

Las islas antillanas, Santo Domingo, Cuba y Puerto Rico, continúan su declinación frente a otras regiones más atractivas. A Santo Domingo, en tanto que en el periodo 1520-1539 habían llegado 1 372 emigrantes, en el presente llegan sólo 389. A Cuba, 195 y 32, en el segundo y tercer periodos, respectivamente, y a Puerto Rico, 108 y 51.

Y a Nicaragua llegan 181 emigrantes, de los cuales 37 (20.4%) eran extranjeros.[1]

---

[1] Boyd-Bowman, "La procedencia de los españoles de América: 1540-1559", *Historia Mexicana*, 65, 1967, *op. cit.*, pp. 37-71.

La emigración en 1560-1579

Éste es el periodo del siglo XVI en el que Boyd-Bowman registra el número más alto de emigración española y europea a América: 17 587. Subraya el investigador que los rasgos más salientes de esta emigración, en el periodo 1560-1579, son "que de cada cuatro emigrantes, unos tres procedían de la parte meridional de la Península, y que 28.5% de todos los emigrantes eran mujeres".

La distribución por regiones de origen es como sigue: Andalucía contribuye, en primer lugar, con 6 547 (37.2%) emigrantes; seguida por Castilla la Nueva con 3 343 (19%), Extremadura con 3 295 (18.7%), etc. Los extranjeros han bajado, de 3.7% en el periodo anterior, a sólo 1.5% (263), con algunas novedades: 164 de Portugal, 16 de Italia, 14 de Francia, 12 de Cerdeña y Córcega, 11 de Grecia, 4 de Alemania, 4 de Holanda, 2 de Sicilia, 1 de África, 1 de Levante, 1 de Luxemburgo, 1 de Noruega y 1 de Polonia.

En cuanto a las condiciones sociales de los emigrantes, la distribución es la siguiente, en este cuarto periodo: de 665 nuevos mercaderes y 100 factores de procedencia cierta, 60% eran andaluces, y en su mayoría sevillanos, y su destino más frecuente de más de la mitad, 348, fue Tierra Firme y el Perú. Sólo 144 hombres aparecen como capitanes, pilotos o marineros, de los cuales 55 (38.2%) son andaluces y 44 (30.6%) extranjeros, sobre todo portugueses. En este periodo se registran 516 hidalgos (4.1%). La proporción de emigrantes mujeres sigue en aumento. He aquí un resumen acumulativo de los cinco periodos:

Emigración femenina: 1493-1600

	Total pobladores	Total mujeres	% de mujeres	% de andaluzas
I. 1493-1519	5 481	308	5.6	67.0
II. 1520-1539	13 262	845	6.3	58.3
III. 1540-1559	9 044	1 480	16.4	50.4
IV. 1560-1579	17 587	5 013	28.5	55.4
V. 1580-1600	9 508	2 472	26.0	59.7
Total 1493-1600	54 882	10 118	16.56	58.16

"La creciente crisis económica en España y la esperanza de mejores condiciones en las ciudades coloniales —comenta Boyd-Bowman— provoca una emigración femenina todavía mayor" que la de periodos precedentes. De las 5 013 mujeres registradas que van a América en esta veintena, 1 980 (cerca de 40%) eran casadas o viudas, y 3 024 (60%) solteras. Y, como aparece en el cuadro, más de la mitad eran andaluzas; había también 14 portuguesas.

Como previene de nuevo el investigador, la cifra relativa al clero, 458 identificados, es inferior a la real porque a ellos no se les exigía dar informes sobre sus lugares de nacimiento y parentela. Estos 458, frailes y clero secular, procedían de Andalucía, Castilla la Nueva, Extremadura, Castilla la Vieja, etcétera.

El número de criados sigue en aumento. En este periodo llegan a 2 390 (13.6%), con predominio, como es natural, de andaluces (37.2%).

Los destinos preferidos en América durante este periodo fueron como sigue: entre las 18 575 indicaciones de destino (cifra mayor que la de inmigración porque "algunos pobladores se avecindaron primero en una colonia, y más tarde en otra") van a México 7 218 (38.9%), al Perú 3 882 (20.9%), al Nuevo Reino de Granada 1 577 (8.5%), a Santo Domingo 1 115 (6%), a Tierra Firme o Panamá 927 (5%), al Río de la Plata y Paraguay 736 (4%), a Chile sólo 488 (2.6%), a Guatemala 478 (2.6%), a Costa Rica 412 (2.2%), a Nicaragua 302 (1.6%), a Honduras 259 (1.4%), al Reino de Quito 242 (1.3%), a Florida 229 (1.2%), a Cuba 191 (1%), a Venezuela 167 (0.99%), a Puerto Rico 152 (0.8%), a Yucatán 121 (0.7%), a Trinidad y Tobago 46 (0.2%) y a Tucumán 33 (0.2%).

"El 81% de todos los nuevos pobladores de México —subraya Boyd-Bowman— llegados entre 1560-1579 procedieron de la parte sur de la Península: Andalucía, Extremadura y Castilla la Nueva." La contribución andaluza a la colonización de México sigue, pues, siendo predominante. En el periodo 1520-1539 la proporción había sido de 35%; en 1540-1559, de 47.4%, y ahora, en este de 1560-1579, de 44%. Los extremeños ocupan el segundo lugar, con 1 370 pobladores (19%), y los de Castilla la Nueva, el tercero: 1 296 (18%). Hay en México 40 nuevos extranjeros en este periodo.

En la emigración a Perú (3 882) hay 1 339 andaluces (34.5%), 751 castellanos nuevos (19.3%), 684 extremeños (17.6%), 598 castellanos viejos (15.4%), etc., y 38 extranjeros.

El tercer destino más popular en este periodo fue el Nuevo Reino de Granada, que incluye Bogotá, Cartagena, Santa Marta, Cabo de la Vela y Popayán. Las procedencias de los 1 577 pobladores nuevos se distribuyen, en los primeros lugares, en andaluces, castellanos nuevos y extremeños, e incluye también a 20 extranjeros.

La emigración a las islas antillanas, Santo Domingo, Puerto Rico y Cuba, desciende en este periodo por el peligro de los frecuentes ataques de los corsarios. Los 1 458 nuevos emigrantes, en su mayor parte andaluces, sólo representan 8% del total.

Tierra Firme (Panamá y Nombre de Dios), "lazo comercial entre España y el Perú", habitada principalmente por ricos mercaderes sevillanos, recibe en este periodo 927 pasajeros.

Al Río de la Plata y Paraguay van en estos años 736 emigrantes, más de un tercio de ellos andaluces, y luego extremeños, castellanos nuevos y viejos, y de otras regiones, y 78 extranjeros (10.6%).

Comenta Boyd-Bowman que en los documentos chilenos del siglo XVI consta que

> nadie quería ir a Chile ni quedarse allí a causa de las costosas e interminables guerras araucanas, los gastos y azares del largo viaje por mar o por tierra, el excesivo costo de la vida, la falta de remedios (por la enorme distancia) contra los abusos y las decisiones arbitrarias de altos funcionarios, y por otras muchas razones.

Todo ello explica que, en este periodo, a Chile sólo se registren 488 nuevos pobladores, y aunque los andaluces, 152 (31.1%), están en primer lugar, seguidos por castellanos nuevos y extremeños, no son tan dominantes como en otros destinos. Van entre ellos 21 extranjeros (4.3%).

En los otros destinos hay algunas particularidades que notar. A Guatemala va una proporción alta de andaluces (41.2%). En Costa Rica predominan los castellanos nuevos (33%). En Nicaragua, sobre todo los andaluces (44%). En Honduras ocurre otro tanto (43.2%) con los andaluces, y se registran 4 extranjeros. En Quito, la mitad son andaluces. En Florida dominan los extremeños (54.5%). En Venezuela 34.7% son andaluces y van 16 extranjeros, 9.6%. "Después del Río de la Plata sigue siendo la región adonde llega la más alta proporción de extranjeros."[2]

Algunos datos sobre la emigración 1580-1600 y resúmenes 1493-1600

Aunque el doctor Boyd-Bowman no ha publicado aún su estudio sobre el periodo final, 1580-1600, del siglo XVI, sí ha hecho un resumen de la emigración española y europea hasta 1600,[3] en el que aparecen algunos datos sobre este último periodo, así como observaciones y estadísticas del conjunto de la época. Además ha hecho un análisis del periodo 1595-1598,[4] del que proceden también algunos de los datos siguientes.

En el periodo final, 1580-1600, se registran 9 508 emigrantes. El investigador anota que tanto este periodo como el anterior se caracterizan por un gran número de regresos, que no ha examinado. Para entonces, esto es, a partir de 1560, los viajes en ambos sentidos entre España y las Indias se han vuelto ya regulares. Señala, además, otro rasgo distintivo del periodo final. En los años 1595-1598, que estudió especialmente, encontró que de 2 304 españoles emigrantes, una sexta parte de las mujeres y más de la mitad (58.2%) de los hombres, lo hicieron como sirvientes. Y menciona, al respecto, la publicación que se ha hecho de 666 "cartas privadas de Puebla del siglo XVI" y de un estudio del doctor Enrique Otte, sobre este tema,[5] cartas en las cuales los poblanos escriben a sus antiguos hogares españoles para persuadir a parientes y amigos

[2] Boyd-Bowman, "La emigración española a América: 1560-1579", *Studia Hispanica in honorem R. Lapesa*, 1974, *op. cit.*, t. II, pp. 123-147.

[3] Boyd-Bowman, "Patterns of Spanish emigration to the Indies until 1600", *HAHR*, 1976, *op. cit.*, pp. 580-604.

[4] Boyd-Bowman, "Spanish emigrants to the Indies, 1595-98: A profile", *First images of America*, 1976, *op. cit.*, pp. 723-935.

[5] Enrique Otte (Freie Universität, Berlín), "Cartas privadas de Puebla del siglo XVI" y "Die europäischen Siedler und die Probleme der Neuen Welt", *Jahrbuch für Geschichte von Staat, Wirtschaft und Gesellschaft Lateinamerikas*, 1966, t. 3, pp. 10-87, y 1969, t. 6, pp. 1-40.

Los documentos proceden del AGI, de Sevilla, Indiferente General, leg. 1209, ff. 1374, 2048-2074 y 2077-2107, y fueron paleografiados y transcritos por Guadalupe Albi. [La investigación completa del doctor Otte, *Cartas privadas de emigrantes a Indias, 1540-1616*, se publicó en Sevilla, 1988, y recoge 650 cartas; la reimprimió el

de que vengan también a América, donde las condiciones de vida son incomparablemente mejores que en España, que sufre, por aquellos años, graves problemas económicos.

La distribución por regiones de origen, de la emigración en esta última veintena, presenta algunas modificaciones respecto a las tendencias antes manifestadas. El flujo dominante de los andaluces continúa y pasa de 37.2% en el periodo anterior (1560-1579) a 42.2%, el punto más alto durante la centuria. Boyd-Bowman hace notar que la concentración mayor de andaluces se registra en torno al Caribe, es decir, en las islas antillanas y en la región del istmo de Panamá, donde llega a 49.8%, y aun en la porción central de México, donde alcanza 40.6%. El investigador recuerda que estos hechos, unidos a la correlación lingüística, y sobre todo fonética, entre el español actual del Caribe y el de Andalucía, ha dado fundamento a la teoría propuesta por Boyd-Bowman y desarrollada por Ramón Menéndez Pidal, de un imperio marítimo trasatlántico dominado, comercial y lingüísticamente, por Sevilla.[6] En sus estudios filológicos de años anteriores, apoyados en los datos históricos que entonces se conocían, Pedro Henríquez Ureña —por otra parte maestro e impulsor inicial, junto con Amado Alonso, de las investigaciones de Boyd-Bowman— se oponía al que él llamaba "el supuesto andalucismo de América"[7] y proponía, en cambio, la variedad hispánica de los orígenes del español americano.

Volviendo a los orígenes regionales de la emigración en este periodo, Castilla la Vieja declina de 17.6% a 15.7%, 11.3 y, en fin, a 10.2% en esta última veintena. En cambio, Castilla la Nueva asciende hasta 19% en el periodo anterior y a 19.2% en este final. Todas las demás procedencias regionales más importantes, Extremadura, León y las provincias vascongadas, muestran variaciones menores en este periodo.

FCE en 1993 y la comentó José Luis Martínez en *El mundo privado de los emigrantes en Indias*, FCE, 1992.]

[6] Boyd-Bowman, "Regional origins of the earliest Spanish colonists of America", PMLA, diciembre de 1956, pp. 1157-1172. Ramón Menéndez Pidal, "Sevilla frente a Madrid", *Estructuralismo e historia. Miscelánea homenaje a André Martinet*, La Laguna, 1957-1962, 3 vols.

[7] Pedro Henríquez Ureña, "Observaciones sobre el español en América", *Revista de Filología Española*, Madrid, 1921, t. VII, pp. 357-390, y t. XVII, 1930, pp. 277-284.

Por lo que se refiere a las condiciones sociales de los emigrantes, Boyd-Bowman sólo ha anticipado algunas consideraciones respecto a los mercaderes y a las mujeres que vienen a América en estas dos décadas finales del siglo XVI. En cuanto a los primeros, señala la importancia de los marinos y comerciantes vascos, reputados por Fernández de Oviedo como los "más ejercitados en las cosas de la mar". Al hacer un repaso general de la evolución que tuvieron los principales centros comerciales de América, observa que fueron, inicialmente, Santo Domingo y la ciudad de México, y en años posteriores, Panamá, el Perú, Nueva Granada y Venezuela. En ellos dominaban los andaluces, y casi todos estos mercaderes y factores cruzaban con frecuencia el Atlántico. En el periodo final, el investigador cuenta 273 mercaderes, casi todos andaluces, que se dirigían preferentemente a Tierra Firme y al Perú. En una relación de 1575 se hace la siguiente descripción de cómo era entonces este complejo formado por Reino de Tierra Firme o Castilla del Oro, y de las ciudades de Panamá y Nombre de Dios:

> La ciudad de Panamá [...] tendrá cuatrocientas casas [...] en que habrá quinientos vecinos, y de ordinario asisten ochocientos hombres más o menos. Es la gente muy política, todos españoles y gran parte dellos originarios de la ciudad de Sevilla. Es gente de mucho entendimiento; su oficio es tratar y contratar, excepto quince o veinte vecinos que tratan los campos y viven de los ganados y haciendas que en ellos tienen. Es por la mayor parte gente rica [...] En este pueblo está la gente con poco asiento y como de camino para pasar al Perú o venir a España.[8]

En cuanto a las mujeres, en el periodo final del siglo XVI, sobre un total de 9 508 emigrantes, 2 472 (26%) son mujeres, y de éstas 1 476 (59.7%) eran andaluzas. Algo más de un tercio eran casadas, había algunas viudas y las restantes (59.5%) eran solteras o niñas. Del total de mujeres españolas que vinieron a América entre 1540

Pedro Henríquez Ureña, *El supuesto andalucismo de América*, Cuadernos del Instituto de Filología, Universidad de Buenos Aires, 1925.

[8] Doctor Alonso Criado [, ?] de Castilla, oidor, decano de la misma, Nombre de Dios, 7 de mayo de 1575, *Sumaria descripción del Reino de Tierra Firme, llamado Castilla del Oro, que está sujeto a la Real Audiencia de Panamá*, citado en M. M. Peralta, *Costa Rica, Nicaragua y Panamá en el siglo XVI*, Madrid, 1883, pp. 527-539, ambas fuentes citadas en Boyd-Bowman, "Patterns of Spanish emigration to the Indies until 1600", *HAHR*, 1976, *op. cit.*, p. 595.

y 1600, 55.7% eran andaluzas, 16.3% de Castilla la Nueva, 13.7% de Extremadura y 7.7% de Castilla la Vieja.

Los destinos preferidos de las mujeres en este periodo final, 1580-1600, se distribuyen así: al Perú 954, a Nueva España 784, a Cartagena 173, al interior de Nueva Granada 117, a Panamá, Nombre de Dios y Tierra Firme 99, a Santo Domingo 78 y 69 a Cuba.[9]

Para finalizar este largo resumen, de la excepcional investigación realizada por Peter Boyd-Bowman sobre la emigración española y europea a América durante el siglo XVI, se reproducen dos de los cuadros que ha preparado el mismo investigador, el de la "Emigración a América por regiones de origen" y el de "Destinos en el Nuevo Mundo de los colonizadores españoles de origen conocido en el siglo XVI",[10] que permiten apreciar en el conjunto la magnitud y las proporciones de las cifras, así como la distribución de las regiones de procedencia y de los destinos en América.

Consideraciones sobre la emigración española al Nuevo Mundo en el siglo XVI. Evolución de las procedencias

La primera evidencia es que la emigración española a las Indias en el siglo XVI tiene una relación inmediata con la cercanía de los puertos y ciudades andaluzas: Sevilla, Palos, Cádiz, y que poco a poco se va extendiendo esta procedencia a las regiones cercanas: Badajoz, Córdoba, Huelva, Cáceres.

En las primeras épocas, el Nuevo Mundo era una aventura de exploración y de conquista, una aventura para marinos y para hombres con más ambición y temeridad que oficio. A partir de las conquistas de México y del Perú, que ocurren en el segundo periodo, 1520-1539, y sobre todo después de mediados del siglo, ya no se requieren para las Indias sólo marinos y hombres decididos, sino también mujeres, mercaderes, mineros, religiosos, funcionarios y criados, en números crecientes. Y ahora provienen de una zona más extensa en el mapa de España, que se va extendiendo de sur a norte. Algunas regiones y provincias españolas,

---

[9] Boyd-Bowman, "Patterns...", *op. cit.*, pp. 580-604.
[10] *Ibid.*, pp. 585 y 602.

Emigración española a América
(Totales acumulativos por regiones de origen: 1493-1600)

	I 1493-1519	II 1520-1539	III 1540-1559	IV 1560-1579	V 1580-1600	Total	% acumulativo
1. Andalucía	2172 (39.7)	4247 (32.0)	3269 (36.1)	6547 (37.2)	3994 (42.2)	20229	36.9
2. Extremadura	769 (14.1)	2204 (16.6)	1416 (15.7)	3295 (18.7)	1351 (14.2)	9035	16.4
3. Castilla la Nueva	483 (8.8)	1587 (12.0)	1303 (14.4)	3343 (19.0)	1825 (19.2)	8541	15.6
4. Castilla la Vieja	987 (18.0)	2337 (17.6)	1390 (15.4)	1984 (11.3)	970 (10.2)	7668	14.0
5. León	406 (7.5)	1004 (7.6)	559 (6.2)	875 (4.5)	384 (4.0)	3228	5.9
6. Provincias Vascas	257 (4.4)	600 (4.5)	396 (4.4)	515 (2.9)	312 (3.3)	2080	3.8
7. Extranjeros	141 (2.6)	557 (4.2)	332 (3.7)	263 (1.5)	229 (2.4)	1522	2.8
8. Galicia	111 (2.0)	193 (1.4)	73 (0.8)	179 (1.0)	111 (1.2)	667	1.2
9. Val., Catal. y Baleares	40 (0.7)	131 (1.0)	62 (0.7)	113 (0.6)	55 (0.6)	401	0.7
10. Aragón	32 (0.6)	101 (0.8)	40 (0.4)	99 (0.6)	83 (0.9)	355	0.6
11. Murcia	29 (0.5)	122 (0.9)	50 (0.5)	96 (0.5)	47 (0.55)	344	0.6
12. Navarra	10 (0.2)	71 (0.5)	81 (0.6)	112 (0.6)	52 (0.55)	326	0.6
13. Asturias	36 (0.7)	77 (0.6)	49 (0.5)	90 (0.5)	71 (0.7)	323	0.6
14. Canarias	8 (0.1)	31 (0.2)	24 (0.3)	75 (0.4)	24 (0.2)	162	0.3
TOTALES	5481	13262	9044	17586	9508	54881	100.0

Nota: Los números entre paréntesis indican porcentajes.

Destinos en el nuevo mundo de los colonizadores españoles en el siglo XVI de origen conocido

	1493-1519	1520-1539	1540-1559	1560-1579	1580-1600	Totales acumulativos	%
Santo Domingo	1145	1372	389	1115	259	(4280)	(8.5)
Cuba	(NC)	195	32	191	209	(627)	(1.2)
Puerto Rico	109	108	51	152	22	(442)	(0.9)
Total Antillas	1254	1675	472	1458	490	5349	10.6
Florida	—	701	(NC)	239	28	968	1.9
Frontera norte	—	(NC)	(NC)	(NC)	420	(420)	(0.8)
México	743*	4022	2057	7218	2360	(16400)	(32.5)
Yucatán	—	278	(NC)	120	60	(458)	(0.9)
Total Nueva España	743*	4300	2057	7338	2840	17278	34.3
Chiapas	—	(NC)	(NC)	(NC)	21	(21)	(—)
Guatemala	—	467	(NC)	478	151	(1096)	(2.2)
Honduras	—	(NC)	(NC)	(NC)	61	(61)	(0.1)
Nicaragua	—	137	181	250	16	(584)	(1.2)
Costa Rica	—	(NC)	(NC)	226	6	(232)	(0.5)
Total América Central	—	604	181	954	255	1994	4.0
Venezuela	—	387	(NC)	167	67	621	1.2
Tierra Firme y Panamá	590	958	506	928	431	3413	6.8
Nueva Granada	—	906	892	1586	454	3838	7.6
Quito	—	(NC)	(NC)	291	208	499	1.0
Perú (incl. Charcas)	92*	1342	3248	3882	3451	12015	23.8
Región de los Llanos (incl. Tucumán y Paraguay)	—	1088	600	733	169	2590	5.1
Chile	—	180*	819	488	343	1830	3.6
Totales	2679	12141	8775	18064	8736	50395	

( ) = Subtotales. NC = No se dispone de cifras. * = Ya se encontraban en América antes de que la conquista se iniciara.

como Murcia, Albacete, Valencia, Cataluña y Aragón, por razones de lejanía y de temperamento, quedan casi intocadas por el contagio de la aventura del Nuevo Mundo. Esta distribución española de orígenes de la emigración hacia América, que se va ampliando lentamente, refuerza la idea de la conquista y colonización de América como empresa individual, de elección personal, y sólo en casos excepcionales, como el del Río de la Plata, con soldados reclutados por la Corona. Y desde la perspectiva lingüística, confirma la idea de un andalucismo dominante (36.9%) —sobre todo en torno a la región del Caribe y en la costa oriental de México—, seguido en proporciones importantes por la emigración proveniente de Extremadura (16.4%), Castilla la Nueva (15.6%) y Castilla la Vieja (14%).

Los destinos en las Indias y los extranjeros

La distribución de destinos en las Indias responde al curso y atractivo de las sucesivas conquistas; después de las islas antillanas, México y el Perú, y luego los asentamientos que se van realizando posteriormente, la región centroamericana, lo que hoy es Colombia y Venezuela, y la lenta y azarosa conquista del cono sur.

Los extranjeros que participan en esta emigración según las identificaciones de Boyd-Bowman, llegan sólo a 1 522, entre 1493-1600, que representan 2.8% de la emigración total. Sin embargo, debe recordarse que el investigador sólo consigna a los registrados formalmente y que es posible que esta necesaria levadura cosmopolita haya sido más numerosa, y que muchos más hayan encontrado rendijas para burlar las severas e insistentes prohibiciones. Portugueses, italianos y franceses suelen encontrarse en primer lugar, y las regiones de mayor concentración de extranjeros son el Río de la Plata y Venezuela.

Los religiosos

Respecto a los religiosos, frailes y clero secular, que vienen a América a fines del siglo xv y durante el siglo xvi, Boyd-Bowman sólo registra los siguientes:

I.	1493-1519	78
II.	1520-1539	314
III.	1540-1559	372
IV.	1560-1579	458
V.	1580-1600	—
	TOTAL	1 222

El investigador insiste en que sus cifras son parciales, ya que sólo toma en cuenta a los religiosos de los que se conoce su procedencia y su destino; y no ha publicado aún las cifras correspondientes al último periodo. Lo cual explica el exiguo número de religiosos que registra.

En cambio, Pedro Borges Morán, en su obra sobre *El envío de los misioneros que vinieron a América durante la dominación española*, consigna que, según los registros de la Casa de la Contratación, que hoy se encuentran en el Archivo General de Indias, de Sevilla, vinieron a América, durante los años finales del siglo XV y el siglo XVI, 415 expediciones, con un total de 5 428 misioneros, cifra que es muy superior a la de Boyd-Bowman, aunque no está integrada por fichas individuales. En el cuadro siguiente se registran, para efectos de comparación, y para que se aprecie la tendencia evolutiva y las contribuciones de cada orden, las cifras correspondientes hasta el siglo XIX.[11]

Misioneros que vinieron a América. Siglos XV-XIX

Orden	XV	XVI	XVII	XVIII	XIX	Total	%
Franciscanos	5	2 782	2 207	2 736	711	8 441	55.91
Jesuitas	—	351	1 148	1 690	—	3 189	21.12
Dominicos	—	1 579	138	116	4	1 837	12.17
Capuchinos	—	—	205	571	26	802	5.31
Mercedarios	3	312	73	—	—	388	2.57
Agustinos	—	348	31	1	—	380	2.51
Carmelitas descalzos	—	28	12	—	—	40	0.26
Varios	2	18	—	—	—	20	0.13
TOTALES	10	5 418	3 814	5 114	741	15 097	

Este cuadro muestra que la contribución más importante y creciente hasta el siglo XVIII fue la de los franciscanos; que agusti-

[11] Pedro Borges Morán, *El envío de misioneros a América...*, op. cit., cap. XII, pp. 536-537.

nos, dominicos y mercedarios "redujeron drásticamente su aportación durante los siglos XVIII y XIX", mientras que jesuitas y capuchinos la fueron incrementando. Además, debe recordarse que, junto a estos misioneros de órdenes regulares, desde el XVI vinieron a América miembros del clero secular —sacerdotes y obispos—, que paulatinamente fueron sustituyendo a los regulares y cuyo número fue también muy considerable. Por ejemplo, en la Nueva España, hacia 1810, había 5 210 religiosos frente a 4 229 clérigos.[12]

La emigración femenina

La importancia de la emigración de mujeres españolas a América, desde los orígenes hasta 1600, es una de las revelaciones importantes de la investigación de Boyd-Bowman. Como se señaló más arriba, de 1493 a 1600, de un total de 54 882 pobladores registrados vinieron 10 118 mujeres, o sea, 16.56%, y en las últimas dos veintenas del siglo la proporción subió a 28.5% y a 26%, respectivamente.

Esta constante y creciente emigración femenina, andaluza principalmente, tuvo varias motivaciones. En el periodo de las islas, comenzaron a viajar a las Indias para reunirse con sus maridos o como criadas de señores; y algunas de las que enviudaron —como ocurrió en Santo Domingo con doña Felipa cuando murió su marido el licenciado Alonso de Zuazo— se hicieron cargo con éxito de las haciendas de sus maridos.[13] Cuando las grandes conquistas de México y del Perú vinieron mujeres, como la María Estrada a la que se refiere Bernal Díaz,[14] soldado y enfermera; otras viajaron en busca de su marido, como doña Catalina Juárez Marcaida, que recuperó a Hernán Cortés, con quien se había casado en Cuba, aunque pereció entre sus manos pocos meses después; o como las que una vez consumada la conquista fueron al Perú y participaron activamente en las banderías y conspiraciones políticas en torno a los Pizarro.

Las disposiciones y reglamentaciones reales se preocuparon

[12] Fernando Navarro y Noriega, *Catálogo de los curatos y misiones de la Nueva España*, México, 1813, 2ª ed., 1943.
[13] Fernández de Oviedo, *Historia general y natural de las Indias, op. cit.*, lib. v, cap. viii.
[14] Díaz del Castillo, *Historia verdadera…, op. cit.*, cap. cxxviii.

mucho porque las mujeres casadas, cuyos maridos habían venido a las Indias, se reunieran con ellos. Pero, además de esposas e hijas, vinieron a América numerosas criadas, mujeres que afrontaron duras tareas, cumplieron cargos de gobierno, se volvieron afanosas administradoras, inspiraron hazañas, enloquecieron de amor, y otras que fueron simplemente aventureras y busconas.[15]

Quiénes viajaban de las Indias a España

Toda la imponente documentación recopilada por Peter Boyd-Bowman se refiere a quienes viajaron de España a las Indias en el siglo XVI. Muy poco se sabe, en cambio, de quienes hacían el viaje de regreso y del volumen de ese tráfico, que debió ser notoriamente inferior al primero. Boyd-Bowman sólo indica que, a partir de 1560, "un gran número de personas [...] pasan a las Indias por segunda o tercera vez"[16] y que los viajes en ambos sentidos son ya regulares.

Debieron viajar de las Indias a España los funcionarios de la Corona y algunos religiosos, pues muchos de ellos se quedaron para siempre en las Indias. Los mercaderes, constantemente. Volverían periódicamente a su tierra de origen los españoles que aquí se enriquecieron, sobre todo los mineros, que "eran los que más podían viajar por todos los mares", como dice Gonzalo Gómez de Cervantes.[17] Y volvieron también muchos de los conquistadores triunfantes y más o menos prósperos, como Hernán Cortés, Francisco Pizarro, Nuño Beltrán de Guzmán y aun Bernal Díaz del Castillo.

Pocos criollos —si no pertenecían a la nobleza o a las familias de funcionarios o de grandes propietarios—, poquísimos mestizos y ningún indígena tenían recursos y podían recibir licencias para viajar de las Indias a España.

---

[15] El único libro, al parecer, sobre este tema es el muy interesante y bien documentado de Nancy O'Sullivan-Beare (Nancy Marie Sullivan), *Las mujeres de los conquistadores. La mujer española en los comienzos de la colonización americana*, Compañía Bibliográfica Española, Madrid (s. f., *ca*. 195...).

[16] Boyd-Bowman, "La emigración española a América: 1560-1579", *op. cit.*, p. 125.

[17] Gonzalo Gómez de Cervantes, *La vida económica y social de la Nueva España al finalizar el siglo XVI*, Biblioteca Histórica Mexicana de Obras Inéditas, 19, Editorial Robredo, México, 1944, p. 141.

XV. LOS PASAJEROS ESCLAVOS. ORÍGENES Y ORGANIZACIÓN DEL TRÁFICO

Los otros pobladores de Indias

En tanto que la emigración española y europea a América se ha estudiado y analizado minuciosamente —hasta llegar a establecer fichas biográficas de cerca de 56 000 pobladores en el siglo XVI, como lo ha hecho Boyd-Bowman—, la de negros africanos que se trajeron como esclavos a América no suele tomarse en cuenta como otra emigración paralela, y su estudio ha quedado confinado a obras especializadas. Sin embargo, vinieron negros al Nuevo Mundo desde el primer año del siglo XVI hasta bien avanzado el siglo XIX, en una emigración forzada al menos tan numerosa como la voluntaria de los europeos, y que ha llegado a ser un elemento importante en la formación de las nuevas sociedades americanas y de sus culturas.

La esclavitud es una vieja iniquidad de la humanidad. Existía ya en los más remotos pueblos orientales, Asiria, Babilonia, Egipto, Israel, India y China. Convivió con la cultura de Grecia y floreció en Roma y su Imperio. A todos parecía una consecuencia natural del sojuzgamiento de los enemigos bárbaros o infieles y de los pueblos más débiles. Estos usos pasaron, algo humanizados, al mundo europeo del Renacimiento, sobre todo en perjuicio de los pueblos que cada uno consideraba infieles.

Las causas de la exportación de esclavos a América y los escrúpulos morales

Pocos años después del descubrimiento de América, cuando la crueldad y voracidad de la explotación que hicieron los colonos españoles en las islas antillanas —que denunciara fray Bartolomé de las Casas en su *Brevísima relación de la destrucción de las Indias*, de 1552—, exterminó literalmente la frágil población indígena,[1] se ideó el recurso de traer de África, como esclavos, una mano de obra más fuerte, capaz de realizar trabajos como los de las minas y los ingenios de caña de azúcar. La misma necesidad se advirtió, años más tarde, en los grandes dominios españoles del continente.

Respecto al sojuzgamiento de los indígenas existió una poderosa corriente de "lucha por la justicia", que se empeñó en su defensa contra su explotación por los conquistadores, y consiguió que en 1542, con las *Leyes nuevas*, se prohibiera la esclavitud de los indios;[2] pero, al mismo tiempo, los españoles y portugueses no tuvieron muchos escrúpulos ni se presentaron objeciones morales firmes en el caso de la esclavitud de los negros.

Los españoles y sus primos los portugueses —observa Frederick P. Bowser— vieron con complacencia moral ese hecho [el tráfico de esclavos en el Atlántico], en buena medida debido al sutil proceso por el que el africano se transformó en la mente europea del siglo XVI en el "negro", un hombre que no sólo era el único esclavo disponible, sino que de hecho había nacido esclavo;[3] que era "por naturaleza esclavo", como decía el filósofo.[4]

[1] "Después de las matanzas gratuitas y el despilfarro insensato de seres humanos, tratados al principio como viles piezas de una abundante caza, viene la organización de la encomienda y del trabajo forzado: lo que queda de los indios es cada vez más ásperamente disputado entre los españoles a medida que el indígena es más escaso, sin que ello signifique una mayor protección de su vida, pues la inestabilidad de los repartimientos incita a los encomenderos a usar y abusar de los indios mientras los tienen. El número de éstos disminuye considerablemente. Según un recuento hecho en tiempo de Cristóbal Colón por su hermano *el Adelantado*, había cerca de 1 100 000 indios en la Española. En los últimos años del rey Fernando un monje llegado a la Corte estima que este número había descendido a unos 11 000. Los dominicos de 1519 estiman que no quedan más que unos 8 000 o 10 000, que parecen más muertos que vivos. Las Casas, en su memorial, admite que de 1 100 000 quedaban en 1516 unos 12 000": Marcel Bataillon, *Estudios sobre Bartolomé de las Casas* (1965), traducción de J. Coderch y J. A. Martínez Schrem, Ediciones Península, Barcelona, 1976, t. I, pp. 56-57. Para los orígenes de la esclavitud, véase J. Joaquín Díaz-González, *¡Tú eres esclavo! (La esclavitud en la Antigüedad)*, Casa Editorial Araluce, Barcelona, 1932.
[2] Véase Silvio Zavala, *Los esclavos indios en la Nueva España*, El Colegio Nacional, México, 1967.
[3] Frederick P. Bowser, *El esclavo africano en el Perú colonial. 1524-1650*, traducción de Stella Mastrangelo, América Nuestra, 4, Siglo XXI, México, 1977, cap. 2, p. 48.
[4] Aristóteles, *Política*, 1254 b 17-19. El pasaje, en traducción de Antonio Gómez Robledo, dice: "Aquellos hombres que difieren tanto de los demás como el cuer-

Un hombre excepcional, fray Bartolomé de las Casas, en su afán por defender a los indios, cayó por un momento en la vieja doctrina, aunque pronto volvió a recordar que "la humanidad es una". Lo refiere el mismo Las Casas, en un pasaje memorable de la *Historia de las Indias*, en que se refiere a sí mismo en tercera persona, para forzar la objetividad:

> y porque algunos de los españoles desta isla dijeron al clérigo Casas, viendo lo que pretendían y que los religiosos de Sancto Domingo no querían absolver a los que tenían indios, si no los dejaban, que si les traía licencia del rey para que pudiesen traer de Castilla una docena de negros esclavos, que abrirían mano de los indios, acordándose desto el clérigo dijo en sus memoriales que se hiciese merced a los españoles vecinos dellas de darles licencia para traer de España una docena, más o menos, de esclavos negros, porque con ellos se sustentarían en la tierra y dejarían libres los indios. [Este aviso de que se diese licencia para traer esclavos negros a estas tierras dio primero el clérigo Casas, no advirtiendo la injusticia con que los portugueses los toman y hacen esclavos; el cual, después de que cayó en ello, no lo diera por cuanto había en el mundo, porque siempre los tuvo por injusta y tiránicamente hechos esclavos, porque la misma razón es dellos que de los indios.][5]

Los jesuitas se preocuparon especialmente por instruir y aliviar la triste condición de los negros esclavos que llegaban a las Indias. En Veracruz establecieron lecciones especiales, de castellano y catequesis, para los que esperaban ser llevados a la ciudad de México. En esta ciudad y en centros mineros de Nueva España se establecieron cofradías de beneficencia de negros. En 1569, el benefactor Bernardino Álvarez estableció en la isla de San Juan de Ulúa, frente a Veracruz, el Hospital de San Martín, para atender a los enfermos que llegaban en la flota, y entre ellos a los esclavos negros; y en 1582 el doctor Pedro López fundó en

---

po del alma o la bestia del hombre... son por naturaleza esclavos, y para ellos es mejor ser mandados".

Sobre este tema, véase M. I. Finley, *Ancient slavery and modern ideology*, The Viking Press, Nueva York, 1980.

[5] Fray Bartolomé de las Casas, *Historia de las Indias*, edición de Agustín Millares Carlo y estudio preliminar de Lewis Hanke, Fondo de Cultura Económica, México, 1951, lib. III, cap. cii, t. III, p. 177. El pasaje entre corchetes es adición del propio Las Casas.

la capital del virreinato el Hospital Real de la Epifanía, que luego se llamaría de Nuestra Señora de los Desamparados, destinado principalmente a atender a negros, mulatos y mestizos y a recoger niños abandonados.[6]

En la primera mitad del siglo XVII y en Cartagena de Indias —uno de los puertos principales de entrada para los barcos negreros—, dos jesuitas realizaron tareas importantes: el padre Alonso de Sandoval escribió dos obras notables en que estudia y denuncia la esclavitud en América;[7] y su discípulo Pedro Claver, "el santo de los esclavos", como le llamó su biógrafo, Mariano Picón-Salas,[8] realizó una conmovedora tarea humanitaria para auxiliar y proteger a los esclavos que llegaban, encadenados, exhaustos y podridos, en las bodegas de los barcos negreros, a Cartagena de Indias.

Organización del tráfico de esclavos

En el curso del siglo XV, Portugal había logrado posesionarse de una parte considerable de las costas de África, y su dominio había sido confirmado por una bula del papa Nicolás V *(Romanus Pontifex)*, del 8 de enero de 1455, en la cual, considerando que aquellas tierras estaban habitadas por "sarracenos y paganos", daba a la Corona portuguesa el derecho de "invadirlos, conquistarlos, expugnarlos, debelarlos y sujetarlos",[9] es decir, que podía esclavizarlos por infieles.

La Corona española necesitaba esclavos africanos para sus

---

[6] Para las cofradías: *Descripción del Arzobispado de México hecha en 1570 y otros documentos*, editor Luis García Pimentel, José Joaquín Terrazas e Hijos, Imps., México, 1897, pp. 45-47, 172, 255-256; Carta del virrey Martín Enríquez a Felipe II, del 28 de abril de 1572, *Cartas de Indias*, Imprenta de Manuel G. Hernández, Madrid, 1877, pp. 283-284. Para los hospitales: Josefina Muriel, *Hospitales de la Nueva España*, México, 1956, t. I, pp. 145, 210-211 y 253-255.

[7] Alonso de Sandoval, *Naturaleza, policía sagrada y profana, costumbres, ritos y supersticiones de todos los etíopes*, Sevilla, 1627.

Alonso de Sandoval, *De instauranda aethiopum salute*, Madrid, 1641; traducción: *El mundo de la esclavitud negra en América*, edición de Ángel Valtierra, Bogotá, 1956.

[8] Mariano Picón-Salas, *Pedro Claver, el santo de los esclavos*, estampas y viñetas de Alberto Beltrán, Fondo de Cultura Económica, México, 1950.

[9] Silvio Zavala, "La partición del mundo en 1493", *Memoria de El Colegio Nacional*, México, 1969, t. VI, núm. 4, pp. 25-26.

posesiones de ultramar, y ya que no tenía acceso directo al África, obtenía los esclavos mediante compra a los portugueses, y más tarde, a través de tratantes de Holanda, Italia, Alemania, Francia e Inglaterra, que operaban como intermediarios. Cuando, de 1580 a 1640, Portugal se incorpora a la Corona española, el tráfico de esclavos africanos se facilita para España, que sólo tiene que pagar derechos de aduana.[10]

De acuerdo con su tendencia a la descentralización de sus posesiones, Portugal había dividido la costa occidental de África en contratos dados a particulares mediante un pago global. Con estos contratistas establecían acuerdos los traficantes que deseaban obtener y exportar esclavos, ya fueran para Lisboa, Brasil o la América española.

Las zonas africanas de procedencia. La captura

Las zonas africanas preferidas para la captura de esclavos fueron las más cercanas a las costas americanas: la protuberancia occidental del continente africano, entre los ríos Senegal y Nigeria, donde hoy se encuentran Mauritania, Senegal, Guinea, Sierra Leona, Liberia, Costa de Marfil, Ghana y Nigeria; así como las caletas de Benin y Biafra, en el golfo de Guinea, y más al sur, en las zonas de Congo y Angola.[11]

Los esclavos procedentes de Mauritania, así como de Marruecos —moros y beréberes—, eran llamados "esclavos blancos" y, como eran de religión islámica, y se les consideraba infieles, su importación a América fue prohibida y sólo pasaron pequeños grupos en los primeros tiempos.

Los verdaderos negros eran los que procedían de los territorios situados al sur del río Senegal. De ellos, los más apreciados eran los procedentes de Guinea, "por su laboriosidad, alegría y adaptabilidad". El padre Sandoval los colma de elogios y descri-

---

[10] Bowser, *op. cit.*, cap. 2, pp. 52-53.
[11] Arthur Ramos, *Las culturas negras en el Nuevo Mundo*, traducción de Ernestina de Champourcín; glosario de voces por Jorge A. Vivó, Fondo de Cultura Económica, México, 1943, cap. iv, pp. 69-71. Gonzalo Aguirre Beltrán, *La población negra en México. Estudio etnohistórico*, 1ª ed., 1946; 2ª ed., corregida y aumentada, Fondo de Cultura Económica, México, 1972, 2ª parte, cap. vi, pp. 103-107. Bowser, *op. cit.*, cap. 2, pp. 62-65.

be, además, las características de otras tribus africanas que llegaban a Cartagena.¹²

La captura de los futuros esclavos la hacían los portugueses por la fuerza, en aquellos territorios que les oponían resistencia. Más tarde, siguieron el camino más fácil del trueque y los tratos con los jefes tribales. Como la esclavitud era una práctica corriente en estos pueblos de la costa occidental africana, se esclavizaba a los prisioneros de guerra, a los convictos de delitos y aun muchos africanos se vendían a sí mismos para sobrevivir. C. R. Boxer expone que los africanos

> con frecuencia se obtenían de las guerras intertribales del interior y el crecimiento del tráfico de esclavos probablemente empeoró el estado de violencia e inseguridad existente —o en todo caso no se hizo nada para mejorarlo. Fueron los jefes y gobernantes africanos quienes más se beneficiaron del comercio con los portugueses, y [...] la mayoría de ellos participaron siempre voluntariamente en el tráfico de esclavos.¹³

Algunos grupos, como los Bioho de Guinea, para satisfacer su floreciente comercio con los portugueses, atacaban al amanecer las aldeas de sus vecinos. Frédéric Mauro observa que, en varias tribus, las disputas sucesorias entre los hijos de un jefe y sus esposas solían terminar con los perdedores vendidos como esclavos, por lo que algunos de éstos eran jefes o reyes y provenían de las clases superiores.¹⁴

A cambio de entregar a los negros, los jefes tribales recibían como trueque telas, aguardiente, ajos, cuentas y hierro. Y cuando aumentó la demanda, aumentaron también los precios. A principios del siglo XVII se estimaba que un esclavo de Guinea costaba entre 140 y 156 pesos en bienes.¹⁵

La captura de los negros libres no se hacía sin resistencia. "Cada negro esclavizado suponía otros negros muertos y montones de ruinas", comenta el antropólogo cubano Fernando Ortiz, y

---

¹² Sandoval, *(De instauranda...) El mundo de la esclavitud negra en América, op. cit.*, pp. 64-97. Bowser, *op. cit.*, p. 62.

¹³ C. R. Boxer, *The Portuguese seaborne empire, 1415-1825*, Nueva York, 1969, p. 31: citado en Bowser, *op. cit.*, cap. 2, p. 71.

¹⁴ Frédéric Mauro, *Le Portugal et l'Atlantique au XVIIᵉ siècle (1570-1670). Étude économique*, París, 1960, p. 164.

¹⁵ Bowser, *op. cit.*, p. 72.

añade: "¡Qué horrible despilfarro de crueldad!",[16] y fray Tomás de Mercado refiere

> que en rescatar, sacar y traer los negros de su tierra para las Indias, o para acá, hay dos mil engaños, y se hacen mil robos y se cometen mil fuerzas [...] pues en cualquier parte hay aparejados portugueses o los mismos negros para mercarlos. Demás de estas injusticias y robos que se hacen entre sí unos a otros, pasan otros mil engaños en aquellas partes [...] engañándolos y trayéndolos como a bozales que son a los puertos con unos bonetillos, cascabeles, cuentas y escribanías que les dan, y metiéndolos disimuladamente en los navíos alzan anclas y echando velas se hacen afuera con la presa a la mar alta.[17]

Las caravanas hacia las costas

Una vez capturados, con cualesquiera de las argucias mencionadas, se formaba con los nuevos esclavos largas caravanas para llevarlos a las costas, que en ocasiones distaban hasta 1 200 millas. Para evitar la fuga de los cautivos se les ataba unos a otros por medio de horquillas y cuerdas que les sujetaban los cuellos, y a veces por cepos en los pies. A ambos lados de la caravana iban los vigilantes, que con látigos y lanzas apuraban la marcha, golpeaban encarnizadamente a los rezagados y, cuando alguno de los esclavos caía rendido, le cortaban la cabeza. Con alimentos escasos y la brutalidad con que se les trataba, el camino iba quedando señalado por cadáveres insepultos. Sólo en este viaje del interior hacia las costas, se calculaba que morían cinco doceavos de la totalidad de las caravanas.

Al llegar a los puertos, se los amontonaba y encadenaba en barracones, salas de putrefacción donde se confundían sus excrementos y las ulceraciones de sus llagas, y la muerte continuaba diezmándolos. Cuando llegaban demasiados esclavos y escaseaban los compradores, se apartaba a los viejos y a los enfermos, a los que se tiraba al mar atándoles un peso al cuello y, cuando seguía habiendo sobrantes sin mercado, se les dejaba morir de

[16] Fernando Ortiz, *Los negros esclavos* (título original: *Hampa afrocubana. Los negros esclavos. Estudio sociológico y de Derecho Público*, La Habana, 1916), Editorial de Ciencias Sociales, La Habana, 1975, cap. vii, p. 119.
[17] Fray Tomás de Mercado, *Suma de tratos y contratos de mercaderes y tratantes decididos y determinados*, F. Díaz, impresor, Sevilla, 1587.

hambre o se les exterminaba.[18] Pero en otros casos, la experiencia comercial aconsejaba la conveniencia de alimentar bien a los esclavos antes de su venta. Una vez engordados, se les frotaba la piel con aceite de palma para darles una apariencia saludable.[19]

LOS PREPARATIVOS Y EL TRANSPORTE

Como los portugueses y los españoles estaban preocupados por no enviar a América infieles, se organizaba el bautizo colectivo de los esclavos. El jesuita Pedro de Espinosa, de Córdoba de Tucumán, lo relató en una carta que escribió al padre Diego Ruiz, de Sevilla, en 1622. En una iglesia cercana o en la plaza del puerto, se reunía a los esclavos, sin que hubieran recibido ninguna instrucción religiosa. Antes de la ceremonia, un sacerdote recorría las filas de los cautivos y entregaba a cada uno un papel con el nombre cristiano que le correspondía —Pedro, Juan o Francisco, como decía el catecismo de Ripalda— para que no lo olvidara. Luego el sacerdote recorría de nuevo las filas poniendo un poco de sal en la lengua de cada esclavo, y en otra vuelta los rociaba con agua bendita "y con mucha prisa". Finalmente, les dirigía, por medio de un intérprete, una plática para explicarles que ahora eran hijos de Dios, que iban a tierras españolas donde aprenderían la nueva fe, que olvidaran las tierras que dejaban y que no comieran perros ni ratas ni caballos.[20]

Entre las tribus de los pobres negros capturados había cundido un rumor: se los llevaban para comérselos o para echarlos vivos en calderas y convertirlos en grasa. Por ello, muchos preferían saltar al agua y ahogarse. Para evitarlo, los esclavos eran encadenados de a seis y unidos por parejas con grillos en los pies. Así se les acomodaba, acostados, en las llamadas armazones que se instalaban bajo la cubierta, en la bodega que en los barcos normales se destinaba a transportar la carga. Aquella bodega en

[18] Ortiz, *op. cit.*, pp. 120-123.
[19] Bowser, *op. cit.*, p. 75.
[20] Esta carta la publicó Pablo Pastells, S. J., *Historia de la Compañía de Jesús en la Provincia de Paraguay (Argentina, Paraguay, Uruguay, Perú, Bolivia y Brasil) según los documentos originales del Archivo General de Indias*, Madrid, 1912-1949, 9 vols., t. I, pp. 300-301. Sandoval, en *De instauranda*, publicó la carta y se refirió al escándalo que provocó: citado por Bowser, *op. cit.*, pp. 75-76.

la que se hacinaban cientos de hombres pronto se volvía un lugar fétido; decía el padre Sandoval que "un español no podía acercar la cara a la escotilla sin sentir náuseas". Al principio, se seguía la regla de transportar al menos un esclavo por tonelada del barco. Es decir, los de 200 toneladas —cuya tripulación solía ser de 20 a 30 hombres— llevaría un mínimo de 200 esclavos. Gracias a los ingeniosos diseños que se hicieron para aprovechar más el espacio de las bodegas, los barcos pronto pudieron apiñar de 400 a 600 esclavos, es decir, de dos a tres por tonelada náutica. A veces los acompañaba un intérprete negro, y en pequeños grupos, para evitar motines o suicidio, se les llevaba periódicamente a la cubierta para tomar aire fresco y hacer algún ejercicio, vigilados por la tripulación. El padre Sandoval y Tomás de Mercado, que denunciaron las miserias del tráfico de los esclavos, añaden que sólo recibían un alimento al día: un plato de papilla de harina de maíz o de mijo y un poco de agua.[21]

Estas atrocidades contribuían a la propagación de enfermedades —sobre todo escorbuto e infecciones— entre las armazones de esclavos y, en consecuencia, las muertes de éstos eran frecuentes. Por ello, era normal autorizar que se cargara de 10 a 20% más de esclavos para compensar las pérdidas en el viaje. Los traficantes, además, establecieron un sistema de seguros que protegiera su inversión, en cada etapa del viaje.

A mediados del siglo XVII los portugueses descubrieron que un trato más humanitario: mejores comidas, vestidos, lavado periódico de la cubierta y de la bodega, y probablemente alguna libertad de movimiento, redundaba en una mortalidad más baja y en la llegada del cargamento, en mejores condiciones, al punto de destino.[22]

Especificaciones, prevenciones y precios

La mercancía humana debía satisfacer especificaciones precisas que se tasaban en los puertos de entrada a las Indias, para establecer su precio y el pago de los derechos correspondientes.

---

[21] Sandoval, *El mundo de la esclavitud negra en América*, *op. cit.*, pp. 107 y 357. Mercado, *Suma de tratos y contratos*, *op. cit.*, pp. 63-68. Aguirre Beltrán, *op. cit.*, cap. I, pp. 31-32. Bowser, *op. cit.*, p. 77. Ortiz, *op. cit.*, cap. IX, pp. 145-151.
[22] Bowser, *op. cit.*, pp. 77-79. Aguirre Beltrán, *op. cit.*, p. 32.

Llamábase "pieza de Indias" a un esclavo de primera calidad. Las esclavas tenían un precio inferior y eran de más difícil venta. Al principio, se traían mitad hombres y mitad mujeres, pero luego se redujo la proporción femenina a un tercio. Combinando las varias especificaciones referentes a esclavos, se consideraba con el precio más alto a los que tenían entre 15 y 30 años, robustos, sin defectos físicos y con todos sus dientes. Los que contaban de ocho a 15 años, o tenían más de 30, valían dos tercios de "pieza", y los menores de ocho y hasta 45, como media. Los niños de pecho no contaban.[23]

A los enfermos se les apartaba y ponía en cuarentena, recordando a aquel negro de la expedición de Pánfilo de Narváez al que Bernal Díaz del Castillo atribuía haber traído la viruela que asoló la Nueva España en los días de la conquista.[24]

Los precios de los esclavos eran elevados, ya que había que acumular varios costos. En principio, la venta de las concesiones que cobraba la Real Hacienda, y fue en constante aumento: 2 ducados por cabeza en 1513, 5 en 1528, 6.5 en 1537, 7 en 1542, 8 en 1552, 9 en 1560 y hasta 30 en 1561 (un ducado equivalía a 375 maravedís o, aproximadamente, un peso y medio).

Además, existía el derecho de la "aduanilla", de 20 reales por esclavo (2.5 pesos), y a veces también el almojarifazgo. A los jefes tribales africanos se pagaba, en bienes de intercambio —como ya se anotó—, entre 140 y 156 pesos por negro. Concesión real, "aduanilla" y valor de trueque sumaban, hacia 1528, 158 pesos, y hacia mediados del siglo, 162.5 pesos en promedio. Pero luego venía el coste del transporte y sus riesgos,[25] y la ganancia.

Por ello, en los puertos americanos de entrada, los esclavos llegaron a venderse hasta en 500 pesos cada uno, aunque este precio bajó a 300 a fines del XVI, cuando comenzaron a operar, en grande, los grandes "factores" portugueses.

Ya en su ciudad de destino, México, Lima, Bogotá, Santiago, Buenos Aires, los precios de los esclavos eran aún más altos,

---

[23] Bowser, *op. cit.*, p. 65 nota *. Aguirre Beltrán, *op. cit.*, p. 30.

[24] "Y volvamos ahora a Narváez y a un negro que traía lleno de viruelas, que harto negro fue para la Nueva España, que fue causa de que se pegase e hinchiese toda la tierra de ellas, de lo cual hubo gran mortandad, que, según decían los indios, jamás tal enfermedad tuvieron": Bernal Díaz del Castillo, *Historia verdadera...*, *op. cit.*, cap. cxxiv.

[25] Aguirre Beltrán, *op. cit.*, p. 27. Bowser, *op. cit.*, pp. 51 y 72.

según la lejanía, aunque había oscilaciones por el juego entre la oferta y la demanda.[26] Estos factores determinaban que, en los principales puertos de entrada, La Habana, Veracruz, Portobelo o Panamá, Cartagena, Bahía y Río de Janeiro, se acumulara la "mercancía", los negros "bozales", y que un número considerable se quedara en esas zonas.

Una vez que el esclavo se vendía era herrado, con una pequeña marca, que los portugueses llamaban "carimba", en la espalda, el pecho o los muslos, que daba constancia de su entrada legal a América.[27] Además, al menos en el Perú, los propietarios añadían al esclavo su propio hierro, que se registraba en las notarías limeñas.[28]

En el lenguaje de la época se fueron adoptando varias denominaciones: "bozal" era el esclavo recién llegado, que no sabía aún el español y cuyas costumbres y temperamento se desconocían; por ello, en las escrituras se anotaba: "lo vendo por bozal, huesos en costal". A los niños y adolescentes se les llamaba "mulequillos" hasta los 7 años, "muleques" hasta los 12 y "mulecones" hasta los 16, y sus precios eran proporcionados a su edad. "Ladino" se llamaba al negro que había aprendido el español y adoptado las costumbres hispanoamericanas; "criollo" al que ya había nacido en las posesiones españolas, y "cimarrón" al huido y perseguido por la justicia.[29]

Concesiones, licencias y distribución en las Indias

En su segundo viaje (1493-1496) a las Indias, Cristóbal Colón parece haber traído a un negro en su tripulación: el piloto Peralonso Niño. Otros más, ya como esclavos, debieron llegar posteriormente, lo cual determinó a los Reyes Católicos, el 3 de septiembre de 1501, nueve años después del descubrimiento, a instruir a Nicolás de Ovando, gobernador de la isla Española, para

[26] Aguirre Beltrán, *op. cit.*, p. 44.
[27] Rolando Mellafe, *Breve historia de la esclavitud en América Latina*, Sep-setentas, 115, Secretaría de Educación Pública, México, 1973, p. 76. Rosenblat, *op. cit.*, t. II, p. 155.
[28] Bowser, *op. cit.*, p. 121, reproduce marcas de esclavos de los propietarios limeños, algunas de las cuales indican cambio o cambios de amo.
[29] Mellafe, *op. cit.*, p. 93.

que no se consintiese ir ni estar en las Indias, judíos, ni moros, ni nuevos convertidos: que se dejasen pasar esclavos negros, nacidos en poder de cristianos, y que se recibiere en cuenta a los oficiales de la Real Hacienda lo que por sus firmas se pagase.[30]

Así se inició el tráfico legal de esclavos a las Indias, para suplir la mano de obra indígena que había sido aniquilada sobre todo en las islas antillanas. Las entradas de esclavos comenzaron a ser tan numerosas que la Corona decidió gravarlas, en 1513, con un impuesto de dos ducados por cabeza, y el requisito de licencias previas. Por aquellos años, el Consejo de Indias estimó que, para asegurar la buena marcha de las islas, se requerían al menos cuatro mil negros. Ello determinó al emperador Carlos V a conceder a su favorito flamenco Laurent de Gouvenot, gobernador de Bresa, y al que los españoles llamaban Garrevod, el 18 de agosto de 1518, la licencia más alta que se concedería, para tomar cuatro mil esclavos o esclavas "de las islas de Guinea y de las otras partes que se acostumbra", y sin pasarlos para su registro a Sevilla ni pagar los derechos de almojarifazgo, llevarlos directamente a las Indias, donde serían cristianizados. Gouvenot, quien se supone que recibió graciosamente el privilegio, lo vendió en seguida a comerciantes genoveses por 25 000 ducados, es decir, a 6.25 ducados (9 375 pesos) el esclavo, con la promesa de que en un plazo de ocho años no se concederían licencias. En los años siguientes, los mercaderes genoveses, con establecimientos en Portugal y en África, se constituyeron en los principales proveedores de esclavos en las islas y el continente.[31]

Para formar su ejército de conquista, algunos famosos capitanes comenzaron a llevar en sus huestes, además de indígenas, a negros, que en su mayor parte provenían de las Antillas. Así lo hicieron Hernán Cortés, Pánfilo de Narváez en su fracasada expedición de Cuba a México, Francisco de Montejo en la conquista de Yucatán, Pedro de Alvarado en la pacificación de Guatemala, y Francisco Pizarro, quien llevó negros de Panamá en sus expediciones al Perú.[32]

---

[30] Antonio de Herrera, *Historia general de los hechos de los castellanos en las islas y Tierra Firme del Mar Océano* (1601), Década I, lib. II, cap. xii (ed. Guaranía, t. I, p. 388).
[31] Aguirre Beltrán, *op. cit.*, pp. 17-19.
[32] *Ibid.*, pp. 19-20. Bowser, *op. cit.*, p. 21.

Como excepciones a la promesa de no conceder nuevas licencias entre 1518 y 1526, la Corona concedía frecuentes autorizaciones graciosas a los numerosos funcionarios gubernamentales y eclesiásticos que pasaban a las Indias para que trajesen esclavos negros como parte de sus comitivas.[33] Pero apenas expiró el compromiso de ocho años que había pactado el emperador, otorgó otra concesión igual, en 1528, a los alemanes Heinrich Ehinger y Hieronymus Seiler, de la casa de los banqueros Welser, para que en un plazo de cuatro años trajeran a América 4 000 negros. Esta vez la Corona cobró 20 000 ducados y estableció que no se podrían revender las licencias a más de 45 ducados por esclavo, cifra que parece excesiva. Los alemanes se entendieron con los portugueses de las factorías africanas para realizar el negocio.[34]

A partir de 1580, cuando el trono portugués pasó a Felipe II, se facilitaron las transacciones con esclavos africanos y se pasó al régimen de los asientos, o contratos a largo plazo, entre la Corona española y una compañía; de hecho, un principio de monopolio. Entre 1581 y 1594 la Corona concedió licencias para la exportación de 17 383 esclavos hacia la América española, es decir, un promedio de 1 242 negros por año.[35]

El contrabando

Como se expuso en el capítulo sobre la piratería, el inglés William Hawkins viajó en 1530 y 1532 de Guinea a Brasil traficando con esclavos y colmillos de elefante; en 1562-1563 su hijo John hizo un primer viaje, a Sierra Leona y Guinea, para capturar esclavos que llevó a la isla de Santo Domingo, y en 1567 llevó al mismo destino cuatrocientos o quinientos esclavos que comenzó a vender tanto en la isla como en puertos del continente, pese a la

---

[33] Entre 1538 y 1601 se concedieron 999 permisos a funcionarios y particulares que iban al Perú, permisos por los que no se cobraba impuestos, puesto que eran para el servicio doméstico. Hasta la década de 1550 a los virreyes se concedían permisos para 12 esclavos, para 6 al arzobispo, para 4 a los oidores y obispos, para 3 a los funcionarios de tesorería y para 2 al clero secular: Bowser, *op. cit.*, p. 51 y n. 10.

[34] Aguirre Beltrán, *op. cit.*, pp. 20-21.

[35] Rozendo García Sampaio, "Contribução ao estudo do aprovisionamento de escravos negros na América Espanhola, 1580-1640", *Anais do Museu Paulista*, 1962, t. 16, pp. 5-195, p. 23, n. 35: citado por Bowser, *op. cit.*, p. 54, n. 15.

prohibición de la Corona española. Luego se ocuparía exclusivamente de piratería.

El monopolio español-portugués en América, que desafiaron franceses, ingleses y holandeses, incluía también al tráfico de esclavos, y éste era uno de los comercios más provechosos. Además, los esclavos de contrabando podían venderse a precios menores que los muy altos que alcanzaban los introducidos legalmente. Gonzalo Aguirre Beltrán señala, como causas que favorecieron este tráfico irregular, las exigencias para que la mercancía humana fuera llevada de las costas africanas a la Casa de la Contratación de Sevilla para su registro y control, y más tarde, a las islas Canarias; y por otra parte, la elevación continua de los precios de las licencias reales, gasto al que debían añadirse los de la "aduanilla" y el de almojarifazgo también aduanal.[36]

Por ello, los colonos compraban de buena gana a los contrabandistas y los funcionarios de las posesiones cerraban los ojos frente a un tráfico inevitable que también los favorecía.

---

[36] Aguirre Beltrán, *op. cit.*, pp. 26-28.

XVI. INDIOS, BLANCOS Y NEGROS, MESTIZOS Y MULATOS EN LAS SOCIEDADES AMERICANAS

La población negra en algunos países

En el resbaladizo campo de las estadísticas, se procurará recoger las cifras más ponderadas y documentadas.

Primero, algunas cifras parciales: en la Nueva España, hacia 1570, Aguirre Beltrán estima que la población negra llegaba a 20 569, frente a 6 464 blancos, más la población mestiza en sus diversas mezclas, y la indígena, que seguía siendo predominante (98.7%).[1]

En Perú, según Bowser, los africanos probablemente eran 4 000 en 1586, 6 690 en 1593 y posiblemente llegaban a 20 000 en 1640. "Desde 1593 —añade— Lima era una ciudad cuya población era mitad africana, y siguió siéndolo hasta 1640."[2] Por ejemplo, hacia 1600, la población de Lima se estimaba así:[3]

Españoles	7 193
Negros y mulatos	6 631
Indios	438
Total	14 262

Respecto a la isla de Cuba, Fernando Ortiz, en su notable estudio sobre *Los negros esclavos*, da varias cifras.[4] Citando a Aimes, anota que en el período de 1512 a 1763 entraron legalmente, sin contar a los que llegaron en contrabandos, 60 000 esclavos; y que desde 1512 hasta 1865 —poco antes de la abolición— la cifra llegó a 527 828.[5] Sin embargo, en otra parte de su obra dice que "se

[1] Aguirre Beltrán, *op. cit.*, p. 210.
[2] Bowser, *op. cit.*, p. 111.
[3] *Ibid.*, apéndice A, p. 409.
[4] Fernando Ortiz, *Los negros esclavos*, *op. cit.*, p. 101.
[5] Hubert Hillary Suffern Aimes, *A history of slavery in Cuba: 1511 to 1868*, G. P. Putnam's Sons, Nueva York y Londres, 1907, p. 24: citado por Ortiz, *ibidem*.

calcula que el número de esclavos importados a Cuba se aproxima a un millón".[6]

Para Brasil, las cifras son mucho mayores. Resumiendo los cálculos de tres investigadores, Rolando Mellafe estima que entre 1570 y 1670 se introdujeron 400 000 negros, y que

> desde comienzos del siglo XVIII, las colonias portuguesas fueron las de mayor consumo de esclavos en el Nuevo Mundo. Entre 1811 y 1870, recibieron el 60.3% de todos los esclavos desembarcados en el Continente. Curtin estima que hasta el año de 1870 inclusive fueron importados al Brasil la cantidad de 3 646 800 esclavos negros.[7]

La historia de la esclavitud en los Estados Unidos de América queda fuera del siglo XVI. La primera remesa de esclavos y "criados" negros llegaron a Virginia en 1619 en un navío holandés. Al principio, el tráfico de esclavos se desarrolló lentamente, pues en 1681 llegaban sólo a dos mil en Virginia. Cuando se inició el cultivo intensivo del tabaco y más tarde del arroz, y se requirió servidumbre para las casas de los amos, en los estados del sureste, aumentó la importación de esclavos, que llegaron a 59 000 en 1714. En 1860, en vísperas de la Guerra Civil o de Secesión, el total de esclavos en los Estados Unidos llegaba a 4 441 830.

En 1980 se calculaba la población negra estadunidense en 23 millones —más que la población total de Canadá, de 22 millones—, frente a una población total de 210 millones, es decir, que representaba 10.95 por ciento.[8]

Cifras globales y comparativas de la población en América: 1570

En cuanto a las cifras globales, las más autorizadas por la documentación que las apoya son las de Ángel Rosenblat, quien las

---

[6] Ortiz, *op. cit.*, p. 60, n. 2.

[7] Mellafe, *op. cit.*, p. 82. Philip Curtin, *The Atlantic slave trade. A census*, The University of Wisconsin Press, 1969.

[8] *Encyclopaedia Britannica*, 15ª ed., 1980, t. 16, p. 861, y t. 13, pp. 195 y 201. Véase también Charlotte y Davis Plimer, *Slavery. The anglo-american involvement*, David y Charles, Newton Abbot, Barnes and Noble Books, Nueva York, 1973.

resume en seis cuadros: el de la población indígena de América hacia 1492 y los de la población general hacia 1570, 1650, 1825, 1940 y 1950. El primero ya ha sido aprovechado (cap. XIII). Los siguientes recogen sus estimaciones acerca de la composición de la población en las sociedades americanas, de extremo a extremo, en fechas convencionales. Se reproduce aquí, abreviado, el cuadro de 1570.[9]

Aunque en estas cifras, por exigencias de las fuentes documentales, se mezclan los negros con los mestizos y mulatos, los totales muestran que, hacia el último tercio del siglo XVI, la población indígena es aún la dominante (96.41%) y que las demás son minorías: los blancos, 140 000, apenas representan 1.25%, y los negros, mestizos y mulatos, 262 500, 2.34%. Pero dentro de las minorías, los negros importados a América, y las mezclas, son ya más numerosos que los blancos.

Las cifras por regiones y países permiten comprobar hechos históricos conocidos y otras evidencias. Aún no se inicia la colonización masiva de América al norte de México. La entonces Nueva España, tiene 30 000 blancos y 25 000 negros y mezclas, que representan apenas 1.6%, frente a la más nutrida y resistente población indígena, de 3.5 millones —aun después de las matanzas y epidemias—. La América Central sigue siendo predominantemente indígena. En las Antillas, en cambio, donde casi se extinguió a sus poblaciones indígenas y, con una minoría blanca, dominan los negros y sus mezclas, sobre todo en Jamaica y Haití.

En la América del Sur, las poblaciones indígenas más numerosas son las del Perú, un millón y medio, y en las minorías los negros y sus mezclas suman más del doble que los blancos. Los indios de Colombia son 800 000, junto a 10 000 blancos y 15 000 negros y mezclas, y los de Brasil también se estiman en 800 000, pero junto a 20 000 blancos y 30 000 negros y mezclas.

Por regiones continentales, la América del Sur recibe, hacia 1570, mayor número de población blanca (85 500) que México, Centroamérica y las Antillas (52 500), y al mismo tiempo, casi duplica la población negra y las mezclas (169 000 frente a 91 000).

[9] Ángel Rosenblat, *La población indígena y el mestizaje en América*, op. cit., t. I, cuadro 4.

La población de América hacia 1570

	Población blanca	Negros, mestizos y mulatos	Población indígena	Población total
I. *América al norte de México*	2 000	2 500	1 000 000	1 004 500
II. *México, Centroamérica y Antillas:*				
México	30 000	25 000	3 500 000	3 555 000
América Central	15 000	10 000	550 000	575 000
Haití y Santo Domingo	5 000	30 000	500	35 500
Cuba	1 200	15 000	1 350	17 550
Puerto Rico	1 000	10 000	300	11 300
Jamaica	300	1 000	Extinguidos	1 300
Resto de las Antillas	—	—	20 000	20 000
Totales	52 500	91 000	4 072 150	4 215 650
III. *América del Sur:*				
Colombia	10 000	15 000	800 000	825 000
Venezuela	2 000	5 000	300 000	307 000
Guayanas	—	—	100 000	100 000
Ecuador	6 500	10 000	400 000	416 500
Perú	25 000	60 000	1 500 000	1 585 000
Bolivia	7 000	30 000	700 000	737 000
Paraguay	3 000	5 000	250 000	258 000
Argentina	2 000	4 000	300 000	306 000
Uruguay	—	—	5 000	5 000
Brasil	20 000	30 000	800 000	850 000
Chile	10 000	10 000	600 000	620 000
Totales	85 500	169 000	5 755 000	6 009 500
Resumiendo los resultados:				
I. América al norte de México	2 000	2 500	1 000 000	1 004 500
II. México, Centroamérica y Antillas	52 500	91 000	4 072 150	4 215 650
III. América del Sur	85 500	169 000	5 755 000	6 009 500
Total de América hacia 1570	140 000	262 500	10 827 150	11 229 650
Porcentajes	1.25	2.34	96.41	100

La composición de la población hacia 1650

El cuadro de Rosenblat, correspondiente a 1650 permite apreciar las tendencias evolutivas de la población del siglo XVI.[10]

Ahora las fuentes ya permiten al investigador ofrecer datos separados de cada uno de los elementos principales de la población, que resultan muy instructivos. La población total apenas ha aumentado algo menos de 10% en el curso de los 80 años que separan este cuadro del de 1570. Los indios han descendido 7.31% (de 10 827 150 en 1570 a 10 035 000 en 1650), aunque aún siguen siendo la población dominante frente a la total: 80.85%. Los blancos han aumentado considerablemente, de 140 000 a 849 000, es decir, seis veces, tanto por el aumento de la emigración como por su crecimiento natural; y han pasado de 1.25 a 6.84% en relación con la población total.

En el cuadro de 1570, negros, mulatos y mestizos, reunidos, se calculaban en 262 500 y representaban sólo 2.34%. En 1650, los tres juntos llegan a 1 527 000 y son ya el 12.3% de la población americana, han aumentado casi seis veces. Pero los negros solos, 857 000, superan ligeramente a los blancos, y juntos con mestizos y mulatos, son cerca de 80% más que sus amos.

Las cifras de 1650 sobre mestizos y mulatos (401 000, 3.23%, y 269 000, 2.17%), aunque no pueden compararse con las del siglo XVI, muestran la tendencia de las varias mezclas étnicas que dominarán en algunas regiones y países de América. Hay dos cifras especialmente significativas. El mestizaje de México es ya de 150 000, como si compensara la disminución de 100 000 indios, en relación con el cuadro de 1570, mientras que los negros son sólo 30 000 y los mulatos 20 000. Y en las Antillas, en tanto que de la población indígena sólo quedan 10 000, en 1650 hay 400 000 negros y 114 000 mulatos.

En América Central, blancos, negros, mestizos y mulatos han aumentado en conjunto, pero sobre todo los primeros.

En América del Sur, los cambios más notables son los del Brasil, que ha recibido 70 000 blancos y 100 000 negros y tiene ya 50 000 mestizos y 30 000 mulatos; y Colombia, Ecuador y Perú, que cuen-

[10] *Ibid.*, cuadro 3.

La población de América hacia 1650

	Blancos	Negros	Mestizos	Mulatos	Indios	Población total
I. *América al norte de México*	120 000	22 000	—	—	860 000	1 002 000
II. *México, Centroamérica y Antillas:*						
México	200 000	30 000	150 000	20 000	3 400 000	3 800 000
América Central	50 000	20 000	30 000	10 000	540 000	650 000
Antillas	80 000	400 000	10 000	114 000	10 000	614 000
Totales	330 000	450 000	190 000	144 000	3 950 000	5 064 000
III. *América del Sur:*						
Colombia	50 000	60 000	20 000	20 000	600 000	750 000
Venezuela	30 000	30 000	20 000	10 000	280 000	370 000
Guayanas	4 000	20 000	3 000	3 000	70 000	100 000
Ecuador	40 000	60 000	20 000	10 000	450 000	580 000
Perú	70 000	60 000	40 000	30 000	1 400 000	1 600 000
Bolivia	50 000	30 000	15 000	5 000	750 000	850 000
Brasil	70 000	100 000	50 000	30 000	700 000	950 000
Paraguay	20 000	10 000	15 000	5 000	200 000	250 000
Uruguay	—	—	—	—	5 000	5 000
Argentina	50 000	10 000	20 000	10 000	250 000	340 000
Chile	15 000	5 000	8 000	2 000	520 000	550 000
Totales	399 000	385 000	211 000	125 000	5 225 000	6 345 000
Resumiendo los resultados:						
I. América al norte de México	120 000	22 000	—	—	860 000	1 002 000
II. México, Centroamérica y Antillas	330 000	450 000	190 000	144 000	3 950 000	5 064 000
III. América del Sur	399 000	385 000	211 000	125 000	5 225 000	6 345 000
Total de América hacia 1650	849 000	857 000	401 000	269 000	10 035 000	12 411 000
Porcentajes	6.84	6.90	3.23	2.17	80.85	100

tan cada uno con 60 000 negros y respectivamente 50 000, 40 000 y 70 000 blancos, y con altas poblaciones de mestizos y mulatos, sobre todo el Perú: 40 000 y 30 000 de cada uno. En la Argentina hay 50 000 blancos en 1650 y sólo 10 000 negros, y en Chile 15 000 y 5 000, respectivamente, con mezclas proporcionales.

¿Cuántos pasajeros esclavos vinieron a América?

Sólo a manera de orientación, y para mostrar la extrema diversidad de las estimaciones, se ofrecen las que registran algunas fuentes: la *Encyclopaedia Britannica* indica que, durante los siglos coloniales, Brasil recibió 4 millones de negros esclavos, el resto de la América del Sur 3 millones y los Estados Unidos, hasta 1860, 4.4 millones.[11] Estas tres cifras suman 11.4 millones. Faltan México, América Central y las Antillas.

Arthur Helps, citado por Arthur Ramos, "estima que no baja de 5 a 6 millones el número de esclavos importados a América de 1507 a 1807".[12]

Rolando Mellafe estima que fueron traídos a Hispanoamérica 3 millones de negros en el periodo colonial, y 350 000 en el periodo 1551-1640.[13]

En fin, Ángel Rosenblat, en el cuadro correspondiente a la población americana hacia 1825, calcula que para entonces, sobre una población total de 34.5 millones, los blancos ya eran el grupo étnico mayoritario: 13.5 millones, con 39.16% —gracias sobre todo a la contribución de los Estados Unidos y Canadá, de 9.1 millones—; seguían los indios, con 8.6 millones, o sea, 25.10%, con la contribución principal de México, de 3.7 millones, superior a la del conjunto de América del Sur, de 3.6 millones; los negros llegaban a algo más de 6 millones, 17.57%, con las contribuciones principales de los Estados Unidos, 1 920 000, y las Antillas y Brasil, cada uno con 1 960 000. Las "castas", mestizos, mulatos, etc., son ya más que los negros, 6 252 000, y representan 18.12% de la

---

[11] *Encyclopaedia Britannica*, 1980, t. 17, p. 94, y t. 16, p. 861.
[12] Arthur Helps, *The spanish conquest in America and its relations to the history of slavery and to the government of colonias*, Londres, 1855-1861, 4 vols.: citado en Arthur Ramos, *Las culturas negras, op. cit.*, cap. iv, p. 68.
[13] Mellafe, *Breve historia de la esclavitud, op. cit.*, pp. 81 y 79.

población; la contribución mayor es la de México, de 1 860 000, cifra en la que se incluye también a los negros.[14]

LAS COMPOSICIONES ÉTNICAS DE AMÉRICA

El fenómeno de las mezclas étnicas, sobre todo en la América de origen español y portugués, después del descubrimiento y las conquistas, es sorprendente y no se ha repetido muchas veces en la historia humana. En el extenso y múltiple continente americano vivían hacia 1492 aproximadamente 13 385 000 indígenas, los cuales serán extinguidos en algunas regiones, diezmados en otras por matanzas, maltratos y epidemias y sojuzgados en todas; con todo, sobreviven y hacia el fin de la colonia (1825) los indios aún constituyen 25.10% de la población total.

A partir del descubrimiento y hasta principios del siglo XIX llega a tierras americanas una emigración, española y portuguesa principalmente, los conquistadores y los amos, que hacia 1570 es de 140 000 pobladores, hacia 1650 alcanza 849 000 y, considerando también su crecimiento natural, llega a 13.5 millones hacia 1825, fecha en que ya es el grupo mayoritario.

Por otra parte, en el curso de la dominación europea y para reforzar la destruida e insuficiente mano de obra indígena, se traen de África a América, como esclavos en su mayor parte, negros provenientes de la costa occidental de aquel continente, los que dada la incertidumbre de las cifras, pueden estimarse en un mínimo de 6 millones y un máximo de alrededor de 12 millones, de acuerdo con los datos antes expuestos.

Con estos tres sectores étnicos, la base india y las dos inmigraciones que recibe América, blancos y negros, se van a formar aceleradamente dos nuevos grupos étnicos principales, los mestizos (blanco-indio) y los mulatos (blanco-negro o indio-negro), más todas las demás mezclas posibles que tienen cada una su nombre según la región. Hacia 1570, y en el total del continente, como se ha expuesto, negros, mestizos y mulatos eran 262 500, 2.34% de la población total, y hacia 1825, sólo los mestizos y mulatos llegaban a 6 252 000, o sea, 18.17 por ciento.

[14] Rosenblat, *op. cit.*, t. I, cuadro 2, "La población americana hacia 1825".

Pero estas cifras absolutas y relativas continentales tienen matices propios y muy acusados en algunas regiones y países. Hacia 1950, siguiendo las cifras de Rosenblat,[15] Estados Unidos y Canadá, no obstante sus casi 15 millones de negros, tienen una población predominantemente blanca, con 90.56%. Dominan también los blancos en los países del cono sur, Uruguay (93.33%), Chile (95%) y Argentina (89.37%).

En cambio —en la misma fecha—, dominan aún los indios en las poblaciones de Guatemala (55%), Bolivia (55%), Perú (40%) y Ecuador (40%), con mestizajes también acusados, alrededor de 30%, y Ecuador, con una considerable población negra (2.18%) y mulata (7.49%).

Colombia tiene 46% de mestizos, 26.7% de blancos, 25.91% de negros y mulatos, sobre todo en la región de Cartagena, y 1.33% de indios. Venezuela tiene 36.78% de blancos, 31.88% de negros y mulatos, 29.4% de mestizos y 1.94% de indios. México tiene 60% de mestizos, 20% de indios, 19.53% de blancos y sólo 0.47% de negros y mulatos.

Brasil tiene 56.82% de blancos, 33.29% de negros y mulatos, 9.49% de mestizos y sólo 0.37% de indios.

En las Antillas dominan negros y mulatos, con 59.22%, y los blancos con 40.77%, e indios y mestizos tienen porcentajes insignificantes.

En Honduras, El Salvador, Nicaragua y Panamá domina el mestizaje, con 80, 75, 75 y 60%, respectivamente; la población india más numerosa es la de El Salvador, 20%; y en Nicaragua y Honduras hay considerables poblaciones negras y mulatas. Costa Rica tiene una composición singular con 85.9% de población blanca, 10% de mestizos, 3.76% de negros y mulatos y 0.33% de indios.

La formación de estas nuevas sociedades en las que se mezclaron en proporciones siempre cambiantes españoles, europeos, indios y africanos —la "raza cósmica" que exaltaba José Vasconcelos—[16] fue el resultado de la emigración a América de los pasajeros voluntarios y los pasajeros esclavos.

---

[15] *Ibid.*, t. I, cuadro 1.
[16] "El objeto del continente nuevo y antiguo es mucho más importante. Su predestinación obedece al designio de constituir la cuna de una raza quinta en la que se fundirán todos los pueblos, para remplazar a los cuatro [el negro, el indio, el

Los caminos de la reproducción

En su primer día en el Nuevo Mundo, el 12 de octubre de 1492, Cristóbal Colón describe en su diario la isla de Guanahaní, con "árboles muy verdes y aguas muchas y frutas de diversas maneras", y luego pasa a contar de los habitantes, que se acercan nadando a sus navíos y les traen papagayos, algodón en ovillos y azagayas, de quienes dice:

> Ellos andan todos desnudos como su madre los parió, y también las mujeres, aunque no vide más de una farto moza. Y todos los que yo vi eran todos mancebos, que ninguno vide de edad de más de treinta años; muy bien hechos, de muy fermosos cuerpos y muy buenas caras.

Y en sus notas del día siguiente prosigue la fascinada descripción:

> Luego que amaneció vinieron a la playa muchos de estos hombres, todos mancebos como dicho tengo, y todos de buena estatura, gente muy fermosa: los cabellos no crespos, salvo corredíos y gruesos, como cerdas de cola de caballo [...] los ojos muy fermosos y no pequeños, y ellos ninguno prieto, salvo de la color de los canarios [...] Las piernas muy derechas, todas a una mano, y no barriga, salvo muy bien hecha.[17]

Aquellos españoles, en su mayoría rudos y que habían pasado dos meses en el mar desconocido, están encantados por la candidez, dulzura y belleza de las taínas, y pronto averiguan que no practican ninguna inhibición en sus uniones, fuera del respeto a los parentescos inmediatos, y que si los caciques indios podían tener cuantas mujeres quisieran, estaban también dispuestos a ofrecerlas a los extraños recién llegados. Pocos años más tarde el cacique Beuchio, en la isla Española, ofreció una bienvenida con

mongol y el blanco] que aisladamente han venido forjando la Historia. En el suelo de América hallará término la dispersión, allí se consumará la unidad por el triunfo del amor fecundo, y la superación de todas las estirpes": José Vasconcelos, *La raza cósmica*, Misión de la raza iberoamericana. Notas de viajes a la América del Sur, Agencia Mundial de Librería, Barcelona, 1925, p. 15.

[17] Cristóbal Colón, *Diario del primer viaje*.

sus mujeres, todas jóvenes y hermosas, al adelantado Bartolomé Colón, que dejó maravillados a los españoles, como lo narra en "imágenes llenas de gracia y de recuerdos mitológicos",[18] el cronista Pedro Mártir de Anglería:

> Al aproximarse saliéronle primeramente al encuentro treinta mujeres, todas ellas esposas del régulo, con ramos de palmeras en las manos, bailando, cantando y tocando por mandato del rey, desnudas por completo, excepto las partes pudendas que tapan con unas como enaguas de algodón. Las vírgenes, en cambio, llevan el cabello suelto por encima de los hombros, y una cinta o bandaleta en torno a la frente, pero no se cubren ninguna parte de su cuerpo. Dicen los nuestros que su rostro, pecho, tetas, manos y demás partes son muy hermosas y de blanquísimo color, y que se les figuró que veían esas bellísimas Dríadas o ninfas salidas de las fuentes, de que hablan las antiguas fábulas. Todas ellas, doblando la rodilla, hicieron entrega al Adelantado de los manojos de palma que llevaban en las diestras, mientras danzaban y cantaban a porfía.[19]

Aquellas bellezas, la liberalidad de las costumbres indígenas y la larga abstinencia de los descubridores españoles pronto encontraron el camino para las uniones. Gonzalo Fernández de Oviedo, que solía exagerar y reprochar ásperamente las costumbres sexuales de los indígenas, comenta que

> las mujeres desta isla [Española] eran continentes con los naturales [...] a los cristianos de grado se concedían.[20]

Algo semejante refiere Antonio Pigafetta, en su viaje de circunnavegación, iniciado con Magallanes, de las costumbres del Brasil:

> Algunas veces, para conseguir un hacha o un cuchillo de cocina, nos ofrecieron por esclavas una y aun dos de sus hijas. Pero no nos ofre-

---

[18] Alberto M. Salas, *Crónica florida del mestizaje de las Indias. Siglo XVI*, Editorial Losada, Buenos Aires, 1960, cap. I, p. 34.

[19] Pedro Mártir de Anglería, *Décadas dei Nuevo Mundo*, traducción del latín del doctor Agustín Millares Carlo, estudios y apéndices por el doctor Edmundo O'Gorman, José Porrúa e Hijos, Sucs., México, 1964, 2 vols. Década I, lib. V, t. I, p. 154.

[20] Gonzalo Fernández de Oviedo, *Historia general y natural de las Indias, op. cit.*, edición BAE, lib. V, cap. iii, t. I, p. 120.

cieron nunca a sus mujeres; además, no hubieran éstas consentido entregarse a otros hombres que no fueran sus maridos, porque a pesar del libertinaje de las muchachas, su pudor es tal cuando están casadas, que no toleran nunca que sus maridos las abracen durante el día.

Y luego refiere un incidente curioso:

El capitán general y yo fuimos un día testigos de una extraña aventura. Las jóvenes venían frecuentemente a bordo del navío a ofrecerse a los marineros, para obtener algún regalo; un día, una de las más bonitas subió, sin duda con dicho objeto; pero habiendo visto un clavo de un dedo de largo y creyendo que no la veían, lo agarró y se lo introdujo prestamente entre los dos labios de sus partes naturales. ¿Quiso esconderlo? ¿Quiso adornarse? No lo pudimos adivinar.[21]

De grado, como decía Oviedo, o con violencia, como un bien más del cual posesionarse, la toma de mujeres indias se inició desde los primeros días del descubrimiento, y continuaría hasta bien avanzados los siglos de la dominación.

El historiador argentino Alberto M. Salas ha descrito en un libro interesante y bien documentado, *Crónica florida del mestizaje de las Indias*,[22] la picardía, los excesos pintorescos, y también la injusticia y la brutalidad, los amancebamientos confundidos con servidumbre, con los que se inició en el curso del siglo XVI, el mestizaje en las principales regiones de conquista y colonización de los españoles en las Indias. Y el novelista y ensayista venezolano Francisco Herrera Luque, en un ensayo curioso, "El paraíso de Mahoma",[23] hace extensivo este título, que se dio inicialmente a la situación privilegiada que en cuestión de mujeres tenían los españoles en los primeros años de la conquista de Asunción de Paraguay, a todas las Indias, para explicar que la "descomunal actividad genésica" de españoles y portugueses, la indolencia amorosa de los indios, y el entusiasmo de las indias y luego de las negras esclavas por los conquistadores llenaron al Nuevo Mundo rápidamente de mestizos y mulatos.

[21] Antonio Pigafetta, *Primer viaje en torno al globo, op. cit.*, pp. 48-51.
[22] Salas, *op. cit.j*
[23] Francisco Herrera Luque, "El paraíso de Mahoma", *Los viajeros de Indias (Ensayo de interpretación de la realidad venezolana)*, 2ª ed., Monte Ávila, Caracas, 1977, pp. 123-135.

Mestizos, negros y mulatos en las sociedades coloniales

Cuando el cuarto virrey de la Nueva España, don Martín Enríquez de Almansa, se encontraba a la mitad de su mandato de doce años, y conocía bien la tierra y sus hombres, escribió el 9 de enero de 1574 una larga carta al rey Felipe II, dándole cuenta, entre otros asuntos, de los problemas que existían o que veía venir, en los sectores de la sociedad de aquellos años, con agudo e intolerante diagnóstico, que hace a su exposición un panorama válido para lo que ocurría en muchos otros lugares de las posesiones españolas de ultramar. He aquí un largo pasaje de esta carta sin desperdicio:

> [*La riqueza de la tierra. Los españoles sólo quieren mandar.*] El buen estado de las cosas desta tierra entiendo que siempre va adelante, y aunque muchos dicen que se va adelgazando, viendo tantas necesidades, no tiene la culpa la tierra, pues hay más plata que nunca hubo, y más grana y más ganado y lana y paños y añir y alumbres y trigo y otras cosas desta manera. Lo que lo hace sentir, es que lo que se solía repartir por diez, se reparte por quinientos y que los españoles no se aplican sino a mandar; mas el tiempo les vendrá a mostrar lo que han de hacer, que tierra que cultivar y sin que les cueste nada, a pocos les falta.
>
> [*El crecimiento de los mulatos. Los mestizos menor problema.*] Sólo una cosa va cada día poniéndose en peor estado y si Dios y V. M. no lo remedian temo que no venga a ser la perdición de esta tierra, y es el crecimiento grande en que van los mulatos, que de los mestizos no hago tanto caudal, aunque hay muchos entre ellos de muy ruin vivienda y de ruines costumbres; mas al fin son hijos de españoles y todos se crían con sus padres que, como pasen de cuatro o cinco años, salen de poder de las indias y siempre han de seguir el bando de los españoles, como la parte de que ellos más se honran; mas los mulatos, que son hijos de negros, críanse siempre con las madres y dellas ni de los padres pueden tomar muy buenas costumbres, y como personas libres, hacen de sí lo que quieren y muy pocos se aplican a oficios y casi ninguno a cultivar la tierra, sino a guardar ganado y otros oficios adonde anden con libertad.
>
> [*Habilidad y fuerza de los mulatos; superiores a los mestizos.*] Y es cosa que no se deja creer la habilidad y fuerzas que todos tienen universalmente; porque hacen tanta ventaja a los mestizos, como de hombres a

muñecas, con ser hijos de españoles los mestizos, que parece que naturaleza obra en esto con más fuerza, y siempre andan entre los indios por la parte que dellos tienen de que más se honran, de lo cual los indios reciben hartos daños.

[Supervisión de mulatos y mulatas.] Para remediar algo desto, yo he hecho todo lo que ha sido posible, y así encargué a un hombre principal de aquí, que se llama Hernán Gutiérrez Altamirano, que tuviese cargo particular con ellos, y hice a todos los que hay en esta ciudad, así mulatos como mulatas, que viniesen ante él para que de todos tuviese lista y los pusiese con amos a oficios, y ha puesto gran número de ellos en razón y se anda y andará siempre con este cuidado; y en las estancias de ganados mayores, que son muchas, que es adonde ellos más acuden, tengo también mandado a los alcaldes mayores y corregidores que haya lista de los que en ellas hubiere, y que los dueños de las estancias señalen los que cada uno ha menester, y quel que fuera destos se hallare en las estancias, sea castigado como vagamundo, y otras muchas cosas en particular, con que no quiero cansar a V. M.

[Cada año vienen más negros, y los españoles tienen más pajes y lacayos negros que en España.] Mas todo esto viene a ser de poco momento, porque mande V. M. echar la cuenta, y hallará V. M. que cada año viene gran cantidad de negros a esta tierra, y que forzoso han de venir, porque no hay en ella otro servicio, así para minas como para todas las otras cosas, y los españoles no solamente se sirven acá, para necesidades forzosas de los esclavos, mas hónranse dellos, y tienen algunos más pajes y lacayos, que son todos negros, que en España; *[las indias prefieren casar con negros, y éstos lo hacen para que sus hijos sean libres]* y las indias es gente muy flaca y muy perdidas por los negros, y así se huelgan más de casar con ellos que con indios, y ni más ni menos los negros se casan con ellas, antes que con otras negras, por razón de dejar a sus hijos libres. Pues, viniendo tanta suma cada año de negros, y los mulatos yéndose multiplicando tanto, mire V. M., andando el tiempo, a qué número de gente habrá de llegar; *[los mulatos señorean a los indios y van a malearlos]* y éstos son señores de los indios, como nacidos entre ellos y criados, y son hombres que osan morir, tan bien como cuantos españoles hay en el mundo. Pues, si los indios viniesen a malear y éstos se juntasen con ellos, no sé yo quién sería parte para resistillos.[24]

---

[24] Carta del virrey de la Nueva España, don Martín Enríquez de Almansa, al rey don Felipe II, México, 9 de enero de 1574, *Cartas de Indias, op. cit.*, pp. 298-300.

Para evitar este último riesgo, el virrey sugiere a su monarca que, como en efecto se practicaba en otros lugares, "todos los hijos que indias y mulatas tuviesen de negros, fuesen esclavos".[25]

LA POSICIÓN INTERMEDIA DE LOS MESTIZOS

Sólo algunos detalles faltan, en el panorama de problemas expuestos por el virrey de la Nueva España, para completar el cuadro general de aquella sociedad. Respecto a los mestizos, Jonathan I. Israel ha hecho notar que a pesar de su importancia en algunas sociedades coloniales, tenían una posición incierta, pues "vivían como 'españoles' o como 'indios' ", aunque psicológicamente fueran conscientes "de la extrañeza de su posición social intermedia".[26] En cuanto a las uniones de españoles e indias, advierte, como ya lo decían los cronistas primitivos, "la notable disposición demostrada por las indias a unirse casualmente con los varones españoles"; la preocupación que mostró el gobierno de Nueva España, a fines del siglo XVI, para que se educaran como españoles los mestizos que andaban "perdidos entre los naturales" y la revaloración de su importancia y de sus capacidades intelectuales, que se inició a principios del siglo XVII; el clero comenzó a aceptarlos lentamente para el sacerdocio y sólo quedaban abiertos para ellos los oficios en posiciones intermedias.[27]

Esta peculiar posición social fue probablemente uno de los factores que movieron a historiadores mestizos de México y del Perú, de fines del siglo XVI a mediados del XVII, a dar su testimonio personal y a exaltar sus raíces indígenas, como lo hicieron los mexicanos Hernando Alvarado Tezozómoc, en la *Crónica mexicana* y *Crónica mexicáyotl;* Fernando de Alva Ixtlilxóchitl, en las *Relaciones e historia de la nación chichimeca;* Diego Muñoz Camargo, en la *Historia de Tlaxcala,* y Pedro Gutiérrez de Santa Clara, que de México pasó al Perú, donde escribió la *Historia de las guerras civiles*

---

[25] Las leyes de "vientres libres", es decir, para declarar libres a los hijos de madres esclavas, se promulgaron en Portugal hacia 1773, y en Cuba en 1870. Al parecer, en México esta transmisión de la esclavitud no llegó a existir.

[26] Jonathan I. Israel, *Razas, clases sociales y vida política en el México colonial. 1610-1670,* traducción de Roberto Gómez Ciriza, Fondo de Cultura Económica, México, 1980, cap. ii, p. 69 y n. 7.

[27] *Ibid.*, pp. 68-73.

del Perú; y en el Perú el Inca Garcilaso de la Vega, autor de los *Comentarios reales de los incas,* en cuya personalidad se acentúa el dilema del mestizo: "Español en Indias, indio en España", resume Raúl Porras Barrenechea, y añade: "Garcilaso se sentirá indio en la primera parte de sus *Comentarios* y español en la segunda".

El mundo de los negros y los mulatos

Los esclavos negros y muy pronto los mulatos ("pardos": negro-india; o "blancos": blanco-negra) fueron un elemento muy importante en la economía colonial, sobre todo en la agricultura intensiva, y sus derivaciones industriales: azúcar, ingenios y trapiches, tabaco y algodón y obrajes textiles; y por supuesto en la minería, cuando se pasó de la etapa de los lavaderos de oro a las grandes instalaciones para beneficiar la plata en Zacatecas, San Luis Potosí y Guanajuato, en la Nueva España; el Potosí, en el alto Perú; y más tarde en las minas de Brasil, en las de cobre de Cuba, Chile y Venezuela y en las auríferas de Ecuador.[28]

En cuanto a prestigio social, la posesión de esclavos negros era ya de siglos atrás muy apreciada en las cortes y en la sociedad española y portuguesa, como lo recuerda la pintura cortesana de la época en que abundan negritos y negritas en las escenas familiares. Esta moda pasó a serlo también —aun con exageración, como lo notaba el virrey Enríquez de Almansa— entre las sociedades americanas.

Los dignatarios civiles y religiosos tenían, con poquísimas excepciones, negros o mulatos esclavos o libertos entre su servidumbre más visible, y a veces sólo decorativa. Y en algunos de los conventos de monjas más selectos de Lima, Arequipa, México o Puebla, solía haber más criadas negras o mulatas que monjas. Así quede fuera de la época examinada, vale recordar que sor Juana Inés de la Cruz tenía en su convento de San Jerónimo, en la ciudad de México, una mulata esclava, Juana de San José, que en 1669 le había regalado su madre.[29]

---

[28] Mellafe, "Los negros en la estructura económica colonial", *op. cit.,* pp. 94-101.
[29] Israel, *op. cit.,* p. 80. Bowser, *op. cit.,* pp. 143-146. Enrique A. Cervantes, *Testamento de Sor Juana y otros documentos,* México, 1949, doc. iii.

Las negras y mulatas vistosas

Las negras y mulatas jóvenes, de temperamento menos apacible, si eran guapas, ganaban mucho dinero como cortesanas o amantes de comerciantes o funcionarios. Y en vista de que los reglamentos les prohibían vestirse con el huipil de las indias o los elaborados trajes de las españolas, se inventaron vestimentas llamativas y fantasiosas y, en cuanto podían, se llenaban de joyas.[30] Las prohibiciones suntuarias llegaron a ser tan exasperantes para los morenos que motivaron un motín de negros en la Nueva España en 1609.[31] A pesar de las prohibiciones, en cada lugar fueron creando, a veces con rememoraciones de sus tribus africanas, trajes típicos como los que observaron Jorge Juan y Antonio de Ulloa en Cartagena:

> Aquellas que legítimamente no son blancas se ponen sobre las polleras una basquiña de tafetán de distinto color, pero nunca negro, la cual está toda picada para que se vea la de abajo, y cubren la cabeza con una como mitra de un lienzo blanco, fino y muy lleno de encajes, el cual, quedando tieso a fuerza de almidón, forma arriba una punta, que es la que corresponde a la frente: llámase el "pañito", y nunca salen fuera de las casas sin él, y una mantilla terciada sobre el hombro.[32]

Los atavíos de las negras y mulatas que describe el inglés fray Thomas Gage en la ciudad de México hacia 1630 son aún más ostentosos:

> El tocado de esta clase baja de gente de negras y mulatas es tan ligero, y su modo de andar tan encantador, que muchos españoles, aun de la mejor clase [...] desdeñan sus mujeres por ellas. Llevan un refajo de seda o paño con muchas puntillas de oro o de plata, con una cinta muy ancha de algún color claro, con borlas de oro o de plata colgando por delante todo lo largo del refajo hasta el suelo, y lo mismo por detrás; el corpiño es de talle con faldas, también con puntillas de oro y plata, sin mangas, y una cintura de mucho valor, adornada

---

[30] Israel, *op. cit.*, p. 81.
[31] Mariano Picón-Salas, *De la conquista a la independencia*, Fondo de Cultura Económica, México, 1944, p. 90.
[32] Jorge Juan y Antonio de Ulloa, *Relación histórica del viaje a la América meridional*, en Madrid, por Antonio Marín, 1748, lib. I, cap. IV.

con perlas y nudos de oro; las mangas anchas y abiertas por abajo, de Holanda o hilo de China muy fino, bordadas con sedas de color, o con seda y oro, o con seda y plata, colgándoles casi hasta el suelo; los rizos del pelo cubiertos con una cofia bordada, sobre la cual llevan otra de seda atada con una cinta de seda, oro y plata, que cruza la parte alta de la frente y suele llevar escrita encima alguna divisa de vanidad. Los desnudos senos, negros o morenos, los llevan cubiertos con madroños que cuelgan de cadenas de perlas. Y cuando salen, se ponen un manto blanco de linón o batista, que algunas se echan sobre la cabeza, y tan amplio que les cae hasta la mitad del cuerpo por detrás [...]; otras, en lugar de este manto, llevan un rico refajo de seda colgado del hombro izquierdo [...] Llevan zapatos altos de muchas suelas [...] Las más de entre ellas son esclavas, aunque el amor les ha dado libertad, para que a su vez esclavicen a otras almas al pecado y a Satán.[33]

Como observa Ángel Rosenblat, esta indumentaria excesiva, con tantos bordados y colgaduras de oro y plata, pudo ser la de alguna *cocotte* excepcional.[34]

Los negros capataces de los indios

Pero, además de negritos graciosos, de buenas cocineras y amas, y de cortesanas deslumbrantes, en el campo de las tareas agrícolas o industriales pronto se encontró que, como dice Israel, "los negros podían ser un instrumento utilísimo para manejar a las razas derrotadas", y se les puso como sobrestantes, capataces o mayorales para manejar a los indios, pues, como se decía un poco en broma en la Nueva España, "un negro podía hacer dar vueltas con un dedo a doce indios".[35]

Parecen haber sido frecuentes los casos en que los negros abusaron de su fuerza física para hacer que les sirvieran los indios. Y en el México actual existe una singular supervivencia, el pueblo de Cuijla, cerca de la costa del estado de Guerrero, en el cual domina la población negra y mulata al lado de minorías indíge-

---

[33] Thomas Gage, *Nueva relación que contiene los viajes de... a la Nueva España* (1648), *op. cit.*, parte I, cap. XXI.
[34] Rosenblat, *op. cit.*, t. II, p. 157.
[35] Israel, *op. cit.*, pp. 74 y 80.

nas y algunos mestizos.³⁶ Recuérdese que la Nueva España fue uno de los dominios españoles con más baja proporción de negros, que sólo representaron de 0.1 a 2% de la población, dominada por los indígenas y más tarde por los mestizos.

Cimarronaje y rebeldías

Además de los problemas relacionados con la conveniencia de negros e indios, que se procuró mantener separados, y de la concentración de esclavos en algunos lugares del continente, sobre todo en los puertos de llegada de los barcos negreros, otros problemas importantes fueron el "cimarronaje" de los huidos y las rebeliones. En los puertos de desembarco de barcos negreros, La Habana, Veracruz, Portobelo y Cartagena, se acumulaba la "mercancía" en los barracones y eran posibles las huidas de bandas de negros que, para subsistir, asaltaban poblados o viajeros en las carreteras. Los castigos para estos cimarrones alzados eran feroces.³⁷

La otra amenaza, en parte real y en parte imaginaria, que afrontaba el gobierno español fueron los varios conatos de rebeliones de negros cimarrones. En el Perú, en 1545 un grupo desafió al gobierno provisional de Lorenzo de Aldana, y se decía que pretendían nombrar un rey y dominar a los indios. Los negros pelearon con braveza, se negaron a rendirse y antes de ser aniquilados mataron a once españoles. Los reglamentos represivos contra cualquier intento de fuga o insubordinación fueron muy severos a partir de aquella experiencia. El virrey Cañete estableció en 1557 una Santa Hermandad, con dos alcaldes, cuya función principal era la captura de fugitivos y delincuentes negros.³⁸

En Cartagena de Indias, en la primera mitad del siglo XVI, los negros formaron un "palenque" que se constituyó en una especie de república independiente cuya autonomía tuvo que reconocer de hecho el rey de España.³⁹

³⁶ Gonzalo Aguirre Beltrán, *Cuijla. Esbozo etnográfico de un pueblo negro*, ilustraciones de Alberto Beltrán, Fondo de Cultura Económica, México, 1958.
³⁷ Israel, *op. cit.*, p. 76. Mellafe, *op. cit.*, pp. 118-119.
³⁸ Bowser, *op. cit.*, cap. 8, pp. 242-268.
³⁹ Roberto Arrázola, *Palenque, primer pueblo libre de América*, Cartagena, Colombia, 1970: citado por Germán Arciniegas, *América en Europa, op. cit.*, cap. 8, p. 178 y n. 9.

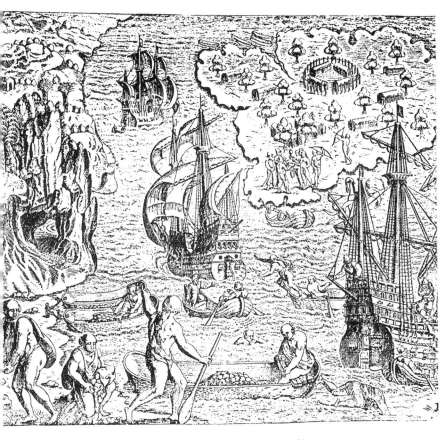

Pesquería de perlas en Venezuela. De Bry, Voyages.

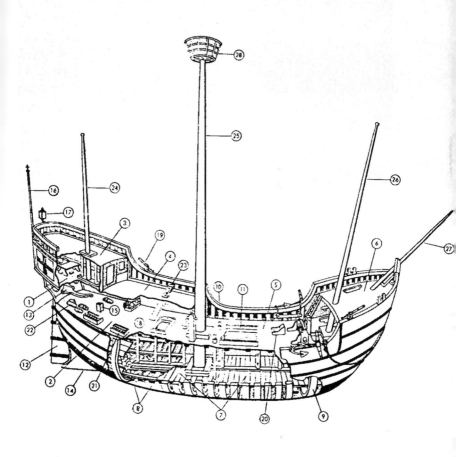

Estructura de una nao castellana de fines del siglo XV. 1, cámara del capitán; 2, cámara de la tripulación; 3, toldilla; 4, tolda; 5, cubierta principal; 6, castillo de proa; 7, bodega; 8, sentina y lugar del lastre (gravilla); 9, cuaderna maestra (parte más ancha del buque); 10, bombas de achique; 11, escotilla de carga y descarga; 12, timón; 13, caña del timón; 14, quilla; 15, bitácora; 16, asta de la bandera; 17, farol; 18, bombarda; 19, falconete montado sobre la borda; 20, fogón en una caja de arena; 21, cofres de los oficiales; 22, petates de los marineros; 23, guindarte para el firme de la driza (sujeción de las velas); 24, palo mesena con vela latina; 25, palo mayor con vela redonda; 26, palo trinquete con vela redonda; 27, botalón con cebadera; 28, cofa.

Una embarcación bajo el cielo estrellado. Grabado en madera de la Cosmographie universelle, *de André Thevet, París, 1575.*

Llegada de Cristóbal Colón a la isla Española. Grabado de Théodore de Bry, 1594.

La nao Santa María *en 1892, por la aleta de babor.*

Un indio carga a cuestas a un español para pasar la montaña.
Lienzo de Tlaxcala, lámina XXX, ca. 1550-1564.

El explorador Désiré Charnay cruzando la cordillera bajo la lluvia, a lomo de indio, hacia 1880.

Carabela. Grabado en madera de Fernández, hacia 1496.

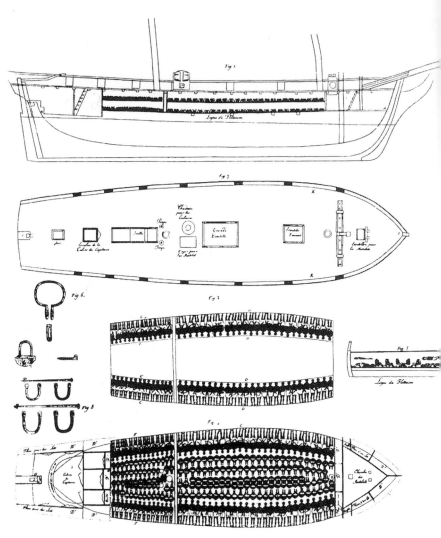

Plano y corte de un navío negrero.

En la Nueva España, desde el primer tercio del siglo XVI hubo varias conjuras de negros, en parte inventadas, olas de terror contra supuestas amenazas y, a principios del siglo XVII, ocurrió la rebelión más grave de las zonas cañeras entre el Pico de Orizaba y el puerto de Veracruz, capitaneada por Yanga. Este legendario cacique negro ya había construido, con sus seguidores, un "palenque", compuesto por unas sesenta chozas, con su capilla y su gobierno. Las tropas enviadas por el virrey Luis de Velasco, el II, sólo los derrotaron a medias y, hábilmente, el virrey prefirió negociar y autorizar que se creara una población de negros libres, San Lorenzo de los Negros.[40]

Liberaciones individuales y abolición de la esclavitud

Las condenaciones contra la práctica de la esclavitud siguieron apareciendo, aisladas, desde los años de fray Bartolomé de las Casas y en los años posteriores. Los humanistas mexicanos de la segunda mitad del siglo XVIII exaltaron no sólo las culturas indígenas, sino también las obras de mestizos y mulatos. Siguiendo una práctica europea, las liberaciones individuales de esclavos se practicaron en las posesiones españolas y portuguesas en América. La mayor parte de los negros, que ya se encontraban en las islas antillanas o en Panamá, y reclutaron como soldados los capitanes conquistadores, obtuvieron en recompensa a sus servicios no sólo la libertad, sino concesiones diversas y aun encomiendas de indios.[41] Con cierta frecuencia, por servicios especiales o como actos piadosos, los liberaban sus propietarios, y aun existía la posibilidad de que esclavos industriosos pudieran pagar el precio de su manumisión.

La Revolución francesa hizo un intento abolicionista, pero Napoleón restableció la esclavitud. La primera fecha importante para la abolición es 1807, en que el Parlamento inglés abolió el tráfico negrero internacional; en 1833 concedió la libertad absoluta a todos los esclavos. El 8 de febrero de 1815, las potencias

---

[40] Norman F. Martin, "Antecedentes y práctica de la esclavitud negra en la Nueva España del siglo XVI", *Historia y sociedad en el mundo de habla española. Homenaje a José Miranda*, El Colegio de México, México, 1970, pp. 65-66.

[41] Bowser, *op. cit.*, cap. 1, pp. 21-24.

europeas, incluida España, decretaron que debía fijarse "la época en que este comercio debe quedar prohibido internacionalmente". Las antiguas posesiones hispanoamericanas, al conquistar su independencia, en el primer cuarto del siglo XIX, abolieron al mismo tiempo la esclavitud, comenzando por México, en que el padre Hidalgo la decretó en Guadalajara el 6 de diciembre de 1810. En Francia y sus colonias la abolición se decretó en 1848. En los Estados Unidos, en 1863, en los estados norteños, y en 1865 se impuso a los sureños. En España se decretó en 1871. En Puerto Rico en 1873, en Cuba en 1880 y en Brasil hasta 1888.

Balance de las emigraciones

Las nuevas sociedades americanas se formaron, sobre la base de las poblaciones indígenas y cuanto de ellas logró sobrevivir, con dos emigraciones fundamentales, la de españoles, portugueses y de otros países europeos, que viajaron voluntariamente, y la otra emigración paralela, y tan nutrida al menos como la blanca, de los negros, pasajeros esclavos.

La importancia de los contingentes españoles y europeos en la integración de las sociedades americanas fue la de los conquistadores que impusieron sus lenguas, costumbres, religiones, economía, organización social y culturas, que en el Nuevo Mundo se transformaron en nuevas culturas.

Sin embargo, América no estaría completa sin la presencia negra. Los esclavos capturados brutalmente en sus aldeas africanas y embarcados como una mercancía hacia un destino que ignoraban, lograron adaptarse al Nuevo Mundo y ser una fuerza importante para su prosperidad económica y, más tarde, una levadura decisiva por las múltiples contribuciones originales de arte, culturas populares y sincretismos religiosos con que desde América enriquecieron el mundo.[42]

13 de agosto de 1982.

[42] Algunos libros sobre las contribuciones negras a la cultura americana:

Roger Bastide, *Las Américas negras. Las civilizaciones africanas en el Nuevo Mundo*, trad. de Patricio Azcárate, Alianza Editorial, Madrid, 1969.
Arthur Ramos, *Las culturas negras en el Nuevo Mundo, op. cit.*, Fondo de Cultura Económica, México, 1943.

Nina Rodrigues, *Os africanos no Brasil*, 2ª ed., São Paulo, 1935.
Fernando Ortiz, *Los negros esclavos, op. cit.*, La Habana, 1975.
Jules Chametzky y Sidney Kaplan (eds.), *Black and White in American Culture. An anthology from The Massachusetts Review*, The University of Massachusetts Press, 1969.
Langston Hughes y Milton Meltzer, *Black magic. A pictorial history of the Negro in american entertainment*, Prentice-Hall, Inc., Englewood Cliffs, Nueva Jersey, 1968.
Gilberto Freyre, *Casa Grande y Senzala* (1933), trads. Benjamín de Garay-Lucrecia Manduca, Biblioteca Ayacucho, 11, Caracas, Venezuela, 1977.
Oneyda Alvarenga, *A música popular no Brasil*, Río de Janeiro, 1950.
Remy Bastien, *Anthologie du folklore haïtien*, Acta Antropológica, México, 1946.

Y algunas obras sobre la trata negrera en América:

Charles R. Boxer, *Race relations in the Portuguese Colonial Empire, 1415-1825*, Oxford University Press, 1963.
———, *Four centuries of Portuguese expansion, 1415-1825: A succint survey*, University of California Press, Berkeley y Los Ángeles, 1969.
Federico Brito Figueroa, *Insurrecciones de esclavos negros en la Venezuela colonial*, Editorial Cantábrico, Caracas, 1960.
Philip Curtin, *The Atlantic slave trade. A census*, University of Wisconsin Press, 1969.
Luis M. Díaz Soler, *Historia de la esclavitud negra en Puerto Rico (1493-1890)*, Madrid, 1953.
Mauricio Goulart, *Escravidão africana no Brasil. Das origens a extinção do trafico*, Livraria Martins Editora, São Paulo, 1949.
Carlos Federico Guillot, *Negros rebeldes y negros cimarrones: perfil afroamericano en la historia del Nuevo Mundo durante el siglo XVI*, Buenos Aires, 1961.
Frédéric Mauro, *L'Atlantique portugais et les esclaves (1570-1670)*, Lisboa, 1956.
Jorge Palacios Preciado, *La trata de negros por Cartagena de Indias*, Universidad Pedagógica y Tecnológica de Colombia, Tunja, 1973.
José Antonio Saco, *Historia de la esclavitud de la raza africana en el Nuevo Mundo y en especial en los países américo-hispánicos*, Imprenta de Jaime Jepús, Barcelona, 1879; 2ª ed., Imprenta de A. Álvarez y Cía., La Habana, 1893, 5 vols.
Georges Scelle, *La traité négrière aux Indes de Castille. Contrats et traités d'Asiento*, J. B. Sirey, París, 1906, 2 vols.
L. A. Siles Salinas, *La negritud en la formación de la nación latinoamericana*, Dakar, 1974.
Elena F. S. de Studer, *La trata de negros en el Río de la Plata durante el siglo XVIII*, Universidad de Buenos Aires, Departamento Editorial, s. f.
Allen Weinstein y Frank Otto Gattel (eds.), *American negro slavery. A modern reader*, Oxford University Press, 1968.

APÉNDICES

Apéndice 1

Fray Antonio de Guevara

DE MUCHOS TRABAJOS QUE SE PASAN EN LAS GALERAS. 1539

El notable prosista castellano de la época de Carlos V, Antonio de Guevara, nació probablemente el 22 de mayo de 1480, en Treceño, lugar del mayorazgo de su familia, en las Asturias de Santillana. Segundo hijo de una casa noble, aunque de la rama bastarda, se preció siempre de su abolengo: "Yo señora —escribía a doña María de Padilla— soy en profesión cristiano, en hábito religioso, en doctrina teólogo, en linaje de Guevara y en la opinión caballero". A los doce años su padre lo llevó a la corte isabelina, en que su tío don Ladrón de Guevara era mayordomo de la reina. Allí pasó su adolescencia y mocedad. Es posible que conociera entonces a Pedro Mártir de Anglería, que enseñaba humanidades al príncipe don Juan. Además de educarse, "gasté —cuenta Guevara a don Luis Bravo— mucho tiempo en ruar calles, ojear ventanas, escribir cartas, recuestar damas, hacer promesas y enviar ofertas y aun en dar muchas dádivas". Las muertes del príncipe don Juan (1497) y de la reina Isabel (1504) lo decidieron a salir del siglo y a profesar como franciscano. Pasó en la vida conventual —que recordará años más tarde con nostalgia quizá más literaria que sincera— cerca de dieciséis años y llegó a ocupar cargos de guardián y custodio en monasterios de su Orden; y en 1520 intervino en el capítulo de franciscanos de Peñafiel. En 1521 Carlos V lo llamó para ser su predicador y, poco después de la muerte del cronista real Pedro Mártir en 1526, le dio también dicho cargo. En la lucha contra los Comuneros (1521) estuvo al lado del emperador. Años más tarde, fray Antonio fue obispo de Guadix y luego de Mondoñedo, lugar donde moriría el 3 de abril de 1545.

Guevara escribió en su madurez, en el último tercio de su vida, pasado en la corte y en sus obispados. Su primera obra, el Libro áureo de Marco Aurelio, *la inició aún en su retiro franciscano, hacia 1518. La última, de tema sagrado, es del año de su muerte. Cuando publicó la primera edición autorizada —pues antes se hicieron otras fraudulentas, sacadas de una copia sin corregir— de su* Marco Aurelio, *en Valladolid, 1529, le añadió el* Reloj de príncipes. *El primero es una curiosa fantasía en la que casi todo lo inventa en torno a la personalidad del emperador romano, cuyos aforismos o* Soliloquios *aún no se descubrían. Y el* Reloj *es un tratado muy renacentista acerca de cómo debe ser el príncipe, a base del ejemplo de Marco Aurelio. A este último libro pertenece la famosa leyenda del "Villano del Danubio", en que reflexiona sobre el derecho de conquista y la justicia.*

Una década más tarde se publicaron juntos, también en Valladolid, cuatro trataditos de Guevara. Los dos primeros, Una década de Césares *y* Aviso de privados y doctrina de cortesanos, *amplían los temas de sus obras iniciales. El primero cuenta las vidas de diez emperadores romanos de los tiempos "del buen Marco Aurelio", dejando que la imaginación y la retórica suplan lo que no dicen los historiadores antiguos. El* Aviso de privados *permite conocer las costumbres y el protocolo en la corte española del emperador Carlos V.*

El tercero de estos tratados es el Menosprecio de corte y alabanza de aldea, *la más famosa de sus obras. El elogio de la vida rústica era un tema grato al Renacimiento, y para Guevara, hombre de ciudad y de corte, la exaltación de las excelencias del campo y el vituperio de las vanidades de la corte es un puro ejercicio retórico. Con todo, su brillantez y amenidad lo hicieron una obra clásica, imitada y traducida profusamente.*

El último de los tratados publicados en 1539 es el que se refiere a la navegación, motivo de estas páginas, y al que se volverá en seguida. Antes, se concluirá el repaso de las obras de fray Antonio de Guevara.

Las Epístolas familiares, *publicadas también en Valladolid en 1539 y completadas en 1542, son la obra más representativa del ingenio y la vivacidad del estilo de Guevara. Además, son interesantes para conocer pormenores de la vida española y los conflictos ideológicos en la primera mitad del siglo* XVI. *Están dirigidas lo mismo a encumbrados que a desconocidos personajes de su tiempo, y dan avisos de cordura lo mismo a los recién casados que a los viudos y a los viejos que emprenden amores, refieren usos de la Antigüedad, vuelven a dar normas a los príncipes y a los capitanes, cuentan noticias de la corte y censuran costumbres como la de perfumarse los hombres en exceso, y en algunas de las más notables y briosas toman el partido del rey en la rebelión de los Comuneros de Castilla, quienes pretendían, entre otras cosas escandalosas para Guevara, que los nobles, y no sólo los labradores, pagaran impuestos.*

Al parecer, estas cartas nunca fueron enviadas a sus reales o supuestos destinatarios y son sólo un ejercicio retórico, de abolengo medieval. Sin embargo, en el caso de las dirigidas a los Comuneros, Ramón Menéndez Pidal afirma que sin duda fueron cursadas.

En conjunto, la obra de fray Antonio de Guevara es la de un escritor de grandes dotes de estilo, para quien la destreza retórica era tanto su fortuna como su riesgo. A menudo enredado o despreocupado con cuestiones de fuen-

tes y precisiones históricas, medieval por sus acatamientos y renacentista por la afirmación de su individualidad, Guevara es uno de los creadores del ensayo —como exposición o divagación personal— en España.

El llamado Libro de los inventores del arte del marear y de muchos trabajos que se pasan en las galeras, *impreso con los otros tres tratados menores en Valladolid, 1539, pocas veces reimpreso, es uno de los más personales y vivaces de Guevara.*

Los primeros cuatro capítulos, siguiendo el gusto por la Antigüedad del autor, informan con erudición sospechosa de quienes en el pasado contribuyeron con invenciones al arte de la navegación, así como de los corsarios famosos, también del pasado. Y en los seis capítulos finales —los aquí reproducidos— Guevara vuelve al presente para describir las incomodidades, abusos, suciedades, miserias y peligros que debía sufrir el pasajero en los viajes en galeras por el Mediterráneo al principiar el segundo tercio del siglo XVI.

Gracias a su calidad de predicador y cronista de Carlos V, fray Antonio de Guevara formaba parte del séquito imperial en la expedición de Túnez de 1535 y en el viaje a Aguas Muertas, para entrevistarse con Francisco I en 1538. Parece haber hecho, además, otros viajes, ya que afirma en la introducción a esta obra que "apenas hay puerto, ni cala, ni golfo en todo el mar Mediterráneo en el cual no nos hayamos hallado y aun en gran peligro visto". Como lo ha notado Martín de Riquer, hay exageración en esta frase, pues lo que en realidad conocía Guevara del Mediterráneo era su porción occidental, entre Gibraltar y Sicilia.

Lo interesante, con todo, son los pormenores de las múltiples incomodidades y atrocidades que tenían los viajes por mar, aun en el Mediterráneo, bien conocido y en distancias cortas. Y si tales eran los males de estos viajes, podemos deducir cuáles serían los de las largas travesías en el océano apenas conocido. Por supuesto, Guevara como Eugenio de Salazar, tenía muy poca inclinación por el mar, como lo resume el refrán que es lema de su tratado: "La vida de la galera dela Dios a quien la quiera", semejante al de Salazar: "La tierra para los hombres y la mar para los peces".

La irritación de Guevara ante la negación, en los viajes por mar, de cuanto es decoro y contentamiento de la vida, hoy la encontramos absolutamente plausible. Sin embargo, si recordamos que, aunque predicador y cronista del emperador, seguía siendo franciscano con voto de pobreza; y si contrastamos la actitud que tiene ante las vanidades de que se carece en la vida marítima con la actitud de los otros frailes mendicantes que también contaron sus navegaciones, el dominico fray Tomás de la Torre y el carmelita fray Antonio Vázquez de Espinosa, nos sorprenderán los melindres de fray Antonio de Guevara y la austeridad e increíble fortaleza de los otros frailes, que ni siquiera notaban, sino en los casos más extremos, cuanto les faltaba y agobiaba. Pero gracias a estos melindres, a este rechazo de suciedad, miseria y pro-

miscuidad, el tratado de Guevara permite conocer aspectos de los viajes por mar que sólo aquí se registran.

Martín de Riquer, prologuista y seleccionador de la Prosa escogida de Guevara, hace el siguiente análisis de la elaboración y el estilo de la parte reproducida de este tratado:

> En esta parte del Arte del marear Guevara usa de todos sus artificios estilísticos como lo es la enumeración de privilegios encabezados por las palabras: "es previlegio de galera", exacta a la que hace en el Menosprecio ("es previlegio de aldea"), en las Epístolas ("es previlegio de viejos"; "es previlegio del hombre desterrado") y en las demás obras profanas de nuestro autor. Todo ello en un estilo magnífico: directo, incisivo, irónico, siempre retórico, con frecuentes similicadencias, retruécanos y palabras rimadas y con la acostumbrada propiedad y riqueza de lenguaje de fray Antonio de Guevara y de acuerdo con el estilo de la conversación cortesana de su época.

Capítulo V

De muchos y muy grandes previlegios que tienen las galeras

Pues hemos dicho el origen que tuvieron las galeras y hemos dicho de los ilustres varones que fueron enemigos de navegar y hemos dicho de los más famosos corsarios que se dieron a robar, digamos agora de las ilustres condiciones de la galera y de los grandes previlegios con que está previlegiada.

Es previlegio de galera que todos los que en ella entraren o anduvieren han de navegar siempre muy sospechosos de corsario que los prendan y muy temerosos de la mar brava en que se pierdan, porque no hay mar tan segura a do no ande algún corsario famoso o se levante algún tiempo muy contrario.

Es previlegio de galera que todos los que en ella quisieren entrar y navegar, ante todas cosas han de perder toda su libertad de mandar y, junto con esto, han al capitán, patrón y cómitre[1] y marineros de obedecer y, si allí se quisiere aprovechar y presumir de lo que tiene y de lo que vale, diréle el más pobre remero que desembarace luego la galera y se vaya en hora mala a mandar a su casa.

Es previlegio de galera que como ella de su condición sea larga, sea estrecha y esté de remos muy ocupada y vaya de jarcias muy cargada, téngase por avisado el pasajero que entrare en ella que solamente se ha de arrimar a do pudiere y no asentarse a do quisiere.

Es previlegio de galera que por caballeroso, honrado, rico y hinchado

---

[1] *Cómitre:* el que dirigía la boga en las galeras.

que sea el pasajero que allí entrare, ha de llamar al capitán della señor, al patrón pariente, al cómitre amigo, a los proeles[2] hermanos y a los remeros compañeros, y la causa desto es que como el mareante carezca en la galera de su libertad, tiene allí de todos necesidad.

Es previlegio de galera que todos los que allí quisieren entrar o pasar han de ser humildes en la conversación, pacientes en las palabras, disimulados en las necesidades y muy sufridos en las afrentas; porque en galeras más natural cosa es sufrir las injurias que hacerlas ni aun vengarlas.

Es previlegio de galera que todos los que allí entraren carezcan de la conversación de damas, de manjares deliciosos, de vinos odoríferos, de olores confortativos, de aguas muy frías y de otras semejantes delicadezas; las cuales cosas todas darse les ha licencia que las deseen mas no facultad que las alcancen.

Es previlegio de galera que todos los que allí entraren han de comer el pan ordinario de bizcocho, con condición que sea tapizado de telarañas y que sea negro, gusaniento, duro, ratonado, poco y mal remojado; y avísole al bisoño pasajero que, si no tiene tino en sacarlo presto del agua, le mando mala comida.

Es previlegio de galera que si algunas veces, saliendo a tierra, viniere a sus manos, del mareante, algún poco de pan, el cual sea blanco, tierno, sabroso, blando y sazonado, no ha de osarlo comer a solas, sino repartirlo con sus compañeros y acontecerle ha que habiéndolo él solo comprado, no le cabrá más dello que de pan bendito.

Es previlegio de galera que nadie al tiempo de comer pida allí agua que sea clara, delgada, fría, sana y sabrosa, sino que se contente, y aunque no quiera, con beberla turbia, gruesa, cenagosa, caliente, desabrida. Verdad es que a los muy regalados les da licencia el capitán para que, al tiempo de beberla, con una mano tapen las narices y con la otra lleven el vaso a la boca.

Es previlegio de galera que si algún pasajero quisiere entre día beber un poco, refrescar el rostro, enjaguar la boca o lavar las manos, el agua que para aquello ha menester hala de pedir al capitán, o cohechar al cómitre, o traerla de tierra, o comprarla de algún remero; porque en la galera no hay cosa más deseada y de que haya menos abundancia que agua.

Es previlegio de galera que ningún pasajero sea osado de derramar agua en la popa y mucho menos ha de osar escupir en ella, y el que en esto fuere descuidado y atrevido, el capitán le reñirá y los espalderes,[3] le llevarán un real de pena; por manera que a los marineros no les reñimos aunque escupan en nuestra iglesia y ríñennos ellos si escupimos en su popa.

[2] *Proeles:* servidores del barco.
[3] *Espalderes:* remeros de popa.

Es previlegio de galera que si los pasajeros quisieren beber alguna vez vino han de callar y disimular, aunque sea aguado, turbio, acedo, podrido, poco y caro; y esto no se han de maravillar, porque muchas veces acontece que con el vino que beben en la mar podrían comer lechugas en la tierra.

Es previlegio de galera que la carne que han de comer ordinariamente ha de ser tasajos de cabrones, cuartos de oveja, vaca salada, búfano[4] salpreso y tocino rancio, y esto ha de ser soncochado[5] que no cocido, quemado que no asado y poco que no mucho. Por manera que puesto en la mesa es asqueroso de ver, duro como el diablo de mascar, salado como rabia para comer, indigesto como piedras para digerir y dañoso como zarazas para dello se hartar.

Es previlegio de galera que si el pasajero quisiere comer allí un poco de carnero, o vaca o cabrito que sea fresco, halo de comprar de los solados que lo fueron a hurtar, o aventurarse a salirlo a robar; y ya que esto haga: ¿es verdad que lo goza?, no por cierto, sino que el desollador tiene de derechos el cuero, y el menudo y aun un cuarto, y después, la carne que queda, es obligado de la asar y cocer y con todos la comer.

Es previlegio de galera que el que allí quisiere comer alguna cosa cocida ha de buscar, o cohechar, o comprar o con tiempo se proveer de una olla, y, después que halle la olla, él mismo la ha de lavar y proveer y atizar y espumar y aun guardar, y por ninguna cosa de cabe della se quitar; porque de otra manera, en cuanto vuelve la cabeza, otro comerá la olla y él terná que contar de la burla.

Es previlegio de galera que ninguno sea osado de ir aderezar de comer cuando le hubiere gana, sino cuando pudiera o granjeare, porque según las ollas o cazos, morteros, sartenes, calderas, almireces, asadores y pucheros que están puestos en torno del fogón, el pasajero se irá y se vendrá como un gran bisoño, si primero no tiene tomada amistad con el cocinero.

Es previlegio de galera que si el pasajero quisiere comer allí en platos y escudillas o en tajadores y salseras que los meta primero en la galera consigo o los coheche al cómitre o los alquile de algún remero; y si el tal fuere escaso en los comprar o descuidado en los buscar, de buena gana le dará licencia el capitán para que corte la carne sobre una tabla y sorba la cocina con la misma olla.

Es previlegio de galera que si algún pasajero quisiere comer allí con gravedad, es a saber en manteles limpios, tovallas largas y pañizuelos alemaniscos, ha de llevarlo comprado y bien guardado, porque mercadería tan limpia no se halla en galera, y si en esto, como en lo otro, fuere

---

[4] *Búfano:* búfalo.
[5] *Soncochadas:* sancochadas, mal cocidas.

olvidadizo podrá con buena conciencia, aunque con mucha vergüenza, alimpiarse a la camisa y de cuando en cuando a la barba.

Es previlegio de galera que no haya en ella escaño a do se echar, banco a do reposar, ventana a do se arrimar, mesa a do comer ni silla a do se asentar; mas junto con esto, para lo que allí le darán licencia al bisoño pasajero, es que en una ballestera o cabe crujía o junto al fogón coma en el suelo como moro o en las rodillas como mujer.

Es previlegio de galera que todo pasajero, bogavante, remero, marinero, escudero, eclesiástico y aun caballero pueda con buena conciencia almorzar sin brevas, comer sin guindas, merendar sin melocotones, cenar sin natas y hacer colación sin almendras verdes; y si destos y de otros semejantes refrescos le viniere mucho apetito y tomare sobra de deseo, sobrarle ha tiempo para por ello sospirar y faltarle ha lugar para lo alcanzar.

Capítulo VI

De otros veinte trabajos que hay en la galera

Es previlegio de galera que el día que navegando se pasare golfo o de súbito viniere alguna grande tormenta no se encienda lumbre, no aderecen comida, no llamen a tabla y que entren todos los pasajeros so sota, porque para alcanzar la garrucha es necesario que esté la galera exenta. Y es verdad que, en aquella hora y conflicto, más temor pone la confusión y las voces y estruendo y la grita que los marineros traen entre sí, que no la furia y braveza que en la mar ande.

Es previlegio de galera que todo pasajero que es de nación cristiano y de Dios temeroso, mire que en el tiempo de pasar algún golfo o de alguna mala borrasca se acuerde de encomendarse a algunos notables sanctuarios, arrepentirse de sus pecados, reconciliarse con sus compañeros y rezar algo a los sanctos sus más devotos, lo cual todo y aun mucho más a cada paso en la mar se hace y después tarde o nunca en la tierra se cumple.

Es previlegio de galera que cuando ventare tramontana, anduviere la mar gruesa, fuera cuarterón de luna, corriere aire de travesía o sobreviniere alguna furiosa tormenta, es costumbre que luego los marineros alcen el áncora, metan el esquife, quiten el tendal de popa, amainen la vela y cojan la tienda, y entonces ¡ay de ti pobre pasajero!, porque te quedarás a merced del calor que hiciere y a recebir toda el agua que lloviere.

Es previlegio de galera que andando navegando cuantas veces se mudare el aire tantas veces se mude la vela, y cuando el aire arreciare hanla de abajar y cuando aflojare hanla de subir; y en lo que entonces se ha de emplear el pasajero es alzar los ojos a la antena, poner las manos en la maroma y ocupar el corazón en la tormenta, porque en la mar no hay mayor señal de estar en grande peligro la vida que cuando los marineros suben y bajan muchas veces la antena.

Es previlegio de galera que nadie ose pedir en ella cama de campo, sábanas de holanda, cócedras[6] de pluma, almohadas labradas, colchas reales ni alcatifas[7] moriscas; mas junto con esto, si el pasajero fuere delicado o estuviere enfermo, darle ha licencia el patrón para que duerma sobre una tabla y tome por almohada una rodela.

Es previlegio de galera que ninguno por honrado que sea pueda tener lugar señalado a do se pueda pasear, ni tampoco retraer ni aun todas las veces que quiera asentar, y, si alguno quisiere estarse de día algún poco en la popa y dormir de noche en alguna ballestera, halo de comprar primero del capitán, a poder de ruegos, y alcanzarlo del cómitre por buenos dineros.

Es previlegio de galera que si alguno tuviere necesidad de calentar agua, sacar lejía, hacer colada o jabonar camisa, no cure de intentarlo, si no quiere dar a unos que reír y a otros que mofar; mas si la camisa trajere algo sucia o muy sudada y no tuviere con qué remudarla, esle forzoso tener paciencia hasta que salga a tierra a lavarla o se le acaba de caer de podrida.

Es previlegio de galera que si algún pasajero regalado y polido quisiere allí dentro jabonar algún trapo de narices, paño de tocar, o sudadero de cuello, o camisa de su persona o tovalleta de mesa, sea con agua salobre y no dulce; y, como el agua de la mar hace comenzón y causa criazón, darle ha el capitán licencia y el cómitre lugar para que de espaldas al mástil se cofree[8] o busque un remero que le rasque.

Es previlegio de galera que ningún pasajero sea obligado ni aun osado de descalzar los zapatos, desatar las calzas, desabrochar el jubón, ni desnudar el sayo ni aun quitarse la capa a la noche cuando se quisiere ir a costar, porque el pobre pasajero no halla en toda la galera otra mejor cama que es la ropa que sobre sí trae vestida.

Es previlegio de galera que las camas que allí se hicieren para los pasajeros y romeros no tengan pies ni cabeceras señaladas, sino que se echen a do pudieren y cupieren, y no como quisieren; es a saber, que a do una noche tuvieren los pies tengan otra la cabeza; y, si por haber merendado castañas o haber cenado rábanos, al compañero se le soltare algún... ya me entendéis, has de hacer cuenta, hermano, que lo soñaste y no decir que lo oíste.

Es previlegio de galera que todas las pulgas que salten por las tablas

---

[6] *Cócedras:* colchones.
[7] *Alcatifas:* tapetes finos.
[8] *Se cofree:* se frote.

y todos los piojos que se crían en las costuras y todas las chinches que están en los resquicios, sean comunes a todos, anden entre todos y se repartan por todos y se mantengan entre todos; y si alguno apelare deste previlegio, presumiendo de muy limpio y polido, desde agora le profetizo que, si echa la mano al pescuezo y a la barjuleta[9] halle en el jubón más piojos que en la bolsa dineros.

Es previlegio de galera que todos los ratones y lirones della sean osados y libertados para que puedan, sin ninguna pena, hurtar a los pasajeros paños de tocar, cendales delgados, ceñidores de seda, pañizuelos de narices, camisas viejas, escofias preciosas y aun guantes adobados; y todo esto asconden ellos para su dormir, y para ellos parir, y sus hijos criar y aun para ellos roer cuando no hay qué comer; y no te maravilles, hermano pasajero, si alguna vez te dieren algún bocado estando durmiendo, porque a mí, pasando de Túnez a Sicilia, me mordieron en una pierna, y otra vez en una oreja, y como juré los previlegios de la galera, no les osé decir nada.

Es previlegio de galera que el pan, el queso, el vino, el tocino, la carne, el pescado y las legumbres que metieres allí para tu provisión, has de dar dello al capitán, al cómitre, al piloto, a los compañeros y al timonero; y de lo que te quedare tente por dicho que dello han de probar los perros, arrebatar los gatos, roer los ratones, dezmar[10] los despenseros y hurtar los remeros; por manera que si eres un poco bisoño y no muy avisado, la provisión que heciste para un mes, no se llegará a diez días.

Es previlegio de galera que en haciendo un poco de marea, o en andando la mar alta, o en arreciándose la tormenta, o en engolfándose la galera, si te desmaya el corazón, desvanece la cabeza, se arrevuelve el estómago, se te quita la vista, comiences a dar arcadas y a revesar lo que has comido y aun echarte por aquel suelo; y no esperes que los que te están mirando te tendrán la cabeza, sino que todos, muy muertos de risa, te dirán que no es nada, sino que te prueba la mar, estando tú para espirar y aun para desesperar.

Es previlegio de galera que si algún pasajero quisiere salir alguna vez a tierra, por ocasión de recrearse un poco, o a coger un cántaro de agua, o a buscar o a comprar algún refresco o a hacer con otros algún salto, ha de pedir, como fraile, licencia al capitán, ha de rogar al cómitre que mande armar el esquife, ha de halagar a los proeles que le lleven, hales de prometer algo porque a la vuelta le aguarden, ha de dar dinero a quien le saque a cuestas porque no se moje, y, si por malos de sus pecados no acude presto a se embarcar cuando tocan a recoger, haráse la galera a la vela y quedarse ha él en tierra colgado del agalla.

[9] *Barjuleta:* especie de mochila.
[10] *Dezmar:* diezmar.

Es previlegio de galera que todo pasajero que quisiere purgar el vientre y hacer algo de su persona, esle forzoso de ir a las letrinas de proa o arrimarse a una ballestera, y lo que sin vergüenza no se puede decir, ni mucho menos hacer tan públicamente, le han de ver todos asentado en la necesaria como le vieron comer a la mesa.

Es previlegio de galera que nadie ose pedir allí para beber taza de plata, o vidrio de Venecia, ni bernegal[11] de Cadahalso, ni jarra de Barcelona, ni porcelana de Portugal, ni nuez de India, ni corcho de alcornoque; y en caso que el pasajero no metió en la galera taza ni jarra para beber, dispensará con el capitán que en la escudilla de palo que come el remero la cocina, le den de beber un poco de agua.

Es previlegio de galera que ni el capitán, ni el cómitre, ni el patrón, ni el piloto, ni remero, ni pasajero, puedan tener, ni guardar, ni asconder alguna mujer, suya ni ajena, casada ni soltera; sino que la tal de todos los de la galera ha de ser vista y conocida, y aun de más de dos servida; y como las que allí se atreven ir son más amigas de caridad que de castidad, a las veces acontece que habiéndola traído algún mezquino a su costa, ella hace placer a muchos de la galera.

Es previlegio de galera que libremente puedan andar en ella frailes de la Orden de San Benito, San Basilio, San Agustín, San Francisco, Sancto Domingo, San Jerónimo, carmelitas, trinitarios y mercedarios. Y porque los tales religiosos puedan andar por toda la galera, dicen los cómitres que ellos han sacado una bula para que no traigan hábitos, ni cogullas, ni coronas, ni cintas, ni escapularios, y que, en lugar de los breviarios, les pongan en las manos unos remos con que aprendan a remar y olviden el rezar.

Es previlegio de galera que los ordinarios vecinos y confrades della sean testimonieros, falsarios, fementidos, corsarios, ladrones, traidores, azotados, acuchilladizos, salteadores, adúlteros, homicianos y blasfemos; por manera que al que preguntare qué cosa es galera le podremos responder que es una cárcel de traviesos y un verdugo de pasajeros.

Capítulo VII

De otros más trabajos y peligros que pasan
los que andan en galera

Es previlegio de galera que todos los cómitres, patrones, pilotos, marineros, conselleres, proeles, timoneros, espalderes, remeros y bogavantes

---

[11] *Bernegal*: taza para beber.

puedan pedir, tomar, cohechar y aun hurtar a los pobres pasajeros pan, vino, carne, tocino, cecina, queso, fruta, camisas, zapatos, gorras, sayos, jubones, ceñidores y capas y aun si el pasajero es un poco bisoño y no trae al brazo atada la bolsa, haga cuenta que la olvidó en Sevilla.

Es previlegio de galera que lo que allí una vez se pierde, o se olvida, o se empresta, o se hurta que jamás parezca; y si a poder de ruegos, y no sin haberse dado dineros, anda el cómitre a lo buscar y aun en términos de los hallar, sea cierto el que lo perdió que los ladrones que lo hurtaron antes acabarán con sus desvergüenzas de lo echar en la mar que con su conciencia de se lo restituir.

Es previlegio de galera que allí todos tengan libertad de jugar a la primera de Alemania, a las tablas de Borgoña, al alquerque[12] inglés, al tocadillo viejo, al parar ginovisco, al flux[13] catalán, a la figurilla gallega, al triunfo francés, a la calabriada[14] morisca, a la ganapierde romana y al tres dos y as boloñés, y todos estos juegos se disimulan jugar con dados falsos y con naipes señalados. Y porque no pierda sus buenas costumbres la galera no haya miedo el que armare el naipe, o hincare el dado, le mande el capitán que restituya el dinero; porque el día que en la mar formaren conciencia y pusieren justicia, desde aquel día no habrá sobre las aguas galera.

Es previlegio de galera que cuando salen a tierra a hacer aguada, o a cortar leña, si acaso ven alguna ternera, tropiezan con alguna vaca, hallan algún carnero, topan algún cabrito, cogen algún puerco, asen algún ansarón, prenden alguna gallina o alcanzan algún pollo, tan sin asco y escrúpulo lo llevan y matan en la galera como si por sus dineros lo compraran en la plaza.

Es previlegio de galera que cuando los soldados, los remeros, barqueros y aun pasajeros salen a tierra cabe algún buen lugar y rico, no hay monte que no talen, colmenas que no descorchen, árboles que no derruequen, palomar que no caten, caza que no corran, huertas que no yermen, moza que no retocen, mujer que no sonsaquen, muchacho que no hurten, esclavo que no traspongan, viña que no vendimien, tocino que no arrebaten y ropa que no alcen; por manera que en un año recio no hacen tanto daño el hielo y la piedra y la langosta cuanto los de la galera hacen en sólo medio día.

Es previlegio de galera que si alguno en la tierra es deudor, acuchilladizo, perjuro, revoltoso, rufián, robador, ladrón, matador, no pueda ninguna justicia entrar allí a le buscar ni aun el ofendido le pueda ir allí a acusar; y, si por malos de sus pecados entra, o le echarán al remo o le

---

[12] *Alquerque:* tres en raya (juego).
[13] *Flux:* tener un jugador todas las cartas de un mismo palo.
[14] *Calabriada:* mescolanza (juego).

darán un trato, por manera que en las galeras es a do se van los buenos a perder y los malos a defender.

Es previlegio de galera que en ella anden y tengan libertad de vivir cada uno en la ley que nació, es saber casados, solteros, monjes, frailes, clérigos, ermitaños, caballeros, escuderos, elches,[15] canarios, griegos, indios, herejes, moros e judíos, por manera que sin ningún escrúpulo verán los viernes hacer a los moros la zalá[16] y a los judíos hacer los sábados la barajá.[17]

Es previlegio de galera que si algún pobre pasajero quisiere llevar a la mar alguna arca con bastimento, o algún lío de ropa, o algún colchoncico de cama, o algún barril de vino o algún cántaro para agua, hase de tener por dicho que el capitán por lo consentir, los barqueros por lo llevar, el escribano por lo registrar, el cómitre por lo guardar, le han de llevar los unos dineros y los otros servicios; y en este caso no se contentan con lo que les quisiéredes dar, sino que os han de llevar todo lo que os quisieren pedir. Por mí puedo jurar que en la navegación postrera que hecimos con el gran César, que en los puertos de Barcelona, Mallorca, Cerdeña, la Goleta, Cállar, Palermo, Micina, Ríjoles, Nápoles, Gayeta, Civitavieja, Génova, Niza, Treju, Tolón y Aguas Muertas, más enojos hube y más dineros gasté en embarcar y desembarcar caballos, acémilas, criados y bastimentos que en toda mi vida pasé ni aun nunca pensé.

Es previlegio de galera que al tiempo del embarcar y después otra vez al desembarcar, le cuentan al pobre pasajero el dinero, le abren las arcas, le miran las ropas, le descosen los líos; y pague en la aduana de todo ello derechos, y si el pasajero es un poco bisoño no sólo le llevarán el derecho mas aun el ojo tuerto. Y porque no parezca que hablamos de gracia, a ley de bueno juro, que por los derechos de una gata que truje de Roma me llevaron medio real en Barcelona.

Es previlegio de galera que no haya sobre las aguas galera tan cumplida ni tan bastecida que no haya en ella alguna tacha; es a saber o que le falta palazón, o que es vieja, o que es pesada, o que no es velera, o que no está armada, o que no es sutil, o que está abierta, o que hace mucha agua, o que es muy desdichada; de manera que por más patrona o capitana que sea, siempre hay más cosas que la desear que no en ella que loar.

Es previlegio de galera que ni por ser Pascua de Cristo, o día de algún gran sancto o ser día de domingo, no dejan en ella los remeros y pasajeros de jugar, hurtar, adulterar, blasfemar, trabajar ni navegar; porque las fiestas y pascuas en la galera no sólo no se guardan, mas aun ni saben cuándo caen.

[15] *Elches:* moriscos o renegados del cristianismo.
[16] *Zalá: Azalá,* rezo de los musulmanes.
[17] *Barajá:* probablemente onomatopeya de las oraciones judías.

APÉNDICE 1

Es previlegio de galera que los que en ella andan no tengan memoria del miércoles de la ceniza, de la semana sancta, de las vigilias de Pascua, de las cuatro témporas del año, ni aun de la cuaresma mayor, porque en la galera todas las veces que ayunan no es por ser vigilia o estar en cuaresma, sino porque les falta la vitualla.

Es previlegio de galera que ni marineros, ni remeros, ni ventureros, ni los otros oficiales que andan en la mar, tomen pena ni aun formen conciencia por no oír las fiestas misa, ni entrar en un año una vez en la iglesia; mas junto con esto lo bueno que ellos de cristianos tienen es que en una peligrosa tormenta se ponen a rezar, se ocupan en sospirar, se toman a llorar, la cual pasada se asientan muy despacio a comer, a parlar, a jugar, a pescar y aun a renegar, contando unos a otros el peligro en que se vieron y las promesas que hicieron.

Es previlegio de galera que todos los vecinos y moradores y pasajeros della, en todo el tiempo que la sirvieren y la siguieren, sean exentos de pagar alcabalas, portazgos, empréstitos, pechos, martiniegas,[18] subsidios, pensiones, cuartas, diezmos e primicias al rey ni a la Iglesia. Y más y allende desto, que no los puedan descomulgar los obispos, ni echar de las iglesias los curas, aunque no estén confesados ni comulgados. Es verdad que algunas veces, burlándome con los remeros y marineros en la galera, como yo les pidiese las cédulas de confesión, luego ellos me mostraban una baraja de naipes diciendo que en aquella sancta cofradía no aprendían a se confesar, sino a jugar y trafagar.[19]

Es previlegio de galera que ninguno que muriere en ella sea obligado a tomar la Extrema Unción, ni a pagar al sacristán los clamores del tañer, ni a los cofrades los derechos del llevar, ni al cura el enterramiento, ni a la fábrica la sepultura, ni a los frailes la misa cantada, ni a los pobres el llevar de la cera, ni a los ganapanes el abrir la huesa, ni al confradero el muñir[20] la cofradía, ni aun a la comadre el coser de la mortaja, porque el triste y malaventurado que allí muere, apenas ha dado a Dios el ánima, cuando arrojan a los peces el cuerpo.

Es previlegio de galera que todos los que en ella andan coman carne en la cuaresma, en las cuatro témporas, en los viernes, en las vigilias, en los sábados y en todos los otros días vedados, y el placer dello es que la comen sin ninguna vergüenza, ni menos conciencia. Como yo algunas veces les riñese y amonestase que no lo comiesen, respondíanme ellos que pues los de la tierra se atrevían a comer el pescado que salía de la mar, en cualquier día, que también ellos comen la carne que traían de la tierra.

[18] *Martiniegas:* renta pagadera por el día de San Martín.
[19] *Trafagar:* trajinar, moverse trabajando.
[20] *Muñir:* avisar y arreglar.

Es previlegio de galera que todo el pan, vino, tocino, cecina, queso, manteca, pasas, bizcocho, almendras, jaraos, cántaros, platos y ollas que sobren a algún pasajero de lo que metió para su provisión, lo deje todo en la galera al tiempo que della se desembarcare y a tierra saliere; por manera que toman todo lo que sobra, y, si algo allí le falta, no le darán ni aun una pasa.

Es previlegio de galera que todo pasajero que presume de generoso y vergonzoso debe a tiempo de desembarcar regraciar al capitán, abrazar al cómitre, hablar al piloto, despedirse de la compañía, convidar a los espalderes, dar algo al timonero y aun acordarse de los proeles; porque si esto no hace, darle han todos una muy cruel vaya y no le acogerán más en aquella galera.

Es pues la conclusión que por muchos, por altos, por generosos y por extremados que sean todos sus previlegios y exenciones, todavía nos afirmamos y conformamos con las palabras de nuestro tema, es a saber, que la vida de la galera dela Dios a quien la quiera.

Capítulo VIII

Del bárbaro lenguaje que hablan en las galeras

Dichas estas libertades y previlegios de la galera, digamos agora la forma y lenguaje que hablan en ella; porque tan extremados son en el modo de hablar como en la manera de vivir.

Al fundamento de la galera, quieren ellos que se llame *quilla*, y a las clavijas del palo llaman *escálamos*; a la cabecera de la galera llaman *popa*, y al cabo della dicen *proa*. A lo que nosotros llamamos costeras no consienten ellos sino que se nombren *cuadernas*, y lo que decimos borde llaman ellos *caballeres*.

A la cámara sobre que está la aguja llaman *escandalar*, y al camino que va de proa a popa nombran *crujía*. Adonde se sientan los remeros llaman *postiza*, y adonde van guardadas las velas llaman *cuarteles*.

Quieren que la cocina se llamen *fogón*, y al renovar la galera le digan *dar carena*. Como decimos en nuestro lenguaje "acostaos a una parte", dicen ellos en lo suyo "teneos todos a la banda"; y por decir "tirad desto o de aquello", dicen ellos a grandes voces "iza, iza".

A lo más alto del mástil mandan que se llame *gata*, y a las garruchas con que suben las velas se nombre *topa*. Nosotros decimos "ésta es la vela mayor, ésta es la mediana y ésta es la menor", ellos no dicen sino *vela maestra, vela mezana, vela del trinquete*. A las maromas llaman *gúmenas* y al poste llaman *puntal*; a la estaca a do atan las velas quieren que se llame *maimoneta*, y a la maroma con que templan las velas, dicen que se llama *escota*.

Como nosotros decimos "volved esa galera", dicen ellos *ciaboga*, y para decir "no reméis más", dirán ellos "leva remo". A la garrucha con que meten el esquife llaman *barbeta*; y a lo con que cargan la galera llaman *lastre*. Llaman al guardarropa *nochar*, y al que rige la galera *cómitre*. Por decir que navegan con buen viento, dicen que van "en popa", y por navegar a medio viento dicen que van "a orza". A do se prenden las velas llaman *antena*, y a la maroma con que las suben llaman *candaliza*. A lo que llamamos remar, dicen ellos *bogar*, y al sacar agua de galera llaman *escotar*.

Mandan que a la despensa no la llamen sino *pañol*, y que los remeros de popa se nombren *espalderes*; a los que andan en el barco llaman *proeles*, y a la nariz de la galera *asperón*. Al primero remero llaman *bogavante*, y al postrero dicen *tercerol*. Al viento cierzo llaman *tramontana*, al ábrigo *mediojorno*, al solano *levante* y al gallego *poniente*. Estar la galera armada, dicen estar *empavesada*, y cuando ella se pierde por tormenta, dicen que "dio al través".

No dirán ellos "vamos por agua" sino "hagamos aguada", ni tampoco dirán "navegad a Cerdeña" sino "pon la popa en Cerdeña".

Esta, pues, la jerigonza que hablan en la galera; de la cual si todos los vocablos extremados hubiésemos aquí de poner sería para nunca acabar. Abaste concluir con nuestro tema: que la vida de la galera dela Dios a quien la quiera.

Capítulo IX

De una sotil discreción de la mar y de sus peligrosas propriedades

Dicho algo del lenguaje que hablan en la galera, y de los previlegios y condiciones della, digamos agora algo de las condiciones de la mar; porque gran yerro sería confiar nadie su vida de quien no sabe si tiene buena condición o mala.

La mar, para que conozcan lo que hace miren el nombre que tiene, pues mar no quiere decir otra cosa sino amargura; porque si en las aguas es muy amarga, en las condiciones es muy más amarguísima. La mar sin comparación es muy mayor la hinchazón que tiene que no el daño que hace; porque sus bravísimas ondas quiebran en sus orillas. La mar no es tan bien acondicionada, para que nadie ose entrar en ella por voluntad, sino por necesidad; porque el hombre que navega, si no es por descargo de su conciencia, o por defender su honra o por amparar la vida, digo y afirmo que el tal o es necio, o está aborrido, o le pueden atar por loco.

La mar es muy deleitosa de mirar y muy peligrosa de pasear. La mar no engaña a nadie sino una vez; mas aquél que una vez engaña nunca della terná más queja. La mar es una mina a do muchos se hacen ricos y es un cimenterio a do infinitos están enterrados. La mar, si está de gana, déjase navegar en artesas y, si está brava, aun no consiente en sí carracas.[21] La mar naturalmente es loca, porque se muda a cada cuarto de luna y, del rey al labrador, no hace ninguna diferencia. La mar no sufre necios ni perezosos, porque conviene al que allí anda ser muy vivo en el negociar y diligentísimo en el navegar.

La mar es capa de pecadores y refugio de malhechores, porque en ella a ninguno dan sueldo por virtuoso ni le desechan por travieso. La mar disimula con los viciosos, mas no es amiga de tener consigo cobardes; porque en mal punto entra en ella el que es cobarde para pelear y temeroso de navegar.

La mar es muy maliciosa y siempre han de tomar sus cosas al revés; porque en la calma y bonanza, arma para hacer tormenta y en la tempestad y tormenta apareja para hacer bonanza. La mar es aficionada con unos y apasionada con otros; porque si se le antoja a uno sustenta la vida veinte años, y a otro la quitará el primero día. La mar es muy enemiga de todo lo con que se sustenta la vida humana; porque el pescado es flemoso, el aire es importuno, el agua es salobre, la humedad es dañosa y el navegar es peligroso.

La mar a nadie tiene contento de cuantos en ella andan navegando, porque los cuerpos tráelos cansados con la mala vida y los corazones están con sobresalto de alguna peligrosa tormenta.

La mar, como tiene los aires muy delicados, hace a los estómagos que estén siempre hambrientos; mas ya le perdonaría la gana que nos pone de comer por la fuerza con que nos hace revesar.

La mar a nadie convida, ni a nadie engaña para que en ella entren, ni della se fíen; porque a todos muestra la monstruosidad de sus peces, la profundidad de sus abismos, la hinchazón de sus aguas, la contrariedad de sus vientos, la braveza de sus rocas y la crueldad de sus tormentas; de manera que los que allí se pierden, no se pierden por no ser avisados, sino por unos muy grandes locos.

La mar de todos se deja ver, se deja pescar, se deja navegar y se deja enseñorear; mas junto con esto, a todos los que en ella entran les quita la jurisdicción y ninguno es poderoso para mudar ella la condición.

No decimos más en este caso, sino que la vida de la galera dela Dios a quien la quiera. Amén.

---

[21] *Carracas:* barcos pesados de transporte.

Capítulo X

*De las cosas que el mareante se ha de proveer
para entrar en la galera*

Dicho algo de los previlegios de la galera y de las condiciones de la mar, no nos queda ya que decir sino de las cosas necesarias para navegar; porque no abasta que el pasajero vaya avisado de todas las cosas de que se ha de guardar, sino que también ha de entrar proveído de lo que hubiere menester.

Es saludable consejo que todo hombre que quiere entrar en la mar, ora sea en nao ora sea en galera, se confiese y se comulgue y se encomiende a Dios como bueno y fiel cristiano; porque tan en ventura lleva el mareante la vida como el que entra en una aplazada batalla.

Es saludable consejo que antes que el buen cristiano entre en la mar haga su testamento, declare sus deudas, cumpla con sus acreedores, reparta su hacienda, se reconcilie con sus enemigos, gane sus estaciones, haga sus promesas y se absuelva con sus bulas; porque después en la mar ya podría verse en alguna tan espantable tormenta que por todos los tesoros desta vida no se querría hallar con algún escrúpulo de conciencia.

Es saludable consejo que el curioso mareante ocho o quince días antes que se embarque, procure de alimpiar y evacuar el cuerpo, ora sea con miel rosada, ora con rosa alejandrina, ora con buena caña fístola, ora con alguna píldora bendita; porque naturalmente la mar muy más piadosamente se ha con los estómagos vacíos que con los repletos de humores malos.

Es saludable consejo, y aun aviso no poco bueno, que cuando hubiere de navegar, navegue en galera que la fusta sea nueva y la chusma sea ya en el remar curtida; porque después, allá en la mar, al tiempo que quieren doblar una punta, pasar un golfo, embestir con otra galera, dar caza a otra armada o le sobreviniere alguna endiablada borrasca, la galera nueva tiénese bien a la mar y la chusma vieja vale mucho para remar.

Es saludable consejo trabaje el pasajero mucho de elegir para su navegación galera afamada y fortunada, en la cual no haya acontecido alguna notable desdicha; porque la fortuna también muestra su ferocidad en la mar como en la tierra, y más allende desto no me parece sano consejo osarse nadie arrojar y aventurar su vida a do sabe que allí perdió otro su vida y la honra.

Es saludable consejo que antes que el pasajero se vaya a embarcar vaya a visitar y a hablar al capitán de la galera y le diga muy buenas palabras y aun le haga algunos comedimientos; es a saber, que si está en la galera, le envíe algún refresco, y, si es salido a tierra, le convide o acompañe; porque los capitanes de galera, como desean viento, andan con viento, navegan con viento, viven con el viento, todavía se les apega algo del viento; y con esto quieren de los amigos ser honrados, de los enemigos ser temidos y de sus pasajeros servidos.

Es saludable consejo que a la hora que entrare en la galera se haga con el cómitre, porque le deje pasear por crujía, se haga con algún remero porque le alimpie, se haga con el piloto porque le admita consigo, se haga con el alguacil porque le favorezca, se haga con el cocinero porque le deje llegar al fogón, se haga con los espalderos porque le sirvan en popa y se haga con los proeles porque le saquen a tierra; porque si a cada uno destos no tiene contento él entró en la galera en muy mal punto.

Es saludable consejo que antes que se embarque haga alguna ropa de vestir que sea recia y aforrada, más provechosa que vistosa, con que sin lástima se pueda asentar en crujía, echar en las ballesteras, arrimarse en popa, salir a tierra, defenderse del calor, ampararse del agua y aun para tener para la noche por cama; porque las vestiduras en galera más han de ser para abrigar que no para honrar.

Es saludable consejo que el curioso o delicado pasajero se provea de algún colchoncillo terciado, de una sábana doblada, de una manta pequeña y no más de una almohada; que pensar nadie de llevar a la galera cama grande y entera sería dar a unos que mofar y a otros que reír, porque de día no hay a donde la guardar y mucho menos de noche donde la tender.

Es saludable consejo que para su provisión haga hacer bizcocho blanco, compre tocino añejo, busque muy buen queso, tome alguna cocina y aun alguna gallina gruesa; porque éstas y otras semejantes cosas no las escusa de comprar el que quisiere navegar.

Es saludable consejo que el honrado pasajero haga provisión de algún barril, o bota o cuero de muy buen vino blanco, el cual, si posible fuere, sea añejo, blando y oloroso; porque después, al tiempo de revesar, preciará tener allí más una gota que en otro tiempo una cuba, y más y allende desto el sabor le reformará el estómago y el olor le confortará la cabeza.

Es saludable consejo que el que quiere comer liempio se provea de algún mantel, pañizuelo, olla, cántaro y copa; porque estas menudencias pocas veces las suelen en la galera nadie vender y mucho menos prestar.

Es saludable consejo, en especial al que es un poco bisoño, que si llevare a la mar alguna arca con bastimento, algún serón[22] con armas, algún barril con vino, algún lío con ropa o alguna caja con escripturas, luego

---

[22] *Serón*: bolsa alargada.

haga al capitán que lo vea, al escribano que lo registre y al cómitre que lo guarde; a causa que en la galera, por escrúpulo de conciencia, no dejan de aguja arriba.

Es saludable consejo mire mucho a quien se allega, con quien entra, de quien se fía, con quien habla y aun con quien juega; porque son tan avisados y tan taimados, los de la galera, que si le sienten al pasajero que es un poco necio jugarán con él al mohíno.[23]

Es saludable consejo que a la hora que embarcare en la galera importune al capitán, ruegue al cómitre, soborne al alguacil y aun se haga con algún remero para que, si no le dieren lugar en popa o le admitieren en alguna cámara, que a lo menos le señalen alguna ballestera; porque si en esto es descuidado y perezoso, téngase por dicho y condenado en que no hallará de día a do se asentar y mucho menos de noche a do se acostar.

Es saludable consejo que como en la galera no haya mucho que hacer ni menos que negociar, verá allí el pasajero que lo más del día y de la noche se ocupan en contar novelas, hablar cosas vanas, blasonar de sus personas, alabar a sus tierras y aun relatar vidas ajenas; y en semejantes pláticas y liviandades debe mucho el pasajero cuerdo guardarse de no ser prolijo, novelero, vocinglero, mentiroso, entremetido, chocarrero y porfiado, por que más pena da en la mar una conversación pesada que no la mala vida de la galera; y parece esto muy claro en que la marea, de cuando en cuando, os hace revesar y un necio porfiado cada hora os hace desesperar.

Es saludable consejo para el pasajero que presume de ser cuerdo y honrado, compre algunos libros sabrosos y unas horas devotas; porque de tres ejercicios que hay en la mar, es a saber, el jugar, el parlar y el leer, el más provechoso y menos dañoso es el leer.

Es saludable consejo antes que se embarque el pasajero se provea de anzuelos, cordel, cebo y cañas, para que cuando alguna vez estuvieren en calma, o metidos en alguna cala, o acogidos tras alguna roca o puesta la proa en tierra, saque sus aparejos y se ponga a tomar algunos pescados; pues tomará recreación en los pescar y gran sabor en los comer; porque muy mejor le está a su ánima y aun a su bolsa irse a pescar peces a proa que no estarse jungando dineros en popa.

Es saludable consejo que el mareante regalado se provea de pasas, higos, ciruelas, almendras, diacitrón, dátiles, confites y de alguna delicada conserva; porque en haciendo marea o sobreviniendo la tormenta, como luego las arcadas son a la puerta y el revesar en casa y se quita la vista y se pierde el comer, si en aquella hora y conflicto no tiene el pobre pasajero alguna conserva confortativa, yo le mando mala ventura.

[23] *Mohíno*: jugador contra el que juegan todos los demás.

Es saludable consejo se provea para un no menester de un ristro de ajos, de un horco de cebollas, de una botija de vinagre, de un alcuza de aceite y aun de un trapo de sal, porque dado caso que son manjares rústicos y vascosos,[24] no son delicados para se marear ni muy codiciosos para hurtar; y más allende desto ya puede ser que de migas y agua y sal y aceite haga un tal gazpacho que le sepa mejor que un capón en otro tiempo.

Es saludable consejo que todo buen mareante se provea de pantuflos de corcho, de zapatos doblados, de calzas marineras, de bonetes monteros, de agujetas dobladas y de tres o cuatro camisas limpias; porque es de tal calidad el agua de la mar y la indisposición de la galera que primero las has de ensuciar todas que se pueda jabonar una.

Es saludable consejo, mayormente para los hombres regalados y estómagos delicados, se provean de algunos perfumes, menjuí, estoraque, ámbar o áloes, y si no de alguna buena poma hechiza, porque muchas veces acontece que sale tan gran hedor de la sentina de galera, que a no traer en qué oler hace desmayar y provoca a revesar.

Es saludable consejo y aviso muy necesario que al tiempo que en la galera viere el pasajero alzar el ancla, coger los remos, meter el barco, apartarse de tierra, mudar la vela y andar gran grita, calle, recójase y no diga palabra ni ande por la galera; porque los marineros, como son unos desesperados y aun agoreros, tienen por grandísimo agüero si en el conflicto de la tormenta oyen hablar o hallan en quien tropezar.

Es saludable consejo mire por sí el pasajero a que no ose de día traer por la galera los pies descalzos, ni dormir de noche la cabeza descubierta; porque a los pies le hará mal la humildad y a la cabeza el sereno; de lo cual, si no se guarda en la mar mucho, no podrá escapar ni salir de la galera, si no cargado de algún catarro o muy malamente sordo.

Es saludable consejo, y aun necesario y provechoso, que cada pasajero trabaje en la mar de tener siempre el estómago muy templado y no de manjares cargado; es a saber, comiendo poco y bebiendo menos; porque si en la tierra es inhonesto en la mar es inhonesto, y para el tiempo de la tormenta muy peligroso comer hasta regoldar y beber hasta revesar. Y porque no parezca hablar de gracia, pasando el golfo de Narbona con una gravísima tormenta, vi en mi galera a uno que estaba borracho y relleno, el cual en dos arcadas echó la comida y con la tercera revesó el ánima.

Es saludable y experimentado consejo, para que uno no se maree ni revise en la mar, ponga un papel de azafrán sobre el corazón y estése quedo sobre una tabla en el hervor de una tormenta; porque si esto

---

[24] *Vascosos:* probablemente como los de los vascos.

hace puede estar bien seguro que ni se le revolverá el estómago ni se le desvanecerá la cabeza.

En toda la navegación que hecimos con mi señor y mi amo César, cuando él fue a conquistar a la gran Túnez de África, estos consejos tomé para mí, y me dieron la vida, digo la vida del cuerpo, porque la vida del ánima allá nos la darán en la gloria *ad quam nos perducat Iesus Christus Filius Dei, qui cum Patre et Spiritu Sancto vivit et regnat in secula seculorum Amen.*

Fray ANTONIO DE GUEVARA, *Libro de los inventores del arte del marear y de muchos trabajos que se pasan en las galeras*, Valladolid, 1538, caps. v-x. *Prosa escogida de fray Antonio de Guevara...*, prólogo y selección de Martín de Riquer, profesor de la Universidad de Barcelona, Luis Miracle, editor, Barcelona, 1943, pp. 117-137.

Apéndice 2

Fray Tomás de la Torre

DIARIO DEL VIAJE DE SALAMANCA A CIUDAD REAL. 1544-1545

Dos años después de haber logrado la promulgación de las Leyes nuevas, que aliviaban la situación de los indios, prohibían su esclavitud y limitaban las encomiendas y los repartimientos; cuando ya contaba 70 años, fray Bartolomé de las Casas promovió el reclutamiento del mayor contingente de frailes dominicos que vendría a servir a su diócesis de Chiapas.

El grupo inicial de frailes, diáconos y legos salió de su convento de Salamanca, el 12 de enero de 1544, y a pie con sus báculos en las manos y las capas en los hombros, emprendieron el viaje hacia Sevilla. Sólo cruzaron por dos villas importantes, Cáceres y Mérida, y por numerosos pueblos y villorios, y se alojaron en sus propios monasterios, en palacios de señores piadosos y donde pudieron. El 13 de febrero, 33 días más tarde, llegaron a Sevilla donde se repartieron en varios conventos de su Orden. Allí se les reunieron "otras manadas de religiosos" y encontraron a su pastor, fray Bartolomé, que sería consagrado obispo de Chiapas el 30 de marzo siguiente, y a su constante compañero, fray Rodrigo de Ladrada. El grupo llegaba a 47 dominicos, que lograron salir de Sevilla el 8 de junio. Un mes más tarde, en Sanlúcar de Barrameda, iniciaron realmente la travesía y su nave se unió a la flota que llevaba a Santo Domingo o isla Española, a la virreina viuda doña María de Toledo. El grupo, o probablemente el obispo Las Casas, designó a fray Tomás de la Torre para que escribiera la crónica de aquel viaje.

Del padre De la Torre sólo sabemos lo que él mismo dice, que era lector de filosofía en su convento de Salamanca. Beristáin añade que había tomado el hábito de Santo Domingo en el convento de San Esteban, de la misma ciudad. Y puede presumirse que entonces era joven, y por su crónica, hombre sensible y muy letrado sobre todo en Escrituras. El mismo Beristáin recoge otros datos acerca de fray Tomás de la Torre:

> [De Salamanca] pasó a la isla de Santo Domingo, donde por haber predicado un día contra el maltrato que daban algunos a los indios, quisieron matarlo los resentidos. Vínose a Guatemala, y allí fue uno de los más celosos predicadores del Evangelio.

Fundó varios conventos, entre ellos el de la ciudad de Chiapa. Fue prior del de Guatemala, vicario provincial y primer provincial de la provincia de San Vicente en 1553, reelecto en 1566. Murió en 1567.

La primera información es dudosa. El fraile y su grupo, durante su escala del 9 de septiembre al 14 de diciembre en Santo Domingo, ciertamente provocaron algún alboroto y recibieron amenazas de los españoles por sus predicaciones contra los abusos e injusticias de éstos. Sin embargo, De la Torre sólo dice que "uno de los nuestros" predicó, y luego todos los dominicos prosiguieron su viaje rumbo a Campeche y a Chiapas.

Fray Tomás de la Torre era un buen cronista. Recordaba de cuando en cuando textos bíblicos y la obra de la Providencia —aunque sin el recargo de la crónica del carmelita Vázquez de Espinosa—. Tenía buen estilo y proporción para transmitir la tensión de las situaciones dramáticas, como el pánico ante las tempestades; y curiosidad para referir cosas menudas pero interesantes: los aprovisionamientos y cacharros de que debieron proveerse al emprender el viaje; las miserias acumuladas: calor, ahogamiento, sed, hambre, suciedad, mareos, piojos, pestilencia; el barco mal lastrado que bogaba inclinado y en el que los marineros usaban a los frailes como lastre; las diversiones del viaje; el sabor de los nuevos frutos americanos, y el afán con que tratan de salvar los libros arruinados durante el naufragio en la laguna de Términos.

A pesar de que el obispo Las Casas, para el grupo de dominicos que viajaban de Salamanca a Chiapas, era el principal personaje, se habla muy poco de él en el relato del padre De la Torre. Con todo, hay una espléndida y muy lascasasiana aparición del obispo. Durante la terrible tormenta del 20 de diciembre de 1544, entre las islas de Jamaica y de Caimanes, al sur de Cuba, cuando todos están empavorecidos por la violencia del cielo y el mar, surge fray Bartolomé, como una anticipación del capitán Ahab, a increpar al cielo y a ordenarle que se aplaque:

> llovía terriblemente y las olas parecían querer llegar al cielo, ya quebraban el navío y muchas por encima de la popa, que ya pensábamos ser llegada la hora postrera. El viento era tan recio que quebró el mástil que llaman trinquete. De los religiosos, algunos se encomendaban modestamente a Dios, otros daban voces llamando el nombre de nuestro señor Jesucristo, el santo viejo conjuraba la mar y mandábale en nombre de nuestro señor Jesucristo que callase y enmudeciese, y daba voces a la gente diciendo que callasen y no temiésemos, que Dios iba con nosotros y no podíamos perecer.

Orden que acabó por acatar el cielo, pues poco después un marinero les dijo: "Padres, la tempestad ha cesado".

El viaje de los dominicos narrado por fray Tomás de la Torre tuvo una duración excesiva: salieron de Salamanca, España, el 12 de enero de 1544 y *llegaron a su destino, Ciudad Real, Chiapas, el 12 de marzo de 1545, es decir, 424 días, o sea un año y dos meses después. Sin embargo, más de la mitad de este tiempo, 265 días, lo pasaron en descansos y forzadas escalas, en Sevilla, la Gomera, Santo Domingo y las playas de Campeche. El viaje mismo se repartió en días como sigue:*

	Por tierra	Por mar
De Salamanca a Sevilla	33	
De Sevilla a Sanlúcar		5
De Sanlúcar a La Gomera		12
De La Gomera a Santo Domingo		41
De Santo Domingo a Campeche (ciclón)		24
En la laguna de Campeche: en canoa (naufragio)		3
De la isla de Términos a Tabasco		14
De Tabasco a Ciudad Real	27	
TOTALES	60	99

Total de viajes por tierra y mar: 159 días.

De todas maneras, la travesía transatlántica, de 77 días, fue de casi el doble de la media habitual, que solía ser de 40 días.

En el naufragio de las canoas, en la laguna de Términos, en Campeche, ocurrido el 20 de enero de 1545, se ahogaron 9 de los 47 dominicos y 23 seglares más, "algunos mancebos y buenos nadadores", cuenta fray Tomás.

La única obra que se conoce de fray Tomás de la Torre es esta crónica que escribió del viaje de los dominicos que acompañaron al obispo Las Casas de 1544 y 1545. Su título es Historia de la venida de los religiosos de la provincia de Chiapa. *Describió el manuscrito, hacia 1716, el cronista fray Francisco Vázquez: "Consta de un libro manuscrito de a cuartilla, de volumen de 286 fojas" (f. 119; I, xxiv). Fray Antonio de Remesal, en su* Historia general de las Indias occidentales y particular de Chiapa y Guatemala *(Madrid, 1619), la reprodujo parcialmente; y fray Francisco Ximénez, en su* Historia de la provincia de San Vicente de Chiapa y Guatemala de la Orden de Predicadores, *compuesta hacia 1720, la reprodujo completa, del capítulo xxiv al xl. De aquí procede el texto que se ofrece en seguida —sólo de los pasajes que se refieren a la navegación y al rescate de los libros después del naufragio en la laguna de Términos—, en la excelente edición que, conforme al manuscrito original guardado en Córdoba, España, ha hecho Carmelo Sáenz de Santa María en la Biblioteca de Goathemala (Guatemala, 1977).*

Existe otra edición muy curiosa de la crónica de fray Tomás de la Torre, la que preparó el antropólogo danés Frans Blom, en Pichucalco, Chiapas, en 1944, al cumplirse cuatrocientos años del viaje de los frailes dominicos. Se titula Diario de Fray Tomás de la Torre, 1544-1545. Desde Salamanca,

España, hasta Ciudad Real, Chiapas. 424 días hacia S. Xbal. de Fr. Bartolomé de las Casas *(1ª ed., editora Central, México, 1945; 2ª ed., Gobierno Constitucional de Chiapas, 1974). Además de preliminares, esta edición lleva varios mapas, algunas notas al texto y, como apéndice, una nómina de los dominicos que vinieron a Chiapas y un pormenorizado derrotero de cada una de las escalas del largo viaje. Desgraciadamente, el texto tiene descuidos y saltos frecuentes, no indicados, y parece seguir otra edición de la crónica de Ximénez, que no tiene la pulcritud de la de 1977. Aun así, la edición de Frans Blom hace posible un primer encuentro con una crónica notable.*

I*

De la estada en Sevilla hasta que se embarcaron en Sanlúcar

Estuvimos en Sevilla con todo regalo y buen tratamiento hasta el domingo siguiente que era de sexagésima y holgamos de ver las cosas notables de Sevilla, la iglesia mayor, las casas del rey, los monasterios y las otras cosas notables que convidan a alabar a Dios; y viendo el padre provincial que nuestra partida se dilataba, lo cual suele acarrear muchos desmanes a las compañías de religiosos que pasan a Indias porque se cansan allí muchos y se arrepienten del camino: porque pocas cosas ven y oyen que no sean más para retraerlos que para incitarlos a venir, determinó el padre provincial de repartirnos y depositarnos por los conventos comarcanos para que aquella cuaresma la pasásemos con algún sosiego de espíritu y ayudásemos a los conventos en lo que pudiésemos, y aunque pasaron hartas cosas y sucedió una historia a cada uno, yo los haré a todos iguales y poco o nada contaré de las cosas que pasaron hasta que todos nos juntamos otra vez.

En Sevilla quedó el padre vicario y fray Jerónimo de Ciudad Rodrigo y algunos otros para entender en el matalotaje, el cual hicieron muy largo y muy cumplido; compraron ornamentos, colchoncillos, camisas, pescado, aceite, vino, garbanzos, arroz, conservas, muchas vasijas de cobre así como cántaros, ollas, sartenes, aceiteras, jeringas, vino, bizcocho y otras muchas cosas que son necesarias para la mar y para después de llegados a tierra; y por dilatarse la partida se perdió mucho del matalotaje y otro se dañó, pasáronse en esto muchos trabajos y sudores y la prudencia y graciosa conversación del padre vicario y la infatigable paciencia del padre fray Jerónimo alcanzaban muchas cosas que otros no las pu-

---

* Esta numeración de capítulos corresponde sólo a la presente reproducción de fragmentos de la crónica. Dentro de la Historia de fray Francisco Ximénez, los capítulos que la incluyen van del xxiv al xl.

dieron alcanzar. También quedó en Sevilla fray Domingo de Ara muy doliente y trabajado, que se temió harto que no podría pasar acá, aunque habíamos pensado que las mudanzas de las tierras lo hubieran sanado; en Santo Domingo de Portaceli quedó fray Pedro Calvo donde se dio mucho a la astrología y hizo muchos astrolabios sin haberlo aprendido y salió en todo esto bien docto. A Carmona fueron fray Juan Carrión y fray Pedro Rubio donde sirvieron como negros a aquella casa y dieron buen ejemplo. Fray Pedro pedía por las calles limosnas en un asnillo y así les pesó a todos cuando se fueron. Salieron juntos de Sevilla, domínica de sexagésima, en la tarde, fray Tomás de la Torre y fray Martín de la Fuente y fray Domingo de Azcona para Sanlúcar de Barrameda, fray Jerónimo de San Vicente y fray Pedro de la Cruz para Jerez, fray Jorge de León para Rota; fue con ellos fray Diego de la Magdalena para ver a su madre en Jerez y volverse luego para predicar la cuaresma en Sevilla. También fue con ellos un fray Luis del Convento de Sanlúcar: llevaron cartas del provincial para los prelados, que las del príncipe nos las quisimos dar más de al provincial y al prior de San Pablo.

Entraron en un barco de un buen hombre, que no solamente no renegaba, pero ni aun juraba, que es mucho para persona de aquel oficio. Pasaron mala noche porque subía la marea, y el viento no les ayudaba, y así no anduvieron más que tres leguas hasta Coria donde se registra todo lo que va en los barcos. Allí esperaron la mañana que dio fin a una mala noche que llevaron por la primera. Salieron en tierra y aderezaron de comer aunque llevaban de lo que del convento les habían dado: mucho pan, vino, higos y aceitunas. Salieron de Coria con buen tiempo, a las veces rastrando el barco desde la orilla por las calmas que hacía, iban aquel río abajo mirando aquellos tan hermosos campos; pártese desde a poco el río en tres pedazos y hace dos islas de hermosos pastos. Había gran número de ganado muerto en aquellas riberas que se ahogó con las grandes crecientes del río que tendía por aquellas islas y campos: los religiosos decían en el barco las horas en común y no permitían que nadie de los que allí iban jurase, ni hablase cosa mala; y así iban todos edificados de ellos. Desde a poco vieron a un hombre ahogado de la parte de la isla, y salieron todos así frailes como seglares a enterrarlo; solamente quedaron a guardar el barco los barqueros; y fray Luis el de Sanlúcar se quedó a guardar el hato. Los frailes dijeron el oficio de finados y cantaron un responso y los seglares lo enterraron y le pusieron encima una cruz y con hacer ellos lo mismo y tanto como los seglares, daban por ello mil loores a Dios y decían que debían siempre rogar a Dios por los que fundasen órdenes y monasterios porque sin frailes decían que el mundo no valía nada y que ya fuera perdido.

Hízoles después tan buen tiempo que en tres horas llegaron al puerto de Sanlúcar que era una legua de la villa, no osaron ir más por barco porque era ya noche y hacía grandes olas, y se les andaba la cabeza a algunos; quedáronse a dormir aquella noche en una venta que estaba allí donde les hicieron mucha caridad; a la mañanita se fueron aquella playa abajo hasta el convento. Espantados de ver la mar los que no la habían visto, contemplaban el camino por donde habían de ir y aunque parecía llano y sin lodos, todavía lo temían más que al pasado [...]

En Jerez estaba un religioso natural de allí, hijo de aquella casa, que se llamaba fray Luis de Cuenca. Éste había deseado mucho venir a las Indias y se había dos veces embarcado y la tormenta lo volvía a España, y siendo maestro de novicios en Córdoba supo de nuestra ida a las Indias y pareciéndole que Dios lo había guardado para aquella ocasión, pidió licencia y fue a Toledo al fin del capítulo, donde se concluyó nuestra venida. Allí trató él y concertó la suya y volvíase a Jerez a esperarnos y como supo nuestra venida y supo lo que pasaba holgóse en gran manera y recibió a los religiosos como a ángeles y luego se partió para ver a todos los demás, llevándoles cuanto él podía para suplir todas las necesidades, y después fue a Sevilla y fue gran ayuda al padre vicario, porque aunque era hombre de edad y pasado, era ferventísimo de espíritu y trabajaba más que tres negros, y por consolar a un religioso rodeaba todo el mundo. Mucho holgamos de tan buena compañía y fue parte para traer a otros padres que vinieron de la Andalucía.

Después a pocos días vinieron otras manadas de religiosos a Sevilla, la principal fue la de Valladolid que fueron fray Agustín de la Hinojosa, hombre muy docto y para mucho, y fray Juan de Cabrera, fray Dionisio Bertavillo, fray Alonso de Villalba, fray Alonso de Villafante, fray Alonso de Noreña Portillo, diácono. Gran placer se recibió con su venida y fray Agustín con fray Tomás de San Juan fue a Sanlúcar depositado, y allí fueron confesores de las monjas, fray Agustín y fray Tomás de la Torre y fray Alonso de Villalba que era hombre también docto, quedó para predicar en Sevilla; a los demás, parte enviaron a Rota, parte a Alcalá de los Gazules, parte también quedaron en Sevilla, en San Pablo y en Santo Domingo de Portaceli y en Regina Angelorum que también es de la Orden; y de la misma manera se repartieron los demás que cada día venían de Castilla y de la Andalucía. También vino desde a poco el señor obispo de Chiapa que allí en San Pablo se consagró *domínica in passione*. (Fue como profecía por lo mucho que padeció con sus ovejas.) Vino con el santo viejo fray Rodrigo de Ladrada su compañero [...][1]

---

[1] El 30 de marzo de 1544, en la capilla mayor del convento de San Pablo, en Sevilla, se efectuó la consagración episcopal de fray Bartolomé de las Casas. El

El padre fray Tomás Casillas tenía gran autoridad en San Pablo como el prior, y ningún prelado de casa trataba nada con los frailes sino por su mano y él tenía licencia para enviarlos fuera de casa y para enviarlos a la enfermería y para todo como si fuera prelado superior de aquella casa. Y es de saber que venía nombrado por vicario de todos los frailes que pasasen a Indias de la provincia de Castilla hasta presentarlos al provincial de las Indias, salvo si el vicario general de las Indias, que a la sazón era el provincial de Andalucía no ordenase otra cosa; y así pudiera él en Sevilla acabar su oficio, pero viéndolo persona religiosa y bastante, acordó de parecer del señor obispo, de instituirlo por vicario general de todos los frailes que pasasen en aquella compañía y de los que residiesen en las provincias de Guatemala y de Nicaragua y Honduras, y mandó a todos los provinciales de las Indias que no se entrometiesen con él ni con sus religiosos, sobre los cuales le daba autoridad cumplida [...]

En Rota hallamos los compañeros buenos y de ellos y de los demás fueron bien recibidos, y estaban quejosos del padre vicario porque no les había enviado más frailes, tan contentos estaban de los que allí habían tenido porque eran doctos y virtuosos y de gran simplicidad. Aquí determinaron ir a ver la isla y ciudad de Cádiz, así por ver, como por buscar algunas cositas necesarias para el viaje y fueron el padre vicario y sus compañeros y fray Jorge de León, y aunque por mar no hay más de tres leguas pasaron mil de más quebrantos porque todos excepto el padre vicario se marearon y revesaron infinito y tuvieron como dicen el alma entre los dientes y gustaron allí lo que a la larga por la mar habían de padecer. Con todo eso no desmayaron en sus propósitos. Llegados a Cádiz el padre vicario los regaló lo mejor que pudo, después de comer vieron las cosas antiguas de aquella ciudad, y así como aquellas albercas grandes que Hércules o Hispan hicieron para en que se allegase el agua que había de entrar en la ciudad, que al presente son corrales de toros y vacas y aquel gran teatro de Hércules y un antiquísimo letrero; y el teatro ahora es huerta. Vieron la estatua de Hércules, mucho holgaron ver todas estas antigüedades y el puerto a batiente de la mar y aquella tierra tan nombrada en el mundo y aquellas artillerías y todo lo demás que hay que ver en aquella isla. A la tarde entraron en un bergantín y con buen tiempo en obra de media hora vinieron al puerto de Santa María. Holgaron de ver aquel pueblo trazado y ordenado por calles, cual no creo haber otro en España. Allí también por veinticinco maravedís dan de comer a uso de Flandes muchos y buenos manjares y de beber sin tasa,

---

consagrante fue el obispo Loaisa, sobrino del cardenal, asistido por los obispos de Córdoba y de Trujillo, Honduras.

tan aseada y limpiamente como en casa de un honrado caballero se podía dar. A la ida de Cádiz topamos un mancebo que se les juntó y de ellos nunca se apartó, antes los sirvió de gracia todos aquellos días con entera voluntad y toda alegría y parece habérselo Dios deparado en tales tierras y a tales tiempos [...]

Pasó muchos trabajos el padre vicario hasta llegar a Sevilla; pero consolóse con hallar los compañeros buenos, y por bullir la partida y consolar a algunos que lo habían menester, determinó de bajar a todos los frailes que estaban en Sevilla a la villa y puerto de Sanlúcar de Barrameda, y así se despidieron con mucho amor de aquellos santos monasterios donde habían estado y recibido muchas caridades.

Domingo en la tarde salieron de Sevilla y con gran trabajo llegaron el miércoles día de San Bernabé después de misa mayor: iban veinte religiosos; mirábanlos los que estaban en Sanlúcar desde las ventanas como venían aquella playa abajo, y holgábanse como si vieran venir ángeles. No basto a explicar la alegría con que fueron recibidos con sus hermanos porque era grande el deseo que tenían de los ver, y aunque en casa era poco el aparejo, hospedáronlos lo mejor que pudieron con entrañas muy cumplidas y deseos de les regalar. El día siguiente era la fiesta del santísimo sacramento, la cual con la venida de los religiosos se hizo muy más solemne; fueron a ellos los religiosos de todos los monasterios, y el duque procuró se hiciera con gran solemnidad; y así lo fue de las solemnes procesiones que hemos visto y todos nos holgamos mucho. El viernes siguiente quisieron los señores duques que todos fuésemos a decir una misa cantada. Creo que por curiosidad de oír cantar a fray Vicente y tañer a fray Diego, tanto como por devoción; y así fuimos todos, y después nos envió el duque una vaca para hacer cecinas y 28 arrobas de vino, y la duquesa, 30 reales para misas. Poco era para lo mucho que ellos tenían y para lo que nosotros habíamos menester; pero esto rogamos a nuestro señor que les pague. Aquí se halló entonces fray Domingo de Guzmán, hermano del duque según la carne, y nuestro según el hábito, y amigo y conocido de muchos de nosotros, y nos hizo mucho regalo y caridad. El sábado siguiente fue el padre vicario a Jerez a cosas que se ofrecieron y llevó consigo a fray Vicente para honrar en casa la fiesta del santísimo sacramento, y por agradecer en algo la caridad que en aquella casa nos había hecho, y pasada la fiesta se volvió luego. Desde a poco se volvió fray Luis de Cuenca y trajo ocho arrobas de vino tinto y blanco, y cada día iba y venía cargado siempre como una abeja: porque jamás se cansaba de trabajar y servir y aprovechar a la comunidad y tenía gracia particular en pedir. En este medio tiempo se iban cada día juntando los que faltaban de nuestra compañía y de allí volvieron atrás algunos, así de Castilla como de la

Andalucía, pero pues hasta ahora no los hemos nombrado ni hecho particular mención de ellos no hay para qué hacerla ahora.

Vino también desde a poco la señora virreina de la isla de Santo Domingo, que se decía haber sido alguna causa de la tardanza su venida, y los visitadores de los navíos, lo cual nos dio confianza que nuestra partida sería en breve. El señor obispo, allende de los muchos y grandes trabajos que padeció en la corte, padeció otros muchos en Sevilla, procurando poner en libertad todos los indios esclavos que allí se hallaron, y en otras cosas de esta calidad: que dejaron su nombre en perpetuo odio de los indianos que allí vivían; y allegándose el tiempo de la partida se vino a Sanlúcar, con el cual nos holgamos todos en gran manera aunque por la estrechura de la casa y muchedumbre de huéspedes posó en casa de un seglar; el señor duque nos vino a visitar y se holgó mucho con nosotros y nos mostró gran voluntad y nos hizo limosna y allende de lo sobre dicho, nos dio otra vaca y otras veintiocho arrobas de vino y veinticuatro fanegas de trigo y la duquesa nos enviaba dineros para misas y en todo nos ayudaban ellos y toda la villa y los monasterios. Venían de los conventos comarcanos a ver esta compañía tan pobre y tan nombrada, y todos daban gracias a Dios de verla; pero nuestra ida se dilataba de día en día que cuasi perdimos la esperanza de nos partir hasta el fin de agosto, porque decían nunca haber salido armada del puerto por tal tiempo y ayudaba a creerlo ver que ordinariamente o hacía calmas o vientos contrarios a las salidas, y estorbos que cada día nacían y a nosotros nos atormentaban y desabrían [...]

En estas cosas se pasaron días; ya el tiempo no era apto para nos poder embarcar, porque todos decían ser cosa muy peligrosa por las calmas que en aquel tiempo hay, y así parecía que nos metíamos a morirnos de sed y de hambre en la mar; con todo esto, a 8 de junio dijeron que la flota estaba a punto, que nos aparejásemos para embarcarnos, pero no a los mayores, que debía hacerse así; y así nos aparejamos para embarcarnos como para morirnos. Confesámonos todos y dijimos la misa mayor, dijo el padre vicario del espíritu santo y comulgó a los que no eran sacerdotes. El padre vicario de aquella casa tuvo capítulo y los animó a todos y consoló mucho. Dijéronnos después que no nos podíamos embarcar hasta otro día. El otro día antes que amaneciese nos levantamos y dijimos misa los que pudimos, y ya que íbamos vino otra nueva que no nos podíamos embarcar. Con esto nos traían como a loros y el padre vicario estaba que no sabía de sí, yendo de acá para acullá. Callo aquí mil trabajos y tragos que él y todos bebimos, que ni en casa ni en la playa pudimos reposar un credo y con la prisa que se había de llevar el hato que se había de embarcar entonces.

II

De lo que les pasó a los religiosos desde que se embarcaron hasta que llegaron a la isla de la Gomera

Plugo ya a Nuestro Señor que miércoles por la mañana, a nueve de julio de 1544, a cabo de medio año que salimos de Salamanca, con gran prisa y corriendo, entramos entre los bateles y de allí en los navíos, en el que teníamos fletado todos los que hasta entonces perseveraron en la compañía, con gran lástima de todos porque el tiempo no era ya conveniente para navegar, porque la flota estaba ya aderezada y a punto. Iban veintisiete navíos entre naos gruesas y carabelas y un galeón de armada; los que nos embarcamos son los siguientes: primeramente el reverendísimo señor obispo fray Bartolomé de las Casas, obispo de Chiapa, con gran consolación y gloria, por ver que había enviado y llevaba consigo el remedio de las Indias en muchas leyes y provisiones del rey que había alcanzado; y desbaratado el Consejo de las Indias y echado de él a los indignos, y alcanzado que entrasen los que lo merecían; y que llevaba poderes y provisiones para hacer libertar a todos los esclavos, y puesto Audiencias reales, y otras muchas cosas de contar y declarar a quien no sabe las cosas de las Indias.[2] Y sobre todo que había sacado una compañía tan grande de religiosos, cual nunca de nuestra Orden había salido, para Indias. También se embarcaron con él algunos clérigos y otra gente que llevaba y fray Tomás de las Casillas vicario general, y fray Rodrigo de Ladrada, santo viejo hijo del monasterio y isla de Santo Domingo y compañero antiguo del señor obispo y particionero de todos sus trabajos; fray Jerónimo de Ciudad Rodrigo, de la Peña de Francia; fray Pedro de la Vega, de la Vera de Plasencia; fray Jordán de Piamonte, de Santo Domingo de Jerez y muy acepto predicador en la provincia de Andalucía; fray Luis de Cuenca, de Jerez y maestro de novicios de San Pablo de Córdoba; fray Agustín de la Hinojosa, hombre docto y al presente lector en el colegio de Valladolid hermano de Salamanca; fray Diego de la Magdalena, fray Dionisio Bertabillo, de Valladolid, y fray Tomás de la Torre, fray Domingo de Ara y fray Vicente Ferrer, de Valencia, que al presente moraba en Plasencia; fray Tomás de San Juan, de Salamanca; fray Alonso de Villalba, de Valladolid y lector en el colegio; fray Jerónimo de San Vicente, fray Domingo de Vico, de Úbeda; fray Miguel de

---

[2] Se refiere a las Leyes nuevas en las que se establecía un trato justiciero para los indios y se limitaban los abusos de los encomenderos. Como resultado de las Juntas de Valladolid y Barcelona, y por iniciativa principal de Las Casas, las promulgó el emperador Carlos V el 20 de noviembre de 1542.

Frías, de Toro; fray Francisco de Quezada, de Baeza; fray Felipe del Castillo, de Ávila; fray Domingo de Azcona, fray Vicente Núñez, fray Miguel Duarte, de Estella, que al presente moraba en Córdoba; fray Juan Guerrero, de Córdoba; fray Ambrosio Villarejo, de Galisteo; fray Martín de la Fuente, fray Cristóbal Pardavé, de León; fray Jorge de León, fray Francisco de Piña, de Burgos; fray Andrés Álvarez, de México; fray Pedro de los Reyes, de Galisteo; fray Pedro de la Cruz, de Salamanca; y estaba curándose en su tierra y sabiendo que nos partíamos vino sin despedirse de sus parientes, y aunque venía malo sanó bien en la mar; fray Pedro Calvo, fray Diego Hernández; éstos eran sacerdotes. Los siguientes eran diáconos, fray Baltasar de los Reyes, de Baeza; fray Domingo de Loyola, de México; fray Alonso Portillo Noreña, de Valladolid; fray Juan Carrión, fray Diego Calderón. Los siguientes eran legos, fray Pedro Martín, de Madrid; fray Alonso de la Cruz, de Toledo; fray Juan Díaz, de Salamanca, y fray Pedro Rubio, fray Mateo Hernández, de Toro; todos éstos íbamos en un navío con otros muchos seglares pasajeros.

La señora virreina pidió importunamente dos sacerdotes que fuesen en su navío, y aunque con gran dificultad en fin se dieron a fray Juan Cabrera, de Córdoba, que moraba al presente en Valladolid, y fray Alonso de Villasante, de Valladolid y vicario que era de aquella casa. Iba también con ella fray Antonio de Toledo, religioso de la Orden y hermano de la virreina, y así fueron muy regalados y servidos; iba también en esta compañía, aunque no en nuestra nao, el padre prior de la isla y ciudad de Santo Domingo. Íbamos en el barco cantando letanías y otras oraciones y con tanta alegría nos desterramos de nuestras tierras con propósito de no volver a ellas, como suelen volver a sus tierras los que muchos años han andado desterrados, y recibidos con gran gozo aquellos trabajos porque esperábamos por ellos gran gozo en los cielos y en la tierra.

Entrados en el navío estuvimos allí aquel día abrasándonos de calor; al día siguiente con un muy poquito viento alzamos velas porque decían los marineros que entrados en alta mar con cualquier viento navegaríamos; aquel día salieron todas las naos de aquella trabajosa y peligrosa barra en Sanlúcar; sólo la nuestra se quedó en medio de la barra y del peligro, ponían la culpa al piloto de tierra; pero no la tenía, sino nuestros marineros que llevaban la nao mal lastrada y toda la carga la llevaba arriba. Así que la armada salió aquel día tres leguas y nosotros nos quedamos en la barra enfrente de la villa padeciendo un día que fue buen principio de nuestros trabajos y peligros. *(Cosa maravillosa en que manifestó Dios que él solo llevaba y guiaba esta compañía.)* Como vieron quedar aquel navío desde la villa pensaron que le había sucedido algo, y luego el duque envió un barco a decirnos con la pena que estaba él y la duquesa, y que si eran menester barcos para sacar el navío de la barra que vendrían; los marineros, locos y en sus cosas soberbios, no quisieron ayuda; envió el capitán de la armada un batel haciéndonos saber que no nos aguardaría sino un día o dos; puesto que fuésemos en conserva pues nos tomaba en el puerto donde nos podíamos quedar. El piloto y dueño del navío que se llamaba Pedro de Ibarra fue a dar razón de sí y a quejarse del piloto de tierra que según la costumbre de allí sacan los navíos de la barra.

Pasamos tan gran calor aquellos dos días que no lo sabré explicar, sentíamoslo mucho porque salíamos de salas muy regaladas, y porque la brea del navío ardía y porque iba mucha gente: pretendió el padre vicario llevarnos a todos juntos por pensar que así iríamos más consolados y los unos nos serviríamos a los otros y pasaríamos con menos matalotaje, y fue un gran yerro porque dos o tres frailes son en cada navío servidos, regalados y honrados, y aunque no lleven nada son los mejores proveídos; y allí por cierto nos trataban como a negros y nos hacían a los más bajar a dormir debajo de cubierta como negros, y andábamos sentados y echados por los suelos, pisados muchas veces, no los hábitos, sino las barbas y las bocas, sin que nos tuviesen reverencia ninguna, por ser todos frailes; y con otros trabajos y enojos que nos dieron que no sé explicar. El primer día cantamos completas; pero por la molestia que dábamos no dijimos el segundo día más que la salve, y las horas cada uno las rezaba cuando podía y se amañaba.

El día siguiente que fue viernes a once de julio alzamos velas y con ojos muy secos perdimos de vista a nuestra España. El viento era bueno, aunque poco. En breve nos dio la mar a entender que no era allí la habitación de los hombres y todos caímos almareados como muertos, que no bastara el mundo a hacernos mudar de un lugar; solamente quedaron en pie el padre vicario y otros tres; pero tales estaban los tres que no podían hacer nada, sólo el padre vicario nos servía a todos y nos ponía bacines y almofías[3] para vomitar que no se daba a manos ni se podía valer. Iban en nuestra compañía cuatro o cinco mancebos seglares con deseos de pasar a servir a Dios en las Indias que nos solían servir y ayudar; pero también ellos iban caídos y necesitados de ser servidos; no había remedio de hacernos comer bocado, aunque íbamos desmayados, pero gana de beber no faltaba; no se puede imaginar hospital más sucio y de más gemidos que aquél: unos iban debajo de cubierta cociéndose vivos, otros asándose al sol sobre cubierta, echados por los suelos, pisados y hollados y sucios que no hay palabras con que lo explicar, y aunque al cabo de algunos días iban volviendo algunos en sí, pero no de arte que pudiesen servir a

---

[3] *Almofías:* jofainas.

los otros que iban malos. El señor obispo dio las gallinas que llevaba para que comieran los enfermos, porque nosotros no llevábamos ninguna, y un clérigo que iba por maestrescuela a Chiapa ayudaba a servir al padre vicario. El mayor tormento que sentíamos era en rezar las horas y con todo eso las decíamos como podíamos, tarde y mal, pero no las osábamos dejar de rezar; pero en común no se dijo nada sino la salve. La noche antes que desembarcásemos en la Gomera íbamos descalzos y sin sayas[4] y el escapulario nos quitáramos si pudiéramos; era la mayor lástima del mundo vernos y no había quien nos pudiese consolar por ser tantos.

Andaban cuando salimos de España las guerras muy encendidas entre España y Francia y salimos con gran temor de franceses y aquel día en la tarde vieron los que pudieron alzar cabeza diez y seis velas; temieron no fuesen franceses y toda aquella noche estuvo la armada con grande temor, aunque los contrarios lo debieron de tener mayor por ser nosotros más; pero la mañana no apareció nada, y así creímos ser armada que venía de las Indias. Aquel día echamos a la mar coles, lechugas, rábanos de que habían cargado pensando que se podían comer. A la noche nos sosegaban los estómagos y no revesábamos, pero pasábamos especialmente debajo de cubierta un calor que no se puede explicar.

El sábado de mañana vieron un barco grande y creyendo que era espía de franceses fue un navío tras él; el barco comenzó a huir, tiróle el navío un tiro y luego el barco amainó las velas y conociendo ser españoles dejáronlo ir en paz. Las naos que oyeron el tiro pensaron que habían dado en franceses y que los navíos se bombardeaban; y como oímos debajo de cubierta el ruido de sacar armas, turbámonos mucho y súbitamente sanamos y dijimos una letanía y aun algunos nos confesamos, otros hacían burla. Como supimos que no era nada, tornamos a nuestro mal acostumbrado y luego caímos como nos estábamos; después de esto no hubo más ruido ninguno.

Y porque los que no saben de la mar entiendan algo de lo que en ella se padece, especialmente a los principios, diré algunas cosas que a los que han entrado en ellas son manifiestas; primeramente el navío es una cárcel muy estrecha y muy fuerte de donde nadie puede huir aunque no lleve grillos ni cadenas y tan cruel que no hace diferencia entre los presos, igualmente los trata y estrecha a todos: es grande la estrechura y ahogamiento y calor, la cama es el suelo comúnmente, algunos llevan algunos colchoncillos, nosotros los llevábamos muy pobres, pequeños y duros, llenos de lana de perro, y unas mantas de lana en extremo pobres. Hay más en el navío mucho vómito y mala disposición que van como fuera de sí y muy desabridos, unos más tiempo que otros y algu-

---

[4] *Sayas:* faldas o el hábito religioso talar.

nos siempre; hay muy pocas ganas de comer y arróstranse mal las cosas dulces, la sed que se padece es increíble, acresciéntala ser la comida bizcochos y cosas saladas, la bebida es medida, medio azumbre[5] de agua cada día, vino lo bebe quien lo lleva; hay infinitos piojos que comen a los hombres vivos y la ropa no se puede lavar porque la corta el agua de la mar; hay mal olor especialmente debajo de cubierta, intolerable en todo el navío cuando anda la bomba y anda más o menos veces según el navío va bueno o malo; en el que menos anda es cuatro o cinco veces al día, aquélla es para echar fuera el agua que entra en el navío, es muy hedionda. Estos y otros muchos trabajos son muy comunes en el navío; pero nosotros los sentimos más por ser muy extraños de los que habíamos acostumbrado; llégase a esto cuando hay salud no tener donde estudiar ni recogerse un poco, y estar siempre sentados que no hay donde se pasear, todo se ha de hacer sentados o echados, o algún poco en pie; sobre todo, es traer siempre la muerte a los ojos y no distar de ella más que el grueso de una tabla pegada a otra con pez. Los de nuestra compañía que nunca alzaron cabeza por la mar fueron fray Luis de Cuenca, fray Martín de la Fuente, fray Jerónimo de San Vicente, fray Francisco Quezada, fray Pedro Calvo, fray Diego Calderón y fray Pedro Mártir: éstos fueron siempre enfermos y en trabajo mientras duró la navegación; los demás volvieron en sí unos más presto y mejor que otros; fray Domingo de Ara, que en tierra pasó grandes dolencias hasta embarcarse, sanó y fue bueno por la mar y también fray Tomás de San Juan y fray Diego Hernández que habían padecido grandes dolencias.

Ya arriba apunté cómo nuestra nao iba mal lastrada, lo cual nos puso en tanto peligro y causó tantos trabajos que ni yo los sabré decir ni los entenderán los que no saben las cosas de la mar. No solamente nos vimos en peligro de muerte, de la cual nos libró Dios bien maravillosamente; como la nao iba mal lastrada, que es vacía de abajo y cargada en lo alto, comenzó a trastornarse, y no así como quiera sino que iba al un bordo cubierto de agua y a las veces echaba la nao de barriga que llegaba el agua hasta la mitad de la cubierta y nadaban unos barriles que iban a bordo: para pasar de popa a proa tenían unas maromas atadas y asidos a ellas pasaban. No se podía guisar nada, ni era de provecho la mitad del navío y los que iban echados al través de la nao iban cuasi en pie; pensaron remediar algo con echar debajo de cubierta los tiros de artillería y otras cosas; pero no aprovechaba nada. Finalmente nosotros fuimos desde el domingo después que embarcamos hasta el puerto en un continuo finamiento, los que iban en las otras naos hacían cada día oración por nosotros, y muchas veces, especialmente dos, nos echaron la

---

[5] *Azumbre:* algo más de dos litros.

bendición, porque pensaron que el navío iba a fondo. Archuleta, capitán general, venía dos veces al día con su galeón junto a nosotros, para ver cómo iba la nao y trató de atarla con maromas a la suya, pero los marineros que en éstos son superbísimos, no lo consintieron; no se trató de pasarnos a otros navíos porque éramos muchos y los navíos cargados de gente y nosotros no apretábamos en ello porque ni entendíamos de veras el peligro ni veíamos aparejo para ello.

Los que lo entendieron fueron los pilotos de los otros navíos que visitaron después el nuestro y se espantaron después cómo se escapó, y así cuando llegamos a tierra todos nos daban el parabién de las vidas; nosotros íbamos tales cuales podréis bien pensar; pero de veras no entendíamos el peligro, ni nos podíamos persuadir que nuestro buen Dios nos había de ahogar para que dijesen las gentes *ubi est Deus eorum*. Decían los españoles indianos que iban en aquella armada que nuestros pecados, y los del obispo que destruía las Indias, causaban aquellos males; pero en el tiempo que no se esperaba proveyó Dios del mejor temporal que jamás en tal tiempo se vio, que parecía cosa maravillosa; los marineros iban espantados y ellos y todos decían que Dios no lo podía mejorar, otros decían disparates; un fraile de San Francisco que iba en otro navío decía a los que decían mal de nosotros, que por nosotros hacía aquel tiempo, y que nosotros dábamos vida a la armada y que si nos quitasen las velas saldríamos a salvamento. Otros decían que los ángeles soplaban las velas y que no era viento natural, y cada uno hablaba según lo que de nosotros sentía. Los marineros nos echaban la culpa de su gran descuido, quejándose de nuestros colchoncillos; y así nos echaron, según se dijo, muchos alimentos a la mar y nos quebraron una tinaja de agua y cada día nos faltaban cosas; pero éstos no eran todos, que algunos nos servían y reverenciaban.

Otros nos daban voces a cada credo: ¡frailes acá!, ¡frailes acullá!, y nos hacían venir como a negros debajo de cubierta e ir almacenados contra donde hendía el navío, por lastre de él. Veníamos con esto y con las dolencias y mareamiento, tan molidos y podridos y fatigados, que no lo sé ni sabré decir: ya entonces se entendió cuán gran yerro fue traernos a todos juntos en un navío, que aun los que llevan mercadería la dividen en diferentes navíos, para que si algo se pierde se salve alguna cosa. Con esto la armada no podía andar y los navíos todos no caminaban sino con una vela que llaman trinquete y las tres partes del día estaban amainadas las velas de todos, y así con gran molestia de todos tardamos doce días donde llegáramos en cuatro, según el maravilloso tiempo que nos hizo. Sucedió cuasi en los postreros días que el un navío de los otros perdió el timón o gobernalle sin el cual no podía andar y corría gran peligro y así ya no era del todo contra nosotros la congoja, porque mientras la armada esperaba aquel navío cojo, nosotros nos adelantábamos y aunque nos pasaban en breve pero tornaban a esperar el navío lisiado y así los tornábamos a pasar y así pasábamos el trabajo de nuestro camino.

III

De la llegada y estada en la isla la Gomera (1544)

Sucedió en una de estas veces que nos adelantamos, que nuestro navío con alegría grande descubrió tierra sábado de mañana, a 19 de julio, y aunque era bien deseada, muchos no se persuadieron y no se levantaron a verla hasta la tarde. La tierra que vimos fue una isla de las Canarias o afortunadas que se llama Tenerife. Es esta isla de muy linda vista y parece ser porque tiene una sierra, la más alta que yo había visto, y es aguzada a manera de una linda piña. En gran manera nos holgamos y dimos gracias a Nuestro Señor de verla; por haber habido acuerdo entre los pilotos pareciόles que no debíamos tomar allí puerto porque es dificultoso de tomar y por andar allí la mar muy alta no se podía adobar la nao que perdió el timón, y así navegamos todo aquel día a la vista de aquella hermosa isla.

El domingo de mañana amanecimos junto a la isla que llaman de la Gomera, el puerto de la cual aunque es bueno pero es pequeño, y nuestros marineros con ir los postreros, quisieron tomar la delantera y tendidas todas las velas con grande atrevimiento iban a pasarse delante y trabó la gavia con la de otro navío que nos puso en trabajo y aprieto y hubo pérdida de sogas, y la otra jarcia no se había desasido de ésta cuando llegó otra de la otra parte y con grandes palancas procuraban que no se juntasen con la nuestra; pero con harta pérdida de nuestra parte, porque cortaban de nuestra nao cuanto podían y era menester. Apenas se había deshecho de ésta cuando llegó por otra parte una carabela y metió la entena por las escalas de nuestra gavia mayor y así hubieron de cortar mucho de ellas. Con esto andaba tan gran grita y voces que era miedo estar allí y no sabíamos dónde nos meter. En esto salieron muchos barcos a sacar la gente y mandónos el padre vicario saltar en tierra, lo cual hicimos de muy buena gana. Espantόnos fray Luis y fray Francisco de Quezada que saltaron tan vivos y sueltos como si no tuvieran mal ninguno con venir hasta aquel punto como muertos, y fray Francisco con un lío a cuestas, que una bestezuela tenía harto que llevar y todos finalmente nos hallamos bien dispuestos para salir. Salieron primero fray Luis de Cuenca y fray Agustín de la Hinojosa, y fueron a suplicar a la condesa nos mandase aposentar, porque no estaba allí el conde; y en San

Francisco no había lugar que era una casilla de dos o tres frailes muy pobres; la condesa nos mandó aposentar en la iglesia, porque en una fortalecilla que también señaló había también poco lugar para tantos. Saltados en tierra apenas nos podíamos tener porque nos parecía que el suelo andaba y veníamos muy flacos. Luego nos fuimos a la iglesia a dar gracias a Nuestro Señor por las mercedes que nos había hecho en dejarnos salir de tan gran trabajo y peligro. Luego tras nosotros salieron los seglares diciendo que en viéndonos fuera temieron el peligro de ser perdidos porque antes no temían por verse entre tanto siervo de Dios. Llegados a la iglesia dijeron misa tres o cuatro que pudieron y entre tanto que nos traían de comer, nos proveyeron de comida y buena bebida los vecinos en cuyas casas entramos con otras necesidades.

Mucho nos holgamos con el buen aposento que teníamos en la iglesia porque estaba muy a nuestro propósito. Era muy buena iglesia, tenía un corral muy bueno con unas frescas parras llenas de muy buenas uvas y un poco de buena agua, unas secretas,[6] y nosotros hicimos allí en el corral un hornillo para guisar de comer. No estaba allí el clérigo y vicario de aquella iglesia a la sazón, y como vino desde a poco y nos halló allí aposentados y no por su mano, pesóle mucho y hablónos ásperamente diciendo que él era vicario de aquella iglesia y que la condesa mandase en su casa, y otras cosas que aunque eran así, se debieran entonces disimular. Respondímosle lo mejor que pudimos y quedó satisfecho, aunque no mucho, y parecíale que el pueblo se holgaba de vernos y oír de nosotros los oficios y dábannos limosna y esto quizás le causaba algún desabrimiento; padecimos aquí trabajo que lo era bien grande no tener el regalo que habíamos menester; durónos más de cuatro días escupir sal con beber sin tasa y sin medida.

Hacen unos vientos tan bravos en aquesta isla que parece querer levantar las sierras, especialmente de noche. Es tierra alta de grandes sierras y tierra bermeja y de pocos árboles y buenas aguas; hay abundancia de uvas las cuales ya vendimiaban, los higos comenzaban entonces, hay muchos membrillos y palmitos, muy grandes venados y asnos cerdescos, que los toman con perros por los montes; las vacas son pequeñitas, la principal carne es de cabra, hay muchas y de mejor comer y más sanas: sálanlas y hacen unos que llaman tocinetes, que son mejores que tocinos. Está esta isla poblada, por la mayor parte, de portugueses. Los antiguos habitadores de ella están ya mezclados con los españoles, aunque ellos entre sí se conocen y distinguen; mientras aquí estuvimos, nos hicieron muchas limosnas. La virreina nos enviaba cada día un carnero, y el señor obispo de Chiapa nos daba otro; la condesa estaba pobre y con todo eso

---

[6] *Secretas:* retretes o escusados.

también nos hizo limosna y nos envió uvas, y conserva de batatas que es fruta de Indias, y otras cositas. El clérigo nos dio a veces hartos desabrimientos y una fiesta; estuvimos cuarenta y ocho frailes que arriba ya nombré, y el obispo también, en unas vísperas, y no quiso que las dijésemos nosotros; sino él se las cantó con dos que le ayudaban. Esto le afearon mucho el pueblo, especialmente el descomedimiento con el obispo, y así desde allí concedió que cantásemos la misa y lo que quisiésemos, aunque de mala gana y dándonos desabrimiento; nuestra principal ocupación en diez días que allí estuvimos, fue procurar descansar, aunque trabajos no faltaban; predicamos los días que el clérigo quería y algunas veces se quedó el sermón estudiado porque no quiso que predicásemos. No nos quería dar mucha entrada diciendo que entrábamos pidiendo misericordia y después defendíamos por justicia; y porque este padre tuvo aquí alguna ocasión para decirlo, no le quiero poner mucha culpa. Teníamos entre día y de noche la iglesia cerrada, como si fuera monasterio, y aunque él venía hacíanle llamar, y él molestábase; no salíamos de la iglesia, sino fueron algunos a lavar los hábitos y túnicas de todos a un arroyo, y pocas tardes nos asomábamos a un terreno para ver la mar; siempre estábamos encerrados, porque no nos dejaban salir, ni tampoco nos matábamos por ello. También confesamos mucha gente y allí comenzamos a dar muestra de quién habíamos de ser en confesiones de algunos; en estas y otras cosas semejantes y en proveer el navío de agua y carne nos ocupamos aquellos días y en aparejarnos con Nuestro Señor para embarcarnos otra vez.

Nosotros habíamos venido tales por venir juntos, que por ninguna cosa nos tornáramos a juntar allí; y traíamos cogido tanto miedo a aquel navío que pensábamos ser homicidas de nosotros mismos si allí nos metíamos; y así rogamos al padre vicario que diese otra orden a nuestro viaje. Como los marineros supieron esto echaron por lastre de su nao seis barcos de piedras y echaron fuera algunas cajas y cosas de mercadería y requirieron al vicario que no sacase de allí a ningún fraile; si no, que pagaría el flete de vacío porque el navío estaba bastantemente para navegar. Pasáronse en esto grandes trabajos y enojos; y el capitán general no sabía dónde declinar porque le afligía el piloto de nuestra nao y de otra parte veía la razón que teníamos y el peligro en que nosotros habíamos estado, y la virreina juraba de volverse a España y quejarse del capitán al rey por ver cómo nos trataban; y el obispo y todos eran por nosotros; el otro quería que el navío se viese y que si estaba bueno que entrásemos en él, y que si no, que le pagásemos; y toda la iglesia andaba llena de voces y requerimientos, especialmente a la partida. La virreina se ofrecía a pagalle, con todo esto no se acababa de dar corte; y dejadas aparte muchas molestias nuestras y de todos, se determinó que saliesen diez y nueve frailes, y para entrar los otros se hicieron muchas diligencias para ver si el navío iba bueno y tomaron juramento a trece pilotos y todos dijeron que iba bastante bueno. Sacados los frailes no hallamos navío donde los quisiesen, lo uno porque llevaban mucha gente, lo otro porque nuestro piloto llevaba los recaudos para que le pagasen a él en Santo Domingo y los otros pensaban que nos habían de pasar de balde, y por esto no querían recibirnos; pero después de muchos enojos nos recibieron como el capitán mandaba, y así quedamos veintisiete para ir en nuestro navío y los diez y nueve se repartieron en tres navíos y una carabela. Fueron por vicarios, fray Jerónimo de Ciudad Rodrigo y fray Agustín, fray Diego de la Magdalena y fray Dionisio de Bertabillo; el padre vicario repartió con ellos la carne y vino y vinagre, de suerte que a nosotros faltó y a algunos de ellos sobró. Al tiempo de la partida como vio el sacristán que no le habíamos tomado de las uvas de la iglesia dionos licencia para que cogiésemos algunas; pero apenas había subido un mozo a la parra, cuando desde la calle lo habían descalabrado, y hubo gran ruido sobre ello y aun nos afrentaron de palabra, y ninguna excusa nos querían escuchar sino todo era voces; pero después conocieron su culpa y se humillaron y nos pidieron perdón. Ya con estas cosas estábamos enfadados de estar en aquella iglesia y así casi de noche nos fuimos a embarcar. Aquí a esta isla vinieron frailes nuestros de las islas cercanas como supieron que veníamos, y nos hicieron gran caridad, y nos dijeron como sabían de nuestra venida días había y tenían aderezada su casa pensando que fuéramos a tomar puerto allá. Al tiempo de alzar las velas supimos como la nao en que entró fray Diego de la Magdalena y sus compañeros no iba derecha a Santo Domingo, sino que había de llegar a la isla de Borriquen, que llaman de Puerto Rico; y aunque lo sentimos en el alma, pero supímoslo a tiempo que no lo pudimos remediar.

IV

Salida de los religiosos de la Gomera y llegada
a la isla de Santo Domingo

El día siguiente después que embarcamos, que fue miércoles a 30 de julio por la mañana, con próspero viento salimos de puerto de la Gomera y nuestra nao iba muy buena y muy más ligera que otras, tanto que casi sin velas caminábamos más que otras que llevaban tendidas todas sus velas. En comenzando a navegar caímos todos como muertos que no quedó en pie ni el vicario ni otro; comúnmente se marean, pero saliendo estas islas, más que de España, porque entran mucho en las uvas y frutas y beben mucho por la abstinencia pasada, sienten más la mar; pero como el cuerpo está ya purgado de la otra navegación, en echando aquellas uvas y aguas, vuelven otra vez sobre sí, y así a los dos o tres días íbamos casi todos buenos. A otros les duró más la mala disposición; pero no llegó a lo de la primera vez, y los que arriba dije que no alzaron cabeza, aun iban mejores, porque aquí el tiempo que corría era maravilloso que no lo podíamos desear mejor y así caminábamos con gran placer y todos los oficiales de la nao nos honraban y servían, aunque no faltaba en que se mostrasen marineros, y siempre llevaban propósito de hacernos pagar los fletes como si allí fueran todos los frailes. Según el tiempo hacía, en 24 días pensaban que llegaríamos a las islas de Santo Domingo, pero venían en aquella armada unas carabelas que con viento en popa navegaban mal, y así nos dieron gran fatiga y trabajo porque cada día las estábamos aguardando; en estando para ello comenzamos a entrar en concierto y comíamos juntos con lección y decíamos cada día misa en secreto, y los domingos y fiestas las cantábamos y había sermón a todo el navío, y cada noche cantábamos la Salve. El día de nuestro padre *(entonces Nuestro Padre era el 3 de agosto)* hicimos gran fiesta y todo el navío se alegró, tiraron muchos tiros de artillería y Nuestro Señor suplió con mucha consolación lo que parece que quitaba el no decir misa ni hallarnos en monasterio aquel día. También hubo gran fiesta el siguiente porque la nao se llamaba San Salvador. Holgábamos cuando veíamos alguna avecita porque nos parecía señal de tierra y algunas veces veíamos matas de yerbas nadar por el agua; aunque dicen que aquéllas se crían en peñas debajo del agua. Muchas veces se juntaban algunos navíos y nos saludábamos los unos a los otros y veíamos a nuestros hermanos y sabíamos de ellos, y todos íbamos buenos; de la capitana cayó un hombre y no lo pudieron remediar. En nuestro navío nos barrenaron una pipa de agua; pero no permitimos que se hiciese justicia de los malhechores y aquello estorbó otros hurtillos que cada día se hacían. No es cosa de contar todas estas menudencias, éstas basten para dar algunos avisos a los que hubieren de navegar. Con estas cosas pasamos nuestro camino unas veces llorando y otras cantando el rosario, salmos e himnos, aquí tres, acullá seis. Los seglares tañendo guitarra y cantando romances, y cada uno a su modo; visitábanos Nuestro Señor con gran consolación y muchos se iban en un rincón en oración, otros leyendo en libros, y hartos llorando arroyos de lágrimas que Nuestro Señor les daba especialmente de noche, cuando el tumulto de la gente cesaba. Aquí rumiábamos aquel versículo: *Qui descendunt mare in navibus facientes operationem in aquis multis, ipsi viderunt mirabilia Dei;* y aquel *Mirabiles elationes maris.* Cuando hay sosiego y salud levanta el mar en gran manera el corazón a Dios.

En la comida se padecía trabajo porque comúnmente era muy poca; creo que era buena parte de la causa poderse allí aderezar mal para muchos; un poco de tocino nos daban por las mañanas y al mediodía un poco de cecina cocida y un poco de queso, lo mismo a la noche; mucho menos era cada comida que un par de huevos; la sed que se padece es increíble; nosotros bebíamos harto más que la ración aunque tasado; y con ser gente versada a templanza nos secábamos ¿qué harían los demás? Algunos seglares en dándoles la ración se la bebían y estaban secos hasta otro día. Otros la guardaban para sus tiempos, y algunos no dejaban la botijuela de la mano y quien nos daba una vez de agua nos hacía ricos; a la pobre gente común no hay quien le dé nada; causa esta sed la calidad de la vianda, y el gran calor que allí se pasa, y el saber que ha de haber tasa.

Esperando las carabelas que andaban poco, nos alcanzaron las calmas, día de San Bernardo a 20 de agosto, y en dos o tres días no anduvimos paso, antes los seglares se echaban a nadar y se andaban a placer alrededor del navío, y los marineros pescaban tiburones que comíamos todos, y aunque nos decían que era mala cosa, los comíamos todos de muy buena gana; no tienen otro mal sino ser algo recios, como es pescado grande. La mar estaba como en leche y el navío no se meneaba de un lugar, ardían las tablas y jarcias, con el gran calor, y con la pez crecían en gran manera la sed, y acortábamos la ración del agua por ver que no andábamos. Otros cuatro o cinco días, ni bien hubo viento, ni bien hubo calma y a las veces corría un ventezuelo contrario; tomaban la altura y todos los pilotos de la armada decían que ya estábamos en tierra, y un día nos hicieron levantar de la mesa al regocijo que hicieron, pensando que la habían visto y desde a tres días dijéramos nosotros con los demás que la habíamos visto; pero todo era después nada y quedamos muy tristes. A 26 de agosto a puestas del sol tiraron tiros las naos delanteras y creyendo que nos querían decir que ya habían visto tierra amainaron las velas y aquella noche no osamos caminar por no dar en tierra al través.

Aquella noche dormimos a placer, creyendo que estábamos cerca de tierra, y otro día por la mañana apenas vimos detrás de nosotros a la isla que llaman la Deseada, la cual dejábamos sobre mano derecha y hallámonos junto a una isla que llaman Marigalante, que es la más linda tierra y más fresca que jamás vimos. Si yo fuera el descubridor de aquella isla pensara sin duda que era el paraíso terrenal por su gran hermosura. Está esta isla y las demás de por allí debajo de la tórrida zona y así es asaz calorosa, aunque no inhabitable. Antes fueron estas islas las más pobladas del mundo; pero las más de ellas asolaron con su insaciable codicia y su inaudita crueldad y tiranía los españoles. Estuvimos medio día junto a esta isla, y un paso no anduvimos con calma y así nos hartamos de verla. Así ésta como Marigalante, como otras muchas de aquellas islas, aún se están pobladas de sus antiguos pobladores que llaman caribes, usan flechas y mortales yerbas, con que ninguno se les escapa; y como ellos son muy sueltos y andan desnudos, y la tierra es cerrada de arboleda y yerba y usan de aquellas armas crueles, son señores de sus tierras. Muchos religiosos compadecidos de ellos deseaban que Dios les echase allí para remedio de aquellas almas que se pierden tan sin remedio. A la tarde con un poco de viento pasamos a la vista de dos islas, que dejamos a la mano derecha, a la una llaman Guadalupe y es grande, a la otra llaman los Frailes, ésta es toda de montecitos y por eso la llamaron así; creo yo es tan hermosa y fresca, que convida a dar gracias a Nuestro Señor, y comúnmente todas estas islas lo son, fresquísimas y muy verdes todas, y en todo tiempo, aunque aquella frescura no es tanta andando por ellas porque son grandes yerbazales y matorrales.

Este día sacó la capitana sus banderas y sacó toda su gente por el navío concertada y tiró muchos tiros, que nos dio placer de verlo. Mucho se espantaban los marineros de que en el golfo donde en este tiempo suele haber calmas, tuviésemos tan próspero viento, y entre las islas donde jamás suele faltar, padeciésemos nosotros trabajos de calmas; y así tardamos mucho más de lo que pensamos hasta llegar a la isla de Santo Domingo. Con gran trabajo de calor y sed íbamos por aquí, por las calmas que hacía, y el viento comúnmente era casi contrario cuando alguno hacía, pero templábalo Nuestro Señor con la vista de aquellas hermosas islas. Yendo así un domingo en la tarde fuimos a pasar por un lugar que los marineros llaman el Pasaje y entre unas hermosas islas, una está a la mano izquierda que llaman Santa Cruz y a la derecha están muchas que llaman las Vírgenes; y por medio de ellas pasan los navíos que está en medio de aquella canal una alta y poderosa peña blanca, que podrá tener hasta cien pasos en contorno, puesta por la mano del que crió todas las cosas. Parece desde lejos un hermoso navío que navega tendidas todas las velas. Mucho nos holgamos de ver todo esto y dimos gracias al que para esto dispuso aquello así.

La noche siguiente y el lunes y el martes estuvimos en calma con gran sed y calor y gran fatiga, y estábamos ya a vista de la isla de San Juan de Puerto Rico. Este martes nos hallamos juntos con la nao de fray Agustín, y supimos cómo él y otros dos iban mal dispuestos y pidiéronnos vino y otras cosas de refresco y pasaron a nado dos mancebos para los llevar pero no se las dimos, porque quisiéronselas ir a llevar otros dos mancebos de los pasajeros de nuestro navío con la respuesta de la carta que los otros habían traído. El padre vicario les envió una botija muy grande de vino y otra botija con pasas y almendras y otras cositas; echáronse pues aquellos dos hombres a nado llevando un cabo de un cordel y yendo nadando sopló un poco de viento y apartó mucho los navíos, estando los hombres en el medio camino. Sin duda nos vimos bien penados, temiendo que aquellos hombres perecieran; pero socorriéronlos del otro navío echándoles unas vigotas atadas a sogas y así ayudados llegaron al navío y ataron un cordel al cabo del que llevaban y tiramos nosotros y trajímoslo a nuestra nao y atámosle las botijas y así las pasaron al otro navío. Después se volvieron a juntar las naos y se pasaron los que de la nuestra habían salido contando de la angustia en que se habían visto.

El miércoles en la tarde llegamos en par de la ciudad de San Juan de Puerto Rico y pasamos a vista de nuestro convento que está fuera de la ciudad y es muy blanco y hermoso; desde allí se apartaron de nosotros las naos y carabelas que iban allí guiadas y aun otras muchas; porque se les había muerto mucha gente; otra también porque hacía mucha agua, y así no quedaron en nuestra armada sino fueron doce naos y una carabela y algunas con gran necesidad de agua; y parecióle al general que no la debíamos tomar allí sino pasar al puerto de San Germán, que es en aquella misma isla, 35 leguas más adelante; y así caminábamos costeando aquella hermosa isla y bendiciendo al que la crió: que cierto su hermosura es tanta, que ni [en] España, ni con pincel no se puede pintar; lo mismo es de las otras.

Iban de muy mala gana algunos pilotos a San Germán por parecerles que Santo Domingo estaba cerca y porque algunos no sabían aquel puerto, especialmente los de nuestra nao, aunque el puerto es tan grande que pueden estar 10 000 navíos en él, por lo cual vienen allí muchas veces franceses y roban y queman un pueblezuelo de españoles que allí está y los españoles se escapan yéndose al monte hasta que los franceses se van. El viernes no quisieron llegarse al puerto por las razones dichas y luego faltó la marea que los marineros llaman embate; el viernes bien de noche echamos las áncoras bien lejos de tierra y de los otros navíos que estaban surtos junto de tierra.

Otro día de mañana echaron fuera el batel y saltaron en tierra el padre vicario y el viejo fray Rodrigo y alguna gente del navío, también salieron algunos padres de los otros navíos y algunos se volvieron al navío a comer por ver el mal aliño que había en tierra; de los nuestros que volvieron a la noche diré lo que supe de aquella tierra. Dicen que hay un pueblezuelo de españoles, pequeño, tienen las casas de tablas y la iglesia también, hay una casita de nuestra Orden también muy pobre, de tablas, donde hallaron dos religiosos y el uno enfermo; no tuvieron que les dar de comer sino casabe y ají y algunas frutas de la tierra; fray Rodrigo que conocía el manjar entró en él, el vicario volvió al navío muerto de hambre; trajéronnos de las frutas de la tierra, entre las cuales la más principal es la piña y aunque todos los españoles e indios la loan y precian, nosotros no la pudimos meter en la boca porque su olor y sabor nos pareció de melones pasados de maduros y asados al sol; trajéronnos también plátanos, son una fruta larga comúnmente de un palmo, algunos menores, otros mayores, son casi como la muñeca de gordos y en los extremos casi parecen morcillas atadas, y cuando están muy maduros lo parecen también así en el color como en estar algo conservados, tienen un cuero a modo de carnero: desnúdaseles fácilmente, quedan dentro blancos que tiran a amarillos. Es una muy gentil fruta cruda y asada y en cazuela y guisada y como quiera, estos pasados son como muy gentiles higos pasados; pero al principio éranos fruta muy asquerosa, parecían en la boca como ungüento, o cosa de botica; trajéronnos también guayabas, son verdes que tiran a amarillas, son como duraznos, llenas dentro de granillos que se tragan sin quebrar, y aunque es buena fruta en las islas especialmente, pero a los que vienen de Castilla les hiede a chinches y les parece abominación comellas. Trajeron también batatas, éstas son raíces que se crían debajo de la tierra como nabos, algunas son blancas, otras coloradas, cómense asadas y cocidas, tienen el sabor en nada diferentes a castañas asadas y cocidas, así nos supieron bien; el casabe es el pan común de esta tierra, y de raíz de unas matas como de lentiscos, aunque no lo parecen en la hoja y aquellas ramas siembran y arraigan y echan mazorca debajo de tierra y aquella mazorca es ponzoña que mata; pero mójanlo y exprímenlo y el zumo aunque crudo es ponzoña, pero con unos cocimientos hacen miel de ellos y vinagre; sacado el zumo, queda como aserraduras de tablas y después de curadas échanlas en un gran plato de barro sobre el fuego y finalmente se cuaja y se hace como una tabla no muy fácil de quebrar si es reciente, si es delgado es pasadero mojado en leche, o en cocina, y algunos lo tienen por manjar excelente; pero como la gente común lo come, duro y grueso, es como quien masca aserraduras de tabla, si lo mojan es tolerable; ello es muy ruin comida y hincha mucho y sustenta poco; éste es el pan de la tierra, y la comida de los naturales de ella era de este pan con ají, que llaman en Castilla pimienta de las Indias, desleída en agua; y aun con ésta pasan los españoles que no tienen más, aunque ya tienen tanta carne que no vale una vaca más que un ducado, que es el valor del cuero. Esto se queda dicho para la isla de Santo Domingo; con lo que más nos holgamos fue con mucha agua, que trajeron tanta, que bebíamos sin tasa y nos lavábamos con ella el rostro y dábamos a los que no tenían. Luego aquella noche alzaron velas y navegamos hasta el lunes en la noche y por no osar tomar puerto estuvimos sin velas.

Otro día venido el embate o marea proseguimos; primeramente nos pusimos a la boca del gran río de la ciudad e isla de Santo Domingo, o la Española por otro nombre. Después que entramos y pasamos de la fortaleza y saludamos la tierra, con muchos tiros, como es costumbre, se vio la nao en gran peligro de dar al través y hacerse pedazos, si Dios no pusiera su mano de por medio, porque iba a embestir en una roca y con gran fuerza del gobernalle la volvieron a gran prisa; después iba a embestir con la capitana; pero subieron con gran prisa una vela y así se apartaron de nosotros. Esto acaecía por ser los postreros y querer los oficiales de nuestra nao ponerse en el mejor lugar.

V

*Llegada de nuestros religiosos a la isla
de Santo Domingo y estada allí*

Martes a 9 de setiembre de 1544 a cabo de cuarenta y tres días que embarcamos en la Gomera, saltamos en tierra en la ciudad de Santo Domingo en la isla Española, y antes que saltásemos en tierra vino al navío el superior de nuestra casa, que se llamaba fray Antonio de León, hombre docto y celoso, así de la religión como del bien de las Indias y de sus naturales, conocido nuestro porque había estado meses en Salamanca informándose de dudas acerca de las cosas de esta tierra; y así nos holgamos con él en extremo. Salidos todos en tierra fuimos todos en procesión a nuestra casa y, al camino, salió a recibir al obispo y a nosotros, el obispo de la isla de Puerto Rico y otra mucha gente, y llegados a la puerta de nuestra casa comenzamos un *Te deum laudamus*. Luego salió allí el padre provincial de aquellas islas y el prior de aquella casa que se había adelantado y todo el convento, y hecha oración y tomada la bendición, abrazamos a nuestros hermanos y holgámonos en verlos.

El provincial nos recibió con gran caridad, y a muchos frailes les quitó las celdas y a otros les echó compañeros y así nos aposentó a todos, y muchas veces nos sirvió a la mesa, y fuera de eso el padre superior nos lavó los pies y nos regaló mucho y muchos días al principio él mismo servía a la mesa. El padre provincial mandó que todos comiésemos carne y dispensó también en los ayunos, que luego entraron, porque veníamos muy necesitados de la mar. Las camas eran ruines, porque no era más que una tabla con una estera de eneas o espadañas encima, y no se acostumbraba otra cama en aquella tierra ni en todas las Indias entre nuestros hermanos; y la causa de esto fue que como ya se habían promulgado las leyes de la libertad de los esclavos, no podían ver los españoles al obispo más que al demonio, y conocíanlo ya en aquella tierra y sabían lo que siempre había tratado y trataba; porque siendo él clérigo y gran favorecedor de los indios se metió fraile en aquella casa; y por venir nosotros en su compañía también nos mostraban mal rostro y no nos querían dar de comer; y aun la comida del convento, por estar nosotros allí, se había con dificultad, y así se quiso ir el señor obispo a San Francisco, sino que allá concurría la misma razón; después se ablandaron algo para con nosotros. Ésta fue la causa que no tuvimos en aquella isla el regalo que habíamos menester; especialmente al principio pensamos que la virreina nos hiciera mucho bien; pero aunque había sido más que reina en aquella tierra y los mejores de ella eran sus criados, como ahora venía viuda y pobre, y sus hijos no estaban allí y su hacienda estaba perdida, halló grandes lacerias y trabajos y casi por amor de Dios la mantenían; pero ella era tan cristiana que lo sabía todo sufrir con buen rostro.

El presidente de la audiencia que se llamaba el licenciado Cerrato, de quien después se hará más mención, nos visitó luego, porque eran grande amigo del obispo y conocido del padre vicario, y así concertó lo que tocaba a los fletes muy a nuestro contento y concertó los pilotos entre sí, de suerte que todo paró en bien aunque el de nuestra nao armó grandes pleitos; pero tuvo por bien de cortarlos y de ser nuestro amigo y visitarnos muchas veces él y todos los suyos, aunque el piloto había jurado de no entrar en monasterio en su vida [...]

VI

De Santo Domingo a Campeche

No sé contar los grandes trabajos en que nos vimos en haber navío que en aquel tiempo viniese especialmente hacia el obispado de Chiapa, y porque fueron largos, muchos y menudos, los dejo todos: solamente, digo que al cabo de ellos topamos un piloto que tenía un navío suyo fletado para el Perú. Éste decía que sabía un puerto que llamaban de San Lázaro, hasta entonces no nombrado, que era en la provincia de Yucatán, que son términos del obispado de Chiapa; y por las cédulas del rey se deshizo con gran trabajo el concierto que tenía hecho para el Perú, y fletó todo el navío al señor obispo en mil doscientos sesenta y dos castellanos,[7] de donde le nacieron al señor obispo muchos trabajos y deudas que le duraron años. De nuestra parte le dio el rey hasta trescientos pesos que montaban nuestros fletes, lo demás todo gastó el obispo, lo uno porque saliésemos de aquella isla, y de los trabajos en que allí nos veíamos, lo otro por dar su presencia y la nuestra a sus ovejas que la habían bien menester. Concertado el navío le hallamos tantas trampas al piloto

---

[7] *Castellanos*: moneda que equivalía a 4.60 gramos de oro o aproximadamente a 477 maravedís, un poco más que un peso de oro fino.

y con tantas deudas y tan mal acreditado, que no pensamos salir de allí. Finalmente el obispo le buscó quien lo fiase y ayudó cuanto pudo: en todos estos trabajos, estuvimos tres meses detenidos y aunque estuviéramos en grandes regalos nos fuera penoso por ser la tierra tan trabajosa; hacen unos calores grandes y desgraciados, que todo el día anda el hombre desmayado y descoyuntado; sudan aquí tanto que no se puede creer, de noche por adviento sudábamos a chorros, como por Santiago se suele sudar en Castilla.

Plugo ya a Nuestro Señor que se nos acercó la partida que fue a diez de diciembre. Aquel día dijo una misa muy solemne del Espíritu Santo, el prior de aquella casa y fueron ministros los padres de San Francisco y después nos tuvo capítulo el padre prior y nos hizo un largo sermón y consoló y animó mucho y después nos hizo la absolución general y nos abrazó a todos y nos dio su bendición. Aquí se descubrieron algunos secretos, y comenzaron algunos de los que habían estado malos, y otros también, a mostrar mala gana de partirse de allí; y aunque el padre vicario les diera fácilmente la licencia, pero a los padres mayores pareció que era abrir puerta a que el demonio tentase a los frailes, viendo que fácilmente se les daba licencia para quedarse, y así los mandó embarcar; pero ellos estaban tan inquietos y iban tan de mala gana que les hubo de dar licencia para quedarse aunque de algunos nos pesó más que de otros, porque sabíamos que eran buenos frailes y que aquella era tentación del demonio; pero todavía pareció mejor darles licencia para quedarse que no traer con nosotros a tantos trabajos hombres involuntarios. Éstos fueron fray Pedro de Vega y fray Alonso Trueno y fray Miguel de Frías y fray Mateo Hernández. A éstos se les dio licencia para quedarse y de allí se pudiesen ir a España. También se les dio licencia a los dos de México, Loyola y Álvarez para que se quedasen allí y de allí se fuesen a su provincia, porque su intento no fue de ir a Chiapa cuando salieron de España. Los demás, despedidos de aquella santa casa y sus religiosos y de los padres de San Francisco, con muchas lágrimas que todos derramamos, nos fuimos ya tarde a embarcar; y aunque muchos de la ciudad estaban al principio mal con nosotros, ahora lloraban nuestra partida, y les parecía que dejábamos sola la ciudad y nos enviaron limosnas.

Aquella viuda de Solano en especial nos envió 17 novillos en cecina, tres terneras, seis carneros, treinta gallinas, cuatro quesos, siete castellanos, dos docenas de candelas de cera blanca muy hermosa, mucho incienso, estoraque, menjuí, para quemar en la misa, que duró muchos tiempos, y otras muchas cosas. El padre comisario allende de otras cosas que nos dio, nos prometió que hasta que de nosotros supiesen se haría en su casa oración por nosotros, y así nos despedimos de aquella ciudad.

No nos partimos aquella tarde ni el día siguiente porque aún las mentiras de nuestro piloto no eran cumplidas. Como supo esto la virreina, cuyos palacios caen sobre el puerto, envió a rogar al padre vicario que enviase allí algunos padres porque no estuviesen allí tostándose en el navío, y así fuimos veinte religiosos y dijimos misa en su capilla. Comimos con su hermano fray Antonio bien altamente, y entre otras cosas nos dieron muy hermosas uvas que no son allí poco preciadas. Tampoco nos partimos al día siguiente y así salieron algunos a decir misa a casa de la virreina por su ruego, y los demás pasámosla a decir a una ermita de la otra parte del río y después vino el padre fray Antonio, hermano de la virreina y los demás y en una huerta que allí tienen nos dio la señora virreina muy bien de comer, de muchos y muy buenos pescados como el día pasado. Este día vino también la negra al navío en un barco y nos trajo muchas cositas.

Viendo el señor obispo la burla que el piloto nos hacía, envióse a quejar con el señor presidente y luego lo envió preso al navío, mandándole tener allí con grillos y que otro día se partiese, so pena de quinientos pesos y de cien azotes. Dijo el piloto que había mucho menester una soga y que sin ella no se podía partir; y como el señor obispo era fraile, diole licencia. Salido el piloto, trató de atarse la soga que aquellos días andaba torciendo, y quitóse de ruidos y casóse y dejónos para necios embarcándonos quemándonos en aquel navío y no pareció en todo el viernes. Aquella noche porque ya le sabía la justicia la casa porque no le enviásemos a buscar, envió a decir a sus marineros, que tomasen la una áncora y que se aderezasen para partirse a la mañana. Tornó el obispo a quejarse al presidente. Entonces vino el piloto y comenzóse a aderezar para alzar velas, y cuando no nos acatamos ya eran ido diciendo que como la soga no era torcida y que era ido a darle prisa.

Aquel día que era sábado, volvió la negra al navío y nos trajo mucho y buen pescado fresco y un barco lleno de mil cosas que había buscado y le pareció habríamos menester y así se despidió de nosotros la buena negra ¡plegue a Dios que la veamos en la gloria! y aun para la noche nos envió de cenar. Aquella tarde nos quiso hacer embargar la nao un hombre porque dice que iba allí un marinero que le debía dineros. Aquella noche vino el padre comisario de San Francisco e importunó que todos fuésemos el día siguiente a San Francisco, pues era domingo para que allí dijésemos misa y comiésemos; el padre vicario se lo prometió que iríamos si no nos partiésemos; otro día que era domingo, muy de mañana, vino el piloto y aderezado el navío, ya que queríamos alzar velas, vino la justicia y embargó el navío; porque diz que iban allí no sé qué seglares que se embarcaban sin licencia de la justicia, lo cual allí no es lícito a los que una vez entran en aquella isla. Hubo de enviar el señor obispo a suplicar al presidente que por amor de Dios se doliese de nosotros, y en fin nos mandó desembargar el navío y así se dio fin a infinitos embarazos que Satanás urdía para estorbar nuestro camino y molestarnos, como aquel que sabía lo poco que ganaba con nuestra venida a las Indias.

Dos cosas diré para rematar este capítulo. La primera es que con haber comido y gastado tanto de nuestro matalotaje por la mar y por la tierra valía lo que quedaba, ciento y cincuenta ducados más aquí, que todo junto valía en Sevilla, por la gran carestía de la tierra donde todo se pesa en oro, si no es la carne que darán de balde cuanto quisiéredes, como deis el cuero de los que matares a su dueño. Lo segundo es que sin maestro iban ya casi todos barberos y de allí adelante siempre nos afeitábamos unos a los otros; pero los que fueron oficiales fueron fray Pedro Calvo y fray Pedro de la Cruz; y no solamente de esto era ya oficial fray Pedro Calvo, pero era ya buen piloto y en todo lo que se ofrecía su voto era el primero después del del piloto y a las veces el primero, y a los oficiales de la nao les hacía tener cuidado y mirar lo que hacían.

VII

De la salida de los religiosos de Santo Domingo y navegación hasta la provincia de Campeche

Domingo tercero de Adviento, año de 1544, en el puerto de la ciudad de Santo Domingo de la isla Española, y con próspero viento, salimos en alta mar. Apenas habíamos salido del río, cuando todos caímos como muertos, que ni quedó vicario ni obispo que no cayese y aun muchos marineros de los que había se almarearon; íbamos todos que parecía que íbamos encantados: fray Tomás de San Juan como podía andaba, dando en que revisar a los que lo pedían; los demás iban como muertos caídos, y callando, casi como fuera de sí. Poco o nada comimos en todo aquel día y el siguiente hasta la tarde que alzamos la cabeza con ayuda de fray Pedro Rubio, que se levantó y nos dio de comer, y desde allí adelante pasó el pobre grandes trabajos por guisarnos algo de comer hasta que salimos en tierra.

Íbamos con grande miedo de franceses y así de día nos metíamos en alta mar y de noche nos acercábamos a tierra con temor siempre de franceses porque un solo barco que viniera nos tomara, que ni llevábamos tiros, ni armas, ni defensa alguna; éramos casi todos frailes, los marineros eran pocos y de ellos muchachos y de ellos dolientes y hallamos que llevaban mal aderezo de todo; llevaban poca y ruin comida y no llevaban ni un clavo ni una soga, finalmente un perdimento.[8] Y el piloto y los oficiales todos eran levantiscos[9] y no había ningún español. Todo esto lo ordenó así Nuestro Señor porque con esto y con los trabajos en que nos vimos se manifestase que él era maestre y piloto de nuestro navío y nos guiaba según su santa voluntad. Temíamos también mucho los nortes porque según decían todos, era mal siempre para navegar aquel mar; pero no nos fue posible otra cosa porque no era cosa de estar en la isla, especialmente con la vida que padecimos, y así nos dábamos la prisa que podíamos a navegar mientras aquel buen tiempo nos duraba.

El martes en la tarde vino un viento contrario y tan recio que nos arrancó de nuestro camino y nos echó por la otra parte de la isla de Jamaica, siendo nuestro intento el ir por entre ella y la isla de Cuba y así dejamos a Jamaica a mano derecha, habiéndola de dejar a mano izquierda, y según se dijo fue misericordia de Dios, porque si la tormenta no nos tomara entre aquellas dos islas nos hiciera dar al través en la de Jamaica; pero con esto tuvo el navío donde correr con la tormenta sin dar en tierra; pasamos una noche muy trabajosa; y el día siguiente fue semejante porque la mar andaba alta y las olas se levantaban mucho que nos asombraban.

A la noche siguiente se amansó un poco la mar y al otro día adelante que fue Nuestra Señora de la O, anduvimos muchos desandando lo mal andado. El día de Nuestra Señora en la noche, a media noche se levantó una gran tormenta, tanto que nos hizo levantar a todos, más que de paso, y medio de rodillas y medio echados dijimos las letanías y con gran devoción nos encomendamos a Dios hasta la mañana; llovía a cántaros y hacía tan gran tormenta que parecía querer hacer pedazos el navío y el ruido de la mar era tan grande que entendimos lo que quería decir la escritura cuando decía: *Audivi tanquam vocem aquarum multarum*. Amainaron de presto las velas y estuvimos así esperando el día, y en esto no imaginéis comida porque ni se podía guisar ni sacar de donde iba, y aunque la lleváramos en la mano la pudiéramos comer por la mala disposición que la tormenta causaba que nos parecía que más por razón que por gana, comíamos dos bocados de lo que se hallaba por allí a mano.

Aunque este día no se alzaron velas, pero el viento y el ímpetu de las poderosas olas nos llevaban más que de paso y adonde no sabíamos; la noche siguiente fue más trabajosa que la noche antes y cierto pensábamos que allí acabábamos la vida, aunque por otra parte llevábamos gran confianza en Dios que no daría placer a los malos con nuestra

---

[8] *Perdimento:* perdición.
[9] *Levantiscos:* naturales de la región oriental mediterránea de España (Valencia y Murcia), y también de genio inquieto y turbulento.

muerte, por ventura muy deseada de algunos; y también teníamos gran confianza en las misas y oraciones que sabíamos que nuestros hermanos y amigos carísimos hacían por nosotros; con todo esto temíamos y nos confesamos esperando lo que Dios haría. Toda la noche íbamos en oración, metidos en un camarotillo, que la navecilla tenía de medio atrás: allí íbamos todos arracimados y asidos, a ratos callábamos y a ratos decíamos letanías y oraciones de coro, que no había luz ninguna, y a veces a voces decíamos el credo y el *quicumque vult*... y a gritos llamábamos el nombre de Jesucristo y de Nuestra Señora diciendo el *Ave maris stella*; con todo eso la mar crecía y daba tan grandes encuentros al navío que cada uno pensábamos que era el postrero. Viendo esto el piloto, temiendo que alguna ola echaría el navío a fondo, acordó de alzar un poquito una vela y tomar el viento en popa y tirar a Dios y a ventura, por donde el viento nos llevase y con dos palmos de vela iba la nao volando, y temiendo que esto nos llevaría presto adonde dando al través nos perdiésemos, acordaron que por popa le echasen una vigas atadas a una maromas para que no anduviese tanto; pero con todo eso andaba más que queríamos; de esta manera anduvimos con el trabajo que podéis ver hasta el domingo.

El sábado tomaron ciertos acuerdos el obispo, fray Pedro Calvo y el piloto, como si la tormenta no cesase, diésemos siquiera en ciertos bajíos, donde la gente se podría salvar, porque el obispo, como ha pasado la mar diez y seis veces, por amor de los indios, entiéndesele razonablemente de aquellas cosas, más que a nuestro piloto que aun marinero no merecía ser. Aquel sábado en la tarde se confesaron todos los marineros y toda la gente del navío e hicieron muchas promesas. Algunos frailes prometían misas, algunos seglares romerías. Una noche de estas, combatiéndonos las olas de la manera que he dicho, comenzó a dar voces con gran devoción un portugués que allí iba llamando a San Telmo, y diciendo que él prometía que si Dios de aquella tormenta lo libraba por sus oraciones, que él hacía voto de no entrar más en la mar en toda su vida. No faltó quien se riese cuando esto oyese, aunque el tiempo era más para llorar que para reír.

El sábado en la noche fue peor que hasta allí, porque llovía terriblemente y las olas parecían querer llegar al cielo, ya quebraban el navío y muchas por encima de la popa, que ya pensábamos ser llegada la hora postrera. El viento era tan recio que quebró el mástil que llaman trinquete. De los religiosos, algunos se encomendaban modestamente a Dios, otros daban voces llamando el nombre de Nuestro Señor Jesucristo, el santo viejo conjuraba la mar y mandábale en nombre de Nuestro Señor Jesucristo que callase y enmudeciese, y daba voces a la gente diciendo que callasen y no temiesen, que Dios iba con nosotros y no podíamos perecer. Por cierto que con todo esto íbamos consolados y no se nos daba mucho morir, y creo que si muriéramos, la misericordia de Dios nos salvaba y así comenzamos a cantar himnos un gran rato, y yendo nosotros cantando, en esto dijo un marinero: "Padres, la tempestad ha cesado", y por cierto que si como nos lo dijera un ángel sin esperar más comenzamos a cantar un *Te deum laudamus*, y a la tempestad sucedió una calma muy grande.

No soy amigo de echar las cosas a un milagro cuando se puede imaginar alguna causa natural, y yo he dicho lo que pasó, echadlo a la causa que os pareciere. Nosotros dimos gracias a Dios, teniendo por cierto que él nos libró por la vía que él fue servido; con la calma descansamos, y venida la mañana que fue cuarto domingo de Adviento y día del apóstol Santo Tomás, vino un viento bueno que nos duró hasta Navidad, con el cual navegamos a las veces en popa, a las veces como podíamos, pero siempre poco, porque el viento no era recio.

Muy penados íbamos por ver que nos tomaba la Navidad en el mar y que no podíamos celebrar el nacimiento de nuestro redentor como quisiéramos, y así la víspera de Navidad con gran devoción cantamos las vísperas y a la tarde tuvo capítulo el padre vicario y predicó, e hizo la absolución general y hicimos un altar en popa en aquella cubiertilla o camarachón que dije y sacamos al niño Jesús que llevábamos y envolvímoslo en heno que allí había y velásmolo toda la noche encendidas candelas blancas con oraciones y cantos de alegría y Nuestro Señor proveyó copiosamente de lágrimas y de devoción. A prima noche cantamos muchos himnos, y a la media noche cantamos los maitines y la misa del gallo y después del alba con toda la solemnidad que pudimos, sin cansarnos: con la bonanza del mar, y con nuestros cantos se durmieron los marineros, muy a gran peligro nuestro si Dios maravillosamente no nos librara.

Entre dos albas, yendo la gente dormida y nosotros muy descuidados, abrió Dios los ojos de fray Pedro Calvo y dio voces diciendo ¡tierra, tierra! Saltaron de presto los marineros y divisaron ser así y a gran prisa y voces volvieron el navío a otra parte. Entonces salimos los religiosos a ver qué tan cerca estábamos, y unos decíamos más, otros menos; a mí me pareció que estaríamos a dos tiros de ballesta de tierra que en la mar es un paso, y aun la nao se había apartado algo. Dios maravillosamente nos libró y dio la vida aquel día en aguinaldo. Era aquella isleta una de las que llaman los Caimanes y era el Caimán Mayor. Es una isleta pequeña como la de los ríos, donde si encalláramos y quedáramos con vida, muriéramos presto de sed. Después dijo el señor obispo la misa mayor con toda solemnidad, aunque todo era seco; después nos dieron bien de comer, aunque el mayor regalo no suple la mayor necesidad de la mar. A la tarde cantamos nuestras vísperas y completas, y así festejamos la fiesta del nacimiento de nuestro salvador.

El día siguiente hizo también la fiesta el señor obispo y hubo sermón y así se hizo en los días siguientes, según el tiempo daba lugar. El sábado en la noche no anduvimos, por pensar que estábamos en el cabo de San Antón; y porque el viento nos llevaba a tierra mal de nuestro grado, tomamos por medio a volver las velas y las espaldas al viento, aunque fuese volver atrás; pero soplaba tan recio que hubimos de amainar, y trocóse el sur en norte, contrario suyo y nuestro, y así aquel día que era de los Inocentes no anduvimos y así nos estuvimos hasta otro día.

El día siguiente hizo una calma como si fuera por julio, tanto que la mar estaba como leche y los marineros entendían en pescar tiburones. Allí nos estábamos a mal de nuestro grado y aun con temor que nos faltaría agua, porque muchas pipas se habían salido, y de otras olía mal el agua que con trabajo se bebía.

El miércoles de mañana con un poco de viento comenzamos a caminar. Este día antes de medio día vinieron a nuestro navío unos grandes pescados que creo por los bufidos que dan, les llamaron bufeos; son tan grandes como caballos y aún más largos con proporcionada gordura. Sacan muy a menudo casi todo el cuerpo sobre el agua dando bufidos. Son cuasi negros y de gran cola, pronostican gran viento y así lo experimentamos esta vez, porque estando cantando vísperas, se levantó un aire que fue siempre arreciando y levantando mucho la mar. A los marineros hizo estar con cuidado toda la noche y a nosotros nos la dio mala y nos quitó toda la noche el sueño y así nos dio mala salida de año. ¡Bendito sea el Señor cuyos años ni comienzan ni acaban, que vive y reina por todos los siglos de los siglos. Amén!

Justo es comenzar capítulo en comienzo de mes y de año. El jueves pues primer día del año de 1545 nos hizo muy lindo viento y gracioso día y así caminábamos a sabor. Este día estando comiendo, vinieron manadas de toninas, como manadas grandes de puercos. Son pescados muy grandes y suelen barruntar gran viento y mudanza de tiempo. A la tarde echaron tres veces la sonda, a ver si había suelo, lo cual se hacía creyendo que estábamos cerca de la provincia de Yucatán, pero no hallaron suelo. A la tarde hallaron cuarenta y cinco brazas de hondo, después hallaron veinte; y de allí adelante siempre bajaba. Durónos el viento hasta sábado en la noche, y aquello nos bastaba si el gran temor que traíamos de franceses no nos impidiera; por esta causa ya nos metíamos en alta mar, ya nos llegábamos a tierra, según a los oficiales de la nao que saben aquellos rincones les parecía.

Aquel sábado en la mañana vimos tierra firme que fue la provincia de

Yucatán, donde nosotros pretendíamos salir, pero es larguísima tierra, íbamos poco a poco buscando el puerto; a la tarde pareció al maestre que reconoció la tierra y puerto donde deseábamos apartar, y por temor de la noche nos metimos en alta mar y por no pasarnos adelante del puerto donde fuera dificultoso volver, amainamos aquella noche, y a la mañana hallámonos lejos de la tierra, y aunque a la mañana hizo calma, a la tarde hizo muy buen viento y tiempo y por lo mucho que anduvimos vimos que el maestre se había engañado. A la noche nos tornamos a meter en alta mar, a la mañana reconocieron tierra y hallaron que era la que buscábamos; por lo cual con suma alegría dimos gracias a Dios nuestro señor y con el placer que podéis considerar, cantamos un *Te deum laudamus*. El señor obispo nos predicó un gran sermón exhortándonos mucho y trayéndonos a la memoria los deseos que nos hicieron dejar nuestras casas y deudos y amigos y salir de nuestras tierras y venir a aquellas tan extrañas. Toda la mañana nos hizo viento contrario, que nos dio harto trabajo en detener el navío, no se nos pasase del puerto la costa arriba; después hizo calma y veíamos la tierra muy cerca y no podíamos entrar en ella y deseábamos poder celebrar la Epifanía, mejor que las demás fiestas de nuestro señor. A la tarde cantamos nuestras vísperas en parte con tristeza de ver que no podíamos tomar tierra, y en parte con placer de vernos tan cerca de ella. En la tarde hizo un airecito muy flaco con el cual nos acercábamos poco a poco a la tierra. El puerto de aquí es bajo, y tiene muchos bajos; y así no llegan las naos a tierra con una gran legua y es malo de conocer por ser toda aquella tierra llana a maravilla, y así fue necesario que en la nao hiciesen lumbre para que de tierra nos hiciesen alguna señal con que no errásemos y así se hizo en anocheciendo y de tierra nos socorrieron bien. Por temor de los bajos iban siempre con la sonda en la mano y llegado a tres brazas de fondo escasas echamos anclas. Aquella noche, bien noche, dadas gracias a Nuestro Señor, descansamos esperando lo que venida la mañana había de suceder: porque, según las nuevas que en las islas nos dieron, esperábamos muchos trabajos y angustias y que el recibimiento sería con muchos arcabuces, si Dios no se apiadase de nosotros y de aquellas pobres almas que íbamos a buscar […]

VIII

De los primeros religiosos que salieron de Campeche para Tabasco y cómo se perdieron en la laguna de Términos

Gran pena teníamos por ver el mal aliño que había para pasar adelante porque nos quedaban hasta Chiapa ciento veinte leguas, y las primeras sesenta hasta la villa de Tabasco eran más dificultosas porque había de andarse por barcas grandes que andan por aquellas costas, y esto hacíasenos muy dificultoso, porque no teníamos ganas de entrar en la mar, ya que Dios nos sacó de ella vivos, y se había de andar en canoas; y esto parecía imposible, lo uno por ser las canoas pocas y nosotros muchos, y mucho nuestro hato y el del señor obispo; porque entre él y nosotros llevábamos muchos libros, con sobras de matalotaje, campanas, relojes, órganos, baratijas necesarias para su casa y para la nuestra, y parecíanos cosa peligrosa y poníamos grande espanto ir en ellas, allende del que nosotros nos teníamos, especialmente por la mar donde hay grandes olas, y nosotros vestidos y atados y sin saber nadar; y sin entender los indios, que nos habían de ayudar y llevar por tierra, decían que no podía ser por las grandes ciénagas y lagunas que hay y porque los mosquitos nos comerían en vida; pesadas todas estas razones, nos pareció mejor ir en barca. Al padre vicario le pareció mejor ir en canoas, pero viendo que no las había, acordó luego que fuesen en una barca que ya estaba de partida, y allí metieron buena parte de nuestro matalotaje, señaladamente muchos libros nuestros y del señor obispo, aunque ya la barca estaba cargada; y allí entraron fray Agustín de la Ynojosa por vicario, fray Jerónimo de Ciudad Rodrigo, fray Dionisio Bertavillo, fray Alonso de Villasante, fray Miguel Duarte, fray Martín de la Fuente, fray Francisco de Quezada, fray Felipe del Castillo, fray Pedro de los Reyes, fray Juan Carrión, que eran los diez por todos.

Domingo a 18 de enero en acabando de decir misa nos abrazamos todos y despedimos y ellos se fueron a embarcar y nosotros a misa mayor. Los barqueros, codiciosos de ganancia, viendo que iba mucha gente y que la barca iba muy cargada, alzaron velas antes que la visitasen, y fuéronse. Nosotros quedamos encomendándolos a Dios, y a nosotros suplicándole nos guiase en su voluntad: y ésta fue la principal ocupación mientras que allí estuvimos, darnos a oración, de noche y de día, no solamente en las oraciones comunes, pero en particular no entendíamos en otra cosa, cada uno en su rincón o de la iglesia o de la chozuela donde dormíamos, o sentados a la orilla de la mar, sin que nadie ni indios ni español se quejase de nosotros. También predicamos a los españoles los domingos y las fiestas, cada uno el día que le encomendaban; pero de los males y tiranías en que estaban no les decíamos directamente nada, lo uno porque tenían allí su prelado que se los decía sin pepita, y en público y en secreto, diciéndoles que no se podían salvar en aquella vida y que eran robadores públicos e infamadores del Evangelio y otras cosas, como buen pastor que se dolía de la perdición de los suyos; lo segundo, porque teníamos por cierto que no aprovecharíamos nada, como veíamos que no aprovechaba nada de lo que el obispo decía, antes se empeoraba teniéndolo por hombre de malas entrañas y que era enemigo de los españoles. Y como viésemos esto y la gran desvergüenza en pecar, teniendo la casa llena de mujeres y de tiránico servicio, dejábamoslos sin decirles nada en común, aunque en particular respondíamos a lo que se ofrecía.

Con todo eso para el día en que todos nos habíamos de partir, se encomendó a fray Alonso de Villalva que les predicase sus tan manifiestos males y él lo hizo tan sabia y cuerdamente como él lo sabe hacer todo; él les dijo el sueño y la soltura con tan dulces palabras que a nadie desabrió y dejó la puerta abierta para que preguntasen lo que dudasen a sus huéspedes, porque aquel día por ser el postrero y por su mucha importunación y nuestra gran necesidad, estaba determinado que comiésemos en sus casas de la manera que al principio, adonde se los acabamos de declarar, y muchos quedaron confusos y espantados de ver cuan a una y cuan ciertamente les afirmábamos su condenación. Hizo esto mucho al caso haber ya ellos tomado concepto de nosotros como de gente buena y cuerda; algunos se quisieron confesar, pero sus confesiones querían más despacio; pero dijímosles algo de lo que habían de hacer y creo que por las misericordias que nos habían hecho les puso el misericordioso Dios un deseo de salvarse y nos fueron tan importunos que tomásemos allí posesión para un monasterio que la hubimos de tomar aquel día que era domingo, día de la conversión de San Pablo, y tomóse junto a la mar entre el pueblo de los indios y el de los españoles, creyendo nosotros que visto lo de Chiapa volverían allí algunos, porque nos pareció que había aparejo para lo que pretendíamos, y aún para más. Los indios nos hicieron donación de aquella tierra delante de escribano y aquello fue lo primero que la Orden tuvo en aquellas tierras, aunque no se pobló. Estando aquí tratamos si sería bien pues ya estábamos en las Indias enviar a México a hacer saber al prelado de nuestras venida para que proveyese de nosotros lo que más le agradase y pareció a todos los padres que se debía dejar hasta que llegásemos a Chiapas, pues para allá rezaban nuestras licencias y allá nos enviaban los prelados de España, y así se quedó. Otras muchas cosillas había que contar de esta tierra donde por no poder más, nos detuvimos tres semanas; pero ni se puede contar todo ni hay para qué.

Paréceme que el caso que quiero contar pide al principio, como suya, aquella autoridad del profeta: *quis dabit capiti meo aquam et oculis meis fontem lacrimarum et plorabo, die ac nocte, interfectos filios populi mei?* [...] Muchas lágrimas se han derramado sobre él; pero él fue tal que jamás podrá ser bastamente llorado de nosotros porque fue fin del placer, si alguno tuvimos hasta entonces, y fue principio de grandes trabajos que padecimos; y lo sentimos mucho por faltarnos la consolación que aquí perdimos. Ya dije como fray Agustín con nueve compañeros se partieron de nosotros con gran tristeza y lágrimas, que aunque pensábamos vernos en breve, por otra parte parece que el espíritu nos decía que nos despedíamos para siempre, y así dábamos unos suspiros cuando de nosotros se apartaron, como que jamás nos hubiésemos de ver; especialmente daba esto el espíritu del padre vicario, que sin saber por qué, ni por qué no, no arrostraba el que los frailes se fuesen en la barca, pero ninguno otro remedio había, sino aquél, o estarnos allí, o salir de dos en dos y que tardara medio año en salir el hato y nosotros también.

Los vecinos nos decían que no podíamos salir sino en barcas, y el obispo tenía por locura otra cosa, decía que si no queríamos ir en barcas, que él se iría por otra parte y que nosotros aguardásemos canoas; con esto se inclinó el padre vicario contra su voluntad a lo que dicta la razón y todos queríamos; pero debiérase mirar si aquella barca sufría, pues estaba tan cargada, que le echasen veinte cajas nuestras y del obispo y diez frailes y un mancebo que los serviese de los que venían con nosotros de España; pero en fin somos hombres y tenemos limitada prudencia y no lo podemos mirar todo.

La barca era vieja y en demasía cargada, porque debajo de cubierta llevaba muchas mantas y cera y encima del mástil que había, un estado en alto de costales de sal, y por añadidura veinte cajas nuestras y más de cuarenta personas con su matalotaje. La barca era vieja y hacía agua, y con la mucha carga no anduvo, con buen viento, el domingo y el lunes, más de treinta leguas. El lunes llovió mucho y como no tenían amparo en la barca mojáronse mucho y no pudieron aderezar nada de comer y así pasaron mal día; el lunes en la tarde vino el Norte, aire de quien se dijo: *ab aquilone pandetur omne malum*, y creo yo que lo soplaría y ayudaría el que *sedere voluit in monte testamenti in lateribus ε*, porque sabía lo que la barca llevaba.

Ya pensaban en Campeche que la barca estaría en Tabasco, cuando el Norte vino. Otros la encomendaban mucho a Nuestro Señor. Habíanse metido bien diez leguas en la mar, diciendo que si hubiese después viento de la mar que podrían arribar a Tabasco, antes que los arrimase a tierra y cuando el Norte comenzó a soplar, ya todos estaban durmiendo; pero como la barca era vieja y muy cargada hacía tanta agua que no la podían los marineros vencer y como las mantas iban debajo empapábanse en agua y cargaban más la barca sin sentir; y como vieron los marineros malditos que la mar se embravecía no echaron nada de la barca para aligerarla, sino volvieron aunque tarde las espaldas al viento para que los echase en tierra para guiar allá la barca. En esto vino una ola grande y como la barca iba muy metida pasó por encima la ola y sumió la barca tanto que les daba el agua a los pechos dentro de la barca; los frailes estaban sentados encima de las cajas y como la ola fue grande y furiosa, trastornó la barca un poco y dio con las cajas en el agua y con ellas muchos seglares y a fray Agustín y a fray Felipe del Castillo y a fray Pedro de los Reyes.

El mancebo que iba con los frailes, que se llamaba Segovia, que era gran nadador, desnudóse presto y creyendo que los frailes lo habían menester, comenzó a dar voces al prelado diciendo: ¡padre fray Agustín! Pero ya él había escapado de la tormenta de esta triste vida y dejado la barquilla de su cuerpo y así no respondió. Mirando por los demás y dándose voces unos a otros hallaron que faltaban estos tres aunque no se oían con el ruido del viento y de la mar; quedó fray Dionisio Bertavillo abrazado con el mástil y cercado de muchos seglares que a grandes voces les decían y confesaban sus pecados, él les santiguaba y decía que llamasen a Dios y le pidiesen perdón. En esto vino otra ola que acabó de volver de lado la barca y de esta vez se ahogó fray Dionisio con muchos seglares. Esta ola echó también de la barca a fray Francisco de Quezada y al mancebo Segovia y a otros seglares y al pobre de fray Jerónimo de Ciudad Rodrigo, al cual fue un continuo martirio toda la navegación, tanto que cada hora miraba al mástil y al timón y toda la jarcia y siempre daba voces a los marineros; cuando se meneaba el navío, pensaba que iba a fondo, tanto que muchas veces nos hacía reír y muchas le habíamos lástima de ver la angustia que él traía y de miedo de ir en canoas, aunque mal dispuesto, quiso ir en aquella barca. De estos que cayeron se ahogaron muchos y otros que sabían nadar volvían a la barca de los cuales fueron fray Francisco y Segovia; fray Francisco cayó debajo del agua y ahogándose topó con una soga debajo del agua y asióse a ella y por allí subió a la popa que no iba cubierta con el agua y allí se asió fuertemente a una argolla donde atan las áncoras. Estando allí vino nadando fray Jerónimo y dando voces pidiendo a fray Francisco que le ayudase; él le extendió el pie para que se asiese; pero una ola lo apartó, pero él tornó nadando dando voces; extendióle otra vez y volvióle a apartar la ola, apartándolo y tornando a nadar y dando voces, extendióle otra vez el pie y tornólo apartar la ola por tercera vez y se lo llevó donde nunca más tornó. En esto apareció fray Alonso de Villasante y fray Martín de la Fuente metidos en el batel; pero estaba desfundado y a ellos les daba el agua a la cintura y las olas llevaban al batel fuera; pero como la barca estaba de lado y sus velas y jarcias tendidas por el agua hacíase a ellas el batel y no podía salir, y así les socorrieron y metieron encima de la barca; pero como estaba de lado y no había de qué se asir y estaban molidos y como fuera de sí, desde a poco se cayó fray Alonso y murió; fray Martín que era más recio estuvo allí un rato y revesó el agua que había bebido. Desde a poco cayó desmayado sin poderlo remediar: porque había de ser nadando y como estaban desmayados y sin fuerzas no sabían qué se hacer; fray Juan Carrión estuvo un rato asido a la jarcia y allí nadando le quisieron quitar el escapulario; pero dijo que pues no lo podían sacar lo dejaron morir en su hábito, y así encomendándose a Dios, murió.

A fray Miguel Duarte socorrieron y lo pusieron en buen lugar de donde les dijo a los que se ahogaban y a los que quedaban el credo y la letanía; pero como la barca se trastornaba de una parte a otra porque llevaba las velas tendidas y cogíalas el viento y volvía la barca, y como estaban desmayados del día y la noche pasada sin comer y como fuera de sí, a las vueltas de la barca, cayó él y se ahogó. Todos estos trabajos vio el triste de fray Francisco, viendo con sus ojos las muertes de los más de sus hermanos, esperando cada hora la suya; pero tuvo mejor lugar de donde se asir que fue en proa, donde suelen estar las anclas y como la barca es allí angosta aunque se volvía y lo tomaba debajo, fácilmente se volvía él de la parte de arriba y aunque la mar lo echaba fuera como él sabía nadar fácilmente se volvía; pero los grandes golpes que la mar le daba cuando venían las olas, alzándolo y levantándole en la barca, quedó molido y descoyuntado; pero en fin escapó con un sayuelo y escapulario sin otra cosa ninguna. Quedó medio ciego y abrumados los huesos y desnudo en carnes; después se vistió la saya de fray Martín y con ella anduvo muchos días.

Ahogáronse por todos treinta y dos personas, nueve religiosos y los demás seglares, algunos mancebos y buenos nadadores, y salió entre los otros un mercader viejo de setenta años y de los gordos y pesados que he visto; escapó por no se desasir de la barca. Allí estuvo con el agua a la garganta y después queriendo los que escaparon subirlo en alto no podían, y decíales: "Señores, asidme de esas barbas y tírenme y no me habeáis duelo", así lo subieron de las barbas y los cabellos. Comenzaron a ahogarse día de San Sebastián después de media noche y acabaron de ahogarse los que se ahogaron el mismo día de San Sebastián, al medio día. La tormenta duró hasta la tarde, no se desayunaron ni comieron bocado hasta el jueves en la tarde. Veis aquí el caso triste como pasó, triste digo para nosotros, no para vosotros compañeros amantísimos, por cuya compañía dejamos nuestras provincias y parientes y casas y todo lo teníamos junto en vosotros; gran bien nos fuera que como nos amamos en vida así también no nos apartáramos en la muerte [...]

Volviendo a la barca, acabada la tormenta poco a poco echó la mar a la barca tal cual estaba a la ribera. Llegó el jueves muy tarde a encallar en tierra; los que allí venían, más muertos que vivos; de ellos salieron algunos nadando de ella como pudieron, que allí está baja la mar; al viejo sacaron atado con sogas y después lo vimos en camisa y zaragüelles como una gran cuba. Salió la barca en la isla que llaman de Términos y es que allí salen dos brazos de mar muy anchos y entran mucho en tierra y cíñense allá arriba con unas grandes lagunas y hacen una isleta que llaman Términos de siete leguas de largo. Allí salió la barca, entraron por aquel monte y hallaron una frutilla silvestre que llaman *icacos*, que aunque es como ciruela, no tiene que comer como una ruin cereza; hubo cuatro o cinco para cada uno, uno buscó agua y les trajo una poca.

El jueves cuando aún se estaban en la mar, vieron pasar por tierra unos cristianos, que a ratos iban en caballos y cuando no podían iban en canoas; uno de los que escaparon que se sintió con más ánimo, fue tras ellos y halló que ya querían entrar en canoas para pasar la boca de la Laguna y contóles el caso y, como los españoles son en esta tierra comúnmente cumplidos con otros españoles y humanos, volvieron a ellos y diéronles de comer de lo poco que llevaban porque como son despoblados, siempre hay poco que comer. Después se fueron los españoles su camino y los escapados se fueron con ellos; dejaron a fray Francisco atrás dándoles una canoa y indios que los llevasen; pasaron gran trabajo y pensaron morir de hambre como iban ya tan gastados, ya Segovia desmayaba del todo y perdía la esperanza de vida, fray Francisco lo animaba diciendo que pues Dios los escapó de la mar que no los dejaría perder y con esto caminaban hacia Campeche donde nos había dejado.

Los españoles que se adelantaron, llegaron a un pueblo que se llama Champotón que está diez leguas de Campeche y contaron el caso al cacique el cual era cristiano y nos había ido veces a ver a Campeche y héchonos limosnas. Espantóse mucho e hizo mucho sentimiento y como les dijeron que dos padres quedaban allá atrás, que eran fray Francisco y Segovia que traía una saya de fraile y un bonete; envió luego dos indios con tortillas de maíz y una gallina aderezada: los indios fueron y como no los conocieron por padres viéndolos medio desnudos y el uno con bonete, diéronles de la comida que llevaban para sí y no la demás, hasta que después tarde sí les conocieron ser aquellos los padres; y como comieron aquel buen manjar porque lo que los cristianos les dieron no era de sustancia sino naranjas y no sé qué; con el buen manjar esforzáronse y aunque ya se querían morir, todavía anduvieron dos leguas que ya mucho atrás habían dejado las canoas. Andadas las dos leguas tornaron a comer y desmayaban porque no sabían si estaban cerca o lejos; pero aún no les faltaban dos leguas por andar. Estando allí caídos soltáronse los caballos al que los cuidaba en Champotón y tiraron por el camino de los cansados; como fray Francisco los vio dijo: ¡Hermano no nos tiene Dios olvidados pues tras la gallina nos envía caballos: porque ellos no entendían por donde venía nada. Aseguraron los caballos y tomáronlos y cabalgaron en ellos y en poco rato llegaron al pueblo de Champotón. El cacique recibiólos bien y tratólos humanísimamente y no sabía placer que les hacer; y pues quedan descansando, dejémoslos, que lo han bien menester, y volvamos a los demás que quedan en Campeche [...]

IX

El rescate de los libros

No sabré decir las lágrimas con que los recibimos, viendo en su aspecto representado el naufragio, aunque ellos recibieron gran consolación de verse con nosotros, pareciéndoles que entonces renacían, y de ellos y de los demás que allí venían supimos la verdad de lo que habemos contado. No pudimos pasar aquella gran boca aquella tarde, ni otro día, hasta después de comer por el tiempo que hacía; comimos de lo que ellos trajeron, porque ya nosotros no teníamos nada.

Pasada la laguna nos salieron a recibir una hueste de mosquitos que pensamos que nos habían de comer vivos; y nos persiguieron hasta que el viento de la mar los alejó de nosotros. Hallamos a nuestros compañeros buenos, ya habían pasado grandísimos trabajos en buscar libros. Hallaron diez o doce cajas que echó allí la tormenta; estaban enterradas en cieno en las orillas de aquella laguna, y para sacarlas, ellos se metían en el río, que les daba a veces a la garganta, porque es blando, y no tenían otro remedio sino llevar unos palos gruesos y largos, y cuando se iban sumiendo hacíanse de aquellos palos y con ayuda de una mano sacaban las cajas que no se hundían tanto. Padecieron aquí grandes hambres; día hubo que no comió ni bebió cada uno sino una naranja agria y sin pan y por guardarles un indio un cuartillo de agua estuvo un día sin beber. Traía fray Cristóbal una zalea en la cabeza con dos agujeros por los mosquitos; y desde a poco, de aquellas frialdades le dieron a fray Pedro Calvo unos dolores de tripas que le torcían y añudaban, de que no pensamos que sanara ni alzara cabeza, pero desde a muchos meses sanó del todo. Aquella noche pasamos allí con muchos fuegos, así por los tigres como por los mosquitos. No tenían aquellos padres, mientras que allí estuvieron otro alivio sino enlodarse los pies y los brazos y piernas que traían desnudas, y viendo que aun así se los comían los mosquitos, metíanse huyendo en la mar. Los libros estaban tales que no pensamos poderlos aprovechar, cubiertos de cieno, y era tan ralo que se metía entre las hojas y seco era peor que engrudo; y fray Domingo de Azcona había ido a un pueblo seis leguas de allí y había llevado muchos en canoas porque ya las cajas estaban deshechas, para lavarlos en agua dulce [...]

Padecimos aquí grandes trabajos y soles y calores, en curar los libros y lavarlos, deslodarlos, despegarlos y si todos no viniéramos, nunca se remediara, y así con trabajo de todos se aprovecharon los más, especialmente los que tenían encuadernaciones de pergamino que se les pudieron quitar; pero quedaron con pestífero olor que jamás se les quitó. Después hemos visto que sin tocarlos se van ellos pudriendo y gastando; en esto de los libros entendimos con más trabajo que nadie puede pensar desde el viernes que llegamos allí hasta el miércoles de esa otra semana.

Desde allí tornó el padre vicario a enviar a fray Pedro Calvo y a fray Cristóbal a correr otra costa para ver si hallaban algo de lo que buscábamos y pasaron estos padres tantos trabajos por buscar los cuerpos de los difuntos y los libros que no se pueden contar. Día hubo, con hacer grandísimo sol, que no bebieron gota de agua hasta la noche porque no tenían sino agua de la mar y no comieron sino tres naranjas entre ambos sin pan y sin otra cosa; y el agua que bebían, cuando la tenían, era salobre de pozuelos que hacían junto a la mar y cuando comían pan era de aquellos bosques que arriba dije. Los mosquitos que los comían eran tantos, que fray Cristóbal traía metida una zalea en la cabeza con dos agujeros para ver y aun no se podía valer; fray Pedro sufría más; y contaré la fidelidad de un indio que los acompañaba, que llevaba un poco de agua en una calabaza y dejáronlo para que guardase aquello y parte de su ropa, mientras ellos buscaban lo ya dicho, y un día tardaron hasta la noche y con todo el calor y sed y sol y pasó sin beber y tuvo el agua guardada para los padres. Padecieron tanto trabajo estos padres allí que de solos ellos se podía hacer una historia.

> *Historia de la venida de los religiosos de la provincia de Chiapa* (después de 1545), reproducida en fray Francisco Ximénez, *Historia de la provincia de San Vicente de Chiapa y Guatemala de la Orden de Predicadores* (c. 1720), Biblioteca Goathemala, vol. XXVIII, primera edición del manuscrito original de Córdoba, España, paleografía y anotaciones del doctor Carmelo Sáenz de Santa María, Guatemala, 1977, libros I y II, caps. xxiv-xl, pp. 271-362, fragmentos.

Apéndice 3

Eugenio de Salazar

LA MAR DESCRITA POR LOS MAREADOS. 1573

Eugenio de Salazar, hijo de Pedro de Salazar, cronista de Carlos V, y de María de Alarcón, nació en Madrid hacia 1530. Hizo estudios en las universidades de Alcalá de Henares y de Salamanca y se graduó de licenciado en leyes en la de Sigüenza. "Casó en 1557 —refiere García Icazbalceta— con doña Catalina Carrillo, dama principal, hermosa y discreta, a quien celebró en sus versos y de quien tuvo dos hijos, Fernando y Pedro. A fines de 1559 diose a pretender en la corte. Desempeñó en España algunas comisiones y el cargo de fiscal en la Audiencia de Galicia; obtuvo en 1567 el gobierno de las islas de Tenerife y Palma en las Canarias, de donde, en 1573, pasó de oidor a la isla de Santo Domingo, cargo que ocupó hasta 1580, y de allí a fiscal en la Audiencia de Guatemala.

"Estaba todavía en aquella ciudad el año de 1580, y fue autor de los jeroglíficos y letras con que se adornó el túmulo en las honras que hizo la Audiencia a la reina doña Ana de Austria. Se trasladó a México hacia 1581, con igual empleo de fiscal, y luego obtuvo el de oidor que aún servía en 1598: aquí trabajó también los emblemas y poesías para las honras de Felipe II. Se había graduado de doctor en esa Universidad el 23 de agosto de 1591 [fue también su rector en 1592-1593], y Felipe III le nombró [el 27 de septiembre de 1600] ministro del Consejo de Indias" (Joaquín García Icazbalceta, Bibliografía mexicana del siglo XVI, FCE, México, eds. 1954 y 1981, p. 320). *Murió en octubre de 1602.*

Su voluminosa Silva de poesía *se conserva manuscrita en Madrid, aunque de ella Bartolomé José Gallardo, en su* Ensayo de una biblioteca española de libros raros y curiosos *(Madrid, 1889; t. IV, pp. 326-398), publicó algunos de los muchos versos que dedicó a la "Contemplación de doña Catalina Carrillo, su amada mujer"; la "Descripción de la laguna de México", en octavas reales, en la que con "mucho lujo y gala de dicción [...] y ciertos conatos de color local y americano [...] hizo a su manera la* Grandeza mexicana *antes que Bernardo de Balbuena" (Menéndez y Pelayo), así como la "Epístola" en tercetos, dirigida a Fernando de Herrera, en que elogia la ciudad de México y el florecimiento de su cultura.*

Sin embargo, las obras más apreciadas de Salazar son sus cartas en prosa

—*que forman la parte cuarta de la* Silva de poesía—, *por su "incomparable donaire y agudeza satírica" (Menéndez y Pelayo) y por el "ingenio agudo y festivo" (García Icazbalceta) de su autor. La que aquí se reproduce, aprovechando el título que le puso Cesáreo Fernández Duro en sus* Disquisiciones náuticas, *refiere la navegación que hizo Salazar, su mujer y sus hijos, en 1573, cuando viajó de Tenerife, en las Canarias, a Santo Domingo para ocupar su plaza de oidor. Si las otras cuatro cartas conocidas retratan con muchas sales los aspectos pintorescos de la corte, "de las Asturias", de las milicias de una isla y de los pretendientes en la corte —los "catariberas", como él mismo lo había sido—, la dirigida a su amigo, el licenciado Miranda de Ron, describe con precisión, humor y ágil sentido de observación lo que eran los viajes transatlánticos de aquellos años. Eugenio de Salazar describió las muchas incomodidades, estrecheces, suciedades y peligros que se sufrían en aquellos viajes, pero además tuvo humor y curiosidad para registrar admirablemente el lenguaje marino y las voces propias de los "levantiscos", la petulancia y suficiente ignorancia de los pilotos, el pánico ante los posibles asaltos de corsarios, los rituales religiosos, gastronómicos y náuticos que llenaban los días en alta mar, las reacciones de las mujeres ante los peligros y en el desembarco, y la promiscuidad y miseria general de la navegación. Todo esto lo hizo añorar los placeres de los viajes por tierra y concluir que "la tierra [es] para los hombres y la mar para los peces".*

El "regocijo inesperado" de esta carta y su importancia documental como registro de los numerosos "marinerismos" que pasan al español americano, han sido señalados por Amado Alonso:

Tanto hería aquella jerga y aquella vida la imaginación de los pasajeros; y como todos los expedicionarios pasaban por aquella experiencia de cuarenta o más días, he aquí bien concretamente cómo las experiencias de los hombres determinan el rumbo de su idioma, y por qué desde México a la Patagonia tienen tan extenso uso los que podríamos llamar marinerismos en tierra ("La base lingüística del español americano", Estudios lingüísticos. Temas hispanoamericanos, 3ª ed., Editorial Gredos, Madrid, 1967, p. 55).

Y a continuación señala Alonso algunos de ellos: farellón, bordo, travesía, plan, estero, garúa, sucucho, rancho, tajamar, playa, arribar, embarcar, botar, flete, zuncho, costa, ensenada, mazamorra, cabo, atracar, *etcétera.*

Las cartas de Eugenio de Salazar las publicó por primera vez la Sociedad de Bibliófilos Españoles, en Madrid, 1866, con una excelente introducción de Pascual de Gayangos. Las reprodujo Eugenio de Ochoa en el Epistolario español. Colección de cartas de españoles antiguos y modernos, *t. II, vol. 62 de la* Biblioteca de Autores Españoles, *de Rivadeneyra, Madrid,*

Librería y Casa Editorial Hernando, 1926, pp. 283-310. La carta sobre la navegación de 1573, aquí reproducida, es la tercera.

CARTA ESCRITA AL LICENCIADO MIRANDA DE RON, PARTICULAR AMIGO DEL AUTOR, EN QUE PINTA UN NAVÍO, Y LA VIDA Y EJERCICIOS DE LOS OFICIALES Y MARINEROS DEL, Y CÓMO LO PASAN LOS QUE HACEN VIAJES POR EL MAR. ES ÚTIL PARA LA NOTICIA DEL LENGUAJE MARINO

Qui navigant mare, enarrant pericula ejus. Los que navegan podrán contar los peligros del mar, dice el que mejor lo sabe. Y así, como hombre que por mis pecados he navegado, quise contar a vuestra merced los trabajos de mi navegación, aunque (a Dios gracias) fueron sin ímpetu de mar ni corsarios.

Hallándome sin provisión en la isla de Tenerife, traté de fletar navío para esta isla Española,[1] y fleté no por poco dinero uno llamado Nuestra Señora de los Remedios, de harto mejor nombre que obras, cuyo maestre me afirmó ser el navío capaz, velero y marinero, estanco de quilla y costado, bien enjarciado y marinado. Y llegado el día que nos hubimos de hacer a la vela, y a la hora de nuestra embarcación, que fue antes del mediodía, lunes 19 de julio, doña Catalina[2] y yo, con nuestra familia, nos llegamos a la orilla de la laguna Stigia, donde arribó Charón con su barquilla, y nos llevó a bordo del navío que nos había de recibir, y nos dejó en él. Y allí por gran regalo nos metieron en una camarilla que tenía tres palmos de alto y cinco de cuadro, donde en entrando la fuerza del mar, hizo tanta violencia en nuestros estómagos y cabezas, que padres e hijos, viejos y mozos quedamos de color de difuntos, y comenzamos a dar el alma (que eso es el almadiar),[3] y a decir *baac, baac;* y tras esto *bor, bor, bor, bor;* y juntamente lanzar por la boca todo lo que por ella había entrado aquel día y el precedente; y a las vueltas, unos fría y pegajosa flema, otros ardiente y amarga cólera, y algunos, terrestre y pesada melancolía. De esta manera pasamos sin ver sol ni luna; ni abrimos los ojos, ni nos desnudamos de como entramos, ni mudamos lugar, hasta el tercer día, que estando yo en aquella oscuridad y temor, oí una voz que dijo:

> Bendita sea la luz
> y la santa Veracruz,
> y el Señor de la verdad,
> y la Santa Trinidad;

[1] La de Santo Domingo, adonde pasó como oidor en 1573.
[2] Doña Catalina Carrillo, su esposa, con quien había casado en Madrid en 1557.
[3] En esta acepción *almadiar* es marearse.

bendita sea el alma,
y el Señor que nos la manda;
bendito sea el día,
y el Señor que nos lo envía.

Y luego esta voz dijo las oraciones *Pater Noster* y *Ave María,* y tras esto dijo:

Amén. Dios nos dé buenos días, buen viaje; buen pasaje haga la nao, señor maestre y buena compaña, amén; así faza buen viaje, faza; muy buenos días dé Dios a vuestras mercedes, señores, de popa a proa.

Que como yo oí esto, consolado con tales palabras, dije a mi mujer: "Señora, aunque sospecho que estamos en casa del diablo, he oído palabra de Dios. Quiérome levantar y salir a ver qué es esto, y ver si nos vamos o si nos llevan"; y así me aliñé lo mejor que pude y salí del buche de la ballena o camareta en que estábamos, y vi que corríamos en uno, que algunos llaman caballo de palo, y otros rocín de madera, y otros pájaro puerco; aunque yo le llamo pueblo y ciudad, mas no la de Dios que describió el glorioso Augustino. Porque no vi en ella templo sagrado, ni casa de justicia, ni a los moradores se dice misa, ni los habitantes viven sujetos a la ley de razón. Es un pueblo prolongado, agudo y afilado por delante, y más ancho por detrás, a manera de cepa de puente; tiene sus calles, plazas y habitaciones; está cercado de sus amuradas; al un cabo tiene castillo de proa con más de diez mil caballeros en cada cuartel; al otro, su alcázar tan fuerte y bien cimentado, que un poco de viento le arrancará las raíces de cuajo, y os le volverá los cimientos al cielo, y los tejados al profundo. Tiene su artillería y su condestable que la gobierna; tiene mesas de guarnición; no falta en este pueblo un trinquete, ni un joanete, ni un borriquete, papahigo, boneta ni barrendera. Tiene un molinete que con su furia mueve a los marineros, y con su ruido a los pasajeros; una fuente o dos que se llaman bombas,[4] cuya agua, ni la lengua ni el paladar la querría gustar, ni las narices oler, ni aun los ojos ver, porque sale espumeando como infierno, y hediendo como el diablo. Hay aposentos tan cerrados, oscuros y olorosos, que parecen bóvedas o carneros[5] de difuntos. Tienen estos aposentos las puertas en el suelo, que se llaman escotillas y escotillones; porque los que por ellos entran escotan bien el contento, alivio y buen olor que han recebido en los aposentos de la tierra; y porque como son los aposentos parecen senos de infierno (si no lo son), es cosa cuadrante que las puertas y entradas estén en el suelo, de manera que se entren hundiendo los que allá entraren.

[4] Bombas para sacar el agua que se acumula en la sentina o fondo de las naves.
[5] *Carneros:* tumbas.

Hay tantas redes de jarcias y cuerdas a la una y la otra banda, que los hombres allí dentro parecen pollos y capones que se lleva a vender en gallineros de red y esparto.

Hay árboles[6] en esta ciudad, no de los que sudan saludables gomas y licores aromáticos, sino de los que corren contino puerca pez y hediondo sebo. También hay ríos caudales, no de dulces, corrientes aguas cristalinas, sino de espesísima suciedad; no llenos de grano de oro como el Cibao y el Tajo, sino de granos de aljófar más que común, de grandes piojos, y tan grandes, que algunos se almadían y vomitan pedazos de carne de grumetes.

El terreno de este lugar es de tal calidad que cuando llueve está tieso, y cuando los soles son mayores, se enternecen los lodos y se os pegan los pies al suelo, que apenas los podréis levantar. De las cercas adentro tiene grandísima copia de volatería de cucarachas, que allí llaman curianas, y grande abundancia de montería de ratones, que muchos de ellos se aculan y resisten a los monteros como jabalíes. La luz y la aguja de esta ciudad se encierra de noche en la bitácora, que es una caja muy semejante a éstas en que se suele meter y encubrir los servicios de respeto, que están en recámaras de señores. Es esta ciudad triste y oscura; por defuera negra, por dentro negrísima: suelos negrales, paredes negrunas, habitadores negrazos y oficiales negretes; y en resolución es tal que desde el bauprés a la contramesana, de la roda al codaste, de los escobenes a la lemera, del espolón al leme, de los estantes de babor hasta los masteleros de estribor, y del un bordo al otro, no hay en ella cosa que buena sea ni bien parezca; mas, en fin, es un mal necesario como la mujer.

Hay en este pueblo universidad de gente y población donde tienen sus oficios y dignidades por sus grados y hierarquías, aunque no de ángeles. Porque el piloto tiene a su cargo el gobierno de ella, como el lugarteniente del viento, que es el gobernador propietario. El capitán la defensa, y ya que este capitán no es el Roldán, tiene la ciudad dentro muchas roldanas, bravos bigotes y aun vigotas. El maestre, la guarda de las haciendas; el contramaestre, el arrumar y desarrumar; los marineros, marinar la nave; los mozos y grumetes, ayudar a los marineros; los pajes, servir a marineros y grumetes, barrer y fregar, y decir las oraciones y velar la ciudad. El guardián no es de frailes franciscos, sino que guarda el batel, y tiene cuenta con guardar lo que hurta a los pasajeros y hacer traer agua; el despensero, la guarda del bastimento, y el calafate es el ingeniero que la fortifica y cierra los portillos por donde podría entrar el enemigo. Hay en este pueblo un barberimédico para raer los testuces de los marineros, y sacarles la sangre si menester fuere. Y, en fin, los ve-

---

[6] Los mástiles.

cinos de esta ciudad no tienen más amistad, fe, ni caridad que los bijagos, cuando se encuentran en la mar.

Miré al piloto, teniente del viento, y vile con grande autoridad sentado en su tribunal e cadira de palo, que se debió comprar en almoneda de barbero, y de allí, hecho un Neptuno, pretende mandar al mar y a sus ondas, y a las veces sacude el mar con una rabeada, que si no se asiese bien a los arzones de la silla, iría a sorber tragos del agua salada. De allí gobierna y manda, y todos hacen su mandado, y le sirven tan bien que después de "Lanzarote, cuando de Bretaña vino", yo no he visto caballero tan bien servido, ni he visto bellacos que tan bien sirvan y tan bien merezcan sus soldadas como estos marineros. Porque si el piloto dice "¡ah de proa!" veréislos al momento venir ante él saltando como demonios conjurados, y están los ojos en él puestos, y las bocas abiertas, esperando su mandado; y él con grande autoridad manda al que gobierna, y dice:

> botá; no botéis; arriba, no guiñéis; goberná la ueste cuarta al sueste; cargá sobre el pinzote, que no quebrara el grajao; botá delo.

Luego lo ha con los otros marineros, y dice:

> guindá el joanete, amainá el borriquete; izá el trinquete; no le amureis al botaló, enmará un poco la cebadera; levá el papahigo; empalomadle la boneta; entren esas badasas aprisa por esos ollaos; desencapillá la mesana; agoladla a la verga con los peniceos; tomá las fustagas; untá la pantesca; ligá la tricia al guindaste; tirá de los escotines de gabia; suban dos a los penoles; ayuden a las tricias, que corran por los motones; sustentá con los amantillos; untá los vertellos, correrán las liebres; vía de las trozas; abrazará el racamento al mástil; así de la relinga de la vela mayor; dejad las cajetas; tomad aquel puño; hala la escota; dad vuelta al escaldrame; haced un pajaril a jilovento; atesá con la bolitia; ayudaos del verdago; levá el gratil por aquel medio; alzá aquel briol; haced un palanquín; tirá aquella braza; dad vuelta; amarrá aquellas burdas; dejad las chafaldetas; tesá los estayes; meté aquel cazonete, que se sale aquella veta; tocad la bomba, meté bien el zuncho; juegue el guimbalete para que la bomba achique; escombrá esa dala; zafá los embornales.

Y cuando el piloto provee estas cosas, es de ver la diligencia y presteza de los marineros en la ejecución de ellas; porque en el instante veréis unos en los baos de la gabia; otros subiendo por los afechates asiéndose a los obenques; otros caballeros en las entenas; otros abrazados con el calcés, otros con los masteleos; otros pegados con la carlinga, asidos a los tamboretes, otros asidos de las escotas halando y cazando; y otros trepando y cajándose de una a otra parte por las otras jarcias; unos altos y otros bajos, que parecen gatos paúses por los árboles, o espíritus de los que cayeron del cielo y se quedaron en el aire.

Pues al tiempo de guindar las velas, es cosa de oír zalomar a los marineros que trabajan, y las izan cantando, y a compás del canto, como las zumbas cuando pelean; y comienza a cantar el mayoral de ellos, que por la mayor parte suelen éstos ser levantiscos y dice:

> buiza
> o Dio
> ayuta noi
> o que somo
> servi soy
> o voleamo
> ben servir
> o la fede
> mantenir
> de cristiano
> o malmeta
> lo pagano
> sconfondí
> y sarrahín
> torchi y mori
> gran mastín
> o fillioli
> dabrahín
> o non credono
> que ben sia
> o non credono
> la fe santa
> en la santa
> fe di Roma
> o di Roma
> está el perdón
> o san Pedro
> gran varón
> o san Pablo
> son compañón
> o que ruegue
> a Dio por nos
> o por nosotros
> navegantes
> en este mundo
> somos tantes
> o ponente
> digo levante
> o levante

se leva el sol
o ponente
resplandor
fantineta
viva lli amor
o jóvel home
gauditor.

A cada versillo de estos que dice el mayoral, responden todos los otros *o o*, y tiran de las fustagas para que suba la vela.

Estaba embelesado mirando esta ciudad y los ejercicios de la gente de ella, y maravillado de oír la lengua marina o malina; la cual yo no entendía más que el bambaló de los bramenes. Y aunque la lengua es malina, y vuestra merced malino, no sé si habrá entendido todos los términos y vocablos que he referido; si algunos se le fueren de vuelo, búsquelos en el vocabulario del Antonio,[7] y de los que allí no hallare pida interpretación a los marineros de la villa de Illescas, donde se ejercita mucho esta lengua; y no me la pida a mí, que en aprender las voces, acentos y vocablos de este confuso lenguaje sin entender las significaciones, pienso que he hecho más que diez tordos ni veinte papagayos. Harto es que haya yo aprovechado tanto en esta lengua, en cuarenta días, como el estudiante de Lueches, en cuatro años que estudió la lengua latina en la universidad de Alcalá de Henares, que yendo a iniciarse u ordenarse de prima tonsura, le preguntó el Arzobispo de Toledo:

"¿Qué quiere decir *Dominus vobiscum?*"
Y él respondió, construyendo la oración:
"*Do*, yo doy; *minus*, menos; *vobiscum*, a los bobos."
"Así hago yo —dijo el Arzobispo—; idos a estudiar, que cuando hayáis bien acabado de aprender la gramática que ignoráis, se os iniciará la corona que pedís."

Y con esto le despidió sin darle tijerada en la cabeza. Y no es de maravillar que yo sepa algo en esta lengua, porque me he procurado ejercitar mucho en ella, tanto que en todo lo que hablo se me va allá la mía. Y así para pedir la taza, muchas veces digo: *larga la escota*. Cuando pido alguna caja de conserva, digo: *saca la cebadera*. Si pido una servilleta, digo: *daca el pañol*. Si llego al fogón, digo: *bien hierven las ollaos*. Si quiero comer o cenar en forma, digo: *pon la mesana*. Cuando algún marinero trastorna mucho el jarro, le digo: *¡oh! cómo achicáis*. Cuando otro tira un cuesco (que pasa muchas veces), digo: *¡ah de popa!* Así que ya no es en mi mano dejar de hablar esta lengua.

[7] Antonio de Nebrija o Lebrija.

Estúveme mirando al gobernador cómo proveía, y a los marineros cómo ejecutaban, hasta que viendo el sol ya empinado, vi salir dos de los dichos pajes debajo de cubierta con cierto envoltorio que ellos dijeron ser manteles, y tendiéronlos en el combés del navío, tan limpios y blancos y bien damascados, que parecían pieza de fustán pardo deslavado. Luego hincharon la mesa de unos montoncitos de bizcocho deshecho, tan blanco y limpio, que los manteles con ellos parecían tierra de pan llevar llena de montoncitos de estiércol. Tras esto pusieron tres o cuatro platos grandes, de palo, en la mesa, llenos de caña de vaca sin tuétanos, vestidos de algunos nervios mal cocidos; que estos platos llaman saleres, y por eso no ponen salero. Y estando la mesa así bastecida, dijo el un paje en voz alta:

> Tabla, tabla, señor capitán y maestre, y buena compaña. Tabla puesta; vianda presta; agua usada para el señor capitán y maestre y buena compaña. ¡Viva, viva el Rey de Castilla por mar y por tierra! Quien le diere guerra que le corten la cabeza; quien no dijere amén que no le den de beber. Tabla en buen hora; quien no viniere que no coma.

En un santiamén salen diciendo amén toda la gente marina, y se sientan en el suelo a la mesa, dando la cabecera al contramaestre, el lado derecho al condestable. Uno echa las piernas atrás, otro los pies adelante; cual se sienta en cuclillas, y cual recostado y de otras muchas maneras. Y sin esperar bendición, sacan los caballeros de la tabla redonda sus cuchillos o gañavetes de diversas hechuras, que algunos se hicieron para matar puercos, otros para desollar borregos, otros para cortar bolsas, y cogen entre manos los pobres huesos, y así los van desforneciendo de sus nervios y cuerdas, como si toda su vida hubiesen andado a la práctica de la anatomía en Guadalupe o en Valencia; y en un credo los dejan más tersos y limpios que el marfil. Los viernes y vigilias comen sus habas guisadas con agua y sal. Las fiestas recias comen su abadejo. Anda un paje con la galleta del brebaje en la mano, y con su taza dándoles de beber, harto menos y peor vino, y más baptizado que ellos querrían. Y así comiendo el ante por pos, y el pos por ante, y el medio por todos, concluyen su comida sin quedar conclusa su hambre.

A este mismo tiempo comen en mesa aparte el capitán, maestre, piloto y escribano de la nao; y a la misma hora todos los pasajeros, y comimos yo y mi familia. Porque en esta ciudad es menester que guiséis y comáis a la misma hora de vuestros vecinos; porque si no, no hallaréis lumbre ni rayo de amor en el fogón. Por manera que yo, que tengo fastidio, he de comer y cenar a la hora del que tiene hambre canina, o comer frío y puesto del lodo, y cenaré escuras. Es de ver a esta sazón el fogón, que algunos llaman la isleta de las ollas, qué de garabatos de curtidores andan en él; ver tantas comidas diversas a un tiempo, tantas mesas y tantos comedores. Uno dice: "¡Oh, quién tuviera un racimo de uvas albillas de Guadalajara!" Otro: "¡Oh, quién hallara aquí un plato de guindas de Illescas!" Otro: "Comiera yo ahora unos nabos de Somosierra". Otro: "Yo, una escarola y una penca de cardo de Medina del Campo". Y así todos están regoldando deseos y descaliños de cosas inalcanzables del puesto donde ellos se hallan. Pues pedí de beber en medio de la mar; moriréis de sed, y os darán el agua por onzas como en la botica, después de harto de cecinas y cosas saladas; que la señora mar no sufre, ni conserva carnes ni pescados que no vistan su sal. Y así todo lo más que se come es corrompido y hediondo, como el mabonto de los negros zapes. Y aun con el agua es menester perder los sentidos del gusto y olfato y vista por beberla y no sentirla. De esta manera se come y se bebe en esta agradable ciudad.

Pues si en el comer y beber hay este regalo, en lo demás, ¿cuál será? Hombres, mujeres, mozos y viejos, sucios y limpios, todos van hechos una mololoa y mazamorra, pegados unos con otros; y así junto a uno uno regüelda, otro vomita, otro suelta los vientos, otro descarga las tripas; vos almorzáis, y no se puede decir a ninguno que usa de mala crianza, porque las ordenanzas de esta ciudad lo permiten todo. Poneros-héis de pies en el suelo de esta ciudad, entrará un golpe de mar a visitarlos, y besároslos-ha de manera que os deje los zapatos o botas blancas más que nieve de su saliva espumosa, y quemadas con la fortaleza de su sal. Queréis-os pasear por hacer algún ejercicio, es necesario que dos grumetes os lleven del brazo, como novia de aldea; si no, daréis con vos y con vuestra cabeza bien lejos de las almohadas de vuestro lecho. Pues si queréis proveeros, provéalo Vargas; es menester colgaros a la mar como castillo de grumete, y hacer cedebones al sol y a sus doce sinos, a la luna y a los demás planetas, y empezarlos a todos, asiros bien a las crines del caballo de palo, so pena que, si soltáis, os derribará de manera que no cabalguéis más en él; y es tal el asiento que ayuda *muitas vegadas chega a merda a o ollo de o cu*, y de miedo de caer en la mar se retira y vuelve adentro como cabeza de tortuga, de manera que es menester sacarla arrastrando a poder de calas y ayudas.

La música que se oye es de los vientos que vienen gimiendo, y del mar y sus olas que llegan al navío bramando.

Si hay mujeres (que no se hace pueblo sin ellas), ¡oh, qué gritos con cada vaivén del navío!: "¡ay madre mía!" y, "¡échenme en tierra!"; y están mil leguas de ella. Si llueve y vienen aguaceros, buenos tejados y portales hay, donde se ampare la gente del agua; y si hace sol que derrite los masteles, buenos aposentos y palacios frescos para resistirle;

buena loja y obleas para refrescarse. Pues si os toma una calma en medio del mar, cuando el matalotaje se os acaba, cuando no hay agua que beber, aquí es el consuelo; el navío arfando noche y día, vuélvese-os a revolver el estómago que estaba quieto, a subir a la cabeza los humos que estaban asentados, y veis-os a Dios misericordia, hasta que, ella mediante, vuelve a soplar el viento. A tiempos van las velas encampanadas y hinchadas, que es contento verlas; y a tiempo toman por avante y azotan aquellos masteles, y más a nosotros; porque anda el navío casi nada. Pues si el piloto es poco cursado en la carrera, que no sabe cuándo se ha de dar resguardo a la tierra, y enmararse para huir las bajas, las restringas y otros peligros, pensaréis que vais por mar alta, y en un tris os hallaréis en seco, y luego mojados, y luego os hallarán ahogados. Pues si el navío es un poco zorrero como el que nos llevaba, que aunque tenía viento a fil de roda, apenas se meneaba, ¡oh qué largo es el viaje! Los compañeros cada hora se ponían a la corda pairando, y aun era menester llevarle a jorro, que no bastaba llevarle remolcando; cuando había bonanza para ello, iba penejando, que cada día nos almadiábamos de nuevo en habiendo un poquito de tiempo.

De día todo es negrura y de noche tinieblas en esta ciudad, aunque a prima noche después de la cena, a la cual llama el pregón como a la comida, se acuerda del pueblo de Dios por la voz del paje que trae la lumbre a la bitácora diciendo:

> Amén, y Dios nos dé buenas noches; buen viaje, buen pasaje haga la nao, señor y maestre y buena compañía.

Después salen dos pajes y dicen la doctrina cristiana y las oraciones. Pater Noster, Ave María, Credo, Salve Regina. Luego éntranse los pajes a velar la ampolleta,[8] y dicen:

> Bendita la hora
> en que Dios nació,
> Santa María que le parió,
> San Juan que le bautizó.
> La guarda es tomada;
> la ampolleta muele;
> buen viaje haremos,
> si Dios quiere.

Cuando acaba de pasar el arena del ampolleta, dice el paje que vela:

---

[8] La ampolleta era el reloj de arena que en los barcos contaba medias horas.

> Buena es la que va,
> mejor es la que viene,
> una es pasada
> y en dos muele;
> más molerá
> si Dios quisiere;
> cuenta y pasa,
> que buen viaje faza;
> ah de proa, alerta,
> buena guardia.

Y los de proa responden con un grito o gruñido, dando a entender que no duermen. Y a cada ampolleta que pasa, que dura media hora, hacen otro tanto hasta la mañana. Allá a la media noche el paje llama a los que han de venir a velar el cuarto que comienza de allí a la mañana y dice:

> Al cuarto, al cuarto, señores marineros de buena parte; al cuarto en buen hora de la guardia del señor piloto, que ya es hora; leva, leva, leva.

Hasta esta hora todos velamos, empero de ahí adelante los párpados no se pueden tener; abrázanse las pestañas, y cada uno se aplica a la parte que tiene señalada para su recogimiento. Yo me metí en mi tabuco con mi gente, y nuestro dormir era dormitar al son del agua que rompía el navío. Todos íbamos meciéndonos como en hamacas, que el que entra en navío, aunque sea de cien años, le han de mecer la cuna; y a ratos de tal manera, que rueda la cuna y cunas y arcas sobre él.

De esta manera navegamos solos sin otra compañía seis días. Porque otras ocho naos que salieron con nosotros del puerto de Santa Cruz de la isla de Tenerife, en cuerpo de flota, dejaron de cumplir los mandatos del señor juez de la contratación de Indias, que allí nos despachó, y soltóse cada uno por donde le pareció la primera noche que navegamos. Así que viéndose el hombre en un navío solo, sin ver tierra, sino cielo no sereno y agua, camina por aquellos reinos cerúleos, verdinegros, de suelo oscuro y espantoso, sin ver si se menea en un lugar ni conocer la estela de un navío, viéndose al parecer siempre rodeado de un mismo horizonte, viendo a la noche lo mismo que vio a la mañana, y hoy lo mismo que ayer, sin ver otra cosa alguna diversa. ¿Qué gusto, qué alivio puede tener en el viaje, ni qué hora le puede dejar el enfado de tal camino y posada?

El caminar por tierra en buena cabalgadura y con buena bolsa es contento; vais un rato por un llano, subís luego un monte, bajáis de allí a un valle, pasáis un fresco río, atravesáis una dehesa llena de diversos ganados, alzáis los ojos, veis volar diversas aves por el aire, encontráis diversas gentes por el camino, a quien preguntáis nuevas de diversas partes; alcanzáis dos frailes franciscos con sus bordones en la mano y sus faldas en las cintas, caminando en el asnillo del seráfico, que os saludan con un Deo gracias; ofrecerse-os ha luego un padre jerónimo en buena mula andadora con estribos de palo en los pies, y otros mejores en las alforjas de bota de buen vino y pedazo de jamón fino. No os faltará un agradable encuentro de una fresca labradorcita, que va a la villa oliendo a poleo y tomillo salsero, a quien digáis: "Amores, ¿queréis compañía?" Ni aun dejáis de encontrar una puta rebozada con su zapatico corriendo sangre, sentada en un mulo de recuero, y su rufián a talón tras ella. Ofrécese-os un villano que os vende una hermosa liebre, que trae muerta con toda su sangre dentro para la lebrada, y un cazador de quien compráis un par de buenas perdices. Descubrís el pueblo donde vais a comer o a hacer jornada, y alíviase-os con su vista el cansancio. Si hoy llegáis a una aldea donde hallaréis mal de comer, mañana os veréis en una ciudad que tiene copiosísima y regalada plaza. Si un día coméis en una venta donde el ventero cariacuchillado, experto en la seguida y ejercitado en lo de rapapelo, y ahora cuadrillero de la Santa Hermandad, os vende gato por liebre, el macho por carnero, la cecina de rocín por de vaca, y el vinagre aguado por vino puro; a la noche cenáis en casa de otro huésped, donde os dan el pan por pan y el vino por vino. Si hoy hacéis noche en casa de huéspeda vieja, sucia, rijosa y desgraciada y mezquina, mañana se os ofrece mejorada suerte, y caéis con huéspeda moza, limpia y regocijada, liberal, de buen parecer y mucha piedad; con que olvidáis hoy el mal hospedaje de ayer. Mas en la mar no hay esperar que el camino, ni la posada, ni el huésped se mejore; antes cada día es todo peor, y más enfadoso con el aumento de trabajos de la navegación y falta de matalotaje que va descreciendo, y siempre más enfadando.

Yendo pues así solos llegó el primer sábado, en que a la hora de la oración se hizo una solemne fiesta en nuestra ciudad de una Salve y Letanía cantada a muchas voces; y antes que se comenzase el oficio, estando puesto un altar con imágenes y velas encendidas, el maestre en voz alta dijo: "¿Somos aquí todos?" y respondió la gente marina: "Dios sea con nosotros". Replica el maestre:

> Salve digamos,
> que buen bien hagamos;
> salve diremos,
> que buen viaje haremos.

Luego se comienza la Salve, y todos somos cantores, todos hacemos de garganta. No fuimos en nuestro canto por terceras, quintas ni octavas, sino cantando a un tiempo todos ocho tonos y más otros medios tonos y cuartas. Porque como los marineros son amigos de divisiones, y dividieron los cuatro vientos en treinta y dos, así los ocho tonos de la música los tienen repartidos en otros treinta y dos tonos diversos, perversos, resonantes y muy disonantes; de manera que hacíamos este día en el canto de la Salve y Letanía una tormenta de huracanes de música, que si Dios y su gloriosa Madre, y los Santos a quien rogamos, miraran a nuestros tonos y voces, y no a nuestros corazones y espíritus, no nos conviniera pedir misericordia con tanto desconcierto de alaridos. Acabada la Salve y Letanía dijo el maestre, que es allí el preste: "Digamos todos un Credo a honra y honor de los bienaventurados apóstoles, que rueguen a nuestro Señor Jesucristo nos dé buen viaje". Luego dicen el Credo todos los que le creen. Luego dice un paje que es allí monacillo: "Digamos una Ave María por el navío y compañía"; responden otros pajes: "Sea bienvenida", y luego rezamos todos el Ave María. Después dicen los muchachos levantándose: "Amén; y Dios nos dé buenas noches", etc. Y con esto se acaba la celebración de este día, que es la ordinaria de cada sábado.

Otro día domingo por la mañana descobrimos y conocimos nuestra almiranta, la cual asimismo conoció nuestra nao que era su capitana; y con mucho contento nos juntamos y venimos más de quince días en compañía; al cabo de los cuales, una mañana subió el marinero a la gabia a descubrir la mar y dijo: "una vela", con que nos alteró mucho, porque aunque sea un barquillo, por la mar le temen los que no van de armada, sospechando que son corsarios. Luego dijo el marinero: "dos velas"; con que dobló nuestro miedo. Luego dijo: "tres velas"; con que hizo soltar más de tres tiros de olor, teniendo por cierto que eran de ladrones. Yo, que llevaba allí todo mi resto de mujer e hijos, considere vuestra merced qué sentiría. Comienzo a dar prisa al condestable que aprestase la artillería; no parecían las cámaras de los vesos y pasamuros; aprestóse la artillería, hízose muestra de armas; comienzan las mujeres a levantar alaridos: "¿Quién nos metió aquí, amargas de nosotras? ¿Quién nos engañó para entrar en este mar?" Los que llevaban dinero o joyas acudían a esconderlos por las cuadernas y ligazón y escondrijos del navío. Repartímonos todos con nuestras armas en los puestos más convenientes, que no tenía jareta la nao, y las mismas prevenciones habían hecho en la almiranta, con ánimo de defendernos, porque los tres navíos se venían acercando a nosotros, que parece traían nuestra derrota. Uno de los cuales era bien grande, aunque a los marineros se hizo tanto mayor, que unos decían: "Éste es el galeón de Florencia"; otros: "Antes parece el Bucintoro de Venecia"; otros: "No es sino la Miñona de Inglaterra"; y otros decían: "Parece el Cagafogo de Portugal". Mas acercándose más ellos, que aunque eran tres no venían menos temerosos, nos conocieron, y luego nosotros conocimos las velas que eran de amigos, porque eran navíos de los de nuestra flota. El placer presente igualó al pesar pasado, sino que allí el mar nos dio a beber otro de sus tragos. Porque arribando el navío grande sobre nosotros por saludarnos de cerca, se descuidaron los que gobernaban de manera que por poco nos quitaran la salud y las vidas. Porque nos embistió con el espolón por la popa, y hizo en nuestra ciudad una batería, por la cual comenzó a meterse la muchedumbre del mar de tal manera, que si la gente no acudiera a la resistencia, fuera nuestra ciudad tomada por las aguas antes de una hora. Mas quiso Dios que se remedió con no poca alteración de doña Catalina, que estaba alojada en aquel cuartel. Y acabadas las alteraciones de las lenguas, aunque no las de los corazones, se lavó todo el temor con agua salada, porque no oliese mal, y nos saludamos todos con mucha alegría y contento; y los tres navíos volvieron a prometer la conserva de la capitana y almiranta. Arbolamos luego bandera de capitana en el masteleo de la gabia mayor, y pusimos arco en la popa, y hacíamos nuestro farol de noche; llegábannos las naos a saludar por sotavento, e iba todo el negocio de ahí adelante con mucho orden. Y el estilo de saludarse a las mañanas unos navíos a otros es a voz en grito, al son del chiflo, diciendo: "Buen viaje"; a tan buen tono, que, para perder la salud, y aquel buen viaje que se dan, que oírle un día basta para hacer malo el viaje de un año.

Así navegamos con viento galerno otros cuatro días, hasta que ya el piloto y gente marina comenzó a oler y barruntar la tierra como los asnos el verde. A estos tiempos es de ver al piloto tomar la estrella, verle tomar la ballestilla, poner la sonaja y asestar al norte, y al cabo dar 3 000 o 4 000 leguas de él; verle después tomar al mediodía el astrolabio en la mano, alzar los ojos al sol, procurar que entre por las puertas de su astrolabio, y cómo no lo puede acabar con él; y verle mirar luego su regimiento; y en fin, echar su bajo juicio a montón sobre la altura del sol. Y cómo a las veces le sube tanto, que se sube mil grados sobre él. Y otras veces cae tan rastrero, que no llega allá con mil años; y sobre todo me fatigaba ver aquel secreto que quieren tener con los pasajeros del grado o punto que toman; y de las leguas que les parece que el navío ha singlado; aunque después que entendí la causa, que es porque ven que nunca dan en el blanco ni lo entienden, tuve paciencia viendo que tienen razón de no manifestar los avisos de su desatinada puntería; porque toman la altura a un poco más o menos; y espacio de una cabeza de alfiler en su instrumento os hará dar más de quinientas leguas de yerro en el juicio. Tómame este tino. ¡Oh, cómo muestra Dios su omnipotencia en haber puesto esta subtil y tan importante arte del marear en juicios tan botos y manos tan groseras como las de estos pilotos! Qué es verlos preguntar unos a otros: "¿cuántos grados ha tomado vuestra merced?" Uno dice: "dieciséis". Otro: "veinte escasos". Y otro: "trece y medio". Luego se preguntan: "¿Cómo se halla vuestra merced con la tierra?" Uno dice: "Yo me hallo cuarenta leguas de tierra". Otro: "Yo ciento cincuenta". Otro dice: "Yo me hallé esta mañana noventa y dos leguas"; y sean tres o sean trescientas, ninguno ha de conformar con el otro ni con la verdad.

Oyendo estos vanos y varios juicios con los pilotos y maestres y de algunos marineros que presumen de bachilleres en el arte, venimos, hasta que a los veintidós días de nuestra navegación fue Dios servido que vimos tierra. ¡Oh, cuánto mejor parece la tierra desde el mar que el mar desde la tierra! Vimos a la Deseada, y qué deseada, a la Antigua, y desembocamos por entre las dos, dejando a la Deseada a la parte del este; pasó nuestro deseo adelante, y apareciósenos a barlovento Santa Cruz. Fuimos casi a luengo de tierra de ella; luego alcanzamos a San Juan de Puerto Rico, perlongamos su costa e hicimos resguardo en cabo Bermejo, porque se suelen esconder allí ladrones. Fuimos de allí a reconocer a la Mona y a los Monitos, aunque de mucho atrás los traíamos reconocidos y reconocímoslos. Pasamos en demanda de la isla de Santa Catalina, y hallámosla, y descobrimos la Saona, y tierra del bendito santo que nos dio gozo tanto, tanto, tanto. Todo esto no se hizo sin muy copiosos aguaceros que nos mojaban y remojaban. Mas todo le teníamos por tortas y pan pintado, no viendo los huracanes que temíamos.

Con el gozo de verse con la tierra que demandábamos, se descuidó un poco el señor piloto teniente del viento y subdelegado, el que traía la rienda del dicho caballo de madera, y comenzó a descaer el navío del puerto, hasta que dando bordos se volvió a poner en la carrera. Lo cual fue causa que no podimos entrar aquel día por la boca del río de Santo Domingo por ser ya noche. Y así convino entrar con la sonda en la mano a ponernos en lugar seguro; porque fuera necedad haber nadado y nadado, y ahogar a la orilla. Echáronse dos áncoras y buenas amarras, con que el navío quedó (Dios mediante) seguro. Y quedámonos aquella noche en el agua, sin que yo consintiese saltar a nadie en tierra, porque no se supiese que yo estaba allí; por cierto fue la más larga y trabajosa noche del viaje todo. Porque el navío estuvo siempre arfando, y nuestros estómagos como el primer día que nos embarcamos. Y acerca de los trabajos y peligros del mar no tengo más que decir, sino que todo lo dicho pasa cuando se lleva viento en popa y mar bonanza; considere vuestra merced qué será cuando hay borrascas de mar o corsarios, y más si vienen fortunas o tormentas. En resolución la tierra para los hombres, y el mar para los peces.

Otro día al amanecer viera vuestra merced en nuestra ciudad abrir cajas a mucha prisa, sacar camisas limpias y vestidos nuevos, ponerse toda la gente tan galana y lucida, en especial algunas de las damas de nuestro pueblo que salieron debajo de cubierta, digo debajo de cubierta de blanco solimán, y resplandor y finísimo color de cochinilla, y tan bien tocadas, rizadas, engrifadas y repulgadas, que parecían nietas de las que eran en alta mar.

Salió el maestre a tierra y un criado mío con quien envié un recaudo al señor Presidente. Y luego comenzaron a acudir barcos a nuestro navío, y porque no había tiempo para entrar a la nao sino atoando, yo y mi familia nos metimos en un barco que nos trajeron aderezado. Y salimos a la deseada tierra y ciudad de Santo Domingo, donde fuimos bien recibidos, y habiendo descansado dos o tres días, se me dio la posesión de mi silla, donde quedo sentado para hasta que Dios quiera, y sin deseo de surcar más el mar, y con deseo de saber que vuestra merced está en el puesto que merece. Doña Catalina y sus hijos besan a vuestra merced las manos, y nuestro Señor, etcétera.

> "Carta al licenciado Miranda de Ron..." (1573): *Silva de poesía*, cuarta parte, ms.; *Cartas de Eugenio de Salazar*, introducción de Pascual de Gayangos, Madrid, 1866; Eugenio de Ochoa, *Epistolario español. Colección de cartas de españoles antiguos y modernos,* Biblioteca de Autores Españoles, de Rivadeneyra, vol. 62, Librería y Casa Editorial Hernando, Madrid, 1926, t. II, pp. 291-297 y 306-310.

Glosario para la carta de Eugenio de Salazar
por *Eugenio de Ochoa*

Afechate, lo mismo que flechate o aflechate, en francés *enflechure*. Según César Oudin, en su *Diccionario francés-español,* los aflechates son las cuerdas de que se hacen las escalas de los navíos. El mismo Eugenio de Salazar en su *Glosario*, al explicar la voz *ovencaduras*, dice así: "Son las escaleras de cuerda que están a los lados del navío, por donde suben a las gavias, que los machos gruesos se llaman ovenques, y los delgados que atraviesan y hacen las escaleras se llaman *afechates*".

Agolar, en marina coger la vela y amarrarla a la entena.

Alarde, parada, revista; es voz arábiga de *al-aradh,* que significa lo mismo.

Almadiar, almadía es voz arábiga, de *maadia,* con el artículo *al*, que vale tanto como balsa o armazón de maderos para atravesar un río. En Aragón llaman aún *almadía* al conjunto de troncos de árboles o maderos trabados y sujetos entre sí para conducirlos por los ríos. De dicho sustantivo se formó el verbo *almadiar*, que es lo mismo que pasar un río en balsa o almadía.

Amurada, s. f., los costados de un navío por la parte interior.

Amurar, en mar. tirar de los puños de la vela en dirección a la proa.

Arfar, dícese del navío cuando cabecea levantando y hundiendo la proa.

Arrumar, en mar. estibar, disponer convenientemente la carga de un buque de manera que no se incline más a una parte que a otra.

Atesar, poner una cosa tiesa o tendida, y en mar. poner tirantes los cabos o velas del navío.

Atoar, en mar. remolcar una nave por medio de un cabo echado por la proa y sujeto a una ancla, del cual tiran los marineros. En portugués antiguo *toa* vale tanto como remolque. Ambas voces parecen derivadas del inglés *tow*, que en francés se dice *touer*.

Badassas o *badazas*, en mar. las cuerdas que unen las bonetas con las velas.

Baja, s. f., en mar. lo mismo que bajo o bajío.

Balón, fardo grande.

Ballestilla, instrumento náutico muy antiguo y tosco para tomar la altura, o como se decía en el siglo XVI, la estrella del polo. Díjose también *vallestilla*.

Bambalo, la jerga o dialecto de los sacerdotes de Brahma, en la India.

Baos, en mar. son los maderos que atraviesan la nave de un lado a otro por la parte interior.

Bertello. Véase *vertellos*.

Bestión, bastión, baluarte avanzado sobre los ángulos salientes de una plaza.

Bigota, en mar. cada una de las bolas de que está compuesto el racamento. Hállase también escrito *vigota*.

Bigote, voz náut., al parecer distinta de la anterior, y que parece derivada del genovés *vigotta*, que algunos escritores explican por *capo di mottone*, que en castellano es *motón*.

Bijago, pez del mar océano, en extremo voraz.

Bolitia, quizá sea boliche, que en mar. vale tanto como las bolinas del velacho y juanetes.

Boneta, en mar. la vela supletoria que en tiempo de bonanza se añade por la parte inferior a la vela mayor y al trinquete.

Borriquete, según Terreros el mastelero de proa. El *Diccionario marítimo* (Madrid, 1831) le describe así: "Vela que se pone sobre el trinquete con tiempos duros para que sirva en caso de erizarse éste". Otros le llaman el velacho y Jal le deriva de *bóreas*, viento del norte, y *trinquete* (en Italia *trinchetto*), que es la vela de mesana.

Botaló, en mar. lo mismo que botalón.
Botar, en mar. tirar con fuerza.
Bramenes, lo mismo que brahmanes, esto es, sectarios y sacerdotes de Brahma, cuyo culto es muy antiguo en la India.
Braza, medida de dos varas o seis pies, que es, o se supone ser, la medida de los brazos extendidos. En mar. son ciertos cabos que pasando por los motones de los brazalotes van a dar en una argolla colocada en el costado del navío hacia popa.
Bretes, según Covarrubias es lo mismo que cepo o prisión de hierro, potro.
Brioles, en mar. los cabos que sirven para aferrar y coger las velas. Es palabra tomada del normando *breuil;* los portugueses los llaman *brioes.*
Burdas, en mar. ciertos cabos gruesos que partiendo de la cabeza de los masteleros se fijan, por medio de cadenas y argollas, en los costados del navío, y sirven para sustentar los árboles y masteleros. Según Terreros, *burda* es sinónimo de *brandal,* pero Jal, en su *Glossaire nautique* (París, 1848), opina que son voces de significación distinta, citando en apoyo de su opinión un texto del siglo XVII, que dice así: "En el mastelero mayor cinco obenques, un aparejuelo, una *burda* y un *brandal* por banda, y en el mastelero de proa cuatro obenques, un aparejuelo, una *burda* y un *brandal* por banda".
Cadira, silla.
Cajarse, mecerse o moverse de una parte a otra. Es término de mar. y se aplica a los marineros cuando se pasan de un cabo a otro.
Cajetas (caxetas), en mar. las trenzas hechas de 7 a 9 filásticas.
Calcés, según Terreros, el calce o cofas en la marina son ciertas tablas elevadas en lo alto de los palos, y que sirven para guardar las garruchas destinadas al movimiento de las antenas; pero debe escribirse y pronunciarse calzés (en francés *carcèse),* y significa la parte superior del árbol mayor. Es voz griega.
Carlinga, la hembra o hueco cuadrado que hay en la sobrequilla, donde se asientan y hacen firmes los árboles de un navío.
Cazar, en mar. lo mismo que halar, que es tirar por las escotas o escotines.
Cazonete, en mar. ciertas estaquillas formando puntas por uno y otro lado, que sirven para las vinateras y jaretas de las jarcias. Sejournant, en su *Dictionnaire maritime,* dice equivocadamente que los *cazonetes* son garruchas redondas. En francés antiguo *quinconneau,* en italiano *cuccinnetto.*
Cebadera, en náut. la vela del bauprés que toma el viento a flor de agua. Llamóse sin duda así por ser su figura la del saco (de cebada) que los arrieros acostumbran a colocar bajo el morro de sus caballerías, de

donde se dijo "cebadera", a no ser que venga de cebo *(cibus)*, que es alimento, comida. Los franceses llaman a dicha vela *civadière*.
Cedebón, parece lo mismo que reverencia, acatamiento o cortesía. Según Terreros, que deriva esta palabra de *cessio bonorum,* dicha voz significaba antiguamente "cesión de bienes o derechos hecha a alguna persona".
Chafaldeta, en mar. llaman *chafaldetes* a dos cabos que sirven para izar contra las vergas los puños de la gavia y velacho. También los tienen la cebadera y los juanetes, sirviendo para aferrar y coger dichas velas.
Chiflo, en mar. el pito de son agudo y chillón usado por los contramestres.
Codaste, según Thomé Cano, en su *Arte para fabricar naves* (Sevilla, 1611, p. 53), era "el remate de que se forma la popa donde se ha de afirmar el timón". Eugenio de Salazar, en su *Glosario,* le describe de esta manera: "Codaste es el palo que continúa desde la quilla hasta la popa, donde está fijo el timón, y de este codaste se fijan de un cabo y otro las tablas de la popa". Parece derivado de *coda* (cauda), que es cola y *asta,* mástel o palo.
Combés, en mar. el entrepuente o segundo puente de un navío.
Condestable, en mil. el oficial subalterno que cuida de la artillería y de la pólvora. Hállase también escrito *condestablo.*
Contramesana, el árbol de la nave más inmediato a la popa.
Cunas, en mar. los camarotes de una embarcación pequeña.
Dala, en mar. el canal de tablas por donde sale a la mar el agua que saca la bomba. Díjose también *adala,* y parece venir de la voz teutónica *thal.*
Desarrumar, lo contrario de *arrumar,* o sea, deshacer la estiba de un buque, colocando la carga de distinta manera.
Desenbararse (desembarazarse), ponerse una cosa floja, perder su tiesura o rigidez. Embaramiento, en medicina, vale tanto como entorpecimiento en los brazos, pescuezo o piernas, causado por la gota.
Desencapillar, en mar. quitar a la mesana la capilla o vela sobrepuesta.
Desfornecer, despojar, privar.
Embornales, en mar. los caños por donde desagua la cubierta de un buque. Díjose también *amburnal* o *ambrunal.*
Empalomar, en mar. guarnecer o coser la relinga y gratil con la vela.
Engrifada, adj. fem., se aplica a la mujer que lleva muy rizado el cabello, pues a los rizos y bucles llamaban antiguamente *grifos.*
Enmarar, inclinar alguna cosa del lado del mar, como cuando se carga la vela del bauprés, llamada cebadera, hasta hacerla casi tocar con el agua.
Enmararse, en mar. hacerse la nao mar adentro, apartándose de la tierra.
Entena, especie de percha muy larga, a la cual está asegurada la vela la-

tina en las embarcaciones de esta clase. Distínguese de la verga, que es la que sirve en las velas cuadradas, en ser mucho más larga y formar una curva.

Escaldrame, el origen y significación de esta palabra nos son enteramente desconocidos. Tratándose de mar, puede ser *escaldrante*, que es el palo a que se atan las escotas.

Escobenes, en mar. los agujeros por donde pasan los cables del ancla cuando se da fondo.

Escombrar, desocupar o limpiar un canal de agua corriente, y principalmente las dalas de una embarcación.

Escotín, en mar. el cabo de una vela menor, como juanete de gavia, velacho, etc. El de la vela mayor es llamado escota, de donde se formó el dim. *escotín*, como quien dice escota de las velas menores.

Estanco, adj., aplícase al buque que no hace agua.

Estantes, en náut. los palos que están sobre las mesas de guarnición, y sirven para atar en ellos los aparejos del buque.

Estay, en mar. el cabo grueso que desde la gavia mayor va al trinquete, o el que desde allí pasa al bauprés para asegurarlos y afirmarlos.

Estrella, tomar la estrella es locución marítima antiguamente usada para tomar altura o averiguar la latitud, puesto que por la estrella polar o del norte se gobiernan los navegantes.

Estringa, agujeta; liga, del latín *estringere:* en inglés *string* es cuerda.

Falconete, pieza de artillería que ya no está en uso; en francés, *faucon* y *fauconnet*.

Fustaga, en mar. la cuerda que pasa por la polea o garrucha colocada en la punta de los masteleros. Díjose también *ustaga*, en francés antiguo *utâge*.

Galerno, según Terreros, es el viento de nordeste en el océano y el greco o grecal en el Mediterráneo. Los portugueses le llaman *gallerno*. En el *Roteiro* de don Juan de Castro, de 1541, se halla el siguiente pasaje: "Ha cuatro de Janeiro todo o dia venton o vento de Nornoroeste gallerno". "*Galerno viento* es ni mucho ni poco viento." Eugenio de Salazar, *Glosario marítimo*.

Gato-paús, que otros llaman paúl. Especie de mono chico.

Grajao, en mar. el palo redondo y agujereado, por medio del cual el pinzote se comunica con la caña del timón. Díjose también *grajado*.

Gratil, en mar. el cabo de jarcia con que se hacen firmes las velas para impedir que el demasiado viento las rompa y rasgue. (*Diccionario* de Cano).

Guimbalete, palanca con que se hace jugar el émbolo de la bomba.

Guindar, en mar. izar, levantar, como en francés *guinder*, italiano *ghindare*. Algunos, como Terreros, le derivan del vascuence *guindatu*, otros del alemán *winden*.

Guindastes, en mar. los cuadernales formados de palos gruesos, en los cuales se ponen las roldanas. Fíjanse en las cubiertas y latas, y sirven para armar las vergas. Parece voz derivada de *guindar,* que es lo mismo que alzar una cosa por medio de garruchas o poleas.

Guiñar, en náut. es inclinar la proa del buque hacia una u otra parte del rumbo que lleva, lo cual se hace con un ligero movimiento del timón.

Halar, en mar. tirar de un cabo.

Isleta (la) de las ollas, nombre que dan los marineros al fogón en que cocinan su rancho.

Jareta, en mar. la red de cuerda o enrejado de madera, detrás de la cual la tripulación de una galera se resguardaba para pelear; escribíase *zareta,* y es voz arábiga, que el padre Alcalá, en su *Vocabulario arábigo,* traduce por red de cuerda.

Jorro, en mar. es lo mismo que remolque. Llevar una nave a jorro equivale a remolcarla. "Llegada que fue la real galera a bordar con el referido caez, donde fue traída *a jorro,* su majestad salió de ella", etc. *(Entrada de Felipe II en Portugal,* 1583, 4°, fol. 112.) Jorro es voz de origen arábigo, de *jarra,* que vale tanto como llevar una cosa arrastrando.

Lebrada, el gigote o guisado hecho de liebre y llamado también junglado.

Leme, en mar. el timón de la nave y su caña. Según Salazar, el palo con que se gobierna el navío, llamado también gobernalle.

Lemera, en mar. la lumbrera o agujero practicado en la popa de la nao, por donde sale un madero llamado caña a encajarse en el timón (Thomé Cano, *Diccionario,* etc., p. 39).

Levantisco, adj., el que procede de levante, y en náutica el marinero insubordinado.

Liebres, en mar. los trozos de madera larga que están enfilados con los vertellos en el recamento.

Mabonto, manjar de que se alimentan los negros africanos.

Masteleos, en mar. los palos que se ponen encima de los árboles del navío. Hoy día se llaman masteleros, y los hay de varias clases: el mayor, el de proa, el de sobremesana, etcétera.

Mazamorra, en mar. el bizcocho averiado y podrido que se daba a los galeotes. En Granada dan este nombre a la sopa espesa de pan de centeno o maíz.

Mololoa, amalgama confusa de varias cosas.

Motones, en mar. las garruchas de madera, de diversas formas y tamaños, por donde pasan los cabos.

Obenques, en mar. los cabos gruesos que encapillando en la cabeza del palo o garganta sobre los baos, bajan después a las mesas de guarnición y se fijan en las vigotas de las cadenas. Díjose también *ovenque.*

Ollao, en mar. el ojal que se hace a las velas cuando hay que añadirles otra. Thomé Cano, *Arte de fabricar naos*. Es voz formada de *olho*, que en castellano antiguo significaba *ojo*.

Pajaril, escrito paxaril, térm. de mar. Dícese "hacer paxaril" por amarrar el puño de la vela con un cabo y cargarle hacia abajo para que esté fija y tiesa cuando hay viento largo.

Palanquín, náut., el cabo cuyo chicote o punta está fija al tercio de la vela mayor o trinquete; mientras que el otro chicote o punta pasa por un motón de la verga y baja al pie del árbol: sirve para izar y recoger los puños de las velas. Según Eugenio de Salazar, "dar un palanquín" es levantar la vela con el briol, que es cierta cuerda con que se arremanga y coge la vela mayor para que el piloto que va al timón pueda ver desde la proa.

Pañol, el sitio de una galera donde se guardan las provisiones.

Papahigo, náut., cierta vela así llamada; la hay mayor, que corresponde a la mayor sin boneta, y menor, que es la de triquete o trinquete.

Pasamuro, especie de cañón reforzado, propio para batir los muros de una plaza.

Pasteca, térm. de mar.; según Terreros, es la polea mayor por donde corre la tricia del árbol en los navíos.

Payrando. Dícese que está la nao al pairo o pairando cuando ésta queda con las velas tendidas y largas las escotas. Los portugueses llaman *pairo* a un golpe de viento, y *pairar* al ponerse a la capa.

Penejear, balancearse la nave, del latín *pendere*.

Peniceos, voz marítima cuyo origen y significación nos son desconocidos. Quizá sean los cabos o cuerdas con que la vela llamada mesana se sujetaba a la verga.

Penoles, en mar. las puntas o extremos de las vergas.

Pinzote, en mar. la palanca que sirve para hacer girar la caña del timón.

Puños, en mar. son los cuatro extremos o ángulos donde forman gazas las relingas de las velas.

Rabeada, la sacudida o movimiento violento y de costado que suele dar a un buque un descuido del timonel.

Relinga, en mar. el cabo con que se refuerzan las orillas de las velas. "Cuando el navío va con todas las velas y quieren que navegue, largan las escotas y entonces se dice que el navío está payrando, o a la payra, y a la relinga, y a la trinca, y a la corda, que todo es uno." (Eugenio de Salazar.)

Restringa, en mar. pasaje estrecho de poca agua, cuyo fondo de arena o piedra avanza dentro de la mar. Es corrupción de *restinga* o *rastinga*, como dicen los portugueses. Eugenio de Salazar dice que las restingas son piedras como abrojos que están encubiertas en la mar.

Roda, en mar. el madero grueso y corvo, que partiendo desde la quilla llega hasta el baupres y forma el remate de la proa. "Tener viento a fil de roda" es expresión equivalente a tenerlo en popa, porque viene tan derecho que no inclina la proa más a un lado que a otro.

Sino, lo mismo que signo o constelación.

Stela, en mar. el rastro o señal que deja un buque por la popa cuando navega. *Stella*.

Tamborete, en mar. la caja redonda que se ponía alrededor y en lo alto del mástil para resguardarlo de la lluvia.

Tricia, en mar. la cuerda que sirve para izar o elevar al sitio que debe ocupar la verga, el gallardete, la bandera, etcétera.

Troça, aparejo hecho firme al chicote del cabo, que sirve para sujetar las vergas mayores a sus respectivos palos.

Tútanos, tuétanos.

Verdago, voz marítima de origen y significación desconocidos.

Vertellos, en mar. ciertas bolas enfiladas para facilitar el movimiento de las vergas. Escribíase también *bertello*.

Vetas, en mar. los cabos con que se guarnecen los aparejos. Eugenio de Salazar, en su *Glosario*, dice que "xarcias y aparejos y vetas es todo uno, y son las cuerdas del navío y todo lo que en él es de cáñamo".

Xilovento, según Eugenio de Salazar en su *Glosario marítimo*, es lo mismo que sotavento, o sea, la parte izquierda de un navío, mirando de popa o proa. Hállase también escrito *jilovento* y *gilovento*.

Zalomar, *çalomar*, cantar de la manera monótona y acompasada que usan los marineros cuando tiran de algún cabo, con el fin de hacer fuerza todos a un tiempo.

Zorrero, adj., aplicado a la embarcación que es pesada para navegar.

Zumba, lo mismo que moscarda o moscardón.

Zuncho, voz náutica de origen desconocido.

ÍNDICE

Agradecimientos 7
Introducción 11
  I. *Los viajes previos por tierra* 17
     Los caminos en España. 17
     Los viajes entretenidos. 18
     Caminos transitables y vehículos en Europa 19
     El camino de Veracruz a la ciudad de México. 21
     Itinerarios y duración del viaje 22
     Ventas y mesones en México 24
     Precios en las ventas 25
     La historia de Sebastián de Aparicio 26
     El mal temple de Veracruz 29
  II. *Formalidades, permisos y restricciones* 31
     Los permisos de viaje y las concesiones iniciales. . . . 31
     Maraña de prohibiciones y exigencias 32
     Los caminos de la evasión y las sanciones para extranjeros 33
     La historia del capitán Zapata, que era Emir Cigala . . . 35
     Permisos a las mujeres y a los religiosos 37
     El problema de los extranjeros 38
     Tolerancia de los extranjeros y oposición de las Cortes . . 40
  III. *Pasajes, impuestos, socorros y precios* 42
     Arreglo de los pasajes e impuesto de la Avería 42
     El socorro a los religiosos 43
     Las cuotas de cada Orden 46
     Equipajes, pasajes y cámaras 47
     Comparaciones. 49
     Las monedas en el siglo XVI. 50
     Los precios y el valor adquisitivo de la moneda 54
  IV. *Aprovisionamientos y preparativos personales* 58
     Llevar todo el matalotaje. 58
     Las provisiones españolas 59
     Las provisiones de Indias 60

Raciones diarias y precios 62
Sal, dulce y bebidas 64
Calorías, condimentos, falta de frutas y legumbres, y comidas de oficiales y marineros 67
Cacharros, ajuar de dormir, ropa para el viaje y preparativos de alma y cuerpo 68
V. *Barcos, tripulaciones y acomodos* 70
Las naves de Colón 70
Las naves de la Carrera de las Indias 72
La tripulación y sus oficios 73
Salarios de la tripulación 75
Disposición interna de las naos 76
Las cámaras y otras posibilidades 77
VI. *La navegación* 80
Los códigos de la navegación 80
Itinerarios y escalas 81
Experiencias de la navegación 83
Los puertos 84
Construcción de naves en las Indias 86
La navegación en el Pacífico 87
Comercio entre México y Perú 89
Organización de los convoyes 89
Defensa con galeras y organización de la Armada de Barlovento 90
Fechas para salidas y regresos 91
Los instrumentos para la navegación 92
VII. *El viaje en las naos, 1* 98
La instalación en la nao 98
Aprendizaje de una nueva vida 100
Comidas y necesidades 103
VIII. *El viaje en las naos, 2* 106
Acomodarse, distraerse, divertirse 106
El lenguaje marino 108
Incomodidades, suciedades y miserias 110
La llegada, la Inquisición y los libros 114
IX. *La piratería* 117
Noticia general sobre la piratería 117
Los primeros piratas en el Atlántico 120

El robo del tesoro de Moctezuma 120
Continúan los corsarios franceses 123
Los piratas ingleses 125
Los piratas y los pasajeros 129
Qué favoreció la piratería 130
X. *Naufragios* 133
El tema de los naufragios 133
Los "Infortunios e naufragios" de Fernández de Oviedo 134
Los pasajeros abandonados por los marineros y cómo se salvaron 135
La fresca locura del castellano enamorado 136
Del lastimoso naufragio del licenciado Alonso de Zuazo y sus acompañantes en las islas de los Alacranes o del Triángulo 137
XI. *Otros naufragios, enfermedades y plagas* 142
Huracán y naufragios sufridos por los dominicos en 1544-1545 142
El rescate de los libros 144
El naufragio del galeón portugués y los infortunios de Manuel de Sousa 145
Hambre y escorbuto en la primera vuelta al mundo . . 149
Plaga de ratas, hambre y naufragio en un viaje de Veracruz a Cádiz en 1622 151
XII. *El flujo comercial* 155
El comercio atlántico 155
La etapa de las islas 156
La etapa de la Nueva España 156
La década peruana: 1540-1550 157
La década de 1550 y las décadas finales 158
Cifras del tráfico marítimo: velocidades y número de naos 159
Proporciones de los riesgos mayores 161
Los envíos americanos de oro y plata a España . . . 162
XIII. *El flujo migratorio, 1* 165
El punto de partida de la población indígena 165
El flujo migratorio en el siglo XVI 166
La emigración en 1493-1519 169
La emigración en 1520-1539 171

XIV. *El flujo migratorio, 2* 176
La emigración en 1540-1559 176
La emigración en 1560-1579 179
Algunos datos sobre la emigración 1580-1600 y resúmenes 1493-1600 182
Consideraciones sobre la emigración española al Nuevo Mundo en el siglo XVI. Evolución de las procedencias 185
Los destinos en las Indias y los extranjeros 188
Los religiosos 188
La emigración femenina 190
Quiénes viajaban de las Indias a España 191

XV. *Los pasajeros esclavos. Orígenes y organización del tráfico* . 192
Los otros pobladores de Indias 192
Las causas de la exportación de esclavos a América y los escrúpulos morales 192
Organización del tráfico de esclavos 195
Las zonas africanas de procedencia. La captura . . . 196
Las caravanas hacia las costas 198
Los preparativos y el transporte 199
Especificaciones, prevenciones y precios 200
Concesiones, licencias y distribución en las Indias. . . 202
El contrabando 204

XVI. *Indios, blancos y negros, mestizos y mulatos en las sociedades americanas* 206
La población negra en algunos países 206
Cifras globales y comparativas de la población en América: 1570 207
La composición de la población hacia 1650 210
¿Cuántos pasajeros esclavos vinieron a América? . . 212
Las composiciones étnicas de América 213
Los caminos de la reproducción 215
Mestizos, negros y mulatos en las sociedades coloniales 218
La posición intermedia de los mestizos 220
El mundo de los negros y los mulatos 221
Las negras y mulatas vistosas 222
Los negros capataces de los indios 223
Cimarronaje y rebeldías 224
Liberaciones individuales y abolición de la esclavitud . 225
Balance de las emigraciones 226

Apéndices

Apéndice 1. Fray Antonio de Guevara: De muchos trabajos que se pasan en las galeras. 1539 231

Apéndice 2. Fray Tomás de la Torre: Diario del viaje de Salamanca a Ciudad Real. 1544-1545 252

Apéndice 3. Eugenio de Salazar: La mar descrita por los mareados. 1573 294

Pasajeros de Indias.
Viajes trasatlánticos en e l siglo XVI, de José Luis Martínez,
se terminó de imprimir y encuadernar en mayo de 2014
en Impresora y Encuadernadora Progreso, S. A. de C. V. (IEPSA),
calzada San Lorenzo, 244; 09830 México, D. F.
El tiraje fue de 700 ejemplares.